Das Gegenteil von Wahrheit

ANNETTE OPPENLANDER

© 2024 Annette Oppenlander
Umschlaggestaltung, Illustration: Theo Wberg Fiverr
Lektorat, Korrektorat: Kristina Butz
Übersetzung: Annette Oppenlander
Herausgeber: Annette Oppenlander, Averesch 93, 48683 Ahaus
ISBN eBook: 978-3-948100-53-7
ISBN-Taschenbuch: 978-3-948100-54-4
Das Werk wurde ausschließlich von der Autorin entwickelt und ohne Unterstützung von künstlicher Intelligenz (KI).

Das Werk, einschließlich seiner Teile, ist urheberrechtlich geschützt. Jede Verwertung ist ohne Zustimmung des Verlages und des Autors unzulässig. Dies gilt insbesondere für die elektronische oder sonstige Vervielfältigung, Übersetzung, Verbreitung und öffentliche Zugänglichmachung.
Bibliografische Information der Deutschen Nationalbibliothek:
Die Deutsche Nationalbibliothek verzeichnet diese Publikation in der Deutschen Nationalbibliografie; detaillierte bibliografische Daten sind im Internet über http://dnb.d-nb.de abrufbar.

AUCH VON ANNETTE OPPENLANDER

Vaterland, wo bist Du? Roman nach einer wahren Geschichte *(2. Weltkrieg/Nachkriegszeit – biografisch)*
Erzwungene Wege: Historischer Roman *(2. Weltkrieg – Kinderlandverschickung)*
47 Tage: Wie zwei Jungen Hitlers letztem Befehl trotzten *(2. Weltkrieg – biografische Novelle)*
Erfolgreich(e) historische Romane schreiben *(Sachbuch)*
Immer der Fremdling: Die Rache des Grafen *(Mittelalter – Gaming Zeitreise)*
Als Deutschlands Jungen ihre Jugend verloren *(2. Weltkrieg – Sammlung)*
Bis uns nichts mehr bleibt *(amerikanischer Bürgerkrieg – Abenteuerroman)*
Ewig währt der Sturm *(2. Weltkrieg – Flucht und Vertreibung)*
Leicht wie meine Seele *(2. Weltkrieg – biografische Novelle)*
Endlos ist die Nacht *(amerikanische Prohibition – Abenteuerroman)*
Das Kreuz des Himmels *(Napoleon Kriege – biografisch)*
Zwei Handvoll Freiheit *(Nachkriegszeit/Berliner Luftbrücke – historischer Liebesroman)*
24 Stunden: Tauschgeschäfte *(2. Weltkrieg – biografische Novelle)*

Englisch
A Different Truth *(historical mystery – boarding school Vietnam War Era)*
Escape from the Past: The Duke's Wrath I *(time-travel/gaming adventure trilogy)*
Escape from the Past: The Kid II
Escape from the Past: At Witches' End III
Surviving the Fatherland: A True Coming-of-age Love Story Set in WWII
(biographical – WWII and postwar)
47 Days *(biographical novella – WWII)*
Everything We Lose: A Civil War Novel of Hope, Courage and Redemption
Where the Night Never Ends: A Prohibition Era Novel
When They Made Us Leave *(WWII young adult)*
Boys No More *(WWII – collection)*

DAS GEGENTEIL VON WAHRHEIT

A Lightness in My Soul *(biographical novella – WWII)*
The Scent of a Storm *(WWII and German Reunification)*
So Close to Heaven *(biographical – Napoleon Wars)*
When the Skies Rained Freedom *(Berlin Airlift)*
24 Hours: The Trade *(biographical novella – WWII)*

Für Ben, meinen Mann und besten Freund, großen Dank für deine unerschrockene Unterstützung und deine wertvollen Einblicke in das Leben an einem Militärinternat für Jungen, und für meine Kinder Brian, Ethan und Nicole.

Ich schulde auch meinen Freunden und Beratern Dianne, Susan und Dave, die meine Arbeit jahrelang unermüdlich prüften, großen Dank.

»Kein Ereignis in der amerikanischen Geschichte wird mehr missverstanden als der Vietnamkrieg. Damals wurde falsch über ihn berichtet, und heute wird er falsch in Erinnerung behalten.« Richard M. Nixon

schi·ka·nie·ren /ʃikaˈniːrən,schikaniéren/: versuchen, eine (als verletzlich wahrgenommene) Person zu schädigen, einzuschüchtern oder zu etwas zu zwingen

haze /heɪz/: aus dem Englischen – (einen neuen oder potenziellen Rekruten beim Militär oder einer Studentenverbindung) zur Durchführung anstrengender, erniedrigender oder gefährlicher Aufgaben zwingen

mob·ben /móbben/: absichtliche, gezielte und wiederholte Angriffe auf Personen oder Gruppen. Das Ziel der Mobber ist es, ihre Opfer sozial auszugrenzen oder zu isolieren.

KAPITEL EINS

Indiana, USA, September 1968
Sie kamen in der Nacht, böse Schatten, die meinen Traum verjagten. »Steh auf!« Die Stimme, kalt und fordernd, lässt mich die Augen öffnen. Aber ich kann nichts sehen, denn in diesem Moment trifft der gleißende Strahl einer Taschenlampe mein Gesicht. Bevor mein verwirrtes Hirn mir raten kann, was ich tun soll, werde ich aus dem Bett gezerrt. Ich zittere, weniger wegen der Kälte, sondern wegen des unguten Gefühls, das mich beschleicht. Leise Geräusche wie unterdrücktes Murmeln und tapsende Füße dringen in den Raum. Der Korridor dahinter versinkt in Dunkelheit. Mehr erkenne ich nicht, denn das Trampeln schwerer Stiefel neben meinem Bett lenkt mich ab. Ich suche nach einem bekannten Gesicht, jemandem, den ich wiedererkenne, aber das grelle Licht blendet schmerzhaft. Ich will schreien, eine Erklärung verlangen, als sie meine Arme nach hinten zwingen und meine Schultergelenke zu pochen beginnen.

»Beweg dich!« Die Stimme des Sprechers klingt absichtlich tiefer, der Versuch eines schlechten Schauspielers, seine Identität zu verschleiern.

»Was soll das?«

Mein Kopf und meine Frage verschwinden unter einer Haube. Ich spucke, damit der Stoff nicht in meinen Mund gelangt. Er riecht ranzig, als hätte sich jemand damit die Achselhöhlen abgewischt. Würgend öffne ich die Augen weiter ... und sehe nichts außer dem nun gedämpften Licht der Taschenlampe. Meine Brust hebt sich, während ich mühsam nach Luft ringe, um genügend Sauerstoff unter dem Tuch zu finden und dem Schwindel zu widerstehen, der mich verschlingen will. Ich dränge mein träges Gehirn dazu, sich etwas einfallen zu lassen, als mich ein Schubs ins Taumeln bringt. Zu spät. Ich fange mich gerade noch und stolpere los.

Im Flur ist das Gemurmel lauter, dazu gesellt sich unterdrücktes Stöhnen. Sie haben noch andere in ihrer Gewalt. Jemand kneift meine Handgelenke und schiebt mich gleichzeitig vorwärts. Es ist wie eine Szene aus einem schlechten Film, nur dass ich mittendrin bin. In mir steigt Wut hoch, ein Brennen in meinem Magen, das sich bis zu meiner Kehle hocharbeitet und mich keuchen lässt. Und da flackert noch etwas anderes auf – Angst.

»Geh schon«, kommt der Befehl von weiter weg. Ich drehe meine Handgelenke, aber der eiserne Griff hält. Mein Körper bewegt sich unbeholfen und schwerfällig in der Dunkelheit. Jetzt werden meine Hände gefesselt. Finger aus Stahl umklammern meinen rechten Bizeps und führen mich um eine Ecke.

Ich sitze in der Falle.

Habe ich eine Ankündigung verpasst, etwas, das diesen Schwachsinn erklären würde? Nichts fällt mir ein. Alles, woran ich denken kann, ist mein Herz, das in meinem Nacken pocht, und der stinkende Stoff vor meiner Nase.

»Treppe«, zischt jemand.

Ich trete nach unten, spüre die momentane Leere, bevor mein Fuß auf die nächste Stufe trifft. Der Sack über meinem Kopf verschiebt sich, und ich erkenne meine Zehen. Irgendwie fühlt sich das beruhigend an. Die ganze Sache erinnert mich an die Pfadfinder, als sie mich im Wald zurückließen, damit ich Feuer machte und den Weg zurückfand. Nur dass dies – was auch immer dies ist – wirklich unheilvoll erscheint. Die Stimme des Schreckens in mir wird lauter.

Irgendwo vor uns knallt die Eingangstür. Es geht also nach

DAS GEGENTEIL VON WAHRHEIT

draußen. Kurz darauf spüre ich Kies unter den Fußsohlen, gepaart mit dem Schmerz spitzer Steine. Mein großer Zeh stößt gegen etwas Hartes, und ich unterdrücke ein Stöhnen. Offensichtlich bin ich nicht der Einzige, denn um mich herum ertönen Schreie und weitere Klagegeräusche. Ich bin verwirrt und ratlos, werde von Sekunde zu Sekunde wütender und stelle mir vor, wie ich diesen Kerlen auf ihre fetten Nasen haue.

Wir taumeln weiter, biegen um Ecken, bis ich jeden Orientierungssinn verliere. Seit ich vor zwei Wochen an der Akademie angekommen bin, habe ich gelernt, überall hin zu marschieren. Ich war stolz darauf, mich so schnell zurechtzufinden. Bis jetzt, denn die stickige Schwärze vor meinen Augen spielt mir einen Streich, als steckte mein Kopf in einem Tintenfass.

Wie lange sind wir schon hier draußen? Palmers Campus erstreckt sich über zweihundert Hektar. Ich stelle mir vor, wie ich in die Wälder geschleppt werde und den Weg zurückfinden muss. Irgendwie scheint das zu einfach zu sein.

Mit einem Ruck komme ich zum Stehen, mein Mund ist trocken mit einer Mischung aus Panik und Wut. Trotz meiner gespitzten Ohren höre ich nur gedämpftes Flüstern, das ich weder verstehen noch identifizieren kann. Achthundert Kadetten leben hier, und ich habe Mühe, mir nur die Jungs auf meiner Etage zu merken, Baracke B, eins von sechs Wohnheimen. Ganz zu schweigen von den Bataillons- und Kompanieoffizieren, die mit ihren Kurzhaarschnitten und Uniformen alle gleich aussehen. Was für ein Haufen von Idioten.

Ein Arm legt sich um meine Kehle, zieht mich nach hinten, bis ich zu Boden stürze. Gleichzeitig explodiert mein Magen vor Schmerz. Ich ringe nach Luft und ignoriere das Stechen in meinen Rippen. Beim Football werde ich regelmäßig verprügelt, aber das hier ist feige. Das ist kein Kampf, das ist ein Gemetzel.

Die Wut schnürt mir die Kehle zu und macht es noch schwieriger, Luft zu bekommen. Verdammte Haube. Ein weiterer Schlag landet, höher, diesmal in die Brust. Werden sie mich umbringen?

DAS GEGENTEIL VON WAHRHEIT

Ich wollte nicht in diese blöde Schule. Was, wenn ich so tue, als würde ich ohnmächtig? *Aber woher sollen sie das wissen, wenn dein Gesicht verdeckt ist*, murmelt die Stimme in meinem Kopf. *Sie werden dich einfach zu Hackfleisch verarbeiten, ob du bei Bewusstsein bist oder nicht.*

Ich habe nur eine Wahl: ruhig zu bleiben und nach einer Gelegenheit zu suchen. Meine Finger krampfen, als ich einen weiteren Hieb erhalte. Zu dem wütenden Brennen in meinem Bauch gesellt sich weiterer Schmerz. *Denk nach*, befehle ich mir. *Konzentriere dich.* Die Schreie um mich herum lenken mich ab, genauso wie mein malträtierter Körper. Ich warte auf einen weiteren Schlag, aber es passiert nichts. Einen Moment lang habe ich das Gefühl, zu schweben. Das ist schlimmer als der Angriff, denn jetzt höre ich die dumpfen Geräusche der anderen Jungs, die verprügelt werden.

Es gelingt mir, mich auf die Seite zu drehen und an den Fesseln zu zerren. Eine Hand kommt frei. Ich reiße die Kapuze weg und atme tief. Besser, obwohl es immer noch zu dunkel ist, um etwas zu erkennen.

Der Schlag in den Magen kommt aus dem Nichts. Ich ziehe meine Oberschenkel hoch, um meinen Bauch zu schützen, und beobachte die Schatten, die sich wie flüssiger Rauch bewegen. Stöhnen mischt sich mit dem Klang von dumpfen Schlägen, während die Angreifer wie Aasgeier über ihrer Beute schweben. Die Luft brodelt mit Schmerzensschreien und Schluchzern.

Ich stehe jetzt in Flammen, ein Vulkan, der explodieren will. Der Hühnerscheißer, der mir am nächsten steht, sieht aus, als wolle er zielen. Anstatt mich wegzudrehen, um mich zu schützen, schnelle ich vor und schlinge einen Fuß um seinen Knöchel, ziehe hart. Der Drecksack grunzt und verliert das Gleichgewicht. Als ich mich auf die Knie rolle, wird alles rot. Ich schlage in schneller Folge zu, bis der Kerl sich nicht mehr bewegt. *Einer geschafft.*

Das Stechen in meiner Mitte ignorierend, stehe ich auf. Die Kämpfe um mich herum gehen weiter, Taschenlampen tanzen und beleuchten Bruchstücke einer unheimlichen Schlacht. Ich muss weg, mich irgendwo verstecken. Ich bin nicht schlecht im Sprinten, aber sie sind in der Überzahl und meine Fußsohlen sind wund. Vielleicht

DAS GEGENTEIL VON WAHRHEIT

ist es am besten, in Deckung zu gehen und mich in die Dunkelheit zu verkriechen. Als ich den Schatten bemerke, der sich von hinten anschleicht, ist es zu spät. Meine Beine knicken ein, ich lande auf der Seite und möchte vor Ekel spucken. Was für Würmer. Der Kerl, den ich vorhin erwischt habe, setzt sich gerade stöhnend auf. Geschieht ihm recht.

Ich schwinge eine Faust, aber der Schlag landet auf einem Oberschenkel, der hart und glatt wie ein Medizinball ist. Es ist der letzte Schlag, der mir gelingt, bevor meine Arme zu Boden gedrückt werden und sich jemand auf meine Beine setzt. Egal wie ich mich winde und trete, meine Angreifer bleiben außer Reichweite. Ich fühle mich wie eine Schildkröte, die auf dem Rücken liegt. Weitere Schläge prasseln auf mich ein.

Ich kann nicht mehr. Jeder Zentimeter meiner Brust schreit. Warum werde ich nicht einfach ohnmächtig?

Ein Pfiff ertönt.

Wie Gespenster verschwinden die Schläger.

Ich liege regungslos. Meine Füße schmerzen, meine Mitte krampft, und mein Kopf pocht im Gleichklang mit meinem Herzen. Über mir schneidet der Mond eine dünne Sichel in den Himmel, die Sterne sind kalt und distanziert – gleichgültig. Ich bin allein. Ein Klumpen wächst in meinem Hals, ich schlucke ihn hinunter. Ich habe nicht geweint, als meine Eltern mich hier im Internat wie ein lästiges Paket abgesetzt haben, und ich werde ganz sicher auch jetzt nicht weinen. Ich bemerke die Feuchtigkeit erst, als ich zu zittern beginne. Mein Rücken ist zu Eis geworden. Als ich mich aufrichte, verdreht sich mein Magen, als hätte ich Steine verschlungen, und ich sacke zurück auf die Knie.

Irgendwo rechts von mir höre ich Stöhnen, leise Schreie und unterdrücktes Weinen. Ich krieche langsam auf das Geräusch zu. Das schwache Mondlicht macht es schwer zu erkennen, wer dort liegt. Einige tragen noch Kapuzen und haben die Hände gefesselt. Ich taste in der Dunkelheit herum, binde Arme los und entferne Hauben. Einen von ihnen erkenne ich an seiner hohen Stimme.

DAS GEGENTEIL VON WAHRHEIT

Markus Webber, wie ich ein Neuling, der im Zimmer neben mir wohnt. Markus ist vierzehn und sieht aus wie zwölf. Er weint. Neue Wut brodelt in mir. Lausige, miese Feiglinge, die ein Kind verprügeln. *Immerhin bin ich sechzehn*, denke ich zähneknirschend. Nicht dass es etwas nützen würde. Wie Markus bin ich ein *Plebe*, der unterste der Untersten, ein neuer Kadett am Anfang meiner *Karriere*, wie Vater es nennt, an der Palmer Military Academy. Ich bin Abschaum. Dreck unter den Schuhen der *Alten*, Freiwild, das angeschrien wird und seinen Vorgesetzten zu Diensten sein muss, bis ich die Regeln gelernt habe. Ich werde ein ganzes Jahr lang meinen Beitrag leisten, bis ich in den *Oldman*-Status aufsteige und mir das Recht verdiene, die nächste Generation von Plebes zu quälen. Wer denkt sich so etwas aus?

»Alles in Ordnung?«, frage ich, meine Stimme klingt seltsam in meinen Ohren.

Markus rollt sich zu einem Ball zusammen. »Mein Bauch.«

Ich krabble näher und taste nach seinem Arm. »Steh lieber auf, ist scheißkalt.«

Markus wischt sich das Gesicht ab und rutscht auf die Knie. »Danke, Mann.«

Inzwischen kommt Leben in die anderen Jungs, sie stolpern und ächzen, reiben sich die Bäuche. Links hinter mir stöhnt jemand, die Stimme kommt mir bekannt vor.

»Tom?«

Mein Knie stößt gegen etwas Hartes. Die Taschenlampe wirft einen scharfen Lichtstrahl über den Rasen, als ich sie ergreife. Tom liegt auf dem Rücken, seine Knie sind angewinkelt und ragen wie zwei überlange Äste in die Höhe. Ich reiße die Kapuze weg und löse seine Hände.

»Scheißkerle«, brummt er. »Es geht doch nichts über eine Willkommensschikane in der zweiten Woche.«

Wir hatten uns am ersten Tag kennengelernt. Tom lungerte in der Nähe des Eingangs zu unserer Kaserne herum und sah so deplatziert aus wie Sandalen im Winter. Er ist groß und schlank, hat

DAS GEGENTEIL VON WAHRHEIT

schwarze Haare und braune Augen, die einen studieren, ohne etwas zu verpassen. Ich mochte ihn sofort.

Ich sinke neben ihn, um im Schein der Taschenlampe meinen Schlafanzug zu untersuchen. »Hast du jemanden erkannt?« Meine Hose ist nass und mit Blut und Gras befleckt. Am Hemd fehlen mehrere Knöpfe, und der rechte Ärmel klebt an meiner Haut. Die strenge Stimme meiner Mutter hallt in meinem Kopf wider: »Andrew, sei vorsichtig mit deiner Kleidung, alles kostet Geld.« Andrew, das bin ich, obwohl mich alle außer meiner Mutter Andy nennen. Damals schluckte ich die Bemerkung hinunter, warum sie mich auf diese vornehme Schule schicken, wenn sie so teuer ist. Angeblich soll man hier besonders gut lernen, aber da ist noch etwas anderes. Etwas, das meine Eltern nicht aussprachen. Ich weiß, dass sie unglücklich über meine Noten sind und mir meinen Eigensinn übel nehmen. Ich hole rasselnd Luft.

Tom starrt mich an. »Du siehst aus, als hättest du ein Gespenst gesehen.«

Ich versuche ein Lächeln, merke aber, dass Tom mir das nicht abkauft. »Sieht aus, als hätten sie dich ziemlich gut erwischt«, lenke ich ab.

»Konnte die blöde Haube nicht abbekommen.«

»Das müssen die Alten gewesen sein. Einige waren definitiv aus dem Footballteam, zu verdammt stark. Ich meine, ich habe diesen Kerl in den Oberschenkel geboxt und es fühlte sich an wie Zement. Wer hat sonst solche Muskeln?«

»Du musst es ja wissen, du spielst ja jeden Tag mit ihnen«, sagt Tom mit einem schiefen Grinsen. »Lass uns gehen, meine Arme werden zu Eiszapfen.«

Hinter uns ragt ein dreistöckiges Gebäude empor, dessen Fenster wie schwarze Augenklappen wirken. Der Strahl der Taschenlampe verblasst irgendwo im zweiten Stock.

»Wir sind hinter den Fakultätswohnheimen. Ich wette, sie wissen genau, was hier vorgeht.« Die meisten alleinstehenden Lehrer wohnen hier, während Professoren und Militärangehörige mit Familien in Häusern in der Nähe des Campus untergebracht sind.

DAS GEGENTEIL VON WAHRHEIT

Zutritt zum Gebäude ist strengstens verboten, obwohl ich nicht die leiseste Ahnung habe, warum irgendjemand von uns da rein wollte. »Passiert wahrscheinlich jedes Jahr«, meint Tom. »Hast du bemerkt, dass sie unsere Gesichter gemieden haben? Um keine Spuren zu hinterlassen, die du morgen sehen würdest.« Ich massiere meine Brust, als ob ich den brennenden Schmerz loswerden könnte.

»Es könnte ihrem guten Ruf schaden, wenn jemand von außen davon erfährt«, sagt Tom. »Wenn ich es mir recht überlege, würde mein Vater diesen Spinnern wahrscheinlich dafür danken, dass sie mir eine Lektion erteilen.« Er seufzt und fährt mit spöttischer Stimme fort. »Die Schule bringt jungen Männern Disziplin bei und wie man das Land beschützt. Nichts von diesem friedliebenden Hippie-Scheiß.« Und mit normaler Stimme: »Ich vermute, er glaubt es sogar selbst.«

»Was, bitte schön, lernt man, wenn man von Feiglingen verprügelt wird? Schwanzlutscher.« Es kommt viel lauter heraus, als beabsichtigt, und ich höre ein paar Gluckser hinter mir. Ich grinse trotz des Schmerzes. Es ist verboten, zu fluchen. Fast alles ist verboten, vor allem die Dinge, die ich gerne gemacht habe, bevor ich hierherkam. Ich ziehe eine Grimasse. Wenigstens ein Typ hat gerade Bauchschmerzen. »Ich frage mich, ob wir herausfinden werden, wer es war«, sage ich laut.

»Das bezweifle ich.«

Der fröhlich helle Eingang unserer Kaserne erstrahlt vor uns, die Gänge sind menschenleer. Ich verdränge den Gedanken daran, was uns sonst noch für Überraschungen erwarten, wie ich zwei Jahre lang durchhalten soll. Tom hält mir die Tür auf, sein Gesicht ist zu einem sarkastischen Grinsen verzogen, trotz des blauen Flecks auf seinem Schlüsselbein. Ich grinse zurück.

Wenigstens habe ich einen Freund.

KAPITEL ZWEI

Um sechs Uhr morgens ertönt das Signalhorn auf dem Korridor. »Sirs, das Wecksignal ist erklungen, Sirs«, schreit der Callboy. Ich drehe mich auf die Seite. In meinem Traum übergab mir mein Vater den Schlüssel zu einem nagelneuen 68er Ford Shelby Mustang, ganz in glänzendem Chrom und Schwarz, etwas, das in einer Million Jahren nicht passieren würde. Nicht wenn man zwei Brüder und zwei Schwestern hat und der Vater Assistenzprofessor ist. Nicht wenn die Mutter fünf Brotlaibe für einen Dollar kauft, um endlos viele Erdnussbutter-Gelee-Sandwiches zu schmieren.

Stöhnend setze ich mich auf, nur um wieder zusammenzusacken. Eine Welle der Übelkeit schnürt mir die Kehle zu. Ich erinnere mich an die Schlägerei letzte Nacht, an die bösen Schatten, die mich nach draußen zerrten. Irgendetwas stimmt definitiv nicht mit diesem Ort. Ich bewege meine verletzte Schulter, die sofort zu pochen beginnt. Wenigstens ist Footballtraining erst am Nachmittag.

Wir drillen jeden Tag, zwei Stunden Windsprints, Eins-gegen-Eins, Gewichte, strategische Spielzüge und was sich Coach Briggs sonst noch ausdenkt.

Ich werde es ruhig angehen lassen, ohne zu viel Aufmerksamkeit zu erregen, denn ich muss meinen Platz behalten, nachdem ich ins Team aufgenommen wurde. Palmers bestehendes

Footballteam hasst Neuankömmlinge, auch wenn Briggs zugestimmt hat, mich auszuprobieren. Ich bin fest entschlossen, allen zu zeigen, was in mir steckt, auch wenn es mich umbringt. Auf der Ersatzbank auszuharren, ist keine Option.

»Sirs, die Drei-Minuten-Glocke hat geläutet, Sirs«, dröhnt die Stimme des Callboys durch den Korridor. »Uniformen und Regenmäntel der Klasse B, meine Herren.«

Ich seufze. Drei Minuten, um in Gang zu kommen. Ich werfe einen Blick auf das Bett meines Mitbewohners. Martin Plozett, so alt wie ich, aber im dritten Jahr an der Palmer Military Academy, ist schon weg und verbringt zweifellos jede freie Sekunde unter der Dusche.

Plozett liebt Bodybuilding. »Mein Körper ist mein Heiligtum«, betont er ständig. Mit seinem Bartschatten und dem Fell, das auf seiner Brust sprießt, sieht er aus wie ein College-Student, was lächerlich ist, wenn man bedenkt, dass an meinem Kinn kaum fünf Haare sprießen. Ich frage mich, ob er an dem Angriff beteiligt war. Sicherlich weiß er davon, auch wenn er überzeugend geschnarcht hat, als ich letzte Nacht zurückkam.

Auf dem Korridor wimmelt es von halb angezogenen Kadetten in verschiedenen Wachzuständen. Mir steigt der vertraute Geruch in die Nase: Seife, Linoleumwachs, Haaröl, Deodorant und verschwitzte Kleidung. Während ich dusche und mich danach anziehe, meldet sich mein Magen. Diesmal ist es der Hunger.

»ACHTUNG! Antreten«, ruft der diensthabende Offizier auf dem Flur.

Ich eile zur Tür, ziehe Gürtel und Jacke gerade und knöpfe meinen Regenmantel zu. Das Anziehen dauert ewig mit dem blöden Hemd, der Krawatte und den Tausend Knöpfen an der Jacke. Ich setze die Mütze auf und werfe einen letzten besorgten Blick auf mein Bett, das perfekt gemacht aussieht. In einer Stunde beginnt die erste Zimmerinspektion.

Ich nehme meinen Platz in der Reihe ein und werfe Tom einen Blick zu. Der nickt ernst, wobei er es trotzdem schafft, den rechten Mundwinkel zu einem Grinsen anzuheben. Die anderen Kadetten

DAS GEGENTEIL VON WAHRHEIT

wirken schläfrig und doch konzentriert. Wieder denke ich an letzte Nacht. Feiglinge. Ich würde gegen sie kämpfen, offen und fair, einer gegen den anderen. »ACHTUNG!«, schreit der Offizier. »MARSCH! Links, rechts, links, rechts ...« Die Absätze klacken in fast perfektem Rhythmus auf dem Linoleum, ein Klappern und Scharren, als würden fünfzig Besen auf einmal kehren. Der Nacken vor mir ist vom Kragen bis zu den Ohren rasiert. Ich muss daran denken, diese Woche zum Friseur zu gehen. Wenn mein Haar länger als vierzehn Tage wächst, bekomme ich Strafpunkte – zehn Punkte und ich schiebe Wochenenddienst. Hinter mir knurrt jemand einen Schüler an, er solle im Gleichschritt marschieren. Als wir um die Ecke biegen, versuche ich eine Neunzig-Grad-Drehung, schieße über das Ziel hinaus und befinde mich mit dem Gesicht zur Wand. Ich korrigiere eilig und hoffe, dass es niemand bemerkt hat.

Draußen schlägt mir ein kühler Nieselregen ins Gesicht. Der Wind nimmt über dem riesigen See an Geschwindigkeit zu und peitscht uns mit unsichtbaren Armen. Der Herbst ist da, und ich sehne mich nach meinem Bett.

Ich zittere, während sich meine sechsköpfige Truppe hinter zwei anderen aufstellt. Weitere Kadetten stoßen in gemächlichem Tempo dazu, die *Alten* müssen nicht zum Morgenappell marschieren. Ich bin dankbar, dass ich hinten stehe, weit weg von den bohrenden Augen des Regimentsoffiziers des Tages.

Muller, ein sechzehnjähriger Junge, ist bereits zum Offizier aufgestiegen. Er ist kaum größer als ein Meter sechzig und starrt, ohne zu blinzeln, als wäre er auf dem Schlachtfeld, um die Truppen für den Krieg zusammenzustellen. Ich unterdrücke ein Lächeln. Was für eine Farce.

»ACHTUNG. Rührt euch«, schreit Muller. Seine Stimme, Arroganz gemischt mit Mickey Mouse, nervt mich. Wie alle anderen stelle ich mich breitbeinig hin und verschränke die Arme hinter dem Rücken.

Muller studiert ein Blatt, auf dem jeder einzelne Kadett des Zuges aufgeführt ist.

DAS GEGENTEIL VON WAHRHEIT

Wenn man nicht auf der Krankenstation liegt, sollte man besser hier stehen. Ich positioniere mich vorsichtig so, dass ich fast hinter dem Vordermann versteckt bin.

Als ich meinen Namen höre, lege ich die Arme an die Seiten, schlage die Fersen zusammen und rufe: »Anwesend, Sir.« Es hat eine Woche gedauert, bis ich diese seltsame Bewegung beherrschte, und ich muss mich immer noch konzentrieren, um sie richtig hinzubekommen.

Nachdem der letzte Name aufgerufen wurde, wandert Muller ein weiteres Mal an uns vorbei. Der Nieselregen verwandelt sich in einen ausgewachsenen Sturm, aber der Idiot scheint es nicht zu bemerken. *Denk an was anderes, zum Beispiel ans Frühstück*, sage ich mir, aber dann fallen mir die vielen Aufgaben ein, die auf mich warten. Ich erinnere mich zwar an so ziemlich alles, was ich gelesen habe, aber ich lese langsam, und die Menge des Stoffes, den wir lernen müssen, ist überwältigend.

Endlich ist Muller zufrieden. »Rechts UM.« Ich drehe mich in einem perfekten Neunzig-Grad-Winkel und prüfe die Abstände zu meinen Nachbarn. »Vorwärts, MARSCH.«

Auf dem ganzen Campus nähern sich enge Formationen dem Speisesaal. Wie Marionetten marschieren wir überall hin – zum Frühstück, zum Abendessen und zu Versammlungen. Wenn wir nicht marschieren, stehen wir stramm, öffnen Türen und grüßen, um den Alten Respekt zu zollen. *Eine lächerliche Zeitverschwendung*, denke ich, während ich den Nacken meines Vordermanns im Auge behalte, ständig den Abstand abwäge und die Schritte anpasse.

»AUF DER STELLE TRETEN«, schreit Muller, als wir die Treppe zur Kantine erreichen. Wir beginnen auf der Stelle zu marschieren, obwohl ich es kaum merke, denn die Luft ist erfüllt von den verlockenden Düften von Spiegeleiern, Speck, Würstchen und Toast.

»WEGTRETEN.«

Mit einem Seufzer eile ich in den Speisesaal. Tom muss irgendwo da vorn sein.

»Sieh lieber zu, dass dein Zimmer perfekt ist«, meint er,

DAS GEGENTEIL VON WAHRHEIT

nachdem wir uns unter den aufmerksamen Blicken eines älteren Kadetten hingesetzt haben. »Muller soll ziemlich streng sein.« Er stochert in einem Haufen Rührei herum, scheint aber nicht darauf bedacht zu sein, es aufzuessen.

Ich mustere seinen Teller. »Isst du das? Muller ist ein Idiot.«

»... der die Macht hat, uns das Leben zur Hölle zu machen.« Tom schiebt seinen Teller über den Tisch. »Meine Inspektion ist nach deiner.«

Ich schmecke die Eier nicht mehr und hake im Stillen die Dinge in meinem Zimmer ab. Mein Bett ist ordentlich gemacht, ich habe Staub gewischt. Hemden und Unterwäsche sind auf die für die Schule vorgeschriebene Breite von exakt vierundzwanzig Zentimetern gefaltet.

Ich komme mit drei Minuten Vorsprung in meinem Zimmer an. Plozett sitzt über seinen Schreibtisch gebeugt und liest *Der Graf von Monte Cristo*. Ich beneide ihn um die Entspanntheit, mit der er die Strenge der Schule überwindet.

»ACHTUNG!«, ruft jemand auf dem Gang. »Offizier Muller ist anwesend.«

»Bist du so weit?«, frage ich und hole tief Luft.

Mit einem Nicken schiebt Plozett sein Buch in die Schreibtischschublade und nimmt Haltung an. »Kein Problem.«

»Kadetten Olson und Plozett bereit zur Inspektion«, rufe ich und stehe stramm, als Muller mit seinem Stellvertreter erscheint. Ich starre geradeaus und konzentriere mich auf meine Haltung: Arme liegen gerade am Körper, Hände an der Hosennaht, Daumen zeigen nach vorn, genau hinter den Streifen, die die Seiten der Hosenbeine säumen, Brust und Schultern sind gerade, die Füße stehen in einem Winkel von fünfundvierzig Grad, die Fersen zusammen und die Mütze ist leicht angewinkelt.

Muller wendet sich meinem Bett zu. Er zögert einen Moment, als ob er über seinen nächsten Schritt nachdenken würde. Dann reißt er Decke und Laken weg.

»Handschuh«, verkündet er und streckt mir eine Handfläche

entgegen, als warte er im Operationssaal auf ein Skalpell. Ich krame nach meinen weißen Handschuhen, die für formelle Versammlungen reserviert sind. Die Lippen schürzend, entreißt Muller sie meinen Fingern und wischt damit unter dem Bettgestell entlang. »Was ist das, Kadett Olson?« Mit Entsetzen starre ich auf die mausgrauen Flusen. Mullers Gesichtsausdruck wirkt kühl, aber ich erkenne Genugtuung in seinen Augen. »Das nennen Sie sauber? Ihr Raum sollte *makellos* sein.«

Ich stehe wie erstarrt und frage mich, ob ich antworten soll. Offenbar nicht, denn Muller marschiert zu meinem Kleiderschrank. Er überfliegt kurz den Stapel gefalteter Kleidung und wirft meine Hemden auf den Boden. »Sind keine vierundzwanzig Zentimeter. Neu falten.«

Zuletzt hebt er meinen Parade-Hut auf, ein dreißig Zentimeter hohes Ding mit Pompons, dessen Messingadler gleichgültig dreinschaut. »Muss poliert werden, genau wie Ihre Schuhe.« Er nickt zu dem Paar schwarzer Schuhe, die in perfekter Ausrichtung darunter stehen.

Muller tritt näher, seine Stirn ist nur wenige Zentimeter von meiner Nase entfernt. »Kadett Olson, das nennen Sie sauber und bereit? Inspektion verfehlt. Erneute Inspektion heute Abend um neunzehn Uhr dreißig. Wenn Sie wieder durchfallen, marschieren Sie. Sie sind eine Schande.« Muller zieht eine Grimasse, als hätte er sich an meinen Sachen vergiftet.

Er wirft einen Blick auf Plozetts Schrank, schaut flüchtig auf sein Bett. »Alles in Ordnung. Wegtreten.«

»Jawohl, Sir«, schreien wir. Ich blicke auf die Uhr über der Tür und unterdrücke einen Fluch. Keine Chance, alles zu ordnen und es noch bis zum Englischunterricht zu schaffen. Dank Muller werde ich in meinem Zimmer wischen und falten, während sich die anderen vor dem Abendessen eine Stunde lang entspannen können. Wenigstens die Hemden muss ich noch hinkriegen, bevor sie total zerknautschen.

Ich schaffe es kaum fünf Minuten vor dem Unterricht ins Klassenzimmer. Tom schlüpft durch die Tür, kurz bevor Mr. Brown,

DAS GEGENTEIL VON WAHRHEIT

der Literaturprofessor, sie mit einem Knall schließt.

»Gerade noch rechtzeitig«, flüstere ich unter dem Geräusch von rutschenden Stühlen und raschelnden Papieren.

»Ich hasse diesen Kerl.« Toms Wangen erinnern mich an Rotwein.

»Muller?«

Tom nickt. »Mein Bett war völlig zerwühlt. Ich hatte es perfekt gemacht, bevor ich zum Frühstück ging. Jemand hat es auseinandergerissen. Muller hat einen Anfall bekommen. Ich muss mich heute Abend bei ihm melden.«

»Ich auch.«

»Kadett Zimmer, auf wen bezieht sich der Titel *Der Widerspenstigen Zähmung?*« Brown wedelt mit dem Buch von Shakespeares Stück, als ob er den Verkehr regeln wollte.

Tom springt auf. »Sir, auf Katherine, die Tochter von Baptista Minola, Sir.«

»Richtig, Zimmer. Setzen. Sie haben also doch aufgepasst.«

Tom sieht mich an, und ich kann mir ein Grinsen nicht verkneifen. Er liebt Shakespeare und hat all seine Hauptwerke gelesen, nur zum Spaß.

Für den Rest der Stunde halte ich den Blick gesenkt. Im Gegensatz zu Tom wate ich durch Englisch wie durch einen faulen Sumpf. Meine Gedanken schweifen ab, während Mr. Brown über das Stück redet. Gestern Abend habe ich den ersten Brief von zu Hause bekommen. Er raschelt in meiner Hosentasche, aber ich kann mich nicht überwinden, ihn zu lesen. Noch nicht. Ich muss allein sein.

Die Glocke läutet, und Tom eilt den Flur hinunter zum Französischunterricht. Ich bleibe zurück und fürchte mich vor Militärgeschichte, vor Mr. Lowells gähnend langweiligen Vorträgen über vergangene Konflikte, marschierende Soldaten, Schlachtdaten und lächerliche politische Vereinbarungen. Ich habe kein Gedächtnis für Jahre und Namen.

Die Tür schnappt zu. Ein Typ in Uniform mit breiter Brust, klein und kompakt wie ein Panzer, marschiert zum Schreibtisch.

DAS GEGENTEIL VON WAHRHEIT

Rote Flecken und Krater, die von Pockennarben oder schlimmer Akne stammen, bedecken seine Wangen. Er überfliegt den Raum, sein Blick ist wie ein Laser. Überzeugt, dass der Mann Gedanken lesen kann, ducke ich mich hinter Plozett.

»Sergeant Russel, Ihr neuer Lehrer für Militärgeschichte.« Russels Stimme donnert mit Leichtigkeit in die hinteren Ecken.

»Setzen.« Ich starre den Mann an, dessen Jacke mit verschiedenen Orden geschmückt ist. Der ist noch schlimmer als Lowell.

»Sie.« Russel deutet mit dem Finger auf einen Jungen in der ersten Reihe. »Woran arbeiten Sie?«

Der Junge springt auf. »Sir, Napoleons Einmarsch in Russland im Jahr 1812, Sir«, ruft er mit schriller Stimme.

Russel steht kommentarlos da, der Raum ist bis auf das unterdrückte Atmen von achtzehn Lungenpaaren geräuschlos. »Setzen«, sagt er schließlich zu dem Jungen, der auf seinen Stuhl sinkt.

Russel geht zur vorderen Wand, an der massenhaft Karten übereinander hängen. »Lehrplanänderung«, sagt er und wühlt sich durch den Stapel. »Was wissen Sie über Vietnam?« Er spricht -*nam* aus, als hielte er sich die Nase zu.

Wir sitzen schweigend da, und ich frage mich, was der Mann erlebt, was er im Krieg getan hat. Die Nachrichten sprechen von schrecklichen Dschungelkämpfen, Verstümmelungen und Explosionen. Ich habe nicht besonders darauf geachtet, außer als einige der älteren Jungs in meiner ehemaligen Highschool darüber sprachen, sich freiwillig zu melden.

»Wer kann mir etwas über den Vietnamkrieg erzählen?«, fragt Russel in die Stille hinein.

Ich gleite tiefer hinter Plozett. Ich habe von Nord- und Südvietnam gehört, von Charlie und dem Vietcong. Aber es ist mir nicht ganz klar, wer wer ist. Auf keinen Fall würde ich mich freiwillig zum Narren machen. Das tut offensichtlich auch sonst niemand. Ich warte mit angehaltenem Atem.

Russels Gesichtsausdruck bleibt entspannt, während er seinen

DAS GEGENTEIL VON WAHRHEIT

massigen Körper in den Metallstuhl auf dem Podium zwängt. »Dazu kommen wir noch.« Er hält inne, sein Blick schweift an mir vorüber, während ich hinter Plozetts Schulter in Deckung liege. »Sprechen wir über Nahkampf. Stellen Sie sich vor, es ist Nacht, stockdunkel, es regnet wie aus Eimern. Sie überwachen ein Dorf. Gerüchten zufolge hält sich Charlie bei den Einheimischen versteckt.« Russels Stimme senkt sich zu einem Flüstern. »Gerade als Sie sich an den äußeren Perimeter heranschleichen, sehen Sie ihn ... Der Mann kauert fast unsichtbar zwischen den Hütten, ein Gewehr in der Hand. Er steht bewegungslos, wartet, lauscht. Ihm gegenüber wartet ein weiterer Vietcong im Schatten. Es gibt nur eine Lösung. Sie müssen sich heranschleichen und einen nach dem anderen lautlos kaltmachen.« Wir starren uns schweigend an, ich meine, man kann die Stimme von Mr. Brown zwei Türen weiter deutlich verstehen. Ich stelle mir vor, wie ich im Dunkeln sitze und den Regen prasseln höre. »Ich brauche einen Freiwilligen«, sagt Russel. Zum ersten Mal umspielt die Andeutung eines Lächelns seine Lippen. »Keine Sorge, ich demonstriere nur.«

Ein paar unentschlossene Glucker erheben sich und verschwinden wie Wasser, das im Sand verdunstet. Tony White, der Kapitän des Footballteams, hebt die Hand. Er überragt Russel um einige Zentimeter, wiegt bestimmt zwanzig Kilo mehr.

»Name?«, fragt Russel von seinem Stuhl aus.

»Kadett White, Sir, zu Ihren Diensten.« Tony richtet sich auf und wirft uns ein überlegenes Lächeln zu, als ob er auf Applaus warten würde – dasselbe arrogante Grinsen, das er zeigt, wenn er über seine Eroberungen von Mädchen plaudert. Ich bin neidisch auf Tonys Erfahrung, denn bisher habe ich nur ein Mädchen geküsst, und das war nicht einmal ein Zungenkuss. Dank diesem Internat sind die Chancen, jemals wieder zu knutschen, gleich null. Ich werde ein alter Mann sein, wenn ich hier weggehe ... und immer noch Jungfrau.

Eine Erschütterung lässt mich aufblicken. Russel hat seinen Stuhl verlassen. Im Bruchteil einer Sekunde liegt Tony auf dem Boden, das Gesicht in die Dielen gedrückt, Russel auf ihm. Eine

DAS GEGENTEIL VON WAHRHEIT

Hand packt Tonys Kinn und reißt seinen Kopf nach oben und hinten. Die andere Faust hält eine imaginäre Klinge wie einen Eispickel. Er sticht auf Tonys Hals ein, mit schnellen Bewegungen, so mühelos wie das Schneiden einer Banane.

»Ich hätte natürlich ein Messer.« Russel richtet sich auf, während Tony auf die Knie rutscht. Er lächelt nicht mehr.

Russel wendet sich an Tonys Rücken. »Es ist einfacher, gegen die großen Kerle zu kämpfen. Sie sind es nicht gewohnt, angegriffen zu werden, und man kann sie leichter überrumpeln.« Er ignoriert das unbehagliche Kichern und sinkt wieder auf seinen Stuhl. »Jetzt sprechen wir über die Politik des Vietnamkriegs.«

Tonys Gesicht ist rot wie reife Erdbeeren, selbst seine Ohren glühen. Er ist mit Sicherheit sauer.

Militärgeschichte ist besser als erwartet.

Nach dem Unterricht, Mittagessen und der Gruppenarbeit eile ich zum Footballtraining. Egal wie viel ich zu tun habe, der Gedanke an Mullers Inspektion hängt wie eine Gewitterwolke über mir. Schlimmer noch, Coach Briggs hat sich verspätet und besteht darauf, uns in strategischer Aufstellung zu unterrichten. Ich schaffe es gerade noch vor dem Schlussgong in den Speisesaal, meine Waden schmerzen vor Müdigkeit, mein Magen knurrt wütend.

Tom sitzt neben Markus, dessen hellblaue Augen mich an ein Kaninchen in einem Käfig erinnern.

»Du siehst müde aus«, meint Tom, als ich mich neben ihm auf einen Stuhl fallen lasse.

»Ich hatte heute Morgen keine Zeit, mein Zimmer fertig zu machen«, murmle ich.

Dann herrscht erst mal Ruhe, weil ich mich durch einen Berg Kartoffelbrei, Hackbraten und Strauchbohnen arbeite. Ich mag kein grünes Gemüse, aber ich bin ausgehungert. Und ich muss mich beeilen, bevor Muller mich erwischt. Ich kann es mir nicht leisten, die zweite Inspektion zu vermasseln.

»Ich habe Angst vor Muller«, sagt Markus. »Er ist niederträchtig.«

DAS GEGENTEIL VON WAHRHEIT

Tom lehnt sich zurück und kratzt Brownie-Krümel von seinem Teller. »Seltsam, wie manche Leute in der Macht schwelgen. Ich könnte schwören, dass es ihn anmacht, uns zu quälen.« Der Raum um uns herum schwirrt mit Hunderten von Stimmen in verschiedenen Entwicklungsstadien. Die Tische der Dozenten stehen hinten, und ich beobachte, wie Sarge Russel beim Verlassen des Raumes kurz seinen Kollegen zunickt. Das Hinken ist mir heute Morgen nicht aufgefallen.

»Meinem Vater würde es hier wahrscheinlich gefallen.« Toms Stimme klingt bitter. »Wir sollten die Plätze tauschen. Ich wette, er würde zurechtkommen.«

»Mein Vater liebt die Merchant Marines«, sage ich. Meinem Magen geht es besser, aber die Besorgnis wegen Mullers Inspektion kehrt mit voller Wucht zurück.

Als der Gong ertönt, springe ich auf. »Bin weg, muss mein Bett fertig machen.«

Tom nickt mit zusammengezogenen Brauen, nur Markus ruft »Viel Glück« hinterher.

Ich sprinte zur Kaserne und denke über Tom und seinen Vater nach, wie sehr sie sich hassen. Im Moment kann ich meine Eltern auch nicht ausstehen. Offensichtlich wollen sie mich nicht um sich haben. Und doch tun sie so, als würden sie Opfer bringen, weil es hier stinkteuer ist.

Ich bin der Erste auf meiner Etage – fünfzehn Minuten bis zur Inspektion. Falls Muller zuerst in mein Zimmer kommt, muss ich bereit sein. Ich wische das Bettgestell mit einer gebrauchten Unterhose ab, jede Bewegung konzentriert. Die Laken spanne ich wie eine Trommel, die Wolldecke wird mit perfekten Ecken versehen, stramm genug, um eine Münze darauf rollen zu lassen. Ich prüfe alles noch einmal mit dem Lineal. Das Laken muss die Decke um genau fünfzehn Zentimeter überlappen. Man fragt sich, was sich diese Leute dabei *denken*. Warum ist ein Laken, das vierzehneinhalb Zentimeter übersteht, ein Grund für eine Disziplinarmaßnahme? Ich möchte lachen, aber meine Kehle ist trocken vor Nervosität.

Ich reiße den Kleiderschrank auf: Unter den gefalteten blauen

Hemden liegen weiße Unterwäsche und Socken kreuz und quer. Seufzend ziehe ich alles heraus, um es neu zu falten. Was für ein Haufen Mist.

Mein Herz schlägt mir bis zum Hals, als ich auf die Uhr schaue. Zwei Minuten. Ich schiebe Bücher und Notizpapier in eine Schublade und werfe einen sehnsüchtigen Blick auf Plozetts verlassenen Stuhl. Als *Alter*, Kadetten, die schon mindestens ein Jahr hier sind, ist Plozett vor Inspektionen sicher. Ich überfliege den leeren Schreibtisch und wische die Oberfläche und den Stuhl ab. Erledigt. Jetzt noch die Sportsachen in den Wäschesack unten im Schrank, der einzige Gegenstand, der hier ungeordnet existieren darf.

Plozett erscheint wie ein Geist. »Bist du bereit?«

»Ich denke schon.«

»Muller ist zwei Türen weiter. Er wird in einer Minute hier sein.«

Ich erstarre und nehme Haltung an, als Mullers Schatten seine Ankunft ankündigt. »Kadett Olson, Zimmer hundertzwölf, zu Ihren Diensten, Sir.« Neidisch beobachte ich, wie Plozett gelangweilt geometrische Muster auf ein Stück Papier malt. Die Lernstunde hat begonnen.

Muller steuert auf mein Bett zu, beugt sich tiefer, die Nase einen Zentimeter von der Decke entfernt, als ob er nach Flöhen sucht. Dann richtet er sich auf, und ich atme wieder.

»Schrank.«

»Jawohl, Sir.« Ich öffne den Spind. Muller untersucht die gefalteten Hemden und die Unterwäsche, die Schuhe ganz unten.

Er murmelt unverständlich.

»Entschuldigen Sie, Sir?«, frage ich, wobei ich Mullers kleinste Bewegungen verfolge. Er kontrolliert mein Leben.

Muller antwortet nicht, sondern dreht sich um, um mich anzusehen. Es sieht so aus, als wolle er mich entlassen, und innerlich entspanne ich mich, als sein Blick zu etwas hinter mir wandert.

»Was ist das?« Blitzschnell eilt Muller zum Bett. Ich drehe mich gerade um, als er etwas mit dem Fuß anstößt. Eine meiner schmutzigen Trainingssocken liegt halb versteckt unter Mullers

makellosem Schuh. Sie muss herausgefallen sein, als ich meine Sportsachen ausgepackt habe.
»Olson, Sie sind einfach zu dumm. Ich schreibe einen Bericht. Zwei Inspektionen und Sie sind immer noch ein Schwein. Schaffen Sie das Ding hier raus.« Damit kickt Muller die Socke quer durch den Raum gegen den Schrank, wo sie in einem feuchten Haufen zum Liegen kommt. »Ekelhafter Dreck.«
»Sir, es tut mir leid, Sir«, keuche ich, aber Muller hat sich bereits abgewandt.
»Wegtreten.«
Ich hebe die Socke auf und werfe sie in den Wäschesack. Wie konnte ich etwas so Offensichtliches übersehen? Ich habe so gut gemessen und gefaltet, und dann übersehe ich eine stinkende Socke. Meine Wangen brennen vor Frustration.

»Du hättest Tonys Gesicht sehen sollen.« Ich liege auf Toms Bett und massiere vorsichtig meine rechte Schulter, die beim Training wieder einen Schlag abbekommen hat. Vor dem Zapfenstreich um zehn Uhr haben wir dreißig Minuten Freizeit. Nach dem Unterricht, Lernen, Training und den zwei Inspektionen würde ich am liebsten ohnmächtig ins Bett plumpsen, aber meine persönliche Zeit ist zu kostbar, um sie mit Schlaf zu vergeuden. »Sarge Russel ist mir unheimlich.«
»Sarge?«
»Passt zu ihm.«
»Habe ein paar Änderungen vorgenommen. Ist okay so.« Tom grinst und wirft die Zusammenfassung von Shakespeares *Der Widerspenstigen Zähmung* aufs Bett, wo ich sie auffange.
»Danke, Mann.« Ich hole tief Luft, schaue an die Decke. »Meine Eltern haben geschrieben.«
»Und?« Tom blättert in der neuesten Ausgabe des *Motion Picture Magazins*. Er liebt Kinofilme und sieht sich jede Neuerscheinung an.
»Habe ihren Brief noch nicht gelesen.«
»Worauf wartest du?« Toms braune Augen blicken nachdenklich in meine Richtung. »Wenigstens schreiben sie dir.«

DAS GEGENTEIL VON WAHRHEIT

Mein Vater hat mich sofort vergessen, nachdem er mich absetzte.« Ich ziehe den Brief heraus, der zerknittert ist, weil er zu lange in meiner Tasche lag. »Vielleicht morgen ... Deine Eltern sind geschieden?«

Tom seufzt und klappt die Zeitschrift zu. »Technisch kann man's so sehen. Meine Mutter wurde krank, als ich klein war. Sie ... ist irgendwie in sich selbst versunken, vergaß, dass ich da war. Eines Tages wanderte ich nach draußen, wo mich ein Nachbar fand und zurückbrachte. Meine Mutter hatte nicht einmal bemerkt, dass ich fehlte. Ich war drei. Sie stritten sich, mein Vater wurde wütend, und dann war sie eines Tages fort.«

»Ist sie gestorben?«

Tom schüttelt den Kopf. »Sanatorium. Meinem Vater zufolge ist es der beste Ort im Mittleren Westen. Ich habe sie seit Jahren nicht mehr gesehen.«

»Aber warum vergisst dein Vater —«

»Raus jetzt.« Allen Todd, Toms Mitbewohner, kommt mit einem Handtuch, das er sich um die üppige Taille geschlungen hat, hereinspaziert. Gesicht und Oberkörper sind mit Leberflecken übersät, und alle nennen ihn Kröte. »Ich muss mich umziehen«, quiekt er entrüstet.

»Dann dreh dich um«, sage ich. »Wir haben noch fünf Minuten Zeit.«

»Hast du vom Kino in der Stadt gehört?«, meint Tom. »Unsere Schule hängt dort an den Wochenenden herum.«

»Lass uns morgen hin. Kaum zu glauben, dass endlich Samstag ist.«

»Ich *muss* jetzt ins Bett.« Bekleidet mit einem zeltgroßen, karierten Pyjama, sinkt Kröte auf seine Matratze, die unter Protest knarrt. »Ich will keinen Ärger.«

Ich ignoriere ihn, stehe aber auf. Die Uhr kontrolliert unser Leben, außerdem bin ich sowieso bereit, ins Bett zu gehen. »Wir sehen uns morgen früh. Hast du eine Ahnung, was passiert, wenn Muller einen Bericht einreicht?«, frage ich an der Tür.

Tom zuckt mit den Schultern, aber seine Augen sind voller

DAS GEGENTEIL VON WAHRHEIT

Trübsinn.

KAPITEL DREI

Als ich am nächsten Morgen vom Frühstück zurückkomme, klebt ein Zettel an meiner Tür neben unserem Anmeldeformular. An allen Zimmertüren sind die Kadetten aufgeführt, die dort wohnen, und es wird ein täglicher Bericht über unseren Aufenthaltsort erstellt. *Kadett Olson 11:00 Uhr Counselor Barberry.*

Muller hat keine Zeit verschwendet. Um fünf Minuten vor elf kontrolliere ich meine Uniform: Hemd in die Hose gesteckt, Hosennähte gerade und sauber, Schuhe geputzt. Ich schnappe mir das Schiffchen, die Kappe, die wir am Wochenende tragen, und eile die Treppe hinunter. Mit jedem Schritt klopft mein Herz schneller, bis mir der Atem im Hals festzustecken scheint.

Alle Kasernen haben Betreuer, die in einer Wohnung im Parterre *Wache halten*. Sie sind entweder vom Militär im Ruhestand oder reguläre Lehrkräfte und übernachten in der Kaserne, damit sie nach uns sehen können.

Ich klopfe.

»Herein.«

Ich stoße die Tür auf, schaue verwirrt um mich. Es ist, als würde man einen Minenschacht betreten, dunkel und stickig, das einzige Fenster des Raums ist mit Jalousien und einem grün-blau gestreiften Vorhang verdeckt. Die funzelige Wandlampe schafft es kaum, die Düsternis zu durchdringen.

DAS GEGENTEIL VON WAHRHEIT

»Sir, Kadett Olson zu Ihren Diensten, Sir.«
Barberry, den wir wegen seiner prallen Mitte Bierbauch nennen, präsidiert hinter seinem Schreibtisch. Ein Hauch von Zitrus-Aftershave umweht mich, was nützlich sein kann, weil es seine Anwesenheit ankündigt, wo immer er sich blicken lässt. Obwohl ihn noch nie jemand gesehen hat, geht das Gerücht um, dass Bierbauch Alkohol in seinem Büro versteckt und den Geruch mit Rasierwasser vertuscht.

»Kadett Olson, richtig.« Er wühlt in einer Akte auf seinem Schreibtisch. »Sie haben zwei Zimmerinspektionen verbockt.«

»Sir, tut mir leid, Sir, ich –«

Bierbauch hebt eine Hand, um mich zu unterbrechen. »Sie sind neu, ein Nachzügler?«

Ich nicke. Wie kann der Mann in diesem Kerker irgendwas erkennen? »Ja, Sir, im ersten Jahr.«

»Das sollten Sie auch als Neuling wissen. Alt genug sind Sie auch. Respekt und Sauberkeit sind das oberste Gebot eines Kadetten. Fünf Strafpunkte. Wenn Sie bis Ende des Monats fünf weitere sammeln, haben Sie Samstag Extradienst.«

»Jawohl, Sir.«

»Wegtreten.«

»Danke, Sir.«

Ich eile die Treppe hinauf, gleichermaßen nervös und wütend. Letztes Wochenende sind bestimmt zehn Jungs im Nieselregen auf dem Paradeplatz auf- und abmarschiert. Der Strafdienst dauert drei Stunden – Regen oder Sonnenschein. Es ist erst Mitte September, noch viel Zeit, um Fehler zu sammeln, jetzt, wo Muller mich auf dem Kieker hat.

Tom steckt seinen Kopf ins Zimmer. »Kann's losgehen?« Er versucht, seine kurzen Locken mit Gel zu bändigen. Sie weigern sich, kontrolliert zu werden.

»Gib mir zwei Minuten.« Ich dränge meinen Stift, schneller zu schreiben. »Lass mich diese blöde Zusammenfassung für Sarge fertigkriegen.«

DAS GEGENTEIL VON WAHRHEIT

Tom lässt sich auf den einzigen freien Platz an Plozetts Schreibtisch sinken. Niemand setzt sich tagsüber auf die Betten – zu riskant, weil jederzeit eine Überraschungsinspektion stattfinden kann. »Unglaublich, dass endlich Wochenende ist.« Ich schließe mein Heft mit einem dumpfen Schlag. »Muller hat mich heute Morgen angestarrt, als ob er darauf warten würde, dass ich stolpere.«

»Er erinnert mich an eine Gottesanbeterin«, meint Tom trocken. »Die Art, wie er seinen Hals nach vorn streckt. Als würde er dir gleich das Gesicht abreißen.« Er beugt den Kopf und winkelt beide Unterarme an.

Ich kichere und springe auf, auch wenn mir fast übel vor der nächsten Inspektion ist. »Los geht's.« Meine Finger patrouillieren sorgsam die Hosentasche. Zwei Dollar. Einen pro Woche seit meiner Ankunft, Taschengeld von meinen Eltern, das vom Schulverwalter verteilt wird. Ich muss mir irgendwo in der Stadt Süßigkeiten besorgen. Im Kino sind sie zu teuer. Tom hat dieses Problem nicht. Sein Vater ist wohlhabend, und Tom scheint reichlich Schotter zu haben. Ich ziehe eine Grimasse.

»Stimmt etwas nicht?«, fragt Tom.

»Ich dachte gerade, wie dein alter Herr dich mit Scheinen versorgt.«

»Er spürt's nicht. Deine Eltern hingegen bringen Opfer.«

»Ich wünschte, sie würden es lassen.«

»Ich weiß. Lass uns trotzdem versuchen, uns zu amüsieren.«

Im Korridor marschieren wir mit perfekten Schritten. Wann immer ein *Alter* auftaucht, springen wir aus dem Weg und drücken uns salutierend an die Wand. Es dauert mehrere Minuten, bis wir das Gebäude verlassen, weil wir immer wieder stehenbleiben, Haltung annehmen, den Namen des alten Mannes – jeder Schüler, der hier mindestens ein Jahr überlebt hat – rufen und auf das entlassende Nicken warten, das immer ernst und immer kritisch wirkt. Ich atme tief durch, als wir draußen sind. Wenigstens haben sie uns nicht wegen eines Kleidungsfehlers angemacht.

Wir eilen über den Rasen, Toms spindelige Beine treiben ihn

wie auf Stelzen voran, ich bin etwas kleiner, aber schnell. Mir ist vor Aufregung mulmig, dabei bin ich neugierig – zum ersten Mal verlassen wir Palmers Campus. Nach allem, was ich gehört habe, ist das Dorf heruntergekommen, nicht der Rede wert, eine Stadt von Arbeitslosen und Greisen – mit Ausnahme des Kinos, das im Umkreis von vierzig Kilometern die einzige Unterhaltung bietet.

Der Pfad, nicht mehr als einen Meter breit, aber von Hunderten von Kadetten auf der Suche nach Ablenkung zertrampelt, führt uns durch einen Wald aus Kiefern, Eichen und Buchen. Nach der Muffigkeit unserer Zimmer und dem Zitrusgestank von Bierbauch genieße ich den rauchigen und würzigen Herbstduft. Vor uns steigt der Weg an, und ich erkenne die Silhouetten von Tony White und seinem besten Freund, *Big Mike* Stets.

Als Kapitän des Footballteams hat Tony auf dem Spielfeld und in der Umkleidekabine das Sagen, es sei denn, Coach Briggs ist in der Nähe. Big Mike, groß und kantig wie ein Kleiderschrank mit baumstammdicken Beinen, ist der Star-Abwehr-Tackle in Palmers Footballteam. Die meisten Kadetten machen einen großen Bogen um ihn. Er liebt es, seine körperliche Stärke einzusetzen, um schwächere Schüler einzuschüchtern, wenn er sich durch die Schulkorridore schiebt.

»Wie ich sehe, will Fleischhaken auch ins Kino. Lass uns ein bisschen langsamer gehen. Ich will ihn nicht aus der Nähe sehen.«

»Big Mike ist ein verdammt guter Footballspieler«, sage ich und ärgere mich, dass ich Big Mikes Handlungen rechtfertigen will. »Es ist, als hätte man drei Jungs im Team statt einem.«

»Er soll nicht besonders schlau sein, aber die Schule nimmt ihn trotzdem. Sie wollen keine Spiele verlieren, und sein Vater ist ein hohes Tier in Washington.«

»Coach Briggs glaubt, dass Big Mike über Wasser geht.«

Tom zuckt die Schultern. »Dein Coach ist genauso ein Tyrann wie Fleischhaken. Vor allem für diejenigen, die keinen Sport treiben.«

Ich weiß, dass Tom sich selbst zu dieser Gruppe zählt. Coach Briggs benimmt sich die meiste Zeit wie ein Despot. Er bricht in

DAS GEGENTEIL VON WAHRHEIT

Schimpftiraden aus und fuchtelt mir im Gesicht herum, wenn ich beim Training langsamer werde, selbst wenn es unter meinem Helm hundertfünfzig Grad sind. Vielleicht mag Briggs Big Mike und Tony deshalb.

»Ich kann nicht glauben, dass du keinen Spaß an Bewegung hast«, sage ich. »Du könntest bestimmt Langstreckenläufer werden.«

»Ich spiele Schach, lasse den Springer und seine Dame über das Brett laufen, bis sie außer Atem sind. Ich mag einfach keinen Sport.«

»Weil du gut in der Schule bist und keine anderen Mittel finden musst, um weiterzukommen. Wie ich.«

»Außer in Mathe.«

»Dafür hast du ja meine Hilfe. Genug von der Schule. Was gucken wir noch mal?«

»*Bandolero* mit Jimmy Stewart und Dean Martin. Und natürlich … Raquel Welch.« Tom grinst. »Was für eine Figur, die besten Titten, die du je bei einer Frau gesehen hast. Es ist ein Western, läuft seit Juni, aber hier leben sie hinterm Mond.«

»Meinst du, wir können in der Stadt Süßigkeiten kaufen?« Ich tätschle die zwei Scheine in meiner Tasche. »Ich könnte etwas Süßes gebrauchen.«

»Raquel wird dir zeigen, was süß ist. Sie ist supersexy.« Tom kichert und hält abrupt an. »Was soll denn …«

Ich schaue auf.

Der Wald endet auf einer Wiese, die sanft zum Tal abfällt, trocken und raschelnd von einem glühenden Indiana-Sommer. Hüfthoch wiegt sich das Gras wie ein braungelbes Meer. Und dort, zwischen den Felsen zweier Kalksteinformationen, liegt Garville.

Es ist, als befänden wir uns in einem Science-Fiction-Film oder alten Western.

Der einsame Kirchturm, dessen Ziegel abgenutzt und blass wirken, steht im Zentrum, die Häuser brauchen einen Anstrich, und um den Marktplatz gruppieren sich eine Handvoll Geschäfte. Entlang der Straße stehen Wagen aus einer anderen Zeit. Staub bedeckt Bürgersteige und Zäune, verklebt Fenster und Dächer. Es gibt keine Ampel, nicht einmal eine Straßenlaterne.

DAS GEGENTEIL VON WAHRHEIT

Als wir uns nähern, schauen uns die trüben Fenster des Gemischtwarenladens auf der anderen Straßenseite blind an. Ein altes Emaille-Schild über der Tür schwingt in der kühlen Brise, eine Erinnerung an den nahenden Winter. Vor der Kneipe starren uns zwei Männer aus verbeulten Korbstühlen an. Der eine spuckt Tabak in eine Metallschüssel, das Klimpern ist in der Stille deutlich zu hören.

»Das Kino ist am anderen Ende.« Tom beobachtet drei Jugendliche, die einen Friseursalon verlassen. Nach ihren zerrissenen Jeans und Hemden zu urteilen, sind sie *Townies* – Einheimische. Palmer-Kadetten müssen Uniformen der Klasse B tragen: blaue Hosen, weiße Jacken mit blauen Streifen und passende Mützen. Mir ist schon wieder mulmig, die Messingschnalle an meinem Gürtel verleiht dem Nachmittag in diesem Dorf zu viel Glanz.

»Ich brauche was Süßes, bin gleich wieder da.«

Der Türrahmen des Gemischtwarenladens ist so verblasst, dass er farblos scheint. Ich erwarte, dass der Laden geschlossen ist, aber die Scharniere öffnen sich quietschend, und ich schlüpfe hinein. Staubflusen schweben in den Sonnenstrahlen, die durch das verschmierte Glas der Tür dringen.

Der Laden gehört in eine andere Zeit, vielleicht in eine alte Grenzstadt, wie sie in Western gezeigt wird. Die Regale, vollgepackt mit einem Sortiment von Dosen, Eisenwaren, Arbeitshemden und Wintermützen, bedecken die Wände vom Boden bis zur Decke. Die Theken mit einer Sammlung von Glasbehältern mit Kaugummis, Bonbons und Lakritze säumen die Vorderseite, während sich in den Gängen Körbe und Säcke voller Zwiebeln, Äpfel und Kartoffeln stapeln. Landwirtschaftliche Geräte stehen kreuz und quer und erlauben kaum Platz zum Durchgehen.

»Hast du dich verlaufen?« Ein Mann, kahl bis auf einen grauen Haarsaum, erscheint aus der Düsternis. »Ihr schicken Jungs braucht ...«

In diesem Moment eilt Tom herein, augenscheinlich besorgt, denn er sieht verbissen aus. Gebrüll und Gejohle der drei Townies folgen ihm, und er schließt schnell die Tür.

»Ich möchte etwas kaufen«, sage ich, nachdem sich meine Augen an die Dunkelheit gewöhnt haben. Ich überfliege die Auslagen auf der Suche nach meinen Lieblingsschokoriegeln. Hinter dem Mann, der ungeduldig mit den Fingern auf dem Tresen trommelt, entdecke ich die silberfarbenen Verpackungen. »Zwei Zeros, bitte.«

Tom, der von der antiken Qualität dieses Ortes fasziniert scheint, mäandert in den hinteren Bereich, wo in Glasschubladen Tee, Kaffee, Mehl und ein Sortiment von Gewürzen aufbewahrt werden.

Der Ladenbesitzer brummt etwas und klatscht zwei Zeros auf den Tresen. »Sechsundvierzig Cent.«

»Danke.« Ich bezahle und stopfe die Schokoriegel in meine Tasche, will so schnell wie möglich weg. Aber Tom ist verschwunden.

Als ich in den hinteren Reihen Ausschau halte, kommt ein Mädchen durch die Seitentür herein. Stechend blaue Augen, umrahmt von schwarzen Zöpfen, mustern mich und verengen sich kurz. Ihr fein geformter und schimmernder Mund verzieht sich ablehnend nach unten. Es ist, als stünde die Zeit still, denn ich bemerke ihre perfekt geschwungenen Augenbrauen, die sich über dem Blau eines karibischen Meeres wölben. Sie trägt einen Overall aus Jeansstoff, der eindeutig für Jungen gedacht ist, dessen Schultern zu breit und dessen Ärmel hochgekrempelt sind, sodass man die gebräunten Unterarme sieht. Einen Moment lang vergesse ich zu atmen. Aber das Mädchen hat sich bereits umgedreht und ist hinter einem Regal mit Gummistiefeln verschwunden.

Tom taucht neben mir auf. »Fertig?«

Ich nicke und starre der Erscheinung hinterher. »Lass uns gehen.«

Der Film mit Raquel Welch reißt mich mit. Das Kino ist voll von Kadetten, die Luft von Zigarettenrauch vernebelt. Tom stößt mich mehrmals mit dem Ellbogen an und kichert, als die Schauspielerin in einem weiteren hautengen Outfit und mit tiefem Dekolleté erscheint. Aber ich muss immer wieder an die blauen,

DAS GEGENTEIL VON WAHRHEIT

missbilligend zusammengekniffenen Augen denken. Warum stört es mich, dass das Mädchen sich unfreundlich verhielt? Warum bin ich überrascht? Ich sehe in meiner Uniform pompös aus, und die Einheimischen haben offensichtlich nichts mit Palmers Schickimicki gemein. Es ist eine andere Welt. Sie wissen nicht, dass ich mich im Grunde wie ein Townie fühle – wie ein ganz normaler Typ.

Auf dem Rückweg, als die Sandsteinmauern und quadratischen Türme der Hauptgebäude in Sicht kommen, spüre ich, wie die Luft wieder enger wird.

»Was ist los mit dir?«, sagt Tom. »Sie war scharf, oder?«

»Wer?«

»Raquel Welch.«

»Glaub schon.«

»Na sag mal. Hast du da drin geschlafen? Hast du ihren Vorbau gesehen? Enge Kleidung hat etwas für sich. Das war unglaublich.«

Tom schüttelt den Kopf.

»Willst du nächste Woche wieder hingehen?«, höre ich mich sagen.

»Machst du Witze? Wann immer wir wegkönnen.«

»Schauen wir in der Lounge vorbei? Ist noch zu früh fürs Abendessen.«

Der Aufenthaltsraum, besser bekannt als die *Höhle*, ist gefüllt mit einer Auswahl an durchgesessenen Sofas und verschlissenen Stühlen, Regalen, abgenutzten Spielen, Büchern und Zeitschriften. Er befindet sich im Keller des Unterrichtsgebäudes und ist der einzige Zufluchtsort der Akademie, der frei von Rängen und Regeln ist.

Zigarettenrauch verdickt die Luft und erschwert das Sehen und Atmen. Eine Handvoll Kadetten lungert herum, spielt Schach und übt Rauchringe. Plozett sitzt in der hinteren Ecke und liest *Playboy*, getarnt durch das Titelblatt eines Katalogs für landwirtschaftliche Geräte. Es ist verboten, sexuelle Materialien zu besitzen oder zu lesen, aber sie finden regelmäßig ihren Weg in die Schule, machen die Runde unter Matratzen und in Schließfächern und verschwinden in Fetzen oder werden vom Schulbüro beschlagnahmt.

»Das ist der größte Schlamassel seit dem Zweiten Weltkrieg.« Tom sinkt in die Kissen einer senffarbenen Couch, die einem Schwamm ähnelt – gelb und weich, aber tröstlich wie eine Umarmung. Er schüttelt den Kopf und nickt in Richtung des lautlos gestellten Fernsehers, in dem US-Truppen über ein Flugfeld marschieren, das Bild wechselt zu Demonstranten bei einem Sit-in vor dem Weißen Haus.

»Was?« Ich lasse mich in die gegenüberliegende Ecke fallen, ein zerfleddertes Automagazin in der Hand.

»Der Vietnamkrieg. Die Regierung trifft eine dämliche Entscheidung nach der anderen. Ich werde froh sein, wenn Präsident Johnson abtritt. Unsere Truppen zahlen für die Fehlentscheidungen der militärischen Führung.«

»Sarge meint, es ist blutig, aber notwendig. Er sagt, wir brauchen dort mehr Truppen, um etwas zu bewirken.« Ich habe keine der Nachrichten verfolgt, weiß inzwischen, dass ich Fakten kennen muss, wenn ich mit Tom diskutieren will.

»Ich wünschte, sie würden aufhören und unsere Jungs nach Hause bringen. Es wird sowieso nicht funktionieren.«

»Klingt wie Deserteursgerede.« Tony White schlägt mit der flachen Hand auf die Kissen zwischen uns.

»Lass uns Cartoons gucken.« Big Mike dreht an den Knöpfen des Fernsehers. »Ich kann diesen Scheiß nicht ausstehen.« Er sinkt zwischen uns und füllt den Raum mit Leichtigkeit aus.

Tom springt auf. »Ich muss los.« Er schaut mich fragend an, will meine Aufmerksamkeit erregen, aber ich nicke nur und bleibe sitzen. Wortlos steuert Tom auf die Tür zu.

»Was machst du nur mit der Flocke?«, sagt Tony, während Mickey Mouse über den Bildschirm flimmert.

»Verdammtes Weichei.« Big Mikes Blick klebt am Fernseher.

»Wir hängen halt rum.« Ich fühle mich wie ein Verräter, aber ich muss auf Tonys Seite bleiben, weil ich Angst habe, dass er ausrastet oder mir beim Training eine Lektion erteilt. Ich sitze starr da und tue so, als würde ich mir die Show ansehen, dabei wünschte ich, ich wäre mit Tom gegangen. *Ich* bin das Weichei.

DAS GEGENTEIL VON WAHRHEIT

»Wir sehen uns später«, murmle ich schließlich. Das Gekicher von Big Mike und Tony folgt mir in den Flur. Ich werde morgen etwas mit Tom unternehmen, zum Teufel mit Tony und Big Mike. Da erinnere ich mich an den Brief meiner Eltern, den ich in meiner Hosentasche vergraben hatte. Das Rascheln des Papiers hat mich die ganze Woche über begleitet. Ich war zu beschäftigt und zu aufgewühlt, um ihn zu öffnen. Morgen werde ich ihn lesen, sobald Plozett zum Frühstück gegangen ist und ich allein bin.

Für den Fall der Fälle.

KAPITEL VIER

Am späten Morgen blättere ich lustlos in meinem englischen Grammatikbuch und stelle bald fest, dass ich mich an kein einziges Wort erinnere. Seufzend stehe ich auf und entschließe mich, zum Mittagessen zu gehen. Tom ist nirgends zu sehen. Das ist nicht ungewöhnlich, denn Sonntag ist der einzige Tag, an dem wir ausschlafen dürfen.

Zurück in meinem Zimmer hole ich den Brief hervor. Er fühlt sich wie ein Ziegelstein in meiner Hand an. Ich drehe ihn hin und her, bevor ich den Umschlag mit einem Seufzer aufreiße. Heimweh packt mich, eine Art Schwere im Bauch, als würde ich eine zehn Kilo Hantel mit mir herumschleppen. Ich erinnere mich an mein Zimmer mit den ausgefransten Postern der Beatles und meinem Idol, dem Quarterback Bob Griese, an meine Geschwister am Esstisch, die Kekse mampfen, und an das, wenn auch seltene, Angeln mit meinem Vater. Die sorgfältige Handschrift meiner Mutter verschwimmt, die zierlichen, langen Buchstaben wirken zart. Ich weiß es besser. Meine Mutter hat das Sagen im Haus.

Bis vor ein paar Monaten wusste ich nicht einmal, dass Palmer existiert. Das änderte sich, als mein Vater das Internat beiläufig erwähnte. Kurz darauf bat er mich, am Tisch zu bleiben. Es war seltsam still, und meine Mutter beobachtete mich. Da wusste ich, dass etwas nicht stimmte, denn das Gesicht meines Vaters war wie versteinert und seine Kiefermuskeln arbeiteten unter der Haut wie Minigolfbälle.

Sicher, ich hatte in der Schule geschlampt. Jedes Jahr am ersten Schultag lächelten die Lehrer, sobald ich die Klasse betrat, und erwarteten die gleichen hervorragenden Leistungen wie die meines älteren Bruders Gary, Mr. Perfekte Noten. Das war nicht nur lästig, sondern auch unmöglich, und ich gab den Versuch bald auf. Ich wollte Football spielen, und obwohl ich durchschnittlich groß bin, habe ich Reflexe, die meinen Körper mühelos nach vorn schleudern.

Ich hatte erwartet, dass mein Vater mir harte Arbeit predigen, Hausarrest oder eine andere Strafe verhängen würde, aber nie das: weggeschickt, aus der Familie geworfen zu werden wie ein kaputtes Spielzeug.

Lieber Andrew,

ich hoffe, Du gewöhnst Dich gut an den Schulalltag. Wir sind wie immer sehr beschäftigt. Gary hat ein Stipendium für die Indiana University erhalten und macht uns wieder einmal stolz. Er ist so ein guter Schüler. Wir haben das Indiana State Museum in Indianapolis besucht und sind in der Innenstadt herumgelaufen. Deinen Großeltern geht es gut, auch wenn sie auf dem Bauernhof reichlich Arbeit haben. Wir werden sie Thanksgiving wieder besuchen. Es wird seltsam sein, Dich nicht zu Hause zu haben. Ich nähe gerade Halloween-Kostüme, Mary hat sich eine Clown-Verkleidung gewünscht. Sie wird sich einen dieser süßen roten Schaumstoffbälle auf die Nase stecken. Papa hat viel in der Schule zu tun, aber er arbeitet trotzdem jeden Abend am Anbau des Hauses. Es geht gut voran.

Wir hoffen, Du lernst fleißig und bist sparsam. Es ist eine große Ehre, Kadett der Palmer Military Academy zu sein. Pass gut auf Deine Kleidung auf. Sie ist teuer. Ich muss mich beeilen, die Kekse sind fast fertig und ich muss Deinen Bruder von der Bibliothek abholen.

Liebe Grüße

Mama

Ich zerknülle den Brief und werfe ihn in die Ecke. Fetzen alter Erinnerungen treiben wie Wolken in meinem Kopf. Dutzende von Szenen wie scharfe Stiche ... Streit mit meinen Geschwistern, Hänseleien und Auseinandersetzungen mit meinen Eltern. Ich wollte Aufmerksamkeit. Das weiß ich jetzt. Anstatt die Dinge zu klären oder sich zu fragen, was mit mir los war, haben sie sich meiner entledigt, haben mich weggeworfen wie einen alten Lappen, einen Karton mit alten Zeitungen – entsorgt und vergessen.

Ich sitze in dem stickigen Wohnheimzimmer und frage mich, ob sie jemals an meine Gefühle gedacht haben. Was ich wollte? Ich starre aus dem Fenster, unter dem ab und zu ein Kadett vorbeischlendert. Nach einer Weile hebe ich das Papierknäuel auf und streiche es glatt. Wie ich alles hasse. Ich kann nicht verstehen, warum mein Vater so begeistert vom Militär ist. Was soll's, dass er bei den Merchant Marines war, soll er doch selbst Palmer besuchen – wie Toms Vater. Die Nachrichten sind voll schlimmer Berichte über verstümmelte und tote Soldaten, Angriffe auf Dörfer, das Spritzen von Wäldern mit Agent Orange. Ich habe gehofft, dass sie mich zurückhaben wollen, aber im Brief steht nichts davon, nur dass ich *fleißig lernen und sparsam sein soll*.

Der Raum schrumpft und erstickt mich mit seiner Stille. Jetzt kann ich auf keinen Fall lernen. Ich brauche Luft.

Draußen renne ich los, weg von den Regeln, weg von den kontrollierenden Augen.

Schneller ... ich sprinte, halb blind mit Tränen. Es fühlt sich gut an, sich zu bewegen, mein Trainingsanzug mit dem weißen Pferdewappen der Schule auf der Brust ist bequem. Ich darf ihn nur beim Sport und bei informellen Treffen in der Kaserne tragen. Das Verlassen des Geländes ohne Uniform ist verboten. Aber das ist mir egal.

Als ich endlich langsamer werde, brennen meine Oberschenkel, und mein Atem geht stoßweise. Ich stapfe weiter, ohne mich umzuschauen, meine Füße knöchelhoch in alten Blättern. Mehr rieseln von oben, ein Regen aus Erdfarben.

Wie aus dem Nichts taucht ein Bach auf, der auf Kieselsteinen wie geschliffenes Glas dahingluckert. Ich hüpfe hinüber und halte auf den glitschigen Steinen mühelos das Gleichgewicht. Die Erde bricht unter mir weg, als ich das gegenüberliegende Ufer erklimme. Der stechende Geruch von Pilzen vermischt sich mit verrottender

Rinde. Eichhörnchen rascheln durch die Buchenäste über mir, ein Blauhäher kündigt meine Ankunft an. Der Brief in meiner Tasche knistert.

Ich laufe noch ein Stück weiter, aber nicht weit genug, um den Schmerz zu vergessen. Meine Oberschenkel pochen, und ich werfe mich in einen Laubhaufen. Der Septemberhimmel schwebt wie ein graues Kissen über mir, flauschig, aber luftlos. Ohne die Sonne ist es heute viel kühler. Ich träume davon, nach Kalifornien zu trampen und mich einer der Hippie-Kommunen in San Francisco anzuschließen. Sie machen, was sie wollen, rauchen Gras und trinken. Man munkelt, dass es dort wilde Partys mit viel Sex gibt.

Ich ziehe eine Grimasse. Wem mache ich etwas vor? Ich werde nichts dergleichen tun. Weder trinken noch rauchen und schon gar keinen Sex haben. Ich analysiere jede Entscheidung hundertmal und rede sie mir dann wieder aus. Was, wenn ich unterwegs auf einen Serienmörder treffe? Was ist, wenn ich eine Lungenentzündung bekomme? Außerdem bin ich pleite. Die Wahrheit ist, dass ich null Kontrolle habe. Ich *bin* ein Weichei, das der Gnade von Muller und Co. ausgeliefert ist. Wütend fahre ich mir mit dem Arm über die feuchten Augen.

Die Welt schrumpft.

Ich erwache mit einem Schreck. Es ist dämmrig. Ich springe auf und schaue mich um, die Bäume halten still Wache. Ich liebe den Wald, bin mit seinen Gerüchen und Geräuschen vertraut. Aber dieser Wald ist mir fremd, und ich habe keine Ahnung, aus welcher Richtung ich gekommen bin. Wenn ich erwischt werde, muss ich so lange Dienst schieben, bis ich alt und grau bin. Dafür wird Bierbauch sorgen.

Ich suche den Boden nach Fußabdrücken ab, nach einer Spur, die ich hinterlassen habe. Aber die Blätter wandern im Wind umher, und die Luft ist scharf. Ein Schauer kriecht mir den Rücken hoch, ob es an der Kälte liegt oder an der Erkenntnis, dass ich mich verirrt habe, weiß ich nicht. Ich beginne im Kreis um den Baum zu gehen, unter dem ich geschlafen habe, und suche nach etwas Vertrautem, nach Spuren von zerknüllten Blättern oder beschädigten Zweigen.

DAS GEGENTEIL VON WAHRHEIT

Aber da ist nichts.

Die Bäume über mir flüstern, die Äste wiegen sich im trüben Licht. Ganz leise höre ich das Rauschen des Wassers – der Bach. Ich laufe im Zickzack zwischen den Bäumen hindurch, bleibe immer wieder stehen, bis das Geräusch von fließendem Wasser deutlicher wird. Nur ist es lauter und aggressiver, als ich es in Erinnerung habe, es plätschert und spuckt wie eine Miniatur-Stromschnelle.

Hinter der nächsten Anhöhe entdecke ich den Bach unter mir. Er schäumt, ist tiefer und schneller. Dies ist nicht die Stelle, die ich durchquert habe, vielleicht ist es gar nicht dasselbe Gewässer.

Das letzte Licht spiegelt sich in der Strömung, die sich zu einem seichten Wasserfall auswächst. Ich suche nach einer Stelle zum Überqueren, um meine Schuhe trocken zu halten, aber es ist unmöglich, klar zu sehen. Ich rutsche die Böschung hinunter und verliere das Gleichgewicht. Schlamm verschmiert meine Hände und die Seiten meiner Hose.

Scheiße, ich sitze so was von in der Patsche. Vielleicht schicken sie mich nach Hause, weil ich noch mehr Regeln gebrochen habe, untauglich für die Akademie bin. Ich erinnere mich an die Gesichter meiner Eltern, als sie ankündigten, dass sie mich bei Palmer angemeldet hatten. Weil meine Familie mich nicht will. Ich *möchte* wirklich nach Hause. Aber unter diesen Umständen würden meine Eltern mich umbringen. Ich bin am Ende.

Das Wasser macht meine Zehen taub. Als ich die andere Seite erreiche, bin ich bis zu den Waden durchnässt, und der Wald verschwindet im Schatten. Ein Halbmond schiebt sich über den Horizont und lugt durch die Blätter. Ich strecke meinen rechten Arm aus, um nicht gegen Bäume zu laufen, und meine durchnässten Füße platschen bei jedem Schritt. Mir ist kalt und heiß zugleich, mein Gesicht ist fiebrig und feucht, meine Füße sind gefroren.

Die Zeit vergeht langsam wie zwei Schnecken, die auf morscher Rinde ein Wettrennen machen. Ich habe keine Ahnung, wie spät es ist. Gestrüpp zerkratzt mein Gesicht und verheddert sich in meinen Beinen, ich taumle über Wurzeln und Felsbrocken. Was, wenn ich mich total verlaufen habe? Der Bach war definitiv anders. Vielleicht bin ich auf dem Weg nach Kentucky.

Ich weiß, wie man ein Bett aus Blättern baut, einen Pullover mit trockenen Gräsern ausstopft und sich unter einem Reisighaufen verkriecht – kalt, ja, aber ich werde die Nacht überstehen. Das Schlimmste ist, dass ich hungrig bin und das Mittagessen nur noch eine ferne Erinnerung ist.

Die Bäume lichten sich, dann verschwinden sie. Ich befinde mich auf einer Schotterstraße. In der Ferne erkenne ich ein schwaches Glühen, nicht mehr als ein Schimmern wie beleuchtete Nadelspitzen. Ich gehe weiter, den Blick fest auf die Lichter gerichtet.

Mit einem Seufzer erkenne ich Garville. Nur dass ich mich von der anderen Seite her nähere. Das einzige Fenster des Kinos zeigt ein verblichenes Poster von Raquel Welch. Ich habe einen großen Bogen um die Stadt gemacht.

Im Geist sehe ich die Familien beim Abendessen – sogar die Townies –, wie sie Zeit miteinander verbringen und Sonntagsbraten mit Kartoffeln genießen. Ein intensives Gefühl der Einsamkeit durchströmt mich. Ich denke an Tom, dessen Vater sich nicht kümmert und dessen Mutter weggesperrt ist. Tom hat es schlimmer.

Der Gemischtwarenladen erscheint zu meiner Rechten. Die Lichter im Obergeschoss werfen Muster auf die staubige Straße. Rosa Vorhänge hängen fein säuberlich hinter den Scheiben und verdecken die untere Hälfte jedes Fensters. Ich muss mich beeilen, aber etwas zieht mich an.

Vielleicht sehe ich *sie* wieder. Ich eile über die Straße und bleibe stehen, um vom Schatten des Friseursalons gegenüber die Fenster zu beobachten. Die Luft fühlt sich leblos an, als ich mich neben dem Foto eines Mannes mit pomadisierten Haaren und einem wächsernen Schnurrbart an die Holzverkleidung lehne. Eine Zigarette wäre schön. Nicht weil ich rauche, sondern weil ich dann etwas zu tun hätte. Hinter dem rosa Vorhang bewegt sich jemand.

Das Mädchen. Sie wohnt also doch hier. Ihre Arme heben und senken sich, als ob sie schreien würde. Ihr Haar sieht noch schwärzer aus, locker und fließend, ohne die Fesseln der Zöpfe. Ich kann ihr Gesicht nicht sehen und auch nicht, ob noch jemand im Raum ist.

Die Eingangstür des Ladens öffnet sich mit einem Poltern. Etwas Schweres schleift über den Boden, und aus der Dunkelheit taucht ein Rollstuhl auf und bewegt sich an den Rand des Bürgersteigs. Ein Licht flackert, jemand hustet, eine Zigarette glimmt. Ein Mann mit schwarzer Mähne, die kaum von einem Haarband gezähmt wird, sitzt nicht mehr als zehn Meter entfernt. Ich tue einen Schritt, in der Absicht, zwischen den Gebäuden zu verschwinden. Aber der Mann im Rollstuhl scheint außergewöhnliche Sinne zu haben.

»Wer ist da?«, schreit er und rollt gleichzeitig auf die Straße. Zu meinem Entsetzen kommt er direkt auf mich zu. »Zeig dich, du Lump. Ich schieße!« Die Stimme klingt trotz des Rollstuhls kämpferisch.

»Bitte nicht, ich … habe mich verirrt und … musste mich ausruhen.«

»Was?«

Ich trete aus dem Eingang des Ladens. Der Rollstuhl stoppt.

Die Augen des Mannes verengen sich. »Was zum Teufel?« Er nimmt einen Zug von seiner Zigarette. Etwas Wohlriechendes steigt mir in die Nase – Marihuana. »Was bist du, ein verdammter Spion? Solltest du nicht bei den Blauröcken sein?«

»Ich habe mich im Wald verirrt …«

»Eric, wo bist du?«, ruft eine helle Stimme von der Tür. »Du weißt, dass Papa es nicht mag, wenn du das Zeug rauchst …«

»Hier drüben. Sieh mal, wer uns ausspioniert.«

Das schwarzhaarige Mädchen erscheint neben dem Mann, den sie Eric nennt. Für mich scheint sie zu schweben. »Was machst *du* denn hier?«

Hitze steigt mir in die Kehle, dann weiter in mein Gesicht. Ich will mich in Luft auflösen. »Ich bin kein –«

»Habe ihn schon gefragt«, meint Eric, wobei er mich wie eine Katze beobachtet. »Er behauptet, er habe sich verlaufen. Und seinen Namen sagt er uns auch nicht. Ein verdammt großes Geheimnis.«

DAS GEGENTEIL VON WAHRHEIT

»Vielleicht hat er recht. Sieh dir seine Hose und Schuhe an. Was für eine Sauerei.« Die Nase des Mädchens rümpft sich angewidert.

Warum öffnet sich nicht ein Loch im Boden, damit ich hineinspringen kann?

»Was ich gerne wüsste, ist, was er vor unserem Laden macht«, sagt Eric und zieht gierig an seinem Joint. »Sieht für mich aus wie ein verdammter Spanner.«

»Ich musste kurz anhalten, und das ist das einzige Gebäude, das ich kenne«, stammle ich. *Ich klinge wie ein Idiot.*

»Ja, richtig«, äfft Eric.

»Ich muss los. Werde so schon bestraft.«

Eric schnippt den brennenden Stummel in meine Richtung. »Geschieht dir recht.«

»Warum musst du immer so gemein sein?« Das Mädchen sieht mich immer noch an. »Er ist offensichtlich in Schwierigkeiten.«

»Ich sage dir, er beobachtet uns. Erinnert mich an einen Spuk.« Eric zündet sich einen weiteren Joint an und atmet tief ein. Er lehnt sich zurück und starrt mich an, als wäre ich eine ekelhafte haarige Spinne.

Herbe Dämpfe ziehen herüber und kitzeln meine Kehle. Meine Wangen glühen. Ohne Kommentar drehe ich mich auf dem Absatz um und presche davon.

»Ich werde dich im Auge behalten«, ruft der Mann im Rollstuhl, und seine Stimme echot bis an den Rand der Stadt in meinen Ohren.

Ich ducke mich hinter das Ortsschild und schaue zurück. Das Mädchen schiebt den Rollstuhl zum Laden. Für eine Sekunde dreht sie sich in meine Richtung, ihre Augen suchen, sehen mich direkt an. Ich bin sicher, dass ich versteckt bin, aber ich fühle mich so nackt, als wäre ich aus einer Badewanne gestiegen.

Verdammt, die Schule. Zeit, mir weitere Bestrafungen abzuholen.

Die Nässe ist bis zu den Knien gestiegen, und meine Füße sind so kalt, dass ich meine Zehen kaum spüre. Sicherlich vermisst man mich schon, und es wird die Hölle los sein. Werfen sie Schüler in eine Zelle oder verweisen sie mich ganz von der Schule?

DAS GEGENTEIL VON WAHRHEIT

Aus der Ferne sieht Palmer aus wie ein Fünf-Sterne-Hotel – gepflegte Rasenflächen, gestutzte Hecken und perfekt gepflanzte Blumenbeete, als ob die Schule der Natur ihre militärische Disziplin aufzwingen würde. Ich sehne mich nach meinem Zimmer, nach Wärme und ... etwas, das ich noch nie für erstrebenswert gehalten habe ... an den Schreibtisch. In der Hocke suche ich nach Deckung, aber die Büsche sind kurz gestutzt, und an den dürren Ästen hängen wenige Blätter. Ich habe von Patrouillen gehört, die das Gelände wie Geister umkreisen, und ich möchte die Bestrafung so lange wie möglich hinauszögern.

Stimmen treiben heran. Unsicher, woher sie kommen, werfe ich mich zu Boden. Jemand nähert sich auf dem Weg. Mr. Levins, der Lehrer für Naturwissenschaften, ein kleiner Mann mit einer ovalen Brille, rundlich wie eine Chiantiflasche, diskutiert angeregt mit Mr. Brown. Als sie in Richtung des Verwaltungsgebäudes verschwinden, spähe ich über den Rasen. Stille. Keine Bewegung, nicht einmal im Schatten hinter den Wohnheimen.

Ich zwinge meine steifen Oberschenkel, sich zu bewegen, und atme erleichtert auf, als Kaserne B in Sicht kommt. Die meisten Fenster sind erleuchtet – Kadetten in der Lernstunde. Ich schaue zum ersten Stock und frage mich, ob Tom nach mir gesucht hat.

Mit gespitzten Ohren schlüpfe ich hinein und ignoriere das Stimmengemurmel aus einigen der Schlafzimmer im Erdgeschoss, meist Kadetten im zweiten Jahr, die ich kaum kenne. Ich bin fast am Ziel. Wenn ich meine Bücher aufschlage, als würde ich lernen und nur kurz aufs Klo gehen, habe ich Zeit, mich in den Duschraum zu schleichen und zu waschen.

Ich werfe einen Blick auf Schuhe und Unterschenkel, die völlig durchnässt sind. So viel zum Beeindrucken des einzigen Mädchens im Umkreis von vierzig Kilometern. Sie muss mich für einen Vollidioten halten. Ich spüre, wie mein Gesicht wieder heiß vor Verlegenheit wird, biege um die Ecke und stoße mit etwas Gewaltigem zusammen.

»Verdammt«, dröhnt die tiefe Stimme von Sarge Russel. Ich erstarre.

KAPITEL FÜNF

»Olson, sind *Sie* das?« Der Sergeant starrt mich an, als wäre ich ein Außerirdischer mit einem grünen Kopf und Antennen. »Warum sind Sie nicht in Ihrem Zimmer?«

Ich dränge mein Gehirn dazu, etwas Kluges zu sagen, aber nichts passiert. Meine Strategien und vorbereiteten Argumente haben sich verflüchtigt und ein Vakuum hinterlassen. Ich suche nach Worten, nach einer Erklärung.

Nichts.

Stattdessen zittere ich. Ich werde heute Abend nach Hause entlassen, entehrt von der Schule geworfen. Alle werden mich anstarren und den Kopf schütteln, während ich auf meine Eltern warte. Auf meine Eltern!

»Was ist los mit Ihnen? Antworten Sie!«

Ich kehre in die Gegenwart zurück. »Sir, ich habe mich verlaufen. Ich ... der Brief.« Mein Hirn schaltet ab.

Sarge sagt kein Wort. Nicht einmal seine Augen bewegen sich, während er mich anschaut. Sekunden vergehen ... eine Minute – eine Ewigkeit. In der Ferne knarrt die Dampfheizung. Leise Stimmen dringen wie Nebel aus einem der Räume.

»Sir, ich bin heute Nachmittag weggelaufen. Ich war wütend und ... schlief im Wald ein ... habe mich verirrt.«

»Olson, sehen Sie sich an. Dreck und Verwirrung. Wollen Sie

hier so bekannt werden?«

Jetzt kommt's. Ich senke den Kopf und halte den Atem an. Auf dem Linoleum neben meinen Füßen bildet sich eine schlammige Pfütze.

Die Hand des Sarge landet auf meiner Schulter. Sie fühlt sich schwer an, als würde ein Sack Kartoffeln auf mir lasten.

»Machen Sie sich frisch und gehen Sie an Ihren Schreibtisch. Und zwar im Eiltempo. Morgen melden Sie sich um neunzehn Uhr bei mir.«

Ich starre den Mann an. Sarge hat Chinesisch gesprochen, aber irgendwie übersetze ich, dass ich nicht rausgeworfen werde. Zumindest jetzt noch nicht. Vielleicht holt Sarge den Direktor, und es gibt ein offizielles Ausschlussverfahren. Ich zittere.

»Olson, haben Sie mich gehört? Gehen Sie sich waschen.«

»Jawohl, Sir. Danke, Sir.« Ich flitze den Korridor entlang.

»Morgen, neunzehn Uhr in meinem Büro«, ruft mir der Sergeant hinterher. »Ich kläre das mit Barberry.«

»Jawohl, Sir.«

Im Waschraum werfe ich einen Blick in den Spiegel. Das Gesicht, das mich anschaut, sieht zum Fürchten aus: Augen und Haare sind mit Schlamm besudelt, in der braunverschmierten Hose und meinen Haaren kleben Blätter. Meine Glieder zittern, als ich mir die Kleider vom Leib reiße und in die nächstgelegene Dusche steige. Das heiße Wasser fühlt sich himmlisch an.

Innerhalb weniger Minuten sitze ich an meinem Schreibtisch und bin dankbar, dass Plozett nicht da ist. Er muss in der Bibliothek sein, dem einzigen anderen Ort, der während der Lernzeit erlaubt ist. Ich blättere in den Büchern und denke an die Hausaufgaben, eine weitere Englischarbeit – wir sind bei *Romeo und Julia* angelangt –, und die Geografieprüfung am nächsten Morgen. Mein Magen knurrt. Ich durchstöbere die Schreibtischschubladen und finde ein Stück Lakritz, das ich hinunterschlinge.

»Wo zum Teufel warst du den ganzen Tag?« Tom lehnt im Türrahmen, die Stirn in Falten gelegt, sein Ausdruck eine Mischung aus Neugier und Sorge.

DAS GEGENTEIL VON WAHRHEIT

»Habe mich im Wald verirrt. Sarge hat mich erwischt.«

»Ist das dein Ernst?« Tom stürmt ins Zimmer und lässt sich auf Plozetts Stuhl fallen. »Erzähl.«

»Ich war sauer wegen des Briefs, den meine Mutter geschickt hatte. Also machte ich einen Spaziergang und schlief im Wald ein. Es wurde dunkel, und ich konnte mich nicht mehr an den Weg erinnern. Ich lief im Kreis, wurde schmutzig und nass und verpasste das Abendessen. Ich dachte, ich hätte es sicher geschafft, als ich Sarge im Flur begegnete.«

»Bierbauch wird dir das Fell über die Ohren ziehen.« Tom verzieht das Gesicht. »Du wirst bis ans Ende der Zeit strafmarschieren.«

Ich schüttle den Kopf, meine Stimmung ist wieder schlecht. »Sarge hat gesagt, er wird mit Bierbauch sprechen. Ich muss mich morgen Abend bei ihm melden. Er wird mich rausschmeißen. Ich weiß es.«

Tom ist einen Moment lang still. »Naah, das bezweifle ich. Dann hätte er sofort was unternommen, und du wärst heute Abend oder morgen früh rausgeflogen.«

»Vielleicht holt Sarge den Direktor, und sie rufen meine Eltern an. Und morgen Abend ...« Ich kann nicht weitersprechen. Das Gesicht meines Vaters erscheint wie ein Geist ... wütend und verdreht vor Scham über seinen nutzlosen Sohn.

»Ich wette, du wirst marschieren.« Tom nickt beschwichtigend und steht auf. »Ich gehe besser – bevor sie mich erwischen.«

»Bis später, Mann.«

»Später, schön, dass du wieder da bist.«

»Du hast nicht zufällig was zu essen dabei?«, rufe ich ihm nach. »Ich kann vor lauter Magengrummeln nicht lernen.«

Tom schüttelt den Kopf. »Tut mir leid, ich bekomme nie Care-Pakete. Habe in der Kantine gegessen.« Im Korridor schlägt eine Tür zu, und Tom eilt davon.

Die Heizung knarrt. In meinem Kopf ziehen blaue Augen vorbei. Die Szene auf der Straße wiederholt sich wie in einem schlechten Film. Vielleicht sollte ich es Tom sagen. Tom, der die

Beleidigungen von Big Mike vergessen zu haben scheint. Meine Gedanken kreisen wieder um Sarge und die Sorge, rausgeworfen zu werden. Ich werde einen ganzen Tag warten müssen. Ich hasse es zu warten.

Die Prüfung am Morgen ist ein jämmerlicher Reinfall. Ich sage mir, dass es nichts ausmacht, ich packe heute Abend sowieso meine Koffer.

Die Stunden ziehen sich endlos hin. Es ist schwer, sich zu konzentrieren, sogar in Mathe und Physik, Fächern, die mir normalerweise Spaß machen. Die Uhrzeiger über der Klassenzimmertür bewegen sich quälend langsam, und ich habe ein flaues Gefühl im Magen. Das Frühstück war riesig, was ich jetzt bereue. Die Eier und der Speck schwimmen und tanzen und liegen doch wie Steine im Bauch.

Jetzt, wo ich nach Hause gehen werde, frage ich mich, warum ich fürs Marschieren trainiert und unzählige Namen von Kadettenoffizieren auswendig gelernt habe, die ich gar nicht kennen will. Ich habe Zeit damit verschwendet, zu lernen, mein Bett so zu machen, dass das oberste Laken genau fünfzehn Zentimeter der Wolldecke bedeckt, weiß jetzt, wie man die unwahrscheinlichsten Ritzen von Möbeln abwischt, damit der Handschuh zumindest meistens sauber bleibt, und Hemden so faltet, dass sie vierundzwanzig Zentimeter breit und dreißig Zentimeter lang sind, wenn sie aus der Wäscherei kommen. Nichts von alledem ist in der realen Welt von Nutzen.

Die Inspektion ist für neunzehn Uhr dreißig angesetzt. Wieder Muller. Ich muss mich beeilen, damit ich rechtzeitig von Sarge zurück bin. Aber dann werde ich wahrscheinlich nur kommen, um meine Sachen zu packen und hinausbegleitet zu werden. Ich seufze.

»... von minus sechs? Kadett Olson?« Mr. Levins starrt mich an.

Ich schieße vom Stuhl. Ich habe nur einen Teil der Frage gehört. »Entschuldigen Sie, Sir?«

Der Raum ist totenstill.

DAS GEGENTEIL VON WAHRHEIT

»Olson, es ist offensichtlich, dass Sie heute nicht bei uns sind. Sind Sie sicher, dass Sie in diese Klasse gehören?«

»Ja, Sir.«

»Ich habe gefragt, was der absolute Wert von minus sechs ist.« Ich habe erst gestern Abend davon gelesen, aber ich kann mich nicht erinnern.

»Der absolute Wert ist ...« Ich schaue geradeaus, spüre die Augen meiner Mitschüler auf mir.

»Olson, setzen Sie sich. Plozett, helfen Sie ihm.«

»Sir.« Plozett steht auf. »Der absolute Wert von minus sechs ist sechs.«

»Richtig.«

Schon wieder möchte ich in ein Loch springen. Jetzt ruiniere ich auch noch meine Mathenote. Ich schaue zur Wanduhr: vierzehn Uhr. Noch fünf Stunden bis zum Treffen.

Ich schmecke den Schweinebraten und das Kartoffelpüree kaum, das es zum Abendessen gibt. Tom versucht, mich in ein Gespräch zu verwickeln, mich zum Lachen zu bringen, indem er eine Geschichte über seinen Mitbewohner erzählt.

»Kröte quälte sich durch ein französisches Gedicht, die Augen hinter den Brillengläsern nach oben gerichtet, blieb stecken. Ich versuchte, aus der zweiten Reihe zu helfen, aber Kröte verstand es falsch und verwandelte das Gedicht in Unsinn. Alle lachten außer Kröte und Mrs. Smelting. Danach warf Kröte mir böse Blicke zu.«

Dankbar für Toms Bemühungen, mich zu unterhalten, versuche ich zu lächeln, aber ich kann das Gefühl des Unheils nicht abschütteln, das mit jeder Minute stärker wird.

Mein Klopfen an Sarges Bürotür klingt schwach. Von der anderen Seite kommt ein entschlossenes »Eintreten«. Meine Knie werden zu Wackelpudding, als ich mich vor dem Eichenschreibtisch und Sarges massiver Figur dahinter aufstelle. »Sir, Kadett Olson, Sir.«

Sarge kaut an einer nicht angezündeten Zigarre und studiert einen Satz Karten. Er hält den Kopf gesenkt, und ich bemerke eine kahle Stelle, die sich oben zwischen den Salz- und Pfefferstoppeln ausbreitet. Schließlich blickt Sarge auf und schiebt seinen Stuhl zurück.

Einen Moment lang studiert er mich schweigend. Ich halte den Atem an, bis sich meine Lunge meldet und ich nach Luft schnappe. Ich nehme eine Bestandsaufnahme meiner Haltung vor, aber wie kann man sich darauf konzentrieren, gerade und still wie eine Statue zu stehen, wenn die Nerven nach Entspannung verlangen?

»Setzen Sie sich, Olson.«

»Jawohl, Sir.«

Sarge starrt weiter, sein Gesicht ist undurchdringlich, während ich versuche, ein neues Zucken in meinen Waden zu kontrollieren, das meinen Körper zu übernehmen droht. Ich will, dass es endlich vorbei ist.

»Sie sehen besser aus«, erklärt er. Ein Funke flackert in seinen Augen auf, aber ich kann nicht sagen, was er bedeutet. Sicherlich wird er jeden Moment losbrüllen.

»Danke, Sir.«

»Jetzt erzählen Sie schon, was gestern passiert ist. Von Anfang an.« Sarge lehnt sich in seinem Stuhl zurück.

Ich setze mich aufrecht hin und erzähle von der Lektüre des Briefes, der Flucht in den Wald, dem Einschlafen, Verirren im Dunkeln und dem Rückweg durch die Stadt. Die Begegnung vor dem Laden lasse ich aus.

»Das war's. Als ich zurückkam, war es schon spät und ich traf Sie.«

Sarge bleibt stumm. Er blinzelt, während die Zigarre zwischen seinen Lippen wandert. Ich versuche, ihm direkt in die Augen zu sehen, senke aber bald meinen Blick. Meine Schuhe schimmern im schwachen Licht des Schreibtischschattens. Sie scheinen jemand anderem zu gehören.

»Olson, ich bin sicher, Sie wissen, dass Sie Palmers Campus nicht ohne Erlaubnis verlassen dürfen. Das ist eine ernste Angelegenheit. Wir können nicht zulassen, dass Kadetten überall herumwandern. Vielleicht ist dies nicht der richtige Ort für Sie. Palmer trägt die Verantwortung für die Sicherheit aller. Verstehen

DAS GEGENTEIL VON WAHRHEIT

Sie, was es heißt, verantwortlich zu sein?«

Ich nicke und suche nach genügend Energie, um zu sprechen. »Ja, Sir. Ich –«

»In Vietnam wären Sie tot.« Sarge nuckelt an seiner Zigarre und spuckt ein Stück Tabak in den Papierkorb. »Ich habe Sie beobachtet, Olson. Sie scheinen ein guter Sportler zu sein, aber Ihre Noten sind lausig. Haben Sie eine Ahnung, warum?«

Ich zucke mit den Schultern. Wie kann man mit einem Bruder wie Gary, der nur As schreibt, gerne lernen? Er verlässt kaum sein Zimmer, während ich herumrennen, aktiv sein und gewinnen will. In Garys Fußstapfen gibt es kein Gewinnen, also habe ich schon lange aufgegeben.

Ich überlege, was ich sagen soll, aber Sarge winkt mit der Hand, als hätte er meine Gedanken gehört.

»Wissen Sie, viele Jungs haben Probleme mit ihren Familien, einige davon sind sehr ernst. Haben Sie über Ihre Zukunft nachgedacht, was Sie tun wollen, wenn Sie hier fertig sind?«

Ich versteife mich. Jetzt ist es so weit, ich werde nach Hause geschickt. »Ich werde wohl wieder meine alte Highschool besuchen. In einer Stunde kann ich packen.«

»Wovon reden Sie? Oh, ich verstehe.« Sarges Mund verzieht sich zu einem Lächeln. »So leicht kommen Sie nicht davon, Olson. Ich habe andere Dinge für Sie im Sinn. Sieht so aus, als bräuchten Sie eine Lektion in Orientierungslauf.«

Die Last auf meiner Brust lässt nach, und ich erinnere mich daran, dass ich atmen kann. Ich werde nicht wie ein Versager nach Hause geschickt werden, zu meinen Eltern zurückkriechen, zu meiner Highschool und meinem Vater, meinen Geschwistern und meinen Freunden gegenübertreten, als ob ich es nicht schaffen würde.

»Hören Sie zu, mein Sohn. Ich möchte, dass Sie wirklich über Ihr Leben nachdenken. Sie können ein hervorragender Soldat werden, wenn Sie wollen. Das Land braucht Männer wie Sie, stark und fit und abenteuerlustig. Manchmal sogar ein wenig eigensinnig. Oder Sie können weiter Trübsal blasen und mittelmäßig sein. Es ist

DAS GEGENTEIL VON WAHRHEIT

Ihre Entscheidung. Verstehen Sie?«
Ich nicke. »Jawohl, Sir. Ich danke Ihnen, Sir.« Ich springe so abrupt auf, dass mein Stuhl nach hinten umkippt.
»Nicht so schnell. Hinsetzen!« Die Stimme des Sarge dröhnt. Ich greife nach meinem Stuhl und setze mich auf die Kante.
»Tut mir leid, Sir, ich –«
»Was machen Sie nächsten Samstag? Nach den Inspektionen natürlich.«
»Nichts, Sir, vielleicht in die Stadt gehen und einen Film mit Tom ... Kadett Zimmer anschauen.«
»Sie marschieren nicht extra Strafdienst?«
»Nein, Sir, zumindest jetzt noch nicht. Ich habe in ein paar Minuten eine Inspektion, ich ...«
»Versuchen Sie, sich aus Schwierigkeiten herauszuhalten, ja?« Sarge richtet sich auf und geht zum Bücherregal, um ein Feuerzeug zu holen. »Warum kommen Sie nicht vorbei, so gegen dreizehn Uhr? Eine Lektion in Orientierung wird Ihnen guttun. Für den Fall, dass Sie sich wieder verirren.« Zigarrenrauchschwaden steigen zwischen uns auf.
»Danke, Sir.«
»Wegtreten.«
Ich eile aus der Tür.
»Olson, vergessen Sie nicht, was ich Ihnen gesagt habe. Sie haben eine Wahl.«
»Jawohl, Sir.« Als ich das Verwaltungsgebäude verlasse, möchte ich Rad schlagen. Ich bin in Sicherheit, und Sarge will mir etwas Cooles beibringen. Vielleicht ist das der richtige Weg. Ich sehe mich neben Sarge, mit grün angemalten Gesichtern, auf Händen und Knien durch den Dschungel schleichen, Granaten werfen und mich aus einem Hubschrauber abseilen. Ich stelle mir vor, wie ich eine Uniform trage, wie meine Brust mit Medaillen geschmückt ist, wie mein Vater Sarge die Hand schüttelt und Familie und Freunde einlädt, um unsere Kriegsgeschichten über Tapferkeit zu hören.
»Was ist denn in dich gefahren?« Tom lauert mir stirnrunzelnd im Korridor auf, was seine Gesichtszüge noch länger erscheinen

DAS GEGENTEIL VON WAHRHEIT

lässt.

»Ich bin entkommen. Ich meine, Sarge hat mich nicht ... er hat mich verschont.«

Tom folgt mir den Gang entlang. »Du meinst, er hat dich mit dem gestrigen Ausflug davonkommen lassen?« Er sieht beeindruckt aus. »Nicht einmal Extradienst? Wie hast du das nur geschafft? Ich dachte, Sarge wäre ein harter Hund, aber scheinbar hat er einen weichen Kern.«

»Er ist nicht weich«, sage ich und möchte Sarge plötzlich in Schutz nehmen. »Er ist nur, na ja, er war nett. Er sagte, ich hätte Potenzial und dass er mir Orientierungslauf beibringen will.«

»Wozu?«

»Er sagte, falls ich mich wieder verlaufe.«

»Sarge hat Sinn für Humor.« Tom gluckst und klopft mir auf den Rücken. »Gut gemacht.«

Ich erzähle ihm nichts von der anderen Sache, die Sarge erwähnt hat – dass ich Soldat werde. Ich weiß nicht recht, was ich davon halten soll, aber ich bin mir ziemlich sicher, dass Tom das nicht gutheißen würde.

»Ich gehe besser zurück«, meint er. »Inspektionen sind in vollem Gange.« Gerade als er das sagt, marschiert Muller aus dem Zimmer neben meinem.

Muller kam zwei Jahre zuvor als Erstsemester an die Schule und stieg schnell in den Offiziersrang auf. Sein Vater ist ein hohes Tier beim Militär und arbeitet im Pentagon. Ich frage mich oft, wie manche Schüler mit diesem Selbstvertrauen herumlaufen können, dass die Welt ihnen gehorcht. Muller scheint seine Macht zu schätzen. Obwohl er ein paar Zentimeter kleiner ist und nicht mehr wiegt als meine Schwester Mary, macht er dies durch seinen energischen Eifer, anderen eine Lektion zu erteilen, wieder wett.

»Scheiße«, murmle ich und renne Muller hinterher. Wir sollen in unserem Zimmer sein und strammstehen, wenn der Inspektionsoffizier eintritt. Ich schleiche mich hinter Mullers Rücken hinein und zwinge meinen Körper in Habachtstellung. Natürlich ist Muller meine Verspätung nicht entgangen und er

DAS GEGENTEIL VON WAHRHEIT

verzieht sein Gesicht zu einem missbilligenden Blick, was mich an einen schrumpeligen Apfel erinnert.

Ich weiß, dass sich meine Schärpe gelöst hat und meine Mütze über mein linkes Ohr gerutscht ist, während ich von Sarges Büro zurückeilte. Ich ziehe an meinem Gürtel und richte meine Mütze, als Muller sich zu mir umdreht.

»Zimmer hundertzwölf, Kadetten Plozett und Olson, alle anwesend und angemeldet«, rufe ich. Aus dem Augenwinkel sehe ich, wie sich Plozett entspannt.

Ohne Kommentar beginnt Muller, mein Bett zu untersuchen. Es sieht perfekt aus, bis er Decke und Kissen wegreißt. Ich rolle mit den Augen, schweige aber. Ich bin immer noch erleichtert wegen des Treffens mit Sarge.

»Inakzeptabel, Kadett Olson«, verkündet Muller, dessen Stimme immer noch eine Oktave höher ist als meine. Er fährt fort, indem er meine Hemden und Unterwäsche in einem Haufen auf den Boden wirft. Schließlich pflanzt er sich vor mir auf, perfekt in seiner Offiziersuniform. Er zerrt an meiner Schärpe, und als sie sich nicht lösen lässt, schnappt er sich meine Mütze und wirft sie auf den Haufen.

»Inakzeptabel«, sagt er erneut. »Olson, Sie sind eine Schande für diese Akademie.«

»Jawohl, Offizier Muller, Sir«, rufe ich und versuche, meine Verachtung nicht zu zeigen.

An der Tür dreht sich Muller um. »Melden Sie sich um zweiundzwanzig Uhr bei mir. Ich schreibe einen Bericht. Wegtreten.«

Als Muller sich zum Gehen wendet, ziehe ich eine Fratze. Ich bin wieder einmal wütend. Es ist offensichtlich, dass Muller mich zum Quälen auserwählt hat. Kadetten werden für alle möglichen Vergehen verwarnt, wiederholte nicht bestandene Zimmerkontrollen sind eines davon. Muller kann eine Beschwerde schreiben, und ich werde gezwungen sein, mich bei Bierbauch zu melden, um mich zu rechtfertigen, was mit Sicherheit zu weiteren Verwarnungen führen wird. Für September habe ich bereits fünf

DAS GEGENTEIL VON WAHRHEIT

Strafpunkte auf dem Kerbholz, und wenn ich zehn erreiche, marschiere ich. Hauptsache, ich muss nicht am kommenden Wochenende Dienst schieben. Ich will einen guten Eindruck beim Sarge machen und mit Tom einen Film sehen.

Leise fluchend lege ich meine Kleidung wieder zusammen. Ich fange an, mich die ganze Zeit gefühllos und wütend zu fühlen wie ein Roboter, der alles tut, ohne Kontrolle über irgendetwas zu haben. Die Energie fehlt, selbst zu denken, weil jede einzelne Minute des Tages von Muller und der Akademie bestimmt wird.

Wenn ich mich um zweiundzwanzig Uhr melde, habe ich nicht einmal dreißig lausige Minuten Zeit für mich. Ich hatte vor, Tom zu treffen und über Sarge zu sprechen. Im Moment muss ich ein Kapitel von Salingers *Der Fänger im Roggen* zu Ende lesen, nachdem ich den größten Teil des heutigen Tages damit verschwendet habe, mir Sorgen zu machen. Morgen früh schreiben wir einen Test, und da ich ein langsamer Leser bin, bin ich wieder einmal im Verzug.

»Was ist hier passiert?« Tom begutachtet das Durcheinander von Hemden und Unterwäsche auf dem Boden.

»Muller.«

»Dieser gemeine Trottel. Er hat nichts Besseres zu tun.« Tom hebt ein Hemd auf und faltet es.

»Du gehst besser zurück in dein Zimmer. Muller könnte dich erwischen.«

»Er ist zu sehr damit beschäftigt, die Kadetten im Nebenzimmer zu nerven. Armer Markus. Bei ihm ist es noch schlimmer. Muller liebt es, die Kleinen herumzuschubsen. Er wird noch eine Weile beschäftigt sein. Außerdem bin ich mit der Vorbereitung fertig, außer Mathe.«

»Ich brauche wirklich Zeit, um das blöde Buch zu lesen«, sage ich. »Ich kapiere es sowieso nicht. Der Typ scheint verrückt zu sein, nach New York zu fahren und in einer Bar Drinks zu kaufen. Ha, das klingt zu schön, um wahr zu sein.«

»Holden ist ziemlich verrückt, aber du musst zugeben, dass er wirklich davonkommt«, sagt Tom. »Zumindest für ein bisschen. Ich wünschte, ich könnte auch so etwas durchziehen. Mich den Hippies

DAS GEGENTEIL VON WAHRHEIT

in Kalifornien anschließen. Haight-Ashbury, vielleicht. Gras rauchen, mich zudröhnen, bis mir die Ohren wackeln, und mit einem Haufen nackter Frauen rumhängen.« Tom lächelt.

Ich grinse zurück, bis ich mich an das schwarzhaarige Mädchen erinnere und spüre, wie mir das Blut in den Kopf schießt. Ich beuge mich tiefer, während ich weiterfalte, aber Tom hat nichts bemerkt.

»Mein Vater behauptet, die Demonstranten sind Kriminelle, die sich vor dem Krieg drücken«, fährt Tom fort. »Als ob er das wüsste. Er hat sich noch nie für was eingesetzt, prügelt sich nur mit mir.« Toms Stimme klingt bitter. »Darin ist er gut.«

»Was glaubst du, warum es so viele Demonstrationen gibt?« Zum zehnten Mal gelobe ich, mich über den Krieg zu informieren. Die Wahrheit ist, dass ich lieber College-Football oder Baseball im Fernsehen schaue.

»Weil der Krieg dumm ist. Johnson schickt immer mehr Truppen nach Vietnam. Die militärische Führung schwankt hin und her. Währenddessen verlieren unsere Männer im Dschungel Gliedmaßen und Leben. Ich erwarte nicht, dass der nächste Präsident es besser machen wird.«

»Pass besser auf, was du sagst«, meldet sich Plozett zu Wort. Ich habe vergessen, dass er da ist. »Die Akademie liebt das Establishment. Viele der Jungs haben Eltern und Freunde in hohen Positionen.«

Tom zuckt die Schultern. »Ich gehe besser in mein Zimmer. *Heil Muller.*« Er streckt seinen Arm in Hitler-Manier aus.

»Halte deinen Freund besser ruhig. Er bringt sich sonst in Schwierigkeiten.« Plozett streicht sich übers Kinn, das schon wieder dunkel mit Bartschatten ist. »Man weiß nie, wer zuhört.«

Ich nicke, während ich insgeheim versuche, Toms Kommentare und das, was Sarge gesagt hat, zu verstehen. Plozett hat recht, und ich mache mir Sorgen um Tom und seine Offenheit. Andererseits bewundere ich ihn dafür, dass er für sich selbst einsteht. Auch wenn ihn das nicht beliebt macht. Ein Seufzer entfährt mir. Ich muss später darüber nachdenken. Salingers Buch wartet, und ich werde noch mehr Zeit damit verschwenden, mich bei Muller zu melden.

KAPITEL SECHS

Die ganze Woche will ich meinen Eltern schreiben. Jeden Tag sage ich mir, dass ich es tun werde, sobald ich weiß, was ich sagen soll. Gleichzeitig versichere ich mir, dass ich die wenigen Stunden, die ich frei habe, auch genießen sollte. Aber der Gedanke an den bevorstehenden Brief nervt. Es ist wie ein Stechen in meiner Seite, ein kleiner Dorn, der nicht verschwinden will. Jeder Tag vergeht in strukturierter Agonie. Inzwischen ist Freitag, und heute Abend ist das erste Footballspiel der Akademie.

Ich starre auf das Blatt Papier, das auf der Kante meines Schreibtisches liegt. Es ist unmöglich, sich zu konzentrieren. Was soll ich überhaupt schreiben? Die lächerlichen Regeln der Schule aufzählen, Mullers ständige Gemeinheiten schildern, meinen schmerzenden Körper beschreiben, der viel mehr Schlaf braucht, als ich bekommen kann? Oder das Mädchen mit den rabenschwarzen Haaren, das in meinen Träumen auftaucht und ihre Zähne in einem strahlenden Lächeln aufblitzen lässt?

Mutter missbilligt Freundinnen. Gary brachte einmal ein Mädchen mit nach Hause, das er zum Abschlussball mitnahm. Beim Abendessen lächelte das Mädchen schüchtern, während sie versuchte, Bratkartoffeln zu kauen. Sie trug eine Brille, eine schwarze Hornbrille wie Garys, die ihre Augen so groß wie Murmeln aussehen ließ. Sie tat mir leid, weil meine Mutter peinliche Fragen stellte ...

was ihr Vater und ihre Mutter machten, welche Kurse ihr gefielen, auf welches College sie gehen wollte. Die Stimme des Mädchens war leise und schwer zu verstehen. Ich starrte auf ihre Brust, die unter dem Wollpullover nicht zu existieren schien. Warum haben manche Mädchen gigantische Brüste, während andere flach wie Jungs sind? Ich bin mir nicht sicher, was ich mag. Danach hörte ich, wie meine Mutter mit Gary sprach. »Du solltest dich auf dein Studium konzentrieren«, belehrte sie ihn. »Du bist viel zu jung.« Vielleicht hält sie neunundzwanzig für das perfekte Alter zum Ausgehen.

Ich denke an das bevorstehende Spiel und reibe mir die Hände, die vor Nervosität feucht sind. An meiner alten Schule war ich als Running Back ein Star. Hier kämpfe ich darum, in der Mannschaft zu bleiben. Wenigstens werde ich das Leben für ein paar Stunden vergessen können.

Mein Blick kehrt zurück zum Schreibtisch und zu meiner Aufgabe, Physik zu lernen. Und zur Kante, auf der der Brief wartet – und mich verhöhnt. Ich habe absichtlich ein kleines Blatt gewählt. Satzfragmente schleichen sich in meinen Kopf und lenken mich vom Auswendiglernen des Newtonschen Bewegungsgesetzes ab.

Das Zimmer ist heiß und stickig, denn die Heizkörper sind auf volle Pulle gedreht, um den nahenden Winter zu bekämpfen. Ich öffne das Fenster, um meine fiebrige Stirn zu kühlen.

Trübe Wolken ziehen vorbei, die Bäume verlieren ihre Blätter, jedes einzelne wird von Palmers Gartentrupp aufgesammelt, wenn es den Boden berührt. Frustriert werfe ich das Physikbuch in die Schublade und schiebe das Papier hin und her. Die Spitze meines Stifts berührt das Blatt, aber ich kann sie nicht bewegen.

Liebe Mutter, lieber Vater, ich hasse es hier. Nein, wartet, ich arbeite mir den Arsch ab. Ich kann Muller nicht ausstehen, und die Kontrollen sind so ungerecht, dass es zum Himmel stinkt. Oh, und nicht zu vergessen, ich werde von Tony und Big Mike auf dem Spielfeld kleingemacht und von Mr. Brown in Englisch gequält.

Alles, was mir einfällt, ist unpassend. Ich klinge wie ein Jammerlappen. Sie werden es weder verstehen, noch sich dafür

DAS GEGENTEIL VON WAHRHEIT

interessieren. Seit meine jüngere Schwester und mein Bruder geboren wurden, hatte niemand mehr Zeit, niemand hörte mir zu.

Ich stelle mir das Gesicht meines Vaters vor, ernst und hypnotisch: »Andy, die Palmer Military Academy ist eine hervorragende Schule. Ich wünschte, *ich* hätte die Chance gehabt, sie zu besuchen. Du kannst etwas aus dir machen, ein guter Schüler werden und Erfolg im Leben haben. Sie werden dich unterstützen.«

Ja, bestimmt.

Trotzdem vermisse ich sie, sogar meine jüngere Schwester und ihre Streitereien, die ständig wechselnden Allianzen zwischen uns, mein Zimmer, meine Freunde und die Schule, meinen ehemaligen Footballtrainer, das Herumrennen in der Nachbarschaft. Ich seufze erneut. Das Papier zerknittert unter meiner Hand, wo ich den Stift zu oft angesetzt habe.

Draußen marschiert Muller neben einem Mann von der Kavallerie. Die Kavallerie ist Palmers ganzer Stolz, das Beste vom Besten, Kadetten, deren Eltern es sich leisten können, ihren Söhnen Pferde zur Verfügung zu stellen. Muller hat einen Cousin in der Kavallerie, was er regelmäßig erwähnt, als sei es ein Ehrenzeichen.

Ich bringe meinen Stift in Position. Ich muss fertig werden, das Aufwärmen beginnt in einer Stunde.

Liebe Mutter, lieber Vater,

danke für euren Brief. Lüge. *Ich freue mich, dass ihr euch gut amüsiert und Gary in der Schule erfolgreich ist.* Nicht wirklich. *Ich habe sehr viel zu tun, aber das Essen ist gut – viel Hackbraten, Suppen und Kartoffelgerichte.* Ja! *Wir lesen gerade Shakespeares Romeo und Julia, und ich muss bis heute Abend noch ein Referat fertigstellen. Ich genieße auch die Lektionen von Sergeant Russel. Wir nennen ihn Sarge. Er war in Vietnam und erzählt Kriegsgeschichten. Sarge ist massig und kaut immer auf einer unangezündeten Zigarre.* Ich habe einmal eine gestohlene Zigarette geraucht. Meine Mutter hasst Rauchen. *Ich habe einen guten Freund, Tom. Er ist sehr groß, sogar größer als Vater, und sehr klug. Vielleicht besuche ich ihn nächsten Sommer. Es wird jetzt kalt, und ich fange an, meinen Wintermantel zu tragen. Könnt ihr mir bitte zwei neue Paar weiße Handschuhe schicken?* Muller benutzt sie zum Staubwischen. *Die Wäscherei hier bekommt sie nicht sauber. Ich brauche auch Wollsocken,*

DAS GEGENTEIL VON WAHRHEIT

schwarz, nicht zu dick. Meine Schuhe werden so schon eng.
Liebe Grüße
Andy

Mit einem Seufzer lehne ich mich zurück. Es ist vollbracht. Ich habe mir Zeit verschafft und werde ein paar Wochen lang nicht schreiben. Die Winterpause ist endlich in Sicht. Ich ertappe mich dabei, wie ich die Ankunft der Post gleichzeitig herbeisehne und fürchte. Vielleicht kommt ja vorläufig nichts, aber meine Mutter schreibt viele Briefe. Ich stehe sicher auf ihrer Liste. Und sie erwartet Antworten.

Ich springe auf und krame in meinem Kleiderschrank nach sauberer Unterwäsche für nach dem Spiel. Wir spielen gegen irgendeine Highschool aus Evansville. Ich unterdrücke das nervöse Flattern, das aus meinem Magen aufsteigt und meine Kehle verstopft. Bei Heimspielen schaut die ganze Schule zu – und nicht nur das, sie müssen auch zum Spielfeld und zurückmarschieren. Zumindest ich werde nicht marschieren, denn ich muss mich aufwärmen und bereit sein, wenn das Spiel beginnt. Ich will mich nicht lächerlich machen.

»Freust du dich auf den großen Abend?« Tom steht im Türrahmen.

»Komm rein.«

»Habe nur ein paar Minuten, muss Mathe fertig machen und mich umziehen.« Tom lehnt sich an die Wand. »Ich kann nicht glauben, dass wir uns jedes Spiel ansehen müssen. Ich bin nur froh, dass du spielst, damit ich jemanden habe, den ich anfeuern kann.«

»Wenn sie mich spielen *lassen*. Briggs kann seine Meinung noch ändern.«

»Bloß nicht.« Tom zieht eine Grimasse. »Bei all dem Training, das du durchmachst.«

»Wenigstens bleibe ich fit.« Ich halte inne. »Vor Jahren war ich ziemlich dick. Meine Mutter hat mir immer Reste angeboten. ›Ach, Andy, iss das doch noch, es ist doch nur eine kleine Portion Kartoffelpüree‹«, ahme ich mit hoher Stimme nach. »›Wie wäre es mit diesen Speckstreifen?‹ Also aß ich, um meiner Mutter zu gefallen

DAS GEGENTEIL VON WAHRHEIT

und Aufmerksamkeit zu bekommen. ›Schau mal, wie viel Andy essen kann – ist das nicht toll?‹ Seit wann ist es toll, dick zu werden? Manchmal hasse ich sie.« Ich sehe Tom an, dessen Arme und Beine schlaksig aussehen, sein Gürtel ist eng geschnallt, um seine Hose zu halten. »Ich schätze, du hattest dieses Problem nie.«

»Ich war immer dünn. Irgendwie bin ich immer weitergewachsen, nie auseinandergegangen. Wenn nur mein Bett länger wäre.« Toms Stirn legt sich in Falten. »Ein paar mehr Muskeln wären auch nicht schlecht.«

»Warum versuchst du nicht, beim Geländelauf mitzumachen? Das würde dich in Form bringen, und die Akademie würde sich freuen.«

»Ist mir egal, ob Palmer zufrieden ist. Ich laufe gerne, aber ich werde nicht im Kreis herumrennen.«

Ich grinse. »Es ist Geländelauf, nicht Leichtathletik. Du würdest durch Wälder und Felder jagen. Es würde Spaß machen. Vielleicht änderst du deine Meinung ja noch vor der Frühjahrssaison.«

Tom nickt in Richtung des Umschlags auf meinem Schreibtisch. »Wie ich sehe, hast du den Brief fertiggestellt.«

»Schlimmer als Englisch bei Mr. Brown.«

»Ich schreibe nicht. Warum sollte ich auch? Der Alte schreibt nie. Er hat wahrscheinlich vergessen, dass es mich gibt. Bis Weihnachten, wenn ich ihn daran erinnere, weil ich zu Hause erscheine.«

»Es ist so oder so scheiße. Entweder man muss irgendeinen Blödsinn schreiben oder man lebt in einem Vakuum. Was macht dein Vater eigentlich?«

»Ist ein hohes Tier in der Verteidigung«, sagt Tom. »Er hat eine neue Funktechnologie entwickelt, die sie auf Schlachtfeldern einsetzen. Das Pentagon liebt seine Sachen. Vater hat im Keller angefangen, bevor er meine Mutter kennenlernte. Er erfand etwas, das ihm einen Haufen Geld einbrachte. Seine Firma wuchs und wuchs, und meine Mutter und ich wurden immer unwichtiger. Er hat nicht einmal gemerkt, dass etwas mit ihr nicht stimmte. Dazu hätte er anwesend sein müssen. Er arbeitete die ganze Zeit, ich glaube, er war es einfach leid, Ehemann und Vater zu spielen.«

»Das scheint bei erfolgreichen Menschen häufig der Fall zu sein. Mein Vater hat nie viel verdient. Er ist Assistenzprofessor an der Indiana University, meine Mutter ist Grundschullehrerin.« Ich stehe auf und strecke mich. »Ich mache mich besser für das Spiel fertig. Briggs wird ein Nervenbündel sein. Wünsch mir Glück.«

In der Umkleidekabine herrscht reges Treiben. Bänke und Boden sind mit Schulterpolstern, Helmen, Schuhen und Socken übersät. Klebebandstreifen krümmen sich wie weiße Schlangen zwischendurch. Türen schlagen, Spinde öffnen und schließen sich. Ein Hauch von Bengay vermischt sich mit dem Gestank von Schweiß und stressbedingtem Körpergeruch. Das rhythmische Klatschen nackter Haut hallt vom Massagetisch in der Ecke wider, wo einer der Linebacker seine Waden kneten lässt. Ich liebe die Gerüche und Geräusche der Umkleidekabinen, die Unordnung und Aufregung. Es erinnert mich an meine Highschool.

Big Mike, bis auf Tiefschutz und Socken nackt, drängt sich mit seinem dicken Bauch durch die Menge.

»Geh mir aus dem Weg, Schwachkopf«, brummt er mehrmals. Er nennt die meisten Leute Schwachkopf oder Verlierer, außer wenn er in der Nähe von Lehrkräften ist. Nur Briggs scheint das egal zu sein oder er tut so, als würde er es nicht hören. In der Umkleidekabine hat Big Mike freie Hand.

»Was soll das, wo sind meine Polster?« Big Mike dreht sich zur Bank, auf der ich mich in meine Kniestrümpfe kämpfe. »Hast du meine Pads gesehen? Sie waren vorhin in meinem Spind.«

Ich zucke mit den Schultern und streiche die Socken über meine Waden, die sich knotig anfühlen und vom gestrigen Training schmerzen. Ich wünschte, ich hätte mich für eine Massage angemeldet.

»Sind das meine?« Big Mikes Pranke greift nach meinen Schulterpolstern, und ich spüre, wie ich in die Luft gehoben werde.

»Die gehören mir.« Ich knuffe die Hand, die sich wie ein Schraubstock festklammert, was ungefähr so effektiv ist, wie einen

DAS GEGENTEIL VON WAHRHEIT

tobenden Stier mit einem Esslöffel abzuwehren.
Tony White nähert sich und blickt unter die Bank. »Genau hier, Mike. Du hast sie vorhin zur Seite gelegt. Erinnere dich.«
»Genau. Danke, Mann.« Big Mike löst seinen Griff, und ich sacke zusammen. Die Bank erbebt unter Big Mikes Gewicht und lässt Helme und Handschuhe, Mundstücke und Hemden tanzen.
»Pass doch auf«, schreit jemand. Ich spüre, wie sich die Haare in meinem Nacken aufstellen. Alle sind nervös. Ich frage mich, wie Big Mike meine Ausrüstung mit seiner verwechseln kann, zumal meine nur halb so groß ist. Tatsächlich erinnern mich seine Polster an ein ausgebleichtes Dinosaurierskelett.

Der Trainer ruft, dass wir uns draußen aufstellen sollen, und alle greifen hektisch nach ihren restlichen Sachen. Ich ziehe mein Trikot an, um Abstand zwischen Big Mike und mir zu schaffen, muss meine Wut für das Footballfeld aufsparen.

»Beachte ihn nicht«, sagt Tony White zu mir. »Bist du bereit?«
Wie im Traum nicke ich. Ich bin verdammt nervös, viel nervöser als ich es jemals in der Schulmannschaft meiner alten Highschool war.

Tony klopft mir auf den Rücken. »Wir vernichten sie, okay?«
Ich richte mich auf und folge Tony zur Tür hinaus. Hinter mir zwängt sich Big Mike in die Uniformhose und erinnert mich an eine Wurst, die mit zu viel Fleisch gefüllt ist. Ich schaudere und bin froh, dass der Kerl in *meinem* Team ist.

Sobald wir das Spielfeld betreten, ertönen Trillerpfeifen. Der kühle Wind lässt mich frösteln, aber das ist schnell vergessen. Wir sprinten, schieben Gewichte, joggen und dehnen uns, bis ich mich warm und geschmeidig fühle.

Ich bin bereit.

Palmers Marschkapelle, sein ganzer Stolz, schreitet mit militärischer Präzision übers Feld. Die Tribünen sind gefüllt mit uniformierten Palmer-Kadetten der Klasse A in voller Montur – jeder einzelne Schüler ist anwesend. Sie schreien zur Unterstützung, die gleichen Schreie, die ich von meinen alten Spielen kenne.

Ich frage mich, wo Tom ist. In der Konformität von Blau und

Weiß sehen sie alle gleich aus. Der Lehrkörper ist ebenfalls anwesend und sitzt meist in den vorderen Reihen. Auf der gegenüberliegenden Seite des Spielfelds schauen die Fans, Eltern und Freunde vom Evansville-Team zu. Die gegnerische Mannschaft kauert mit dem Rücken zur Palmer-Seite.

Ich ignoriere den Wind, der über den See peitscht, und atme tief. Der Pfiff ertönt, und wir gehen in Position. Ich werde mein Bestes tun, um es ihnen zu zeigen.

Das Spiel scheint in Minutenschnelle zu vergehen. Ich nehme die Rufe, die Lautsprecherdurchsagen und die Mädchen von der Harrison Highschool, die uns mit ihren blutroten Pompons und ihrem Gekreische anfeuern, kaum wahr.

Während die gegnerische Mannschaft ihre Verteidigung aufbaut, konzentriere ich mich aufs Laufen, Blocken und Fangen. Ich greife bei jedem Spielzug an, falle hin und stehe wieder auf. Dabei ignoriere ich meine ermüdeten Muskeln, den wütenden Schmerz im Knöchel, wenn ich mit dem Fuß abrolle, und meine Schulter, die sich geprellt und empfindlich anfühlt. Mehrere Male trage ich den Ball und bringe das Spiel voran. Die Palmer-Seite jubelt, und ich fühle mich beschwingt, eine Erinnerung an das alte Leben, das ich kannte und liebte.

»Nicht schlecht, Olson«, meint Tony White nach dem Spiel. Ich grinse und freue mich, Tony zu gefallen. Wir haben mit drei Punkten gewonnen, durch ein Field Goal in der letzten Spielminute. Obwohl ich keinen Touchdown erzielt habe, habe ich Yards gewonnen. Die Band ist fertig, der letzte Ton des Sousaphons verpufft in der kalten Brise der Abenddämmerung.

»Wir haben es geschafft«, verkündet Big Mike, als wir zu den Spinden gehen. »Dummkopf, hast du gut gemacht.« Seine Hand trifft meine Schulter, worauf ein stechender Schmerz in Wellen durch meinen Körper wandert.

»Danke«, flüstere ich, meine Augen tränen vor Schmerz. »Wir haben —«

»Ich bin am Verhungern.« Big Mike massiert den Wanst in seiner Mitte. »Ich könnte ein Schwein essen.«

DAS GEGENTEIL VON WAHRHEIT

Bist selbst eins.

Ich erinnere mich an Sarge. Morgen beginnt der Orientierungslauf. »Ich muss los«, murmle ich.

Ich höre keine Antwort. Tony und Big Mike haben vergessen, dass ich existiere.

KAPITEL SIEBEN

Tom steckt den Kopf zur Tür herein. Es ist früher Samstagnachmittag, und wir haben eine weitere Runde von Zimmerinspektionen überstanden. »Willst du die Matinee um zwei sehen?«

»Geht nicht.« Ich starre auf meinen Schreibtisch und überlege, was ich mit den Büchern und Zetteln machen soll, die dort verstreut liegen. Ich muss aufräumen, bevor ich gehe, sonst kassiere ich einen weiteren Strafpunkt für einen unordentlichen Arbeitsplatz. Ich habe drei Strafpunkte für die misslungene Rauminspektion am letzten Montag bekommen. Dafür hat Muller gesorgt. Das macht acht. Da der September fast vorbei ist, werde ich vielleicht bis Oktober durchhalten. Zum Glück fängt die Strafpunkteuhr jeden Monat von vorn an.

»Ich muss dieses Papier fertigkriegen und mich bei Sarge melden. Weißt schon, der Orientierungslauf?«

»Mist«, sagt Tom. »Hab's vergessen.«

»Ich weiß nicht, wie lange es dauern wird.« Ich richte mich auf und staple meine Bücher in ordentlichen Reihen. »Ich beeile mich aber.«

»Du scheinst dich auf das Treffen mit Sarge zu freuen.«

»Er ist irgendwie cool.«

»Weil er im Dschungel war und weiß, wie man Menschen

DAS GEGENTEIL VON WAHRHEIT

umbringt?« Tom tippt mit dem Zeigefinger an seine Schläfe.
»Ich kann es nicht erklären.«
»Das ist deine Sache.« Toms Stimme klingt ungewöhnlich scharf.
»Kein Grund, beleidigt zu sein. Ich verstehe, dass du Sarge nicht magst.«
»Nein, nicht unbedingt. Viel Spaß.« Tom dreht sich um und steuert mit gesenktem Kopf zur Tür.
»Tom?«, rufe ich ihm nach. Irgendwie bin ich sauer.
»Was?«
»Warum bist du so wütend? Habe ich was Falsches gesagt?«
Tom lehnt sich an den Türrahmen und seufzt. »Du bist so ein Idiot. Ich kann nicht glauben, dass du es gut findest, wenn Sarge dir eine Privatstunde gibt. Verstehst du denn nicht, dass sie dich nur umgarnen und an den Vietcong verfüttern – ein weiterer Bissen für die große Kriegsmaschine.«
»Ich mache nur Orientierungslauf.« Mein Hals fühlt sich heiß an. »Ich habe nicht gesagt, dass ich nächste Woche in den Krieg ziehe.«
»Du bist sowieso zu jung. Aber sie machen trotzdem Gehirnwäsche mit dir.«
»Das Militär ist nicht nur schlecht. Mein Vater war bei den Merchant Marines. Er hat sich ganz gut entwickelt, bekommt sogar eine Rente.« Ich sage nicht, dass mein Vater im Zweiten Weltkrieg nur ein einziges Mal beschossen wurde – nichts im Vergleich zu dem blutigen Chaos, das in Vietnam kocht.
»Was ist, wenn sie dich einberufen?«, zischt Tom. »Was ist, wenn sie dir keine Wahl lassen?« Ich starre Tom an. So wütend war er noch nie. »Was ist, wenn du eines von Tausenden von Opfern wirst oder dir die Beine abgehackt werden? Johnson und seine Militärkumpane schicken Truppen in den Dschungel. Mit wem und für wen kämpfen sie? Den Südvietnamesen kann man nicht trauen. Der Norden drängt weiter. Und es scheint kein Ende in Sicht zu sein.« Tom ringt nach Luft, als wäre er Sprints gelaufen.
»Was ist, wenn sie *dich* einberufen?«, frage ich, weil ich keine

Ahnung habe, wovon er spricht. »Du bist fast siebzehn.«
Tom zuckt die Schultern. Er ist wieder ruhig. Einen Moment lang ist es still im Raum. »Ich würde verschwinden, bevor das passiert.«

»Was meinst du?«

»Ich würde einen Weg finden. Ich gehe nicht! Niemals! Ich sehe mir den Film um zwei an. Viel Spaß!« Ohne eine Antwort abzuwarten, macht er auf dem Absatz kehrt.

»Bist du eifersüchtig, dass ich Aufmerksamkeit bekomme?«, schreie ich gegen seinen Rücken. Warum kann ich meine große Klappe nicht halten? Tom ist der letzte Mensch, der auf so etwas eifersüchtig sein würde. Was ich wirklich wissen will, ist, wie Tom die Einberufung vermeiden will.

»Warum zum Teufel sollte ich eifersüchtig sein? So ein Quatsch!«, brüllt Tom zurück und stapft davon.

Mit einem Seufzer schaue ich auf die Uhr. In fünf Minuten muss ich zum Sarge. Ich schnappe mir meine Jacke und eile den Flur entlang. Warum ist Tom so ein Idiot? Sarge ist nett und weiß viel. Er hat mich nicht nach Hause geschickt, obwohl er eine Menge Stunk hätte machen können. Ich stürme um die Ecke.

»Kadett Olson, passen Sie auf, wo Sie hingehen«, bellt Muller.

»Sir, entschuldigen Sie mich, Sir.« Ich hebe den Arm zum Gruß, klappe die Absätze zusammen und warte darauf, entlassen zu werden. Kostbare Sekunden vergehen, während Muller mich eindringlich anschaut. Ich komme mir wie ein Insekt vor, das er unter dem Mikroskop studiert und dem er dann genüsslich die Beine ausreißt.

Meine Gedanken sind bei Tom und letztem Montag, als Muller mich minutenlang stehen und warten ließ, um sein Machtspiel zu genießen. Die Tür zu seinem Zimmer stand offen, bereit, mich zu verschlucken. Muller saß mit steifem Rücken wie ein Zaunpfahl an seinem Schreibtisch und las. Ich fragte mich, ob der Kerl ständig Haltung bewahrt oder ob er eine Show abzog. An der Wand hing ein gerahmtes Foto einer älteren Muller-Version, die Präsident Johnson die Hand schüttelte, neben einem braun gefleckten Hund, den

DAS GEGENTEIL VON WAHRHEIT

einzigen persönlichen Gegenständen im Zimmer.

»Sir, Kadett Olson, zu Ihren Diensten, Sir«, sagte ich, nachdem ich an den Türrahmen geklopft hatte. Muller hatte stocksteif dagesessen, und ich wollte gerade erneut klopfen, als der Stuhl knarrte.

Mullers Gesicht war ausdruckslos, er bewegte sich nicht und sprach auch nicht. Ich stand da und wartete, starrte mit den Augen auf die gegenüberliegende Wand und versuchte, mit meinem peripheren Blick zu erkennen, was Muller vorhatte. Endlich richtete er sich auf und ging auf mich zu. Er schien jeden Augenblick auszukosten.

»Sie sind eine Schande, Olson. Warum tun Sie uns nicht allen einen Gefallen? Hören Sie auf, unsere Schule zu beflecken, und gehen Sie zurück in Ihren Slum.«

Ich schwieg, verwirrt über die Aussage, die nicht wie eine Frage klang, aber noch wütender über Mullers Arroganz.

»Verlierer!« Mullers glotzende Augen erschienen in meinem Blickfeld.

Persönliche Angriffe sind eindeutig gegen die Schulpolitik, aber ich konnte nichts dagegen tun. Ich wartete weiter, abgelenkt von meiner Sorge über die schrumpfende freie Zeit und meinen Fingern, die sich zu Fäusten formen wollten. Um zweiundzwanzig Uhr dreißig musste das Licht aus sein – ich wollte Mullers Lichter ausschalten, ihm zumindest sagen, was ich von ihm hielt.

Ich hatte zwanzig Minuten vergeudet, bevor Muller mich entließ.

Auch jetzt bin ich so weit, auf ihn einzuschlagen. Mein Magen zieht sich wie ein Knoten zusammen. Vor lauter hilfloser Wut kriege ich kaum Luft.

Mullers Blick wandert meinen Arm hinunter. »Olson, was haben Sie da in der Hand?«

»Meine Jacke, Sir.«

»Warum tragen Sie sie nicht? Sogar *Sie* sollten inzwischen wissen, wie angemessene Kleidung aussieht.«

»Jawohl, Sir, ich war in Eile, Sir.«

DAS GEGENTEIL VON WAHRHEIT

»Ein Kadett ist immer organisiert. Dazu gehört auch, dass man sich genügend Zeit nimmt, um sich vorzubereiten, um von A nach B zu kommen.«

»Jawohl, Sir. Entschuldigung, Sir.«

Muller geht um mich herum, schaut offensichtlich nach anderen Kleidungsverstößen. Meine Schuhe schimmern makellos schwarz. Für Sarge nahm ich mir extra Zeit, um sie mit Spucke zu polieren, dem billigsten und effektivsten Schuhputzmittel der Welt.

»Wegtreten, Olson. Nicht rennen. Kadetten marschieren, verstanden? Und ziehen Sie die Jacke an.«

»Jawohl, Sir.« Ich zwinge mich, davonzuschreiten, während ich den Mantel anziehe und mit den vielen Knöpfen herumfummle. Sobald ich um die Ecke biege, springe ich die Treppe hinunter, zwei Stufen auf einmal, denn dank Muller bin ich jetzt spät dran. Ich möchte ihn verprügeln, mit der Faust direkt auf seiner fetten Nase landen. Stattdessen sprinte ich den Rest des Weges und werde erst vor dem Verwaltungsgebäude, in dem Sarge sein Büro hat, langsamer. Ich muss mich jetzt konzentrieren, Muller, den Englischaufsatz und Tom vergessen.

Wenn ich ehrlich bin, würde ich viel lieber mit Tom ins Kino gehen. Mich im dunklen Theater entspannen, vielleicht zufällig das Mädchen sehen. Meine Augen fühlen sich an wie Sandpapier, rau und müde. Ich habe nicht gut geschlafen, mache mir Sorgen um die Noten, mein Körper erinnert sich an das Spiel von gestern Abend. Man hat nie genug Zeit, um sich auf die Berge von Hausaufgaben oder auf die Prüfungen vorzubereiten, die mit militärischer Regelmäßigkeit anstehen.

»Sie sind spät dran.« Sarge steht vor einem überladenen Regal und fährt mit dem Zeigefinger über die Buchrücken. »Wo ist es?«, murmelt er.

»Tut mir leid, Sir, ich wurde auf dem Flur aufgehalten, Sir.«

»Macht nichts. Setzen Sie sich, wir machen erst ein bisschen Theorie. Hier, schauen Sie sich das an und sagen Sie mir, was Sie sehen.«

Sarge reicht mir ein Papierbündel.

DAS GEGENTEIL VON WAHRHEIT

»Sir?«
»Machen Sie schon, entfalten Sie die Karte. Stellen Sie sich vor, Sie würden sich im Wald verirren und Charlie wäre hinter Ihnen her.«
»Es ist eine Landkarte, Sir.« »Ich breite den Plan auf dem Schreibtisch aus. »Nur dass da eine Menge Zeug draufsteht.«
»Richtig. Sehen Sie genau hin. Das ist eine echte Karte von Vietnam. Ich habe sie selbst benutzt, als ich dort stationiert war.«
»Viele Linien – diese blauen sind Wasser, und das sieht aus wie eine Straße oder ein Weg.«
»Das ist ein topografischer Plan. Was ist das?« Sarge zeigt auf eine Ansammlung von braunen Flecken.
»Vielleicht Ackerland?« Ich versuche mich daran zu erinnern, was ich im Fernsehen über das Gelände gesehen habe. »Reisfelder?«
»Was denn nun?«
»Ackerland?«
»Gut. Eine Antwort reicht. Was ist mit den blauen Linien?«
»Flüsse?«
»Ja, was ist mit diesem blauen Kreis?«
»Mmmh. Ein Pool?«
»Olson, denken Sie nach. Haben die Vietnamesen Pools in ihren Gärten?«
»Eher nicht. Dann müssen es Brunnen sein.«
»Richtig, Olson. Und die grünen Markierungen?«
»Dschungel.«
»Ja, aber warum gibt es verschiedene Grünschattierungen?«
»Vielleicht sind das Arten von Bäumen – Gestrüpp, Büsche?«
Ich schaue auf. Sarge hat seinen Platz hinter dem Schreibtisch eingenommen, eine frische unangezündete Zigarre zwischen den Lippen.
»Ja und nein. Je dichter der Wald ... je weniger durchdringbar, desto dunkler ist das Grün auf der Karte. Ein Teil des Dschungels ist fast unpassierbar. Man braucht eine Machete, um sich durchzuschlagen, kämpft um jeden Zentimeter des Weges. Es gibt Schlangen und Spinnen, giftige Frösche und wunderschöne Vögel.

DAS GEGENTEIL VON WAHRHEIT

Aber das ist dir egal, du willst nur leben. Indianas Wälder sind vollkommen anders.« Sarge beugt sich vor und fährt fort. »Was ist mit diesen welligen Konturen?«

Ich schüttle den Kopf.

»Die diagonalen Linien zeigen die Höhen an. Wenn sie dicht beieinander liegen, bedeutet das, dass das Gelände steil ist, und wenn sie sich auseinanderziehen, wie hier, ist der Grund flacher.« Sarge kaut an seiner Zigarre. »Die Zahlen sind Meter über dem Meeresspiegel.«

»Das scheint einfach zu sein.«

»Nur dass du im Dschungel nichts siehst. Es ist, als würdest du in Kuhscheiße schwimmen. Sie umgibt dich, schnürt dir die Luft ab. Seltsame Geräusche dringen unter deine Haut, machen dich nervös. Es ist so schwarz wie Kohle. Keine Straßenlaternen oder elektrisches Licht. Nur undurchdringliche Dunkelheit, als wärst du blind. Überall tropft Wasser, durchnässt deine Kleidung. Du versinkst im Schlamm. Deine Füße sind nass und mit Dschungelfäule infiziert. Und egal wie sehr du dich bemühst, unsichtbar zu sein, du hinterlässt Spuren. Stellen Sie sich vor, Sie sind im Dschungel. Verloren. Vielleicht ist Nacht. Was würden Sie tun?« Sarge saugt an seiner Zigarre. Er hat graue Schatten unter den Augen, als hätte er seit Tagen nicht geschlafen.

Zum ersten Mal frage ich mich, ob er gesund ist. Warum ist er in der Schule und nicht auf dem Schlachtfeld? »Ich weiß es nicht, Sir.« Die verworrenen Linien vor mir verschwimmen. Ich verlaufe mich in den Wäldern von Indiana schon bei Tageslicht. Wie soll ich im Dunkeln etwas finden?

»Sie brauchen einen Kompass.«

Sarge zieht die oberste Schublade seines Schreibtisches auf und schiebt etwas in meine Richtung. »Das hier ist ein Orientierungskompass. Sehen Sie ihn sich an und sagen Sie mir, in welche Richtung Sie schauen.«

Als ich das Instrument ergreife, zittert die Nadel. Wie meine Finger, die einen eigenen Willen haben.

»Halten Sie ihn gerade. Wo ist Norden? Der Kompass zeigt

DAS GEGENTEIL VON WAHRHEIT

immer nach Norden, und Sie stellen die Nadel so ein, dass das rote Ende auf dem Nordpunkt liegt. Das sind die sogenannten Himmelsrichtungen – Ost, West, Süd und Nord.« Sarge beugt sich über den Schreibtisch. Sein Zeigefinger tippt auf die Plastikkuppel des Kompasses. Zwei Drittel des Fingers fehlen. Ich versuche, mich auf die Kompassnadel, statt auf den Stumpf zu konzentrieren.

Es gibt viele Spekulationen darüber, wie Sarge verletzt wurde. Es wird gemunkelt, dass er vom Vietcong gefangen genommen wurde und er seinen eigenen Finger abbiss, um eine Infektion zu vermeiden, bevor er im Rahmen eines Gefangenenaustauschs freigelassen wurde. Andere sagen, eine Schlange habe ihn gebissen, und er habe sich das vergiftete Teil abgeschnitten. Wieder andere behaupten, es wäre bei einem Schießunfall passiert, wobei es um explodierende Munition und eine fehlgeleitete Pistole ging.

Die Haut des verbliebenen Fingers glänzt violett, die Narbe wirkt wie ein überdehntes Stück Plastik. Im Unterricht hält Sarge seine Hand hinter dem Rücken oder steckt die Finger in die Tasche oder hinter das Revers seiner Jacke. Es scheint, als wolle er nicht, dass die Leute auf das unansehnliche Stück Fleisch starren. Ich möchte ihn fragen, was passiert ist, traue mich aber nicht.

»Bewegen Sie nun die rote Nadel nach Norden. Halten Sie sie konstant.«

»Ich schaue nach Südosten.«

»Denken Sie daran, Olson, die rote Nadel und der Norden müssen sich immer an der gleichen Stelle befinden. Versuchen Sie es noch einmal.«

»Südwesten?«

»Gut. Gehen Sie durch den Raum. In welcher Richtung steht das Bücherregal?«

Ich drehe den Kompass. Das ist nicht das, was ich erwartet habe. Ich hatte mich auf eine Wanderung durch den Wald gefreut. »Nordwesten.«

»Lassen Sie mich mal sehen.« Sarge schiebt sich wie ein Panzer neben mich. »Richtig. Versuchen Sie den Schreibtisch. Wo ist er von Ihrem Standpunkt aus gesehen?«

Den Blick auf den Kompass gerichtet, gehe ich zurück zu meinem Stuhl. »Süden, warten Sie, Südosten.«

Sarge nickt. »Nicht schlecht, Olson. Hier ist Ihre erste Hausaufgabe. Machen Sie eine Liste mit den Möbeln in Ihrem Zimmer und schreiben Sie auf, in welche Richtung sie stehen, wenn Sie sie von der Mitte des Raumes aus betrachten. Ich werde es nächsten Samstag überprüfen. Der Unterricht beginnt in Ihrem Zimmer um Punkt dreizehn Uhr.«

»Jawohl, Sir.«

»Verschwinden Sie.«

Ich öffne die Tür, in Gedanken bei dem, was ich gehört habe.

»Olson, haben Sie nicht was vergessen?«

»Sir?«

»Man braucht den Kompass, um die Richtungen zu ermitteln. Ziehen Sie Ihren Kopf aus dem Arsch. Verlieren Sie ihn nicht und lassen Sie ihn niemanden sehen.«

»Entschuldigung, Sir, jawohl, Sir.«

Ich schließe die Tür und sprinte in Richtung Kaserne B, eine Hand in der Tasche um den Kompass geklammert. Zum Teufel mit Muller und dem Nicht-Rennen. Hoffentlich ist Tom noch da.

Ich stecke meinen Kopf in Toms Zimmer und versuche, zu Atem zu kommen, bin erleichtert, ihn vorzufinden. »Bist du noch sauer auf mich?«

Tom sitzt in voller Ausgehmontur am Schreibtisch und liest. Ohne aufzuschauen, wirft er sein Buch in die Schublade. »Nö, wie war die Stunde? Ich dachte, du wärst stundenlang weg.«

»Wir blieben in seinem Büro und sahen uns eine Karte an – ich lerne, einen Kompass zu lesen. Sarge wird nächsten Samstag mein Zimmer kontrollieren. Ich soll Richtungen lesen üben.«

»Bist du so weit? Es ist nach halb zwei.«

»Gib mir eine Minute.« Ich eile ins Bad und starre in den Spiegel. Keine Pickel diese Woche. Gut. Meine Augen blinzeln mich an. Warum sollte das Mädchen an mir interessiert sein? Wahrscheinlich sind alle Jungs der Stadt hinter ihr her. Ich schüttle den Kopf.

Ich bin ein Idiot.

DAS GEGENTEIL VON WAHRHEIT

»Ich gehe kurz in den Laden«, verkünde ich, als wir Garville erreichen.

»Beeil dich. Frank Sinatra wartet nicht. Ich bin froh, dass du keinen Extradienst machen musst.«

»Ich werde mit Sicherheit nächsten Monat marschieren. Muller hat mir mehr Strafpunkte für mein Zimmer gegeben. Ich habe einen bekommen, weil ich den Namen des Offiziers vergessen hatte, du weißt schon, der Typ von der Kavallerie, der mit Muller rumhängt.«

»Ich verstehe nicht, warum du solche Probleme mit Namen hast.«

»Das ist das Gleiche wie dein Problem mit Algebra«, schieße ich zurück. »Mein Gehirn funktioniert einfach nicht so.«

»Schon gut.« Tom klopft mir auf den Rücken. »Kein Grund, empfindlich zu werden.«

Die heruntergekommene Silhouette des Gemischtwarenladens taucht vor uns auf.

»Ich kaufe Süßigkeiten. Kommst du mit?«

»Ich geh vor und reserviere Plätze.«

Die Tür quietscht, das Geräusch schon vertraut. Mein Geld ist fast auf.

Der Ladenbesitzer erscheint durch eine Hintertür. »Du schon wieder?«

Mein Herz sinkt. »Einen Zeroriegel, bitte. Ich möchte mich aber erst einmal umsehen.«

»Wie du willst.« Der Mann zuckt mit den Schultern und beginnt, einen Stapel roter Flanellhemden zu falten. Das Mädchen ist nirgends zu sehen. Ich gehe zwischen den Auslagen hindurch und nehme ein Buch über die Aufzucht von Hühnern und den Anbau von Gartenfrüchten in die Hand. Von hinten scheint Licht herein, und ich gehe lässig darauf zu. Eine Tür, die halb von einem Vorhang verdeckt ist, steht einen Spaltbreit offen.

Auf der anderen Seite bewegt sich etwas. Ich spähe durch die Öffnung. Vielleicht ist sie da hinten, und ich kann so tun, als hätte ich mich verirrt.

Ich schüttle den Kopf. Was für eine blöde Idee. Aber mein Körper bewegt sich weiter, und ich stoße leicht gegen die Tür. Sie schwingt ein paar Zentimeter, ein trockenes Scharnier knarrt traurig. Ich trete zurück, aber es ist zu spät.

»Was zum Teufel?« Die Stimme auf der anderen Seite klingt wie ein Knurren. Ich drehe mich auf dem Absatz um und stürme zur Vordertür hinaus, ignoriere die Blicke des Ladenbesitzers und die Rufe von hinten, die sich zu einem Fieberpegel steigern. Ich schüttle den Kopf und versuche, die bösen Worte zu verdrängen.

»Warum hast du so lange gebraucht?« Tom geht vor dem Theater auf und ab. »Die Vorstellung fängt gleich an. Lass uns gehen.«

»Ich dachte, du wolltest drinnen warten.«

»Du hättest mich nicht gefunden – es ist schlimmer als Nebel auf der Themse. Wo sind deine Bonbons?«

»Hab's mir anders überlegt.« Ich hoffe, meine glühenden Wangen verraten mich nicht, als ich einen Dollar auf den Tresen klatsche. »Einmal, bitte.«

In der Dunkelheit des Theaters denke ich an das Hinterzimmer. Der Mann, der mich ansah, war Eric, der Typ im Rollstuhl, der draußen Gras geraucht und mich der Spionage bezichtigt hatte. Seine stechend blauen Augen starrten mich aus einer Masse schwarzer Locken an, durch die eine einzige graue Strähne lief. Im Laden schwang Eric seine Faust nach mir, als wollte er mich aus drei Metern Entfernung erschlagen.

Aber am meisten erinnere ich mich an seinen Blick, eine Mischung aus Verachtung und Wut, die er mir aus seinem Rollstuhl entgegenschleuderte, der noch immer auf meinem Hinterkopf brennt. Die Beine des Mannes wirkten geschrumpft wie die eines Kindes.

»Weißt du etwas über diesen Laden?«, frage ich auf dem Rückweg.

»Die Staubfalle?« Tom fällt immer was Passendes ein. »Nein, warum?«

»Egal.« Ich bin nicht bereit, zu erklären, warum ich die Bürotür

DAS GEGENTEIL VON WAHRHEIT

überhaupt geöffnet habe.

»Ich weiß nur, dass sie uns hier nicht besonders mögen. Ich wünschte, wir könnten Evansville oder Chicago besuchen, richtige Städte. Die zeigen alle Neuerscheinungen.«

Aber ich höre nicht richtig zu. Wenn ich an das Mädchen denke, bekomme ich ein nervöses Flattern im Magen.

Ich werde zurückgehen, egal was passiert.

KAPITEL ACHT

Den ganzen Herbst über arbeite ich mit Sarge an Samstagnachmittagen. Während wir mit Karte und Kompass durch die Wälder stapfen, erzählt Sarge, wie er den Weg zurück zum Stützpunkt fand, wie er den Feind überlistete, wie er lernte, auf Geräusche zu hören, und wie er Charlie begegnete und die Kameradschaft in den Lagern pflegte. Es ist eine andere Welt, schwer vorstellbar, aber ich bin fasziniert von den Männern, die gemeinsam kämpfen, leiden und sterben. Vielleicht werde ich eines Tages dort sein, an einem Ort, zu dem ich wie eine Familie gehöre.

»Sie lernen, Olson«, sagt Sarge eines Samstags, als wir zur Schule zurückwandern. »Sie werden sehen. Wenn Sie dabeibleiben, werden Sie eines Tages ein guter Soldat sein. Ein Anführer.«

Ich lächle. »Danke, Sir.« Ich schaue Sarge an, vor dem ich trotz der gemeinsamen Stunden immer noch Angst habe. »Es macht Spaß. Mit Ihnen, ich meine ...«

»Spucken Sie es aus, Olson.«

»Es ist schwer zu erklären. Es macht mir Spaß, was wir tun, was Sie mir beibringen. Aber so viele Menschen sind gegen den Krieg ... das Militär. Sie schauen uns komisch an. In der Stadt hassen sie uns.«

»Wer verteidigt unser Land, wenn nicht Menschen wie wir beide?« Sarge hält inne und schaut zu den Bäumen, als erwarte er feindliches Feuer. »Wenn wir alle sagen, dass wir dagegen sind, wenn

wir uns alle weigern. Wer beschützt dann die Menschen?«
»Es ist nur, es ist *dieser* Krieg.«
»Es geht ums Prinzip. Dem Land zu dienen. Es ist unsere Verantwortung. Sie verstehen doch Verantwortung?«
»Ja, aber ...«
»Kein Aber. Ein Land wie das unsere muss den weniger Glücklichen, den Unschuldigen helfen. Denen, die sich nicht selbst helfen können.«
Das klingt plausibel. Sarge scheint sich seiner Sache sicher zu sein.
»Bleiben Sie dran, Olson.«
Ich eile Sarge hinterher und will noch mehr Fragen stellen, aber nichts, was mir einfällt, scheint zu passen.

Das Wetter schlägt um. Eisiger Wind weht über den See und schmettert gegen die Gebäude des Campus, beschichtet Rasen und Bäume wie Glas. Die Luft heult mit Schneestürmen und Hagel. Trotzdem stehen wir draußen zum Appell, marschieren zu und von den Klassenzimmern, zu allen Mahlzeiten und organisierten Aktivitäten.

Ich bemühe mich, Mullers Zorn zu entgehen, versuche Fehler zu vermeiden. Die armen Seelen, die zitternd in der bitteren Luft mit Tränen in den Augen und roten Nasen marschieren, erinnern mich an ein Straflager in Sibirien. Jede Woche halte ich den Atem an, wenn Muller meine Sachen durchwühlt, um Staub zu finden. An manchen Tagen wird er angeblich fündig, an anderen lässt er mich gehen. Es scheint keine Logik zu geben.

Ich wundere mich weiterhin über Sarges Finger, aber er erwähnt ihn nie. An manchen Tagen, wenn das Wetter zu ungemütlich ist, bleiben wir in seinem Büro, durchstöbern Karten und Fotos und reden. Im Unterricht höre ich aufmerksam zu, meine Noten haben sich ein wenig verbessert, außer in Englisch. Ich hasse das Schreiben noch mehr als das Lesen von Literatur, und ich kann nicht buchstabieren. Mr. Brown gibt meine Berichte mit einem Spinnennetz aus roten Kommentaren zurück.

DAS GEGENTEIL VON WAHRHEIT

Tom hat aufgehört, mich zu fragen, ob wir ins Kino gehen, und wir sprechen nie darüber, was er macht, während ich mit Sarge arbeite. Wir treffen uns immer noch sonntags, aber ich vermisse den entspannten Spaß, in einen verrauchten Kinosaal zu flüchten und in die Geschichten auf der Leinwand einzutauchen, die mich alles vergessen lassen. Und ich vermisse es, das Mädchen zu sehen, auch wenn es nur eine Idee in meinem Kopf ist.

Meine letzte Stunde mit Sarge ist kurz – eine Zusammenfassung dessen, was ich gelernt habe, und eine Diskussion über meine Pläne für die Winterpause. Ich pfeife, als ich gehe. Heute ist meine letzte Chance, die Stadt zu besuchen, denn morgen, am Sonntag, fahren wir über die Weihnachtsferien nach Hause.

Ich habe keine Geschenke. Tom hat zugestimmt, mit mir im Laden Geschenke zu kaufen und die Nachmittagsvorstellung zu besuchen.

»Was schenkst du deiner Familie?«, frage ich, während wir durch den Schnee in Richtung Garville stapfen. Ich habe meinen Kragen hochgeschlagen, um den größten Teil meiner Ohren zu bedecken, aber mein Gesicht brennt vor Kälte. Obwohl es früher Nachmittag ist, verschlucken bleierne Wolken das Licht über uns und nehmen alle Farben mit, bis auf das bräunliche Schwarz der Bäume, deren Glieder sich wie Skelette gegen den Himmel abheben. Die Luft ist schwer von weiterem Schnee. Ich kann die nahenden Flocken riechen.

»Wenn ich morgen nach Hause komme, werde ich etwas in der Buchhandlung finden«, meint Tom. »Was soll ich jemandem kaufen, der schon alles hat?«

»Dann hilfst du mir. Ich habe sechs Dollar und fünfzig Cent, die ich für meine Familie ausgeben kann.« Ich lasse die Tatsache außer Acht, dass ich mein Taschengeld gespart habe, weil ich im Herbst kaum mit Tom unterwegs war.

»Reicht es nicht, wenn du was für deine Eltern kaufst?«

Ich schüttle den Kopf. Tom ist ein Einzelkind. Er kennt die Erwartungen von Geschwistern nicht. »Ich werde ein paar Bonbons für meine Brüder und Schwestern besorgen, in verschiedenen

DAS GEGENTEIL VON WAHRHEIT

Farben. Vielleicht können sie sie nett einpacken. Dann bleiben mir etwa fünf Dollar, die ich für meine Eltern ausgeben kann.«
»Was wirst du in den Ferien machen?«
Ich seufze. »Schlafen, essen und rumhängen. Wenn man mich lässt. Meine Mutter ist eine Frühaufsteherin. Ich bezweifle, dass sie mir erlauben wird, auszuschlafen. Vielleicht gehe ich mit meinen alten Freunden Schlitten fahren oder Schlittschuh laufen. Was ist mit dir?«
»Ich weiß es nicht. Hoffentlich ist mein Vater auf Geschäftsreise und lässt mich in Ruhe. Ich werde wahrscheinlich ein paar Bücher lesen, fernsehen und versuchen, einen alten Freund von mir zu besuchen.«
»Vielleicht kannst du uns ja mal besuchen kommen.« Ich bereue es, sobald es ausgesprochen ist. Tom würde sich zwischen den lauten Olson-Kindern, unserem schäbigen Haus und den beengten Zimmern nicht wohlfühlen. Er ist es gewohnt, das ganze Haus für sich allein zu haben, das Essen von einem Dienstmädchen serviert zu bekommen und in einem riesigen Bett zu schlafen.
»Ich weiß nicht, ob ich deine Mutter kennenlernen möchte.« Tom grinst.
»Ha, sie wäre sehr beeindruckt.«
»Meinst du?« Tom runzelt die Stirn. »Vielleicht möchtest du *mich* ja mal besuchen. Mein Vater wird wahrscheinlich sowieso nicht da sein. Falls du dir Sorgen machst, ihn zu treffen.«
»Cool. Vielleicht in den Oster- oder Sommerferien.«
Wir gehen schweigend weiter. Nur unsere Schritte knirschen im gefrorenen Schnee. Ein paar Krähen krächzen über uns, bevor sie fünfzig Meter entfernt auf einem Feld landen. Ich frage mich, was mich zu Hause erwartet. Die Aufregung, alle zu sehen, macht mich schwindlig. Ich werde die ganze Zeit kein Bett machen und in meiner ältesten Jeans herumlaufen, die mit dem Loch im Knie und dem zerfetzten Saum, die aussieht, als wäre der Stoff von einem Waschbären angenagt worden. Aber ich merke, dass Toms Stimmung getrübt ist und er meine Begeisterung nicht teilt.
Plötzlich fühle ich mich traurig wegen Tom. Weihnachten war

schon immer mein Lieblingsfest, voller Flüstern und Geheimnisse hinter verschlossenen Türen, glänzender Geschenke und Vermutungen, was unter dem Baum wartet, der Geruch von gebratenem Fleisch und Schokoladenplätzchen und Süßigkeiten, die überall auftauchen. Ich kann mir nicht vorstellen, mich nicht auf Weihnachten zu freuen.

Heimlich schwöre ich, Toms Freund zu sein. Für immer.

Laut sage ich: »Das wird schon wieder, oder?«

Tom zieht seine Mütze tiefer über die Ohren und schweigt.

Die Straße ist leer, und der Laden sieht dunkel aus, als wir uns nähern. Hoffentlich haben sie nicht geschlossen. Ich werde mit leeren Händen nach Hause kommen und um eine Mitfahrgelegenheit in die Stadt bitten müssen, um etwas zu besorgen. Aber als ich gegen den Rahmen stoße, öffnet sich die Tür mit einem Klirren. Ein Tannenzweig, verziert mit einer schlaffen Samtschleife und ein paar Glöckchen, klebt am Glas.

Im hinteren Teil des Ladens brennen zwei Glühbirnen, doch der Raum wirkt verlassen. Ich schüttle mich, die Wärme im Inneren ist eine willkommene Abwechslung, und ich erinnere mich an das erste Mal, als ich kam ... das Mädchen. Draußen, als sie mich dabei erwischten, wie ich in ihre Fenster spähte. Ich schaudere, wenn ich an den Mann im Rollstuhl denke, an die giftigen Blicke, die mir in die Nacht folgten.

»Vielleicht haben sie vergessen, die Tür abzuschließen«, flüstert Tom in die Dunkelheit. »Wir sollten gehen.«

Ich ignoriere ihn und gehe einen Schritt weiter. »Hallo?« Meine Stimme klingt dünn und weigert sich zu tragen.

»Kann ich dir helfen?« Der glatzköpfige Mann erscheint aus dem hinteren Büro. »Du schon wieder.«

Ich frage mich, wie gut sich der Mann an mich erinnert oder ob ich der einzige Kadett bin, der jemals einen Fuß in den Laden setzt. Ich bezweifle nicht, dass die meisten Studenten der Stadt fernbleiben, ihr Leben – mit Ausnahme des Theaters – ist viel zu ausgefallen für diesen Ort.

»Maddie«, schreit der Mann über seine Schulter. »Kannst du das

DAS GEGENTEIL VON WAHRHEIT

übernehmen?«

Bevor ich es mir anders überlegen kann, kommt das schwarzhaarige Mädchen die Treppe heruntergehüpft. Sie geht zügig hinter den Tresen, ihre Schritte sind leicht wie die einer Tänzerin.

»Kann ich dir helfen?«

Ihr Blick, ganz sachlich, bleibt an mir haften, und ich versuche mich daran zu erinnern, warum ich hier bin. Sie heißt Maddie. Ich bemerke, dass ihre Augen sogar in dem schwachen Licht im intensiven Blau der Karibik leuchten.

»Ich brauche Geschenke für zu Hause«, murmle ich.

»Du hast wirklich bis zur letzten Minute gewartet. Heiligabend ist Montag.« Maddies Wangen glühen pink, aber ihre Augen blitzen trotzig. Sie hat ihre Hände auf den Tresen gelegt und beugt sich vor. Erwartungsvoll.

»Ich, ja, ich hatte keine Zeit.«

»Was möchtest du?«

Mir fällt nichts ein, meine Gedanken schlagen Purzelbäume. Was ist nur los mit mir? Ich wollte das Mädchen sehen, träumte von ihr, stellte mir manchmal vor, sie im Wald zu treffen. Jetzt stehe ich hier wie ein Idiot und glotze.

»Süßigkeiten, richtig?«, schlägt Tom vor. Er ist rumgewandert und kehrt nun an den Tresen zurück. »Hast du nicht gesagt, du wolltest Bonbons für deine Geschwister besorgen?«

Ich nicke. »Kannst du einen Dollar fünfzig in Bonbons zählen und ihn in vier Portionen teilen? Vielleicht noch eine Schleife drum machen? Ich habe nicht viel Geld.«

Maddie zeigt auf ein viereckiges Glas auf der Theke. »Wie wäre es mit diesen roten und grünen? Die sind festlich für Weihnachten. Ein Penny pro Stück. Oder du kannst ein paar Stangen wie diese roten Lakritze hinzufügen. Die kosten fünf Cent.« Ein kleines Lächeln hat sich auf ihr Gesicht geschlichen.

»Toll!« Ich versuche ein Grinsen, was sich seltsam anfühlt. Wir lachen kaum noch, außer wenn Tom und ich Witze über Muller oder Toms Mitbewohner Kröte machen.

»Es wird nicht aufgehen.« Sie bleibt einen Moment lang still, nur

DAS GEGENTEIL VON WAHRHEIT

ihr Mund bewegt sich. »Wenn du zwei Personen zwei Lakritzstangen gibst, wird es funktionieren.«

Ich nicke, habe vergessen, wie man zählt. Ihre Lippen sind rosa und schimmern. Vielleicht trägt sie Lippenstift, aber das glaube ich nicht. Ihr Gesicht ist sauber und ungeschminkt. Es ist viel zu schön für den abgetragenen blauen Overall und den weißen Wollpullover. Maddie sieht mich erwartungsvoll an. »Ist es in Ordnung, die zwei zusätzlichen?«

»Ähm, ja, perfekt.«

»Wie wäre es mit Angelködern für deinen Vater?«, bietet Tom an. »Du hast gesagt, er angelt gerne. Vielleicht haben sie Würmer oder einen Wunderköder, um die Großen zu fangen.«

»Meinem Vater würde das gefallen«, sage ich und schaue auf Maddies Hände, die vier Zellophantüten füllen. Ihre Finger – lang und schlank, mit glatter, weißer Haut – bewegen sich flink. Ihre Lippen öffnen sich und zeigen ihre Zungenspitze, während sie jedes Stück zählt. Ich versuche, mich zu konzentrieren, überlege, was ich sagen soll. Mein Gehirn weigert sich.

»Hier.« Maddie legt vier kleine Päckchen auf den Tresen, jedes mit einer roten Papierschleife und einem Weihnachtsmann-Aufkleber versehen. »Die Angelausrüstung ist dort drüben. Ich zeige sie dir.«

Sie geht um den Tresen herum und steuert auf das vordere Fenster zu, vor dem mehrere Regale mit Angelruten, Schneeräumgeräten und Salz aufgebaut sind. Im Gang stehen Fässer mit Kartoffeln und Zwiebeln, und sie quetscht sich durch. Wir folgen ihr.

An der Wand glitzern kleine Päckchen Köder in Regenbogenfarben.

»Weißt du, was er gerne angelt?« Ihre Augen brennen sich durch meine Schädeldecke. Ich vergesse zu atmen. »Es ist spät in der Saison. Im Frühjahr haben wir eine viel größere Auswahl.«

»Meistens Barsche und Blue Gills.« Ich begutachte Maddies Taille und Beine, als sie sich umdreht, um die Auslage zu studieren. »Wie wäre es damit? Die braunen Geleewürmer sind toll für

DAS GEGENTEIL VON WAHRHEIT

Sonnenbarsche. Sie sehen hässlich aus, aber ich habe sie selbst ausprobiert und sie funktionieren. Jedes Päckchen kostet fünfundsiebzig Cent.«
»Perfekt.« Ich spüre, wie ich lächle. »Tolle Idee. Ich nehme zwei.«
»Danke«, sagt Tom trocken.
»Hast du eine Idee für meine Mutter?« Ich folge Maddie zurück zum Tresen. »Sie mag helle Farben, aber ich weiß nicht, was ich für drei Dollar bekommen kann.«
»Wie wäre es mit einer Schürze oder einer Weihnachtskerze? Diese hier kommt mit einem Glasteller.«
»Maddie, mach den Laden zu, wenn du fertig bist«, ruft der glatzköpfige Mann von hinten. »Bei dem Wetter wird niemand mehr kommen. Ich gehe nach oben, um nach Eric zu sehen.« Er wirft mir einen letzten missbilligenden Blick zu, bevor er im Treppenhaus verschwindet.

»Ja, Papa.« Maddie dreht sich wieder zu mir um. »Außer dir.«
»Was?«
»Ich meinte, dass niemand außer dir einkauft.«
Ich werfe einen Blick durch das beschlagene Fenster. Das Licht ist noch schwächer geworden und wirft Schatten auf den Tresen. Zum Teufel mit dem Wetter. Ich will den Moment ausdehnen, weiter mit dem Mädchen reden.

»Wir lassen das Kino besser sein und gehen zurück.« Tom nickt in Richtung Eingangstür. »Der Sturm ist im Anmarsch.«
Ich hatte meinen Freund vergessen. »Dann nehme ich die Kerze.«
»Gute Wahl.« Maddie rollt das Geschenk in rotes Seidenpapier ein.
»Ich packe es in einen Sack. Hier, bitte sehr.« Sie bewegt ihre Lippen und rechnet die Summe aus. »Sechs Dollar und zwölf Cent – mit der Steuer.«
Ich lege die Dollarscheine und Münzen auf den Tresen. »Bin fertig. Danke.« Ich öffne den Mund, vergesse aber, was ich noch sagen will.

DAS GEGENTEIL VON WAHRHEIT

»Hier ist dein Wechselgeld. Frohe Weihnachten.« Maddie lächelt.

»Danke, dir auch.« Ich schnappe mir die Tasche. Als Tom die Tür öffnet, drückt eine Windböe eiskalte Luft in den Laden. Ich werfe einen Blick auf das Mädchen, aber sie ist hinter die Tür gegangen und wartet darauf, abzuschließen. Mit einem Mal bin ich enttäuscht und glücklich zugleich.

Tom schlägt mir auf den Arm. »Was zum Teufel war das?« Trotz der eisigen Böen, die uns treffen, verzieht er den Mund zu einem Grinsen. »Sie ist süß.«

Ich räuspere mich. »Wovon redest du?«

»Du solltest sie mal einladen«, ruft Tom gegen den Wind. Die Straße ist hinter einem weißen Vorhang verschwunden. »Wenn du bis dahin deine Stimme wiederfindest.« Er kichert.

»Sehr witzig.« Aber dann lächle ich, froh, dass er es weiß. Tom ist mein bester Freund, egal, ob er einer Meinung mit Sarge ist. »Das werde ich tun«, sage ich. »Nächstes Jahr.«

KAPITEL NEUN

Auf dem Heimweg nach Bloomington starre ich aus dem Fenster und zähle die Kilometer. Ich bin begeistert, weil ich die Ferien mit meiner Familie verbringen und mich mit meinen alten Kumpels treffen kann. Zwei Wochen Glückseligkeit, eine Stunde länger schlafen – mehr wird meine Mutter nicht zulassen – und keine Hausaufgaben. Bis auf die Englischarbeit, die ich über *Im Westen nichts Neues* schreiben muss. Ich werde jeden Tag ein paar Seiten lesen, kein Problem.

Unser Haus in der Fritz Terrace Nachbarschaft sieht kleiner aus als in meiner Erinnerung.

»Er ist zu Hause«, schreit Robert, mein jüngerer Bruder, als ich die Tür öffne.

»Konnte es nicht erwarten, endlich heimzukommen.« Ich dränge mich an ihm vorbei und schaue mich um, erwarte Erleichterung und Freude, aber nichts dergleichen passiert. Das Wohnzimmer ist seit dem Sommer geschrumpft, stelle ich fest, während ich meine Geschenke unter den Baum schiebe.

Innerhalb einer Stunde bin ich kribbelig. Gary ist in der Bibliothek, Robert ist viel zu jung, um interessant zu sein, und meine beiden Schwestern und diverse Freundinnen kichern albern. Ich habe den Eindruck, sie reden über mich. Ich hänge meine Uniform in den Schrank, kann aber nichts gegen meinen beinahe kahlen Kopf tun. Ein verräterisches Zeichen, denn kein Mensch läuft freiwillig so herum.

»Ich gehe zu Daniel«, rufe ich meiner Mutter zu.

»Abendessen ist um sechs.«

Ich jogge die Straße entlang und bin froh, draußen zu sein. Zwei Wochen Freiheit liegen vor mir. Ich lächle.

»Andy?« Daniels Mutter mustert mich von oben bis unten. Sein Vater ist Arzt. Sie haben ein großes Haus, sogar einen Pool.

»Ist Daniel zu Hause?«

Daniels Mutter schüttelt den Kopf. »Tut mir leid, er ist mit Scott und John unterwegs. Sie sind in den Wald gegangen, um Sassafras zu sammeln.«

»Wissen Sie, in welchem Wald? Vielleicht kann ich sie finden.«

»Keine Ahnung, warum meldest du dich nicht nach Weihnachten? Ich werde ihm sagen, dass du hier warst.«

»Klar. Danke.«

Auf einmal bin ich enttäuscht. Aber warum sollten meine alten Freunde mich erwarten? Der Wind hat wieder zugenommen, und ich schlinge die Arme um mich. Ich muss einen anderen Mantel finden. Einen, der nicht vom Militär ist.

Ich hoffe, Daniel wird vorbeikommen. Schließlich ist er seit der Grundschule mein Freund.

Aber das tut er nicht. Als wir uns ein paar Tage später endlich treffen, will ich alles wissen – über die Schule, unsere alten Lehrer, Nachbarn, unsere Freunde und Klassenkameraden. Daniel fragt nicht, wie es mir auf der Akademie ergeht, womit ich mich rumschlage, und als ich ihm von Tom erzähle, hört er kaum zu.

»Du und deine aufgeblasene Schule«, meint er ein paarmal und macht ein Gesicht, als würde er es missbilligen. Als ob ich eine Wahl hätte.

Meine Schwestern zanken und jammern und gehen mir auf die Nerven. Niemand scheint sich für mein Leben zu interessieren. Es ist schon eine große Leistung, jeden Tag zu überstehen, ohne diszipliniert zu werden. Der Umgang mit den Mullers und Tonys, Sarge und Bierbauch erfordert meine letzten Reserven.

DAS GEGENTEIL VON WAHRHEIT

Am Ende der Winterferien freue ich mich darauf, an die Akademie zurückzukehren, vor allem darauf, Tom wiederzusehen. Die Fahrt zum Internat verläuft fast schweigend, mein Vater sagt wenig, und ich noch weniger.

Tom ist voller Galle. »Du hättest sie sehen sollen. Ich wollte kotzen.« Seine Augen brennen vor Frustration, und seine Wangen glühen. »Sie hielten Händchen, als wären sie zwanzig, und diese Frau hing an Vaters Lippen, als wäre er Präsident. Er hat sie mit den Augen verschlungen. Sie sieht aus wie Barbie und lacht wie eine Hyäne. Ekelhaft.«

»Klingt wie eine Trophäenfrau«, sagt Plozett. »Hast du *irgendetwas* Schönes gemacht?«

Wir verstecken uns unter der Tribüne in der Turnhalle und teilen uns eine Flasche Boone's Farm Erdbeerwein, die Plozett in seinem Trompetenkoffer in die Schule geschmuggelt hat.

»Es geht nur um Sex. Ich hoffe, er heiratet sie nicht, obwohl ich mich über nichts wundern würde.« Tom nimmt einen weiteren Schluck. Die Flüssigkeit in der Flasche schwappt. »Ich habe hauptsächlich gelesen und Musik gehört ... mich in meinem Zimmer versteckt.«

»Es ist anders, nach Hause zu gehen. Entweder haben sie sich verändert oder wir uns«, sage ich und rülpse. Es ist seltsam, dass ich meine Familie als mein Zuhause betrachtete, als den Ort, an den ich gehörte. Im Moment gehöre ich nirgendwo hin ... Ich befinde mich in einem Vakuum, einem permanenten Zustand des Durchhängens.

»Ich hatte es vor zwei Jahren bemerkt, als ich das erste Mal heimkehrte. Nichts war mehr so wie früher«, meint Plozett.

Ich spüre den Neid in meinem Bauch aufsteigen wie eine hässliche Schlange. Plozett ist einer der *Alten*. Er hat es leicht. Wenigstens lässt er uns auf dem Flur nicht salutieren.

»Das einzig Gute, was passiert ist, war, dass mein Vater mir das hier gegeben hat.« Tom zieht eine Taschenuhr mit Kette hervor. »Sie gehörte meiner Mutter, eigentlich ihrem Vater, aber sie gehörte ihr, nachdem er ... plötzlich gestorben war.«

DAS GEGENTEIL VON WAHRHEIT

»Cool. Kann man sie öffnen?«, frage ich.

Tom nickt. In das Gold ist ein feines Muster aus Blüten und Blättern eingraviert, eine Präzisionsarbeit, für die ein Goldschmied viele Wochen gebraucht haben muss. Auf der Innenseite befindet sich eine altmodische Uhr mit zierlichen Zeigern auf dem Zifferblatt und dem Foto einer dunkelhaarigen Frau auf der anderen Seite. Ihre Augen wirken sanft und verletzlich wie die von Tom.

»Deine Mutter?«

»Als sie noch jung und gesund war. Bevor sie mich bekam.«

»Sie ist hübsch«, sagt Plozett. »Was ist mit dem Vater deiner Mutter passiert?«

Tom reißt die Augen weit auf, ein Zeichen dafür, dass er emotional wird, aber Plozett bemerkt es nicht. »Nachdem meine Mutter krank wurde, hat sich meine Großmutter um mich gekümmert. Sie hat mir die Geschichte letztes Jahr erzählt – bevor sie starb. Mein Großvater brachte sich um, als meine Mutter zehn Jahre alt war. Sie hat ihn gefunden. Vater glaubt, dass sie nie darüber hinweggekommen ist. Sie lernten sich kennen, als sie achtzehn Jahre alt war. Sie war damals wunderschön und zerbrechlich. Das muss dem alten Mann gefallen haben. Wahrscheinlich bewunderte sie seine Stärke, sein Selbstvertrauen und seinen Erfolg. Er liebt es, bewundert zu werden.« Tom macht eine Pause und nimmt noch einen Schluck. »Sie versuchte, ihm zu gefallen, aber er war kaum zu Hause. Er hat nie bemerkt, dass es ihr schlechter ging, besonders nach meiner Geburt. Er hatte Wichtigeres zu tun.«

»Ist sie gestorben?«, fragt Plozett.

Ich schaue meinen Freund an. Der Schmerz in Toms Gesicht hat sich auf seine Stimme übertragen. Es klingt, als würde er ersticken.

»Sie ist in einem Heim für Geisteskranke, einem Sanatorium – alles weiß und glänzend, mit perfektem Rasen und Blumenbeeten, sterilen Zimmern und Zeitplänen. So ähnlich wie dieser Ort. Ich hasse den Geruch, wie Antiseptikum gemischt mit Bleichmittel. Vater besteht darauf, dass es der beste Ort im Land ist, aber sie ist trotzdem eingesperrt. Ich schätze, er hat uns beide gut

DAS GEGENTEIL VON WAHRHEIT

weggeschafft.«

Plozett zuckt zusammen und flüstert:»Da kommt jemand.« Auf der anderen Seite der Tribüne hallen Schritte. Ich knie mich hin und schaue durch den Zwischenraum unter den Sitzen. Tony White und Big Mike kommen auf uns zu. Tony ist völlig außer Atem. Seine Augen blitzen, der gleiche Blick, den er hat, wenn wir in einem Spiel vorn liegen. Ich stopfe die leere Weinflasche zurück in Plozetts Koffer. Die plötzliche Bewegung macht mich schwindlig.

»Wissen sie, dass wir hier sind?«, flüstert Tom.

Plozett schüttelt den Kopf.

Tony und Big Mike durchqueren die perfekt polierte Fläche der Turnhalle und bleiben vor einer Metalltür in der hinteren Ecke stehen, die in demselben hellen Beigeton wie die Wände gestrichen und leicht zu übersehen ist. Ich höre Scharren und Klirren von Metall.

Tom schüttelt den Kopf, aber ich stehe auf und gehe um die Tribüne herum. Ich weiß nicht einmal, warum.

»Was habt ihr vor?«, sage ich und bin überrascht, dass sie beim Klang meiner Stimme zusammenzucken.

»Du bist es, Olson«, sagt Tony seufzend. Er wirft einen Blick in die Turnhalle.»Wir sehen uns die Tunnel an.«

Ich habe von einem Netz unterirdischer Rohre gehört, die die Dampfheizungen in den Räumen versorgen.»Wozu?«

Tom und Plozett erscheinen am Rande der Tribüne.

»Hast du da hinten eine Armee?«Tony klingt irritiert, und ich frage mich, ob er einen Anfall bekommt, so wie er es auf dem Footballplatz tut, wenn die Dinge nicht nach seinem Willen laufen. Er rennt hin und her und schreit schlimmer als der Trainer. Als bester Quarterback, der nur schwer zu stoppen ist und die meisten Punkte erzielt, kommt er damit durch.

Ich schüttle den Kopf.»Nur wir drei.«

»Haltet die Klappe«, sagt Tony mit leiser Stimme und richtet seine Aufmerksamkeit wieder auf die Tür. Einen Moment später quietschen die Eisenscharniere. Wir schrecken zusammen und suchen die Turnhalle nach Lebenszeichen ab. Nichts bewegt sich.

DAS GEGENTEIL VON WAHRHEIT

»Die Tunnel verbinden alle Gebäude miteinander. Wir wollen einen Blick darauf werfen.« Tony zögert. »Du kannst mitkommen, aber ich will die anderen nicht dabeihaben.«

»Warum?«, frage ich. Meine Stimme klingt seltsam in meinen Ohren. Mir ist schwindlig. »Ich bürge für sie.«

»Stell keine dummen Fragen«, sagt Big Mike. »Nur das Team geht.«

»Ich muss sowieso Mathe fertig machen.« Tom wendet sich ab.

»Ich habe Bandprobe«, sagt Plozett.

Zweifel schleichen sich in mir ein, eine blecherne Stimme der Warnung. Trotzdem will ich Tony beeindrucken. Ich sehe wie ein Weichei aus, wenn ich jetzt aussteige. »Dann eben nur ich.«

Tony und Big Mike verschwinden durch die Tür. »Beeil dich, Olson«, sagt Tony.

»Wenn ich bis morgen nicht zurück bin, dann schickt ein Suchkommando«, rufe ich Tom hinterher, der wortlos mit Plozett davonläuft. Ich bin irritiert, dass Tom nicht einmal versucht hat, mitzumachen.

Eine steile Metalltreppe führt unter die Turnhalle. Wir suchen und finden einen Lichtschalter neben dem Eingang. Eine Glühbirne leuchtet auf und erhellt die Stufen kaum. Verglichen mit dem perfekten Zustand der Schule ist die weiße Farbe des Geländers mit Rost und schwarzem Schimmel bedeckt. Ich folge den anderen die Treppe hinunter. Hinter mir knallt die Tür zu.

Unten halten wir an. Ich sehe nicht weiter als zwei Meter. So stelle ich mir eine Kohlenmine vor: schwarze, stickige Leere. Tony tastet nach einem weiteren Lichtschalter. Oben knistern die Leuchtstoffröhren und erhellen einen niedrigen Backsteintunnel, der in zwei Richtungen führt. Alle dreißig Meter erzeugt eine einzelne Glühbirne ein Muster aus Licht und Schatten. Dahinter herrscht völlige Schwärze. An einer Seite und an der Decke verlaufen drei Rohre, von denen das Größte wie eine zornige Schlange zischt. Heiße, dampfige Luft umgibt uns und erinnert mich an Indiana im August.

Ich zögere. Enge Räume sind mir unheimlich.

DAS GEGENTEIL VON WAHRHEIT

»Woher hast du die Schlüssel?«, frage ich, um mich abzulenken. »Als wir heute zurückkamen, hingen sie an der Tür zum Arbeitszimmer«, sagt Tony. »Der Hausmeister muss sie vergessen haben. Er wird großen Ärger bekommen.« Er stößt einen Freudenschrei aus. »Hier entlang.« Tonys Stimme setzt sich in einem flüsternden Echo fort.

»Glaubst du, sie hören uns?«, sagt Big Mike.

»Niemand wird uns hören«, schreit Tony noch lauter, sodass der Schall von den Wänden abprallt. »Lasst uns das Fakultätsgebäude finden und bei unseren Lehrern vorbeischauen. Ich habe gehört, dass sie einen Haufen Schnaps aufbewahren – für Partys und so.«

Big Mike kichert und schlägt Tony auf die Schulter, aber ich fühle mich benebelt vom Wein und der Hitze. Unbehagen breitet sich in meinem Magen aus, der sich in einen mit Säure gefüllten Schwamm verwandelt hat. Mein Pullover klebt an meinem Rücken fest. Hier unten müssen es vierzig Grad sein. Ich frage mich, was Tony zu tun gedenkt, wenn wir unterhalb des Lehrerwohnheims ankommen. Kadetten dürfen da nicht rein. Wenn wir erwischt werden, sind Strafpunkte das geringste Problem. Aber Big Mike kommt mit vielen Dingen davon, und Tony auch. Palmer will Footballspiele gewinnen.

»Und wenn es keine Tür gibt?«, frage ich.

»Es muss eine geben«, sagt Big Mike.

»Alle Gebäude haben Zugang«, meint Tony. »Wir schleichen uns rein, nehmen eine Flasche und verschwinden. Das ist die beste Zeit, wenn sie alle zum Abendessen gehen. Wir erwischen die zweite Abendschicht. Ein Kinderspiel.«

Ich frage mich, woher Tony das weiß, aber vor allem will ich in mein Zimmer. »Ich gehe zurück.«

»Komm schon, Olson, du bist einer von uns.« Tony bleibt stehen und starrt auf mich herab. »Mach jetzt nicht schlapp.« Obwohl er nicht viel älter ist, ist er gute zwanzig Zentimeter größer und sieht wie ein erwachsener Mann aus. Wie bei Plozett ist auch Tonys Kinn dunkel und von Stoppeln übersät. »Was ist eigentlich mit dir los? Du wirst auch so ein Weichei wie Tom.«

»Lass Tom aus dem Spiel. Es ist nur mein Magen.« Ich atme tief durch, obwohl sich der Schwindel in meinem Schädel ausbreitet. Tony ist ein Idiot, aber gegen ihn anzukämpfen, ist keine Option.
»Ich muss etwas Schlechtes gegessen haben«, stöhne ich.
»Schwachsinn. Reiß dich zusammen, wenn du im Team bleiben willst.«
»Er hat gesoffen«, kommentiert Big Mike, als ob ich nicht da wäre. »Man riecht den Fuselgestank von weitem. Du hättest ihn mit uns teilen können«, sagt er und dreht sich zu mir um.
»Ich dachte, du wärst einer von uns. Ein Teamplayer«, sagt Tony. Ich schüttle den Kopf, der im Rhythmus meines Herzens zu pochen begonnen hat. »Der Wein war nicht von mir. Außerdem ... ist mir schlecht. Ich muss vielleicht kotzen.«
»Waschlappen«, sagt Big Mike.
»Tu dir keinen Zwang an.« Tony zuckt mit den Schultern. »Komm schon, lass uns gehen. Das erste Abendessen beginnt jeden Moment.« Sie gehen weiter, und nach ein paar Sekunden Unentschlossenheit folge ich ihnen. Es ist zu anstrengend, sich zu streiten oder eine Entscheidung zu treffen. Mein Magen dreht sich, und ich stoße saure Erdbeeren auf.

Wir kommen zu einer Kreuzung, jenseits ist es dunkel. Tony tastet nach dem Lichtschalter oben an der Wand.

»Mann, diese Rohre sind brüllend heiß«, sagt er. »Man kocht fast, wenn man in ihrer Nähe steht. Ich würde sagen, die Lehrerwohnheime sind da lang.«

Big Mike nickt. Es ist mir egal, weil ich mich darauf konzentriere, meinen Magen ruhig zu halten.

»Komm schon, Olson, bisschen schneller.«

Wir gehen weiter den Tunnel entlang. Die dicke Luft, unsere hohlen Schritte und der Gang, der in die Dunkelheit führt, machen es unmöglich zu erkennen, wie viel Zeit vergeht oder wie weit wir gekommen sind. Wenigstens ist der Boden eben. Ich halte meine Augen weit offen, um auch noch den letzten Strahl des schwachen Lichts über uns aufzufangen.

DAS GEGENTEIL VON WAHRHEIT

»Ich hoffe, du weißt, wie du zurückkommst«, sagt Big Mike. Ein Hauch von Zweifel hat sich in seine Stimme geschlichen.

»Klar, wir gehen einfach den Weg zurück und biegen einmal rechts ab«, sagt Tony. »Was ist das da drüben?«

Trübes Licht fällt von oben ein. Wir halten unter einem Gitter an – der Himmel darüber ist in perfekte Quadrate geschnitten. Draußen bricht die Dämmerung herein.

»Ich wette, wir sind vor dem Verwaltungsgebäude. Der Boden dampft immer. Ich wette, das kommt von diesem Loch.« Tony klingt zuversichtlich.

Ich hebe mein Gesicht, um einen Hauch frischer Luft zu erhaschen. Der Raum hier unten ist zu feucht und dick, zu nass zum Atmen. Schweißperlen kullern mir über die Schläfen. Tonys Gesicht leuchtet. Big Mike sieht aus, als wäre er in einen Platzregen gekommen. Wir eilen weiter, bis wie aus dem Nichts eine weitere Kreuzung auftaucht.

»Wo lang?« Big Mike streicht mit seiner prankenförmigen Hand über die Wände und sucht nach einem Lichtschalter. »Aua, ist das heiß.«

Tony starrt in die Schatten, als ob er darüber hinaussehen könnte. »Wir müssten unter dem Verwaltungsgebäude sein. Jetzt gehen wir geradeaus. In ein paar Metern sollten wir das Lehrerwohnheim erreichen.«

Ich sage kein Wort. Die Dunkelheit und die Hitze umfangen mich wie Gespenster. Ob hier unten jemals jemand gestorben ist? Ich sehe höchstens zehn Meter. Alles vor und hinter uns versinkt im Dunkel, eine Düsternis zäh und schwarz wie Tinte, die Geräusche und Licht verschluckt wie ein schwarzes Loch im All. Selbst das Echo unserer Schritte klingt fremd.

Big Mike bleibt abrupt stehen, und ich stoße mit ihm zusammen.

»Pass auf«, schreit er.

»Lass uns zurückgehen«, sage ich.

»Wir sind fast da«, meint Tony, als ob er wüsste, wohin er geht. Über unseren Köpfen vibriert ein Rohr. Mit jedem Schritt wird das pfeifende Summen lauter, die Luft dicker. Ich denke über Sarges Beschreibung des Dschungels nach. Was hat er gesagt? *Undurchdringliche Schwärze und eine Feuchtigkeit wie gekochter Nebel.* Wir werden langsamer, während das Brummen in ein schrilles Pfeifen übergeht. An der nächsten Kreuzung spähen wir um die Ecke. Zwanzig Meter vor uns explodiert Dampf in den Korridor. Rohre klappern und die Luft ächzt wie ein Chor von Geistern.

»Verdammt.« Big Mike klingt genervt. »Sieht aus wie ein Leck.«

»Wir müssen es melden«, sage ich. »Es könnte explodieren.«

»Bist du verrückt? Lass uns gehen«, sagt Tony. Ich bin erleichtert, aber der heiße Nebel scheint uns zu folgen. Die Rohre über uns knarren und klappern unter dem Druck, und ich habe Angst, dass sie platzen und uns bei lebendigem Leib verbrühen.

Big Mike schreit »So ein Mist« und rennt los.

Tony folgt ihm. Aber ich habe Mühe mitzuhalten, meine Augen sind wie beschlagen.

»Beeil dich, Olson«, ruft Tony über seine Schulter. »Hier lang.« Wir biegen rechts ab. Die Lichter sind ausgegangen, und Tony findet einen anderen Schalter. Sie müssen mit Zeitschaltuhren ausgestattet sein.

»Die Treppe müsste rechts sein. Haltet die Augen offen«, sagt Tony. Ich suche, aber alles liegt in Schatten getaucht, und ich kann die Wand kaum erkennen. Das Geräusch hinter uns hat sich in ein leises Zischen verwandelt. Wir werden langsamer. Eine weitere Kreuzung taucht auf, die nur durch die schwarze Leere auffällt, die dichter zu sein scheint als die Steinmauern.

»Wo ist es?«, sagt Tony. Zum ersten Mal klingt er unsicher. »Ihr glaubt doch nicht, dass wir dran vorbeigelaufen sind?«

Big Mike zuckt mit den Schultern. Wir gehen weiter, aber die Wände und Decken sehen gleich aus – wieder eine Kreuzung.

»Scheiße«, schreit Tony. »Daran kann ich mich nicht erinnern. Olson, erinnerst du dich daran?«

Ich schüttle den Kopf und stelle mir vor, wie ich Tonys Maul in das Rohr schlage. Aber meine Beine sind wie klebrig-weiche Melasse. Meine Schläfen pochen gegen meine Augenhöhlen, ich kann mich auf nichts konzentrieren. Ich möchte die Augen schließen, schlafen ... aus diesem Albtraum aufwachen.

»Wir hätten an dem Gitter vorbeikommen müssen«, sagt Big Mike. »Habt ihr ein Gitter gesehen?«

»Ich weiß es nicht mehr«, sagt Tony. »Scheiße!« Plötzlich bleibt er stehen. »Wir müssen den Aufgang verpasst haben. Ich sage, wir gehen weiter in eine Richtung. Irgendwo muss es doch eine verdammte Tür geben.«

»Gute Idee«, sagt Big Mike. Schwer zu sagen, ob er es ernst meint.

Ich denke über meinen Scherz nach, dass Tom mich morgen suchen soll. Jetzt kommt er mir nicht mehr lustig vor. Palmers Campus erstreckt sich über hundert Hektar, und die Abstände zwischen den Gebäuden sind riesig – wir könnten kilometerweit gehen und würden nie einen Ausgang finden. Meine Lungen scheinen voller Nebel und machen das Atmen schwer.

Wir eilen weiter und halten nur an, um die nächste Reihe von Lichtern einzuschalten. Einige der Glühbirnen sind ausgebrannt, der Raum dahinter noch dunkler.

»Ich sehe was schimmern«, ruft Big Mike. Wir stürmen vorwärts, während die Helligkeit zunimmt – fast wie ein Scheinwerfer. Dann strahlt über uns eine Straßenlaterne. »Hallo«, ruft Big Mike. »Ist da jemand?«

»Bist du verrückt?«, grummelt Tony mit zusammengebissenen Zähnen. »Was, wenn die Fakultät uns hört?«

»Willst du hier unten verrotten?«, brummt Big Mike. »Ich bin am Verhungern. Ich hole mir lieber ein paar Strafpunkte, als noch eine Minute länger in diesem Höllenloch zu verbringen.« Es ist bekannt, dass Big Mike keine Angst davor hat, Strafpunkte zu sammeln. Irgendwie verschwinden sie immer, bevor es Zeit für Extradienst ist.

»Ich habe eine Idee«, sage ich. »Heb mich hoch, ich drücke gegen das Gitter. Vielleicht geht es auf, und wir können rausklettern.«

»Ha, tolle Idee, Olson«, sagt Tony. »Du meinst, du haust ab und

DAS GEGENTEIL VON WAHRHEIT

wir sitzen hier unten fest. Auf keinen Fall, Big Mike ist zu schwer.«
»Das Bootshaus hat eine Leiter«, sage ich. Einen Moment lang ist es still, während wir unten in dem getunnelten Gefängnis stehen und ich darauf warte, dass Tony zustimmt. »Also gut«, meint er und verschränkt die Hände vor mir. »Ich hebe dich hoch. Tritt auf Mikes Schulter und versuch, das Gitter zu erreichen.« Es klingt, als sei die Rettung seine Idee. Blitzschnell schwinge ich durch die Luft, halte mich an Big Mikes Schädel fest und klettere auf seine Schultern.

Für einen Sekundenbruchteil bewundere ich Tonys Stärke. Big Mikes Schultern scheinen haushoch zu sein. Ich kämpfe darum, das Gleichgewicht zu halten, und taste mit den Fingerspitzen nach den Eisenstangen. Sie fühlen sich rau und eisig an, als ich gegen sie drücke. Das Gitter rührt sich nicht.

»Fester«, schreit Tony von unten. Ich versuche es noch einmal, aber es passiert nichts. Trotz der Straßenlaterne kann ich nicht viel sehen. Das grelle Licht blendet, dahinter vereinen sich oben und unten die Schatten. Meine Finger scheinen zu gefrieren. Ich fahre mit dem Zeigefinger an einer der Eisenstangen entlang bis zum Ende. Da ist eine Ausbuchtung.

»Geh ein bisschen nach rechts«, krächze ich. Meine Füße ziehen unter mir weg. »Das andere Rechts.« Ich richte mich auf und taste mit der Hand am Rand des Gitters entlang. Da ist eine weitere Unebenheit. »Es ist mit Scharnieren versehen wie eine Falltür«, sage ich. »Jetzt nach links, langsam. Vielleicht ist da ein Riegel.«

Big Mike wackelt unter mir, während ich mich ans Gitter klammere. Als ich in Position bin, taste ich die gegenüberliegende Seite nach einem Scharnier ab. Nichts. Ich drücke gegen das Gitter und spüre, wie sich die Abdeckung bewegt, drücke fester und stelle mir dabei die Schlagübungen auf dem Footballfeld vor, wenn wir uns mit den Schultern gegen den schweren Blockschlitten stemmen. Die Abdeckung hebt sich mit einem Quietschen. Ich stehe zu tief, um sie ganz nach oben zu schieben, und sie fällt knallend zurück und klemmt mir fast die Finger ein.

»Verdammt. Ich bin nicht groß genug«, flüstere ich in den

DAS GEGENTEIL VON WAHRHEIT

Schatten. »Kannst du mich höher heben?«
»Stell dich auf meinen Kopf.« Big Mikes Stimme klingt gepresst unter meinen sechsundsechzig Kilo.
»Bist du sicher?«, frage ich.
»Mach schon. Tony ist noch schwerer.«
Ich stelle meinen rechten Fuß auf Big Mikes Kopf und hoffe, dass ich das Gleichgewicht halten kann, während ich gleichzeitig einen Arm nach oben strecke. Das Gitter hebt sich und kracht mit einem scharfen Klirren wieder herunter. Ich rutsche von Big Mikes Kopf, hake gerade noch meine Finger in das Gitter. Einen Moment lang baumle ich in der Luft. Das Gitter schneidet in meine Haut, ich gleite ab, als ich Big Mikes Schultern unter meinen Füßen spüre.
»Ganz ruhig«, keucht er. »Noch mal.«
Tony hält ausnahmsweise die Klappe. Ich behalte die unverschlossene Seite des Gitters im Auge und trete noch einmal auf Big Mikes Kopf. Mit einem tiefen Atemzug strecke ich den rechten Arm nach oben. Die Abdeckung schwingt in die Luft und verschwindet, prallt auf Stein oder Pflaster und offenbart ein Loch von fünfzig mal achtzig Zentimeter.

Ich befehle meinen Bizeps, den Klimmzug meines Lebens zu machen, hebe meine Brust durch das Loch und lasse mich nach vorn sinken, um auf dem Boden zu ruhen. Vielleicht starren mich bereits ein Dutzend Lehrer aus den Fenstern des Lehrerwohnheims an. Ein Schauer läuft mir über den Rücken und als ich meinen Blick hebe, beginne ich zu zittern, denn ich befinde mich am denkbar ungünstigsten Ort auf dem gesamten Campus.

Keine zwanzig Meter entfernt steht die Villa des Direktors, ein zweistöckiges, weiß getünchtes Gebäude mit prächtigen griechischen Säulen am Eingang. Ich liege praktisch in seinem Vorgarten.

»Verdammt.« Ich robbe vorwärts, ziehe meine Beine nach. Die Straßenlaterne über mir wirft Scheinwerferlicht auf meinen Rücken. Ich bin in Sichtweite von einem Dutzend Fenstern.

»Wir sind vor dem Haus von Direktor Lange«, flüstere ich in das Loch. »Ich werde die Leiter holen.« Ohne auf eine Antwort zu warten, renne ich los und murmle »Wichtigtuer« in Richtung Villa. Das Bootshaus liegt zweihundert Meter rechts von mir am See. Dankbar für die Dunkelheit und dafür, dass es noch nicht geschneit hat, sprinte ich über den Rasen. *Was, wenn ich fliehe und mich in meinem Zimmer verstecke? Kommt nicht infrage.* Das Gelände wirkt verlassen, die Wege sind leer. Alle essen zu Abend. Kadetten verpassen nie eine Mahlzeit, und ich renne hier draußen rum wie ein Idiot. Nach dem heißen, dampfenden Tunnel friere ich sofort. Ich habe keine Jacke dabei, und die Luft ist eisig. Nach ein paar Minuten frage ich mich, ob ich meine Jacke aus meinem Zimmer hätte holen sollen. Mir wird von Sekunde zu Sekunde kälter.

Vor mir taucht das Bootshaus auf, das für den Winter geschlossen ist. An der Rückwand steht ein langer, schmaler Schuppen, dessen Tür mit einem Vorhängeschloss gesichert ist. *Verdammt.*

Ich überlege, ob ich ein paar Springseile aus der Sporthalle holen soll, aber Big Mike würde sich niemals selbst hochziehen können. Selbst mit Tonys Hilfe würden wir den fetten Kerl nicht heben können, schon gar nicht vor Langes wachsamen Fenstern. Ich *muss* die Leiter holen, die im Schuppen eingeschlossen ist. Einen Moment lang starre ich auf die Kanus, die wie die Rippenknochen eines Wals auf Gestellen hängen.

Ein auf den Kopf gestelltes Ruderboot liegt neben mir auf dem Boden. Ich schreite nervös umher und bin mir bewusst, dass die Zeit läuft und die Gefahr, entdeckt zu werden, immer größer wird. Meine Finger sind wie Eiszapfen. Ich kann nicht mehr klar denken.

Links von mir funkelt etwas auf dem Boden. Ich eile hin, um es zu untersuchen, und falle auf die Knie. Ein Anker liegt unter dem Boot.

Ich ramme das Eisen gegen das Holz und hake die Spitze unter den Riegel, werfe mein Gewicht gegen das gebogene Eisen, bis das Brett mit einem scharfen Knacken nachgibt. Sicherheitsschloss und Riegel fliegen ins Gras. Ich stoße einen Seufzer aus. Lange wird mich achtkantig rauswerfen, wenn er mich erwischt. Keine Zeit, jetzt

DAS GEGENTEIL VON WAHRHEIT

darüber nachzudenken.

Ich lasse den Anker fallen und öffne die Tür. Die vier Meter lange Leiter beißt in meine Schulter, während ich zur Straße eile. Ich beschließe, den kürzesten Weg zurück zu nehmen. Diesmal bin ich dankbar für die Dunkelheit.

Vor mir erhebt sich die Villa mit ihrer geschwungenen Auffahrt. Ich bleibe auf dem Rasen stehen, meine Augen sind auf die Straßenlaterne und das Loch darunter gerichtet. Noch vierzig Meter. Plötzlich leuchtet die Straße auf. Drei Paar gleißend helle Scheinwerfer folgen einer Kurve und sind kurz davor, mich zu treffen. Ich stürze auf den Boden, die Leiter klappert daneben. Wenn sie mich sehen, bin ich erledigt – eine unvorsichtige Bemerkung über einen Kadetten, der sich auf dem Rasen rumtreibt, reicht aus. Was ist, wenn eins der herannahenden Autos über dem Loch parken will? Im Geist sehe ich Reifen platzen, ein Rad in das Loch gleiten. Dann ist alles vorbei.

Ich beobachte, wie sich die Autos auf die Lücke zubewegen, mir ist kälter als je zuvor in meinem Leben, und ich habe noch mehr Angst, erwischt zu werden oder meine Teamkameraden zu enttäuschen. Tony und Big Mike sind sicherlich nicht meine Freunde, aber ich will nicht, dass einer von ihnen Direktor Lange beichten muss, selbst wenn Tony den ganzen verdammten Schlamassel angefangen hat.

Die Autos kommen näher ... fahren vorbei. Ich seufze.

Türen schlagen, und Langes Stimme dröhnt über die Kiesauffahrt. Er und seine Frau, ein mausgraues Ding mit winzigen herzförmigen Lippen und einem permanenten Blinzeln unter ihren falschen Wimpern, stehen unter den griechischen Säulen, um ihre Gäste zu begrüßen. Im Hintergrund plätschert Klaviermusik, und mir steigt der köstliche Duft von Rinderbraten in die Nase. Der Weinrausch hat endlich nachgelassen, und ich habe unerträglichen Hunger. Meine letzte Mahlzeit war ein Erdnussbutter-Gelee-Sandwich, das mir meine Mutter für die Reise hierher eingepackt hatte. Es scheint eine Woche her zu sein.

Ausrufe der Freude und schleimige Begrüßungen dringen

herüber, während Lange und seine Gäste im Haus verschwinden. Endlich schließt sich die Tür, ich greife nach der Leiter und zwinge meine steifen Beine in Bewegung. Hinter den Panoramafenstern der Villa amüsieren sich Leute, nippen an eleganten Getränken und knabbern Nüsse und ausgefallene Häppchen.

Ich ignoriere meinen verkrampften Magen und führe die Leiter in das Loch, in der Hoffnung, dass sie lang genug sein wird. Ich seufze erneut. Einige Zentimeter ragen auf die Straße hinaus.

»Beeilt euch«, rufe ich in die Leere. »Lange hat Gäste. Es könnten noch mehr Autos kommen.«

Tonys Gesicht erscheint oberhalb des Lochs. Bis auf die roten Flecken auf den Wangen sieht er blass aus, sein Haar ist feucht, seine Brust so nass wie nach dem Training. Schnell klettert er heraus und lässt sich auf den Boden fallen.

»Du bist dran«, flüstert er ins Loch. Big Mike zwängt sich durch die Öffnung, sein Atem geht schwer und schnell. »Warum hast du so lange gebraucht?«, stöhnt er.

Ich ignoriere den Ärger darüber, dass ich nicht das kleinste Dankeschön bekomme, und schaue nervös zu den hell erleuchteten Fenstern.

Die Straßenlaterne über uns offenbart jede unserer Bewegungen. Zu meiner Frustration verhält sich Big Mike wie ein gestrandeter Wal, groß, langsam und gut sichtbar.

»Schneller«, flüstere ich. »Helft mir, die Leiter herauszuziehen.« Das Gitter kracht an seinen Platz. Ich traue mich nicht, nach Augen hinter den Fenstern Ausschau zu halten. »Hier entlang.«

Niemand spricht, als wir die Leiter wieder anbringen und die Tür des Schuppens schließen. Es ist nach acht, als ich in mein Zimmer zurückkehre. Das Abendessen ist vorbei, und ich suche nach den Keksen, die meine Mutter mitgeschickt hat.

Auf dem Rückweg hat keiner von uns ein Wort gesprochen, und ich kann nicht glauben, dass sie sich nicht einmal bei mir bedankt haben. Ich bin wütend auf meinen Tag, wütend auf Tony und seine Dummheit, aber noch wütender auf meine eigene Schwäche, weil ich ihm gefolgt bin und mein Bauchgefühl ignoriert habe.

DAS GEGENTEIL VON WAHRHEIT

»Was ist mit dir passiert?« Tom steht im Türrahmen.

»Mir ist jetzt nicht nach Reden zumute«, sage ich, während ich meinen Pulli ausziehe, um den fünf Zentimeter langen Riss am Ellbogen und die Mischung aus Schmutz und Blut zu begutachten, die den Stoff verklebt. »Verdammt, ist ruiniert.«

»Also gut. Vielleicht morgen.« Tom zuckt mit den Schultern. »Sag Bescheid, wenn du etwas unternehmen willst.«

Ich ignoriere ihn und werfe meine Kleider auf den Boden. Ich hätte es mir wie Tom in meinem Zimmer gemütlich machen, ein Nickerchen halten und ein schönes Abendessen genießen können. Stattdessen habe ich meine Klamotten zerfetzt, meinen Hals riskiert und bin sauhungrig. Ich will es nicht zugeben, aber ich bin eifersüchtig auf Tom, eifersüchtig auf seine Fähigkeit, er selbst zu sein und sich nicht darum zu kümmern, was andere sagen.

Dafür möchte ich ihm eine reinhauen.

KAPITEL ZEHN

Da ich zu hungrig bin, um auszuschlafen, stehe ich früh auf. Sonntags gibt es in der Schule erst nach neun Uhr Frühstück, und ich bin gezwungen zu warten. Plozett klingt wie eine Kettensäge, ein Schopf stoppeliger schwarzer Haare und ein Arm im blau-weiß karierten Pyjama ragen aus der Wolldecke.

Mit einem Seufzer setze ich mich an meinen Schreibtisch. Morgen beginnt das neue Semester, und ich fühle mich schon im Rückstand. In den Semesterferien sollte ich ein Referat über *Im Westen nichts Neues,* Remarques Klassiker des Ersten Weltkriegs, vorbereiten. Natürlich habe ich es aufgeschoben.

Ich nehme das Taschenbuch in die Hand und starre auf den zerfledderten Einband, die Bleistiftstriche an den Rändern. Das Lesezeichen fehlt, und ich versuche mich zu erinnern, wie weit ich gekommen war. Warum habe ich nicht zu Hause gelernt, als ich Zeit hatte, anstatt gelangweilt vor dem Fernseher zu sitzen? Ich bin mir sicher, dass Mr. Brown uns morgen als Erstes testen wird, genau das, was er nach einer entspannten Pause tun würde. Der größte Teil des heutigen Tages wird für Englisch draufgehen.

Mein Magen gurgelt. Ich kann mich nicht konzentrieren, bevor ich gegessen habe. Vielleicht habe ich heute Nachmittag Zeit, Maddie zu sehen. Von meinem Weihnachtsgeld, das ich nur für diesen Anlass gespart habe, werde ich Süßigkeiten kaufen. Jetzt, wo die Kekse weg sind, brauche ich etwas zum Knabbern, wenn ich das nächste Mal eine Mahlzeit verpasse. Hoffentlich wird Tom mitkommen. Es sieht normaler aus, wenn ich nicht allein gehe.

Beim Durchwühlen meiner Schreibtischschublade stoße ich auf den Kompass von Sarge. Die Nadel zittert nach Norden. Ich kann mich nicht daran erinnern, was Sarge über die Rückgabe gesagt hat. Was, wenn er glaubt, ich hätte ihn absichtlich behalten? Ich werfe einen Blick auf die Wanduhr – es ist noch genug Zeit vor dem Frühstück, um ihn abzugeben. Vielleicht schlägt Sarge weitere Lektionen vor. Die Treffen waren etwas Besonderes, und ich freue mich darauf, den Mann zu sehen. Wahrscheinlich hockt er hinter seinem Schreibtisch und kaut auf einer Zigarre.

Als ich hinausschlüpfe, ist es ruhig auf dem Flur. Die Kadetten genießen ihren letzten freien Sonntag und sorgenfreien Schlaf, bevor das Semester richtig losgeht. Ich springe die Treppe hinunter und verlasse das Gebäude.

Warum habe ich keinen Zettel geschrieben, falls Sarge nicht in seinem Büro ist und ich den Kompass vor seiner Tür ablege? Aber dann ... ist es unwahrscheinlich, dass die Fakultät ihn stiehlt. Und Sarge würde wissen, von wem er stammt.

Ich werde langsamer. Der Rasen ist fast so braun wie die Beete, ein eisiger Wind peitscht über den See, der Regen mit sich bringt. Sofort ist mir kalt, und meine Kleider weichen durch. Ich zittere und überlege, ob ich meinen Mantel holen soll.

»Olson, wo wollen Sie hin?«, ruft Muller von hinten.

Ich seufze und drehe mich um. Hier ist der eine Typ, den ich nicht sehen will, und er taucht überall auf. Sogar am Sonntag, wenn alle anderen schlafen. Ich weiß, dass mein Gesicht meine Abneigung zeigt. Mullers Pullover sieht gebügelt aus.

»Sir, ich besuche Sergeant Russel, Sir«, belle ich und stehe dabei stramm.

Muller schüttelt den Kopf. »Sergeant Russel ist nicht in der Schule.«

»Was meinen Sie?« Ich vergesse die förmliche Anrede.

»Er ist nach der Pause nicht zurückgekommen.« Muller blickt

mich selbstgefällig an. Ich kann nicht sagen, ob er wirklich etwas weiß oder nur den Wichtigtuer spielt.

»Wo ist er?«

Muller zuckt die Schultern. »Wahrscheinlich in Vietnam.«

Mein Ziel für den Morgen ist verflogen, der Wind zerrt an meinen bloßen Händen.

Muller starrt auf meine Finger. »Was ist das?«

Ich erinnere mich an den Kompass, den ich immer noch in der Hand halte. »Nichts.«

»Das ist *etwas*. Her damit.« Mullers Stimme klingt eindringlich. Die Inspektion der Kadetten ist jederzeit erlaubt und umfasst neben dem Zimmer auch ihre Kleidung.

Langsam öffne ich meine Finger.

Muller greift den Kompass kommentarlos. »Das ist ein echter Militärkompass. Sagen Sie mir nicht, dass er Ihnen gehört.« Ich frage mich, woher Muller diese Dinge weiß, aber sein Vater ist im Pentagon, also sieht er wahrscheinlich alle mögliche Ausrüstung und Waffen.

»Tut er nicht.«

»Sie haben ihn gestohlen.«

»Nein, ist geliehen.« Ich habe keine Lust, dem aufgeblasenen Kerl meine Sarge-Lektionen zu erklären.

»So nennen Sie das also?«, spottet Muller. »Wenn das so ist, behalte ich ihn und melde Sie Barberry.« Sarges Kompass verschwindet in Mullers Tasche, und er dreht sich zum Gehen.

Zu meiner eigenen Überraschung höre ich mich Mullers Rücken anschreien. »Er gehört dir nicht. Du stiehlst ihn mir.«

Muller dreht sich überraschend schnell zu mir, während er es schafft, entrüstet auszusehen. »Was haben Sie gesagt?« Ich bemerke, wie seine Hand in seine Tasche gleitet, um den Kompass zu streicheln.

Bevor ich mich stoppen kann, schlage ich zu und treffe mit der Faust sein Kinn. Unvorbereitet stürzt Muller nach hinten und plumpst in das Ligustergebüsch neben dem Weg. Als er sich aufrappelt, gebe ich ihm eins auf die Nase, was eine Explosion aus blutigem Rotz auslöst. Er gluckst und schwankt, um sich auf mich zu stürzen. Wir fallen in einer kämpferischen Umarmung auf den Gehweg. Ich versuche, meine Arme freizubekommen, um einen weiteren Schlag auszuführen, während ich mir Sorgen um den Kompass mache. Sarge wird wütend sein, wenn er kaputt geht. »Du Arsch«, zische ich. »Ich habe genug von dir. Gib mir meinen Kompass.« Ich greife nach Mullers Hosentasche, aber seine Hand klammert sich wie ein Schraubstock um meinen Unterarm.

»Ich werde Sie melden, Olson ... ein ungerechtfertigter Angriff, totale Respektlosigkeit«, grunzt Muller und versetzt mir einen Schlag auf die Wange. Schmerz durchzuckt meinen Schädel, mein Kopf schnellt zurück. Ich schlage blindlings zu und treffe etwas Weiches: Mullers Lippe. Ich spüre, wie er zusammenzuckt und sich mit der Hand über den Mund fährt. Überall ist Blut.

Ich richte mich auf, Muller auch. Wir ringen beide nach Atem, starren uns feindselig an. »Du bist ein Dieb, Muller. Ein erbärmlicher Heuchler.«

»Verdammt noch mal, Olson. Was fällt Ihnen ein —«

»Kadetten Olson und Muller, was machen Sie da?«, schreit jemand. Ich spüre, wie meine Arme nach hinten gerissen werden, was feurige Schmerzen in meinen Schultern auslöst. Hände und Pulli sind mit schleimigem Rot bedeckt, und ich versuche immer noch, einen weiteren Schlag zu landen, aber der Griff hinter mir hält. »Aufhören, Olson. Sofort.«

Als ich mich umdrehe, erkenne ich den Betreuer der Kaserne, Bierbauch. »So benimmt man sich nicht. Sie halten mich vom Gottesdienst ab, und das nehme ich Ihnen übel.« Als gläubiger Katholik verpasst Bierbauch nie die Sonntagsmesse in der Campus-Kapelle.

»Er hat mich angegriffen.« Muller tastet sein Gesicht ab, wobei er es schafft, überlegen zu klingen. »Olson sollte von der Schule fliegen.«

»Er hat meinen Kompass genommen.« Ich knirsche mit den Zähnen, meine Wut ist kaum zu bändigen.

»Stopp! Jetzt sofort!«, schreit Bierbauch. »Gehen Sie in Ihre

DAS GEGENTEIL VON WAHRHEIT

Zimmer, alle beide. Machen Sie sich sauber. Dann kommen Sie zu mir. Muller, Sie in zehn Minuten. Olson, in zwanzig. Gehen Sie mir aus den Augen.«

»Jawohl, Sir«, rufe ich und werfe Muller einen mörderischen Blick zu. Ich habe meinen Kompass immer noch nicht und stapfe davon, ohne mich umzudrehen. Oben angekommen, betrete ich den Waschraum. Das Gesicht im Spiegel sieht aus wie jemand anderes. Blut bedeckt meine Wange – Mullers Schleim –, meine Augen glänzen, als hätte ich Fieber. Schnell wende ich mich vom Spiegel ab und richte meine Aufmerksamkeit auf meine pochenden Knöchel.

Ich wasche mein Gesicht, halte meine Hände in den kalten Strahl, bis sie taub sind. Sorge breitet sich in Magen und Hals aus, verschließt mir die Kehle. Ich habe rücksichtslos einen Offizier missachtet – die Regel aller Regeln. Meine Bestrafung wird hart ausfallen. Frische Wut wallt auf: auf mich selbst, meine mangelnde Kontrolle, auf Muller. Ich erinnere mich an die Uhr – sogar der Waschraum hat eine – und eile die Treppe hinunter.

Bierbauchs Tür ist geschlossen, der Korridor still wie ein Mausoleum. Ich seufze und erinnere mich an meine früheren Besuche. Hierher zu kommen, bedeutet immer Ärger. Ich klopfe. Als nichts geschieht und ich mich anschicke, erneut zu klopfen, schwingt die Tür auf. Muller rauscht an mir vorbei, ohne mich anzusehen. Obwohl er sich umgezogen hat, ist seine Nase geschwollen und sieht aus wie eine knollige, blau gefärbte Zwiebel, seine Unterlippe ist so groß wie eine Walnuss.

Ich betrete Bierbauchs Reich. Wenigstens habe ich nicht geblutet wie Muller, das Schwein. Auch wenn mein Knie vom Aufprall auf dem Beton geprellt ist und meine Schultern brennen, als hätte ich sie in heiße Kohlen getaucht.

Ich trage immer noch mein blutiges Sweatshirt, rostfarbene Flecken trocknen auf dem Stoff. Nachdem ich gestern eine Garnitur ruiniert habe, habe ich kein anderes mehr. Die Wäsche wird erst morgen abgeholt, und sonntags ist das Tragen von Uniformen verboten, es sei denn, wir haben ein besonderes Ereignis wie heute Abend, wenn Direktor Lange seine übliche Begrüßungsrede hält, die

DAS GEGENTEIL VON WAHRHEIT

Uniformen der Klasse A erfordert. Allein der Gedanke, den Mann zu sehen, lässt mich erschaudern. »Beeilen Sie sich, Olson.« Bierbauch winkt mir ungeduldig zu. »Sieht aus, als hätten wir ein Problem, aber ich will Ihre Version der Geschichte hören.« Er blinzelt und lehnt sich in seinem Sessel zurück, einem braun-karierten Fünfzigerjahre-Modell, der auch als Schreibtischstuhl dient und auf dem er immer sitzt, wenn ich ihm von meinen Fehltritten berichte. »Warum haben Sie sich nicht umgezogen? Ihr Shirt ist besudelt.«

»Sir, ich habe keine sauberen Kleider mehr.«

»Schon?«

Ich zucke die Schultern.

»Dann müssen Sie Ersatz besorgen. Ich kann an Ihre Eltern schreiben, wenn —«

»Nein, Sir, entschuldigen Sie«, sage ich schnell. »Ich werde ihnen schreiben. Es ist nur so, dass ich mein anderes Set gestern schmutzig gemacht habe.« Ich denke an den zerrissenen Ärmel und die Grasflecken von Langes Vorgarten.

Bierbauch schüttelt den Kopf. »Sind Sie nicht erst gestern *zurückgekommen?*«

»Ja, Sir, aber ich hatte einen Unfall.«

Bierbauch schaut auf seine Uhr. »Das ist jetzt egal. Ich muss das Ende der Messe erwischen. Schnell, erzählen Sie, was passiert ist.«

»Kadett Muller hat meinen Kompass genommen. Ich meine, er gehört mir nicht, ich meine —«

»Spucken Sie es aus, Olson. Sie unterbrechen meinen Sonntag.«

»Jawohl, Sir, tut mir leid. Sarge, ich meine Sergeant Russel, hat mir den Kompass gegeben, damit ich ihn bei mir trage und Orientierungslauf übe. Ich wollte ihn ihm heute zurückgeben, aber —«

»Sie entschieden sich, stattdessen Muller zu verprügeln.«

»Nein, Sir, Muller wollte den Kompass sehen, und ich habe ihn ihm gegeben, aber dann hat er mich des Diebstahls beschuldigt und ihn behalten. Ich wurde wütend.«

»Offizier Muller ist Ihr Vorgesetzter, und Sie haben Befehle zu

DAS GEGENTEIL VON WAHRHEIT

befolgen.«

»Das tat ich, bis er ...«

Bierbauch schüttelt den Kopf. Ich merke, dass es nicht gut läuft. »Sie sind seit vier Monaten hier und wissen immer noch nicht, wie Sie sich zu verhalten haben. Als Neuling haben Sie Befehle zu befolgen. Reißen Sie sich zusammen. Zehn Strafpunkte für Unbeherrschtheit und ... einen Bericht an Ihre Eltern. Offizier Muller hätte Ihnen den Kompass zurückgeben müssen.« Bierbauch tätschelt den Kompass, der vor ihm auf dem Schreibtisch liegt. »Er hat fünf Strafpunkte bekommen. Ich werde ihn Sergeant Russel persönlich aushändigen, wenn er zurückkommt.«

Ich starre ungläubig. Der Arsch Muller hat gestohlen und ist entkommen, und ich muss marschieren. Zehn Punkte bedeuten Sonderdienst und am nächsten Samstag, meinem ersten Wochenende zurück, bin ich dran. Ganz zu schweigen davon, dass sich ein dreistündiger Marsch bei Minusgraden wie die gefrorene Hölle anfühlt. Ich bin noch nicht einmal vierundzwanzig Stunden hier. Ich mache wirklich Fortschritte.

Erst letzte Woche hat mein Vater gepredigt, dass ich in der Schule weiterkomme und sie stolz machen soll, dass er nie eine solche Chance hatte. Meine Mutter wird einen Brief schicken – voll Schimpferei und Enttäuschung. Ich stehe wütend da und höre mir den Rest von Bierbauchs Predigt nicht an. Wenigstens werde ich Maddie heute Nachmittag sehen. Hoffentlich ist sie da, um mir Süßigkeiten zu verkaufen. Wenn nicht, werde ich eine Ausrede finden, um noch eine Weile im Laden zu bleiben.

»Noch etwas«, sagt Bierbauch, als hätte er meine Gedanken gehört. »Sie bleiben für den Rest des Tages auf dem Campus.« Und nach einem Blick auf meine Brust. »Nicht dass Sie in diesem Zustand in der Öffentlichkeit herumlaufen wollen. Wegtreten.«

»Jawohl, Sir«, rufe ich und drehe mich auf den Absätzen um. Meinetwegen kann ich von der Erde verschwinden, wünschte, ich hätte nie einen Fuß an diesen Ort gesetzt. Maddie fällt mir ein, ihr Gesicht ist geisterhaft, ihre Züge verschwommen. Nur ihre Augen leuchten.

DAS GEGENTEIL VON WAHRHEIT

Dank Bierbauch werde ich sie heute nicht sehen. Die nächste Woche ist auch gelaufen. Und wo zum Teufel steckt Sarge?

KAPITEL ELF

Ich verbringe den Nachmittag in meinem Zimmer und schreibe die Zusammenfassung von *Im Westen nichts Neues*, aber meine Gedanken schweifen ständig ab. Meine Wange pocht von Mullers Schlag – der unleidliche Kerl ist stärker als erwartet. Meine Fingerknöchel brennen vom Kontakt mit Mullers Schädel.

Und wo ist Sarge? Ich bin enttäuscht, eine Enttäuschung, die ich nicht erklären kann. *Hatte ich erwartet, dass Sarge mir von seinen Plänen erzählt?* Vielleicht hätte ich mehr Fragen stellen sollen. Ich gehe unsere letzte Begegnung vor der Weihnachtspause durch. Nichts fällt mir auf. Wir sprachen über allgemeinen Armeekram und Orientierungslauf. Was ist, wenn Sarge nicht zurückkommt?

Tom taucht neben meinem Schreibtisch auf. »Wie siehst du denn aus?«

Mir gelingt ein Grinsen. »Muller hat mir Sarges Kompass weggenommen, und ich habe die Kontrolle verloren.«

»Ihr habt euch gekloppt«, sagt Tom trocken.

»Er sieht schlimmer aus.«

»Gut gemacht.« In Toms Stimme hat sich Bewunderung eingeschlichen. Er lässt sich auf Plozetts Stuhl nieder.

»Nur dass ich zehn Strafpunkte bekommen habe. Du weißt, was das bedeutet.«

»Du wurdest erwischt.«

DAS GEGENTEIL VON WAHRHEIT

»Bierbauch war auf dem Weg zur Kapelle.«

»Wenn du nächsten Samstag marschierst«, sagt Tom, »können wir vielleicht am Sonntag eine Show sehen. Wir müssen uns nur unter die Townies mischen.« Ich denke an das Mädchen. »Das macht mir nichts aus, ist sowieso Zeit, mich mit Süßigkeiten einzudecken.«

Tom grinst. »Darauf wette ich.«

Ich spüre, wie meine Wangen heiß werden. »Was ist so lustig?«

»Du bist ein schlechter Lügner. Sie ist niedlich, muss ich zugeben. Obwohl ich Raquels Vorbau auch mag. Diese Frau hat Kurven, mmmh«, seufzt Tom. »Aber unerreichbar. Brauchst du Hilfe bei deinem Referat?«

Ich schüttle den Kopf. »Nur noch zwanzig Seiten, obwohl ich mich kaum noch an den Anfang erinnern kann.«

»Du kennst Brown. Er wird eine Prüfung machen.«

»Scheiße. Wie kannst du dir diese Texte und all diese Typen merken?«

Tom gluckst. »Apropos Typen. Vergiss die Rede des Direktors nicht. Aula um siebzehn Uhr dreißig.«

»Igitt.« Ich schaue auf die Uhr. Es dauert mindestens zehn Minuten, um sich in die formelle Kleidung zu zwängen. Im Schrank inspiziere ich meine Uniform. Alles in Ordnung. Blaues Hemd, Krawatte, Hose, Jackett, Hut, weiße Handschuhe. Die Gürtelschnalle glänzt, ohne jegliche Anaufflecken.

»Wir sehen uns gleich.« Tom geht zur Tür.

»Du weißt nicht zufällig, wo Sarge steckt?«, sage ich über meine Schulter. Tom soll nicht merken, wie wichtig es mir ist.

»Er ist nicht hier?«

»Ne.«

»Habe nicht die geringste Ahnung.«

Ein ständiger Strom von Kompanien – Artillerie, Infanterie und Kavallerie, alle leicht an den Abzeichen auf ihrer Brust zu erkennen – marschiert auf das größte Gebäude auf dem Campus zu. Innen sieht die Aula, abgesehen von den sechs riesigen

DAS GEGENTEIL VON WAHRHEIT

Kronleuchtern, die über uns funkeln und mich an einen Ballsaal erinnern, aus wie eine Mischung aus einer überdimensionalen Turnhalle und einer Kirche mit poliertem Eschenholzboden und vier Meter hohen Buntglasfenstern, an denen marineblaue Samtgardinen hängen. Hunderte von Stühlen stehen in perfekt ausgerichteten Reihen, genug, um die gesamte Schülerschaft unterzubringen.

»Ich frage mich, worüber er dieses Mal reden wird«, sagt Tom, als wir uns in eine hintere Reihe begeben.

»Ich gehe lieber zum Zahnarzt«, murmle ich.

»Wurzelbehandlung«, meint Tom.

Plozett gluckst hinter uns. »Ich will Äther.«

Ich grunze, um ein Lachen zu unterdrücken, als ich einen Blick auf Bierbauch erhasche, der mit hochgezogenen Brauen und schielenden Augen durch die Gänge streift. Wie kann man sein Gesicht in verschiedene Richtungen lenken? Ich sinke resigniert auf meinen Sitz.

Das Geflüster und Gemurmel löst sich in Schweigen auf, als Direktor Lange mit hängenden Schultern zum Podium geht.

»Willkommen zurück«, beginnt er. Er blickt auf die mit Kadetten besetzten Stühle. In seinem dunklen Anzug sieht er schlicht aus, bis auf die Augen, die durch eine schwarze Hornbrille vergrößert wirken. Niemand vergisst die Augen, wenn er dem Direktor einmal begegnet ist, metallisch grau wie verzinkte Nägel, die sich in die Seele bohren und nicht zu der sanften Stimme passen, mit der er spricht.

Ich erinnere mich noch mit Schaudern an den ersten Schultag, als Lange den Arm meiner Mutter mit einer vertrauten Geste wie ein lange verlorener Onkel ergriff. Meine Mutter fraß ihm praktisch aus der Hand, mein Vater nickte und lächelte. Sie ignorierten mich, obwohl ich direkt danebenstand und das Spektakel beobachtete, zu betäubt, um irgendetwas anderes zu fühlen als mein stakkatoartig schlagendes Herz.

»Lassen Sie mich Ihnen versichern«, Langes Stimme nahm einen vertrauten Ton an und er tätschelte erneut den Arm meiner Mutter,

DAS GEGENTEIL VON WAHRHEIT

»wir haben einen ausgezeichneten Ruf, wenn es darum geht, Jungen zu erziehen und sie zu verantwortungsbewussten Erwachsenen zu formen.« Seine Lippen verzogen sich zu einem Lächeln. »Wir werden uns gut um ihn kümmern«, sabberte er mit seinem Südstaatenakzent. »Andrew wird es gut gehen.«

Genau! Selbst jetzt spüre ich, wie sich meine Kehle verengt, was immer der Fall ist, wenn ich sauer bin. Zweifellos ist Lange kalt wie ein gefrorener Fisch, ein gewiefter Geschäftsmann, der kalkuliert, wie er seinen Gewinn maximieren kann.

Während ich eingepfercht zwischen Tom und Plozett sitze, juckt mein Hals von dem neuen Hemd, das meine Mutter im Winterschlussverkauf erstanden hat. Der Kummerbund quetscht meinen Magen, weil ich ihn im Stehen geknotet und dabei vergessen habe, dass sich der Bauch im Sitzen ausdehnt. Ich strecke meine Beine unter den Vordersitz und lehne mich zurück, um den Druck zu lindern.

»… ein herausforderndes Jahr liegt vor uns«, säuselt Lange. »Lassen Sie uns über Palmers Leistungen nachdenken, die natürlich auch *Ihre* Leistungen sind.« Er hält inne und lässt seinen Blick durch den Raum schweifen.

Ich halte den Atem an. Sicherlich kann mich Lange in der Menge nicht sehen. Unter halb geschlossenen Augenlidern beobachte ich die Reihen vor mir. Ich hätte mir einen Platz hinter Big Mike aussuchen sollen, der links von mir thront und mit seinen massigen Schultern einen perfekten Schutz bietet. Weder Tony noch Big Mike haben ein Wort über die Tunnel verloren.

Lange fährt fort: »… als erstklassige Akademie bereitet Palmer Sie auf das College vor … und auf das Leben durch Opferbereitschaft, harte Arbeit und Disziplin. Unser Ziel ist es, Ihre Individualität zu bewahren, aber nicht«, hier deutet er mit dem Zeigefinger an die Decke, »auf Kosten der Konformität, der Einheit der Schule und dessen, wofür sie steht … eine mehr als hundertfünfzig Jahre alte Tradition. Ich möchte Sie dazu anregen, tief in Ihnen selbst nach dem Sinn unserer Bildung zu forschen, was sie für jeden Einzelnen von Ihnen bedeutet, wie sie Sie auf Ihre Ziele vorbereitet. Wir müssen unseren Erstklässlern die Hauptlast aufbürden, die Aktivitäten der Schule zu leiten, und den jüngeren Generationen der Unterstufe beibringen, künftige Führungskräfte zu werden.«

Wovon redet der Typ? Ich schalte wieder ab und beobachte die Menge.

Die meisten Kadetten sehen komatös aus. Ich entdecke Muller drei Reihen weiter rechts, mit lang gestrecktem Hals, der zweifellos jede Silbe des Direktors aufsaugt. Der Gedanke an die drei Stunden Strafdienst am Samstag lässt mich erschaudern. Muller hat die Macht, mir noch ein Semester lang das Leben zur Hölle zu machen. Dann werde ich endlich ein *Alter* sein. *Wenn* ich es bis dahin schaffe. Ich seufze. Noch fast fünf Monate.

Ich unterdrücke ein Gähnen. Die Luft ist heiß, der meiste Sauerstoff verbraucht. Kaum zu glauben, dass ich erst seit einem Tag aus der Winterpause zurück bin. Zwei Outfits sind zerstört, ich habe mich verirrt und geprügelt – ich muss verrückt sein. Auf der Fahrt hierher hatte ich mir vorgenommen, mich anzupassen und mein Bestes zu geben. Das wird offensichtlich nicht passieren. Das Semester ist jetzt schon katastrophal. Ich seufze erneut.

»Was ist denn los?«, flüstert Tom. »Du ächzt wie ein Güterzug.«

»Ich denke nur, dass es bereits ein lausiges Jahr ist.«

Plozett knufft mich in die andere Seite. »Pssst.«

Er hat recht. Es ist besser, den Mund zu halten, sonst wird Lange womöglich vor der Schule ein Exempel statuieren. Wie spät ist es? Ich schaue nach einer Uhr, sehe keine. Meine Gedanken wandern zu Maddie. Wenn nichts anderes passiert, besuche ich sie nächsten Sonntag.

Ich habe noch nie so intensive blaue Augen gesehen ... einen Mund, der sich auf einer Seite nach oben zieht, um mich zu verspotten. Ich werde sie ins Kino einladen oder so. Was tun andere Jungs, um ein Mädchen zu interessieren?

In meiner Mitte pulsiert es. Abrupt ordne ich mein Jackett, das zum Glück lang ist, und falte die Hände auf dem Schoß. Ein Ständer während der Rede des Direktors ist das Letzte, was ich brauche. Man

DAS GEGENTEIL VON WAHRHEIT

munkelt, dass unser Essen mit Salpeter versetzt ist, um den Sexualtrieb von achthundert Jugendlichen zu zügeln. Ich frage mich, ob das wahr ist. *Salpeter ist Maddie sicher nicht gewachsen.* Ich grinse vor mich hin.

»... und lassen Sie uns daran denken, dass Tradition und die Verpflichtung zu Spitzenleistungen jeden unserer Schritte leiten sollten – jeden Tag. Willkommen zurück.«

Der Raum bricht in Beifall aus, der von eintausendsechshundert Händen und den verschiedenen Lehrkräften stammt. Um mich herum scharren Stühle, und Füße schlurfen.

»Beeilen wir uns. Ich bin am Verhungern«, rufe ich über das anschwellende Geräusch des Kadettengeschwätzes hinweg. »Ich will nicht stundenlang Schlange stehen.«

Wir arbeiten uns erfolgreich um mehrere Kadetten herum, bevor wir bei den Ausgangstüren zum Stehen kommen. Als wir den Speisesaal erreichen, stehen bereits Dutzende von Kadetten mit Tabletts in der Hand vor uns.

»Zu langsam«, sage ich. »Hast du irgendetwas von dem verstanden, was Lange gesagt hat?«

»Nicht wirklich.« Tom zieht seine Handschuhe aus und lockert seinen Kragen. »Ich bin froh, wenn ich aus diesen Klamotten rauskomme. Der blöde Kragen hat einen eigenen Willen und versucht, mich zu erwürgen.«

Wir verstummen, als Lange auf die Tische der Fakultät zusteuert. Ich höre Beifall.

»Er ist mir unheimlich«, sagt Tom. »Er würde sich gut als Killer in einem Krimi machen.«

»Ich habe gehört, dass er Verbindungen zur CIA hat«, sagt Plozett.

Tom hört auf, seinen Gürtel zu richten. »Das überrascht mich nicht. Ich wette, die CIA ist in Vietnam gut beschäftigt.«

»Was tun die da?«, frage ich.

»Verdeckte Operationen, Geheimdienstkram. Wer weiß?«

Plozett fischt drei Tabletts aus der Buffetreihe. »Warum fragst du nicht Sarge? Ist er nicht dein Kumpel?«

DAS GEGENTEIL VON WAHRHEIT

»Er hat nie was gesagt. Außerdem, ist das nicht geheim?« Ich schaue mir das Essensangebot an: Mais, Roastbeef, Bratkartoffeln, gemischter Salat und Schokoladenpudding. Wenigstens können wir uns darauf verlassen, immer gut zu essen.

»Ich frage mich, was passiert ist«, sagt Tom. »Wann kommt er zurück?«

»Er ist weg?«, fragt Plozett.

»Niemand hat ihn gesehen, stimmt's?«, fragt mich Tom, während ich versuche, eine zweite Portion Kartoffeln auf meinem Teller unterzubringen.

»Das habe ich gehört.«

»Schade«, sagt Plozett. »Wenigstens war sein Unterricht unterhaltsam. Vielleicht kommt er ja noch.«

Was, wenn er es nicht tut? Ich schweige und bin überrascht, dass ich bei der Aussicht, Sarge nie wiederzusehen, traurig bin.

KAPITEL ZWÖLF

Ich starre aus dem Fenster. Der Campus ist unter einer weißen Decke verschwunden – selbst die Luft ist milchig vor Frost. Der See hat sich in eine Eisfläche verwandelt, die mit dem weiß getünchten Horizont verschmilzt – die Akademie wirkt wie eine Insel inmitten einer gefrorenen Welt. Wenn das Eis dick genug ist, besuchen wir mit unseren Schlittschuhen die Eisfischer, die sich in einem Flickenteppich von Hütten niedergelassen haben. Das Betreten des Eises ist zwar verboten, wird aber von den Lehrkräften als *harmloser* Spaß angesehen.

Ich war besonders vorsichtig, habe mich auf die Zimmerinspektionen vorbereitet, um Fehler zu vermeiden und bei diesem Wetter keinen Strafdienst schieben zu müssen. Seltsamerweise scheint Muller weniger geneigt zu sein, mein Zimmer zu bemängeln.

Alle paar Tage gehe ich an Sarges Büro vorbei, immer in der Hoffnung, ihn mit einer dicken Zigarre im Mund durch den Flur stapfen zu sehen. Aber die Tür bleibt hartnäckig verschlossen.

Ich spiele Schach mit Tom und gelegentlich mit Plozett, der mich mit seiner Besessenheit vom Bodybuilding nervt. Sonntagabends nimmt Plozett ein Maßband und wickelt es um Bizeps und Oberschenkel. Einmal habe ich ihn gefragt, ob er für den Mr. Universum trainiert. Schließlich zeigte mir Plozett ein Poster

DAS GEGENTEIL VON WAHRHEIT

von Arnold Schwarzenegger, das er in seinem Schreibtisch versteckt. Er führt sogar detaillierte Tabellen mit Trainingsroutinen, Gewichten und Maßen. Wie auch immer, Plozett wurde ganz rot im Gesicht. Ich könnte schwören, dass er seine Beine wie ein Mädchen rasiert.

Bis auf einen kurzen Besuch vor ein paar Sonntagen, als das Wetter warm genug war, um beim Laufen nicht zu erfrieren, war ich nicht mehr in der Stadt. Maddie war im Laden, schien aber abgelenkt zu sein und sortierte Handschuhe und Wollmützen, nachdem sie mir Lakritze verkauft hatte.

In meinen Träumen lächelt sie immer. Manchmal ist ihr Gesicht ganz nah, aber ich wache immer auf, bevor sie mich küsst. Trotzdem bin ich erregt und sehne mich nach Erleichterung, sobald Plozett den Raum verlässt. Erbärmlich, dass ich nicht einmal ihren Nachnamen kenne oder irgendetwas über sie weiß.

Die Schule läuft in einer nicht enden wollenden Routine ab: Unterricht von acht bis vier, Sport und Büffeln am Abend. Jeden Morgen geht es von vorn los, bis meine Tage zu einer sinnlosen Wiederholung aus Marschieren und Lernen werden – Tausend strukturierte Aktivitäten.

Ich möchte vor Langeweile schreien, doch ich fühle mich ausgelaugt, als würde die Academy mir die Energie rauben. An zu Hause denke ich in diesen Tagen kaum, und es kümmert mich auch nicht, dass die Briefe meiner Mutter seltener kommen. Ich bin mir nicht einmal mehr sicher, ob ich gerne zu Hause bin – ich bin mir über nichts sicher.

Samstagabends, wenn ich mit Tom in der Höhle bin, schauen wir die Nachrichten über Vietnam: Soldaten, die marschieren und sich von Hubschraubern abseilen, Friedensproteste, Tausende von Menschen, die gemeinsam demonstrieren und ihren Unmut herausschreien.

Meine Eltern würden sich nie offen über irgendetwas beschweren, schon gar nicht marschieren oder schweigend inmitten eines Waldes von selbstgebastelten Schildern sitzen. Insgeheim kichere ich und stelle mir meinen Vater neben den langhaarigen

DAS GEGENTEIL VON WAHRHEIT

Hippies vor, die singen und Gras rauchen. Ich bewundere sie am meisten, weil sie ohne Regeln leben und tun, was sie wollen. In meiner Familie wird weder geraucht noch geflucht. Wir haben nicht einmal Bier im Haus. Niemals.

Ich frage mich, was Sarge macht und ob er im Fernsehen auftauchen und über Politik reden wird. Er bleibt verschwunden, und niemand scheint zu wissen, wo er ist oder ob er zurückkehren wird. Nicht einmal Tony, der normalerweise gut darüber informiert ist, was im Fakultätsgebäude vor sich geht.

Tom sitzt neben mir, während wir den Berichten über die toten Soldaten und Zivilisten und die wachsende Missbilligung von Präsident Nixon lauschen. Er schüttelt den Kopf und murmelt, sagt aber nie etwas. Es ist das einzige Thema, das wir vermeiden.

Im April zieht die Footballmannschaft nach draußen, um Sprints und kurze Spiele zu üben, bis wir völlig durchnässt und mit Schlamm bedeckt sind.

»Wir werden sehen, wer gewinnt«, ruft Tony White in der Umkleidekabine. Der Gestank von verschwitzten Uniformen liegt in der Luft. »Das ist Tradition. Jedes Jahr treten die Sophomores und Juniors in einem Kanurennen gegeneinander an. Wir fahren alle mit.«

»Aber ich weiß nicht, wie man paddelt«, meint einer der Zehntklässler. »Meine Familie hat ein Segelboot.«

»Angsthase«, brüllt Big Mike. Um mich herum bricht lautes Gelächter aus. »Lusche«, fügt er hinzu, offenbar ermutigt von seinen Kumpels. Noch mehr Pfiffe. Neben Volltrottel ist Lusche Big Mikes Lieblingswort.

»Lern von den anderen und such dir einen Partner«, verkündet Tony. »Wir kommen besser als Erste an. Das Rennen ist Samstag. Denkt daran, dass wir zusammenhalten. Die Footballmannschaft muss gewinnen!« Der Raum hallt von weiteren Rufen und Pfiffen wider.

Ich schaue mich um. Obwohl ich monatelang mit der Mannschaft trainiert und gespielt habe, bin ich nicht besonders begeistert, mit einem von ihnen Kanu zu fahren. Am liebsten möchte ich mit Tom los, auch wenn er noch nie in seinem Leben ein Kanu gesehen hat. Ich werde gut genug für uns beide sein. Außerdem ist Tom klug und wird es schnell lernen.

»Olson, mit wem fährst du?«, schreit Tony über das Geschwätz hinweg.

»Keine Ahnung.« Ich will nicht, dass Tony erfährt, dass ich ein guter Kanufahrer bin, der unzählige Stunden auf Pfadfinderausflügen auf Flüssen und Seen verbracht hat. Ich habe viele Rennen während der jährlichen Sommerlager gewonnen.

Tony taucht neben mir auf und boxt mich in die Schulter. »Worauf wartest du noch?« Er zeigt auf Peter Linnehan, einen der Defensivspieler, der meistens die Bank wärmt. »*Er* braucht einen Partner. Fahr mit ihm.« Tony sieht irritiert aus, aber er regt sich immer wegen nichts auf. Ich nicke langsam.

Das Kanurennen beginnt mit bedecktem Himmel, der mit Regen droht. Ein kühler Wind weht über die Rasenflächen, als unsere Busse vom Parkplatz rollen. Wir sind auf dem Weg zum Blue River, einem Nebenfluss des Ohio. Mit Kanus beladene Anhänger folgen unseren Bussen, die sich über die schmalen Landstraßen von Süd-Indiana schlängeln.

Ich starre aus dem Fenster und ignoriere meinen Kanupartner Peter, der letztes Jahr an der Regatta teilgenommen hat. Vielleicht kommen wir als Erste an und genießen das Picknick, das die Schule im Park auftischt. Angeblich soll es alle möglichen Köstlichkeiten wie Brownies und Brathähnchen, Kartoffelsalat und Apfelkuchen geben. Mir läuft das Wasser im Mund zusammen. Ich will gewinnen, Tony und Big Mike besiegen. Unbedingt. Sie werden wütend sein, aber wahrscheinlich bewundern sie mich insgeheim.

»Wir haben eine gute Chance«, flüstert Peter. Er hat mit seiner Erfahrung vom letzten Jahr geprahlt.

Ich grinse. »Big Mike wird ihr Kanu mit seinem fetten Arsch überladen.«

»Ich habe Tony gesagt, dass du Experte bist«, sagt Peter stolz.

»Bis die anderen eintreffen, essen wir schon den Nachtisch.«

DAS GEGENTEIL VON WAHRHEIT

Ich schlucke eine böse Bemerkung hinunter. Peter ist ein Idiot. Während wir aus dem Bus klettern, brüllt Tony Befehle und fordert die Leute auf, die Kanus auszuladen. Meine Verärgerung wächst. Je schneller wir abhauen, desto besser sind unsere Chancen. »Macht mal dalli«, knurrt Big Mike. »Heb das Ding hoch, du Arschloch.« Er stellt sich neben Tony, anstatt zu helfen. Ein Kanu landet auf dem Fuß von jemandem, gefolgt von Schreien und Flüchen.

»Da drüben, setzt die verdammten Boote am Ufer ab«, schreit Tony über den Lärm hinweg.

Weitere Busse treffen ein, aber ich achte nicht darauf. Sie werden hinter uns im Wasser sein und uns sicher nicht einholen.

Tony studiert ein Klemmbrett und teilt die Kanus zu. Jedes hat eine Nummer in Marineblau.

»Linnehan, Olson, fünfundsechzig.«

Ich stoße Peter in die Seite. »Lass uns gehen. Beeil dich.«

Das erste Dutzend Kanus ist bereits gestartet. Einige haben Mühe, sich von den schlammigen Ufern und den Kalksteinüberhängen in der Nähe des Startpunkts zu lösen. Ein paar Teams bewegen sich im Kreis, weil keiner von ihnen weiß, wie man steuert.

Ich lächle. Wir werden im Nu fort sein.

»Ich nehme das Heck«, rufe ich Peter zu. Das Wasser fließt dunkel und schnell, ein Überbleibsel der schweren Schneefälle des letzten Winters und ganz und gar nicht blau wie der Name. Ich greife das Paddel und steuere uns vom Ufer weg, um Abstand zu gewinnen. Das Geschrei verstummt, als unser Kanu in schnelleres Wasser einfährt.

»Nicht nachlassen«, rufe ich. Peter paddelt viel zu langsam.

»Ich möchte Energie sparen. Es ist ein langes Rennen, mindestens zwei Stunden.«

»Vielleicht würde es nicht so lange dauern, wenn du schneller paddeln würdest.« Mein Blick fällt auf die Pfütze *im* Kanu. Ich kann mich nicht erinnern, ob wir beim Einsteigen nicht aufgepasst haben. Das Wasser schwappt hin und her und leckt an den Gummisohlen meiner Schuhe. Ich tauche das Ruder hart ein und ignoriere das leise Pochen in meiner Schulter. Sobald wir zurück sind, muss ich sie kühlen. Jetzt werde ich mich erst einmal amüsieren und den anderen zeigen, wie man es macht.

Innerhalb von wenigen Minuten weiß ich, dass etwas nicht stimmt. Der Wasserstand im Kanu ist um mindestens zwei Zentimeter gestiegen. Big Mike und Tony überholen uns.

»Ich bin schon müde«, äfft Big Mike.

Ich fluche still vor mich hin. Das ist überhaupt nicht das, was ich mir vorgestellt habe – wir geraten in Rückstand.

»Wir müssen ein Leck haben«, schreie ich gegen den Wind. »Lass uns an der nächsten Sandbank anhalten. Ich will herausfinden, was los ist.«

»Dann flicken wir eben das Loch«, ruft Peter über seine Schulter.

Natürlich haben wir nichts.

Links von uns taucht eine kiesige Landzunge auf. »Da drüben, schnell.« Das Wasser im Kanu schwappt, als ich herausspringe. »Lass es uns umdrehen.« Ich fahre mit dem Zeigefinger an der Naht unter dem Kanu entlang, die mit einem Aluminiumstreifen abgedeckt ist. »Scheiße. Siehst du das?«

Peter beugt sich tiefer, um den Bootsboden zu untersuchen. »Sieht aus wie ein Schnitt.«

»Was?«

Er hat recht. Ein Riss, breit wie eine Messerklinge, der sich schwarz vom grauen Metall abhebt, ist teilweise unter dem Blechstreifen verborgen, der an der Unterseite des Kanus entlangläuft. Ich trete gegen das Metall, aber es federt sofort zurück. Ich klopfe mit einem Stein dagegen, umsonst. Um das verdammte Leck abzudichten, brauchen wir Klebstoff – oder zumindest Kaugummi, was in der Schule natürlich verboten ist. Mir fallen die Kaugummikugeln im Gemischtwarenladen in Garville ein. Wir könnten genauso gut auf einem anderen Planeten sein.

»Also weiter«, sage ich. »Wir paddeln so schnell wie möglich.«

Sobald wir losfahren, quillt Wasser durch den Schnitt.

DAS GEGENTEIL VON WAHRHEIT

»Mir ist kalt«, sagt Peter.

Ich spüre mein Herz in meinem Nacken schlagen, nicht nur, weil mir auch kalt ist, sondern weil ich stinkwütend bin. »Es wird noch viel kälter werden, wenn du dich nicht schneller bewegst. Du erinnerst mich an meinen Großvater.«

»Meine Handflächen sind schon wund.«

Ich schlucke eine weitere Beleidigung hinunter. Langsam klinge ich wie Tony. Mit jeder Minute steigt das Wasser und drückt das Kanu tiefer. Das Paddeln wird schwieriger, als wollte man einen untergetauchten Baumstamm gegen die Strömung bewegen. Schweiß tropft mir von der Stirn. Meine Zehen sind überflutet, ich spüre sie nicht mehr.

Rechts erscheint eine weitere Sandbank. »Schütten wir das Wasser dort drüben aus.« Meine Beine sind eiskalt, als wir wieder einsteigen. »Dreh dich um«, befehle ich. »Paddle rückwärts, stell deinen Fuß auf das Loch und drück nach unten. Von meinem Sitz aus komme ich nicht ran.«

Ein Dutzend Kanus ziehen an uns vorbei, ihre Insassen brüllen vor Freude. Peter kämpft mit dem Paddel, während er sich mit dem Fuß gegen die Abdichtung stemmt. Das Wasser strömt weiter.

»Es funktioniert nicht.«

Ich spüre frischen Ärger aufsteigen. Peter hilft kaum, das Kanu zu bewegen. »Dreh dich wieder um. Dann muss ich mir etwas anderes einfallen lassen.« Meine Wangen brennen trotz des kalten Windes.

Das Wasser sickert unaufhörlich herein, als hätte jemand einen Schlauch geöffnet. Ich versuche zu überlegen, wie ich das Leck abdichten kann. Irgendetwas, um den Durchfluss zu verringern.

»Halt nach Müll Ausschau«, schreie ich.

»Müll?«

»Etwas, das man in das Loch stopfen kann.«

Wir halten wieder an, leeren das Boot, fahren weiter. Die Ufer werden immer wilder. Mit Gifteufeu bewachsene Kalksteinformationen ragen zu beiden Seiten auf und zwingen den Fluss, schneller durch das verengte Bett zu fließen. Wasser gurgelt und spuckt, aber ich kann mich jetzt nicht ablenken lassen. Ich orientiere mich an der stärksten Strömung. Obwohl wir jetzt schneller unterwegs sind, steigt der Wasserstand im Kanu wieder an. Weitere Kanus ziehen an uns vorbei, begleitet von Siegesrufen. Ich überfliege ängstlich die steilen Kalksteinwände. »Schneller!« Kein Platz zum Anhalten, auch keine Sandbänke. Das Kanu sinkt tiefer, sein Gewicht zieht uns nach unten.

»Da drüben, im Geäst.« Peter zeigt auf einen Haufen Schutt, Holzstücke, Stöcke und etwas, das im Wind flattert.

»Ich sehe es.« Ich drücke kräftig, um das Kanu seitwärts zu bewegen, aber es ist, als würde man ein Floß mit einer Suppenkelle steuern.

»Wir gehen unter«, schreit Peter. Ich starre entsetzt auf meine untergetauchten Füße.

Entweder bewegt sich einer von uns zu plötzlich oder das Gewicht des Wassers ist zu groß; das Kanu gibt nach und verschwindet, das eisige Wasser schwappt über meinen Kopf. Für den Bruchteil einer Sekunde höre ich Sand unter mir knirschen, das Rauschen des Wassers zwischen den Felsen und Peters Geplantsche.

Der Fluss ist viel tiefer, als ich erwartet hatte, und ich trete kräftig, um an die Oberfläche zu kommen. Ich zwinge meine Augen trotz des Brennens offen zu bleiben, und komme schlotternd wieder hoch. Das eisige Wasser nimmt mir den Atem, kriecht unter meine Haut. Ich schnappe nach Luft und spüre jede Faser meines Körpers. Unser Kanu ist untergetaucht, nur der linke Rand ist noch sichtbar.

»Scheiße.« Peter strampelt neben mir. Ich sehe gerade auf, als Peters Paddel an ihm vorbei außer Reichweite gleitet und an Geschwindigkeit gewinnt.

»Idiot!« Ich keuche, um Luft in meine Lungen zu bekommen. »Greif das Kanu und zieh es hoch, dann kippst du.«

Ich kämpfe darum, ruhig zu bleiben, aber mein Körper ist starr vor Angst. Es ist, als ob jede Zelle zu Schneematsch geworden wäre und mich der Unterkühlung näherbringt.

Wir schaffen es, das Boot anzuheben und zu kippen, sodass das Wasser abläuft. Wieder aufgerichtet, ziehe ich mich hoch und steige

DAS GEGENTEIL VON WAHRHEIT

ein. Peter folgt. Der Wind peitscht durch mein nasses Haar, und ich zittere so sehr, dass ich das Paddel kaum noch greifen kann. Am liebsten würde ich auf der Stelle aufgeben. Nach Hause gehen und ein Nickerchen in meinem warmen Bett machen. Daraus wird aber nichts.

»Such weiter nach Sachen«, rufe ich stattdessen. »Zieh dein Hemd aus und saug das Wasser auf.«

»Dann wird mir noch kälter.«

»Kaum möglich. Warum hast du keinen Pullover an?« Als in der Mitte des Flusses eine kiesige Insel auftaucht, halten wir an und entleeren das Kanu erneut. Ich ziehe mein Sweatshirt aus, quetsche das Wasser aus und werfe es Peter zu. »Nimm das.«

»Du brauchst nicht zu schreien. Können wir nicht einfach hier warten, bis sie uns holen?« Peters Lippen sind bläulich und zittern.

Ich überfliege die verlassenen Ufer flussabwärts. »Hier können sie uns nicht erreichen.« Ich bin kurz davor zu explodieren. »Keine Straßen, viel Gestrüpp und keine Möglichkeit, ein- oder auszusteigen. Wir müssen den Park erreichen.«

Ich laufe den Weg zurück, den wir gekommen sind, und klettere durch Gestrüpp und Ranken, lehne mich über einen Stapel Baumstämme und greife nach dem zerfledderten Plastiksack.

Zurück am Flussufer drehen wir das Kanu auf die Seite.

»Ich stecke das Ende durch, und du greifst es von der anderen Seite.« Ich quetsche das Material zusammen. Das Plastik ist verrottet, reißt und weigert sich, durch den Spalt zu gleiten. »Scheiße. Das liegt bestimmt schon zehn Jahre hier. Lass uns etwas Besseres finden. Ich wünschte, wir könnten laufen und das verdammte Ding tragen.«

Die Steilufer leuchten grün. Geißblatt und Giftefeu winden sich um Tulpen- und Sassafrasbäume. Brombeer-, Gewürz- und schwarze Holundersträucher bilden eine bräunliche Wand. Selbst wenn wir auf die Felsen klettern könnten, gibt es keine Möglichkeit, ein Boot durch das Dickicht zu tragen.

Ich bin bis auf die Knochen durchgefroren. Schauer laufen in Wellen durch meine Glieder, und egal wie sehr ich mich anstrenge, das Zittern hört nicht auf. Ich drücke das Paddel fest an mich, aus

Angst, den Halt und das einzige Werkzeug zu verlieren, das wir brauchen, um voranzukommen.

Ich frage mich, ob es die richtige Entscheidung war, weiterzumachen. Vielleicht schickt Palmer einen Suchtrupp, aber selbst wenn wir warten, wird es Stunden dauern. Am Himmel hängen regenschwere, graue Wolken. Wir werden hier sitzen und erfrieren.

»Los geht's«, sage ich. Stillhalten ist schlimmer als paddeln. »Wie weit ist es noch?«

»Weiß nicht mehr«, erklärt Peter. »Schau, mein Paddel.« Er deutet flussabwärts.

»Braucht ihr Hilfe?« Tom und sein Partner kommen auf uns zu. Tom sieht mit seinen hohen Knien auf dem Sitz unbeholfen aus, aber er scheint gut genug zu sein, um durch die Stromschnellen zu steuern. »Wir haben den Dreh raus. Wir sind die Letzten«, ruft er.

»Fahrt weiter«, sage ich, »sag den anderen, dass wir ein Leck haben. Wir werden bald da sein.«

»Vielleicht solltest du dich uns anschließen«, sagt Tom und versucht, am Ufer zu stoppen.

»Dann kentern wir alle.«

»Sollen wir mit dir warten?«, sagt Tom.

Ich schüttle den Kopf. »Kein Grund, dich zu verspäten. Wir werden es schon irgendwie schaffen.«

Tom schaut zweifelnd. »Ist viel zu kalt.«

»Wem sagst du das? Du hast nicht zufällig Kaugummi oder eine Flasche Sekundenkleber dabei?«

Tom schüttelt den Kopf.

»Macht schon«, sage ich, als Tom zögert. »Wir müssen auch los, sonst wird uns noch kälter.«

»Also gut.« Tom stößt sich ab. »Ich sag Bescheid.«

Zum fünfzigsten Mal fühle ich mich dankbar für meine Kanuerfahrung mit den Pfadfindern. Ich drücke kräftig gegen die Strömung und treibe das träge Boot zu Peters Paddel, das in einer Ansammlung von Ästen am Ufer steckt.

»Such weiter nach einer Dose oder einem Becher oder etwas

anderem, mit dem man Wasser schöpfen kann«, rufe ich. Das Kanu füllt sich weiter, und ich habe Angst, wieder zu kentern.

»Ausnahmsweise gibt es keinen Müll«, sagt Peter, das Paddel unterm Arm. Das Flussufer ist sauber, bis auf einen Haufen Treibholz und Laub vom letzten Jahr.

»Ich frage mich, wie spät es ist.« Ich schaue in den Himmel und versuche, den Stand der Sonne abzuschätzen, aber das Grau über mir ist nur wenig heller als das trübe Gewässer unter mir. Ich kann nicht mehr lange weitermachen. Mein Körper wehrt sich, die Muskeln in meinen Armen und Beinen sind hart und starr wie Holz. Meine Füße gehören mir nicht mehr.

Jedes Mal, wenn wir um eine Kurve steuern, steigt meine Hoffnung. Auf der linken Seite soll der Park liegen, aber außer Bäumen und Gestrüpp ist nichts zu sehen. Normalerweise liebe ich den Wald, die Stille der Bäume, das gelegentliche Schnattern der Vögel und Eichhörnchen. Jetzt ist es eine Qual. Ich frage mich, warum unser Kanu undicht ist, während alle anderen in Ordnung sind. Irgendetwas nagt in meinem Hinterkopf, aber ich muss meine letzte Energie aufs Paddeln konzentrieren.

Ich mache mir Sorgen, ob wir genug Sandbänke und niedrige Ufer finden. Ein weiteres Bad verkrafte ich nicht. Mehrmals steigt uns das Wasser bis zu den Knöcheln. Jeder Zentimeter meiner Haut schreit. Mein Haar klebt an meinem Schädel, und jede Bewegung erinnert mich daran, dass Beine und Arme nass sind und sich am durchnässten Stoff von Hose und Hemd reiben. Die Haut unter meinen Armen brennt.

Ich versuche, mir etwas Warmes vorzustellen, wie das Lagerfeuer, das mein Großvater jedes Jahr im Herbst auf der Farm anzündet, oder die heiße Schokolade, die meine Mutter zu Weihnachten macht, mit Marshmallows, deren Süße auf der Zunge zergeht.

Wieder bin ich auf dem Fluss, und mein Körper verlangt danach, von dieser Qual erlöst zu werden.

»Ich kann nicht mehr.« Peter setzt sich hin und leert seine Schuhe. Wir haben zum hundertsten Mal angehalten, ein

DAS GEGENTEIL VON WAHRHEIT

Nieselregen sorgt für zusätzliche Feuchtigkeit von oben. »Sie können uns abholen, wenn sie wollen, oder wir gehen einfach weiter und lassen das verdammte Boot liegen. Ich werde nie wieder in meinem Leben Kanu fahren.«

»Es würde Stunden dauern, bis uns jemand findet. Sie müssten zum Anfang gehen und den ganzen Weg paddeln. Hast du eine Ahnung, wie lange das dauern wird? Wir werden erfrieren.« Ich schaue mir die Vegetation über uns an. »Auf dem Wasser sind wir schneller.« Ich möchte nichts lieber als aufgeben und diesen Albtraum vergessen. Doch ich kann nicht hier sitzen und warten. »Komm schon, lass uns weiterfahren. Es kann nicht mehr weit sein.«

»Vielleicht hauen sie ohne uns ab.« Peter schaut stromabwärts, als ob er die Busse wegfahren sehen könnte.

»Blödsinn. Sie werden nachzählen und merken, dass wir fehlen. Außerdem wird Tom es ihnen sagen.«

Die Zeit gerät in Vergessenheit. Nichts zählt mehr als die Bewegung des Paddelns, das Schwappen des Wassers im Boot, das Glucksen des Flusses um uns herum. Als ich Rufe höre, haben sich meine Schultern in feurige Klumpen verwandelt, meine Beine sind steif, als ob meine Adern mit Eis gefüllt wären.

»Olson, du bist eine Schande. Was ist mit dir passiert?«, spottet Tony. »Weißt du, wie spät es ist? Die anderen Busse sind weg, aber wir mussten warten, weil du in *unserem* Bus warst. Die Footballmannschaft sollte gewinnen.«

Ich möchte Tony eine reinhauen, aber noch mehr sehne ich mich nach Wärme. Außerdem habe ich keine Kraft mehr. Ein Zittern läuft mir über den Rücken, und ich schleppe mich den Hügel hinauf. Während ein paar Kadetten unser Kanu wegschleppen, schaue ich zu den Picknicktischen: nichts außer nacktem Holz.

»Tut mir leid, zu spät«, sagt Tony. »Es ist halb zwei. Wir haben schon vor Stunden alles weggeputzt.«

Ich starre nur. Trotz seiner Beleidigungen sieht Tony zufrieden aus, schubst Big Mike in die Seite und feixt mit einigen seiner Mitspieler. Ein dumpfes Gefühl des Misstrauens macht sich in meinem Kopf breit. Hat Tony unser Kanu sabotiert? Wir haben alle eines von seiner Liste zugewiesen bekommen. Was, wenn – »In den Bus, schnell«, ruft der Fahrer. »Kadett White, verschwenden Sie keine Zeit und treiben Sie die anderen zusammen.«

»Jawohl, Sir«, sagt Tony und schreit sofort Befehle.

Die Rückfahrt im Bus scheint noch länger zu dauern, die Erschöpfung schleicht sich in meinen Körper und macht mich schwer. Ich sehne mich nach Schlaf, aber der nasse Stoff hängt an mir wie klebriger Sand und hält mich wach. Peter scheint es noch schlechter zu gehen. Er ist in seinem Sitz zusammengesunken, sein Gesicht ist blass wie verdünnte Milch.

Das heiße Duschwasser brennt, während ich meinen Körper wieder zum Leben erwecke. Meine Ohren und Zehen kribbeln. Szenen des Rennens, von Tony und Big Mike, kommen mir in den Sinn. Jetzt, wo ich anfange, mich wieder wie ein Mensch zu fühlen, denke ich an das Kanu, den seltsamen Schlitz. Ich kann mir nicht sicher sein. Warum sollte Tony so etwas tun, wenn er doch will, dass die Footballmannschaft gewinnt? Ich massiere meine Stirn, um den Gedanken zu vertreiben, aber das Gefühl des Zweifels bleibt. Wässriger Dampf zieht in Schwaden durch den weiß gekachelten Waschraum, als ich eine Bewegung bemerke. Markus, der schüchterne Neuling von nebenan, winkt mir zu.

Ich stecke meinen Kopf aus dem sprudelnden Wasser. »Was?«

»Sergeant Russel möchte dich sprechen.«

Mir gelingt ein Nicken. Sarge ist zurück. Wo in aller Welt ist er gewesen und warum? Ich grinse. Obwohl dies einer der lausigsten Tage in einer Reihe von lausigen Tagen war, spüre ich eine Welle der Aufregung.

KAPITEL DREIZEHN

Sarges Tür aus dunkler Eiche ist geschlossen und erinnert mich an eine Festung. Ich frage mich, was Sarge von mir will, ob er neue Lektionen vorschlagen wird. Vielleicht dankt er mir für den Kompass. Mit einem Seufzer klopfe ich.

»Ah, Olson, eintreten.« Sarge steht am Fenster. »Ich habe gehört, Sie haben heute ein kaltes Bad genommen.« Sein rechter Mundwinkel zuckt. Macht er sich etwa über mich lustig? »Sie sind zäh, eine gute Vorbereitung für den Dschungel. Außer dass das Wasser in Vietnam faulig ist, warm wie Pisse.«

»Jawohl, Sir«, sage ich, um meine Überraschung zu verbergen. Wie kann der Mann schon von meinem miesen Tag wissen? Sarge ist blass, die Schatten unter seinen Augen wirken geschwollen. Abgesehen von den geröteten Augenlidern starrt er mich mit der gleichen Grimmigkeit an.

Er sinkt auf seinen Stuhl und winkt mich heran. »Setzen Sie sich.«

Ich gehorche.

»Sie haben sich mit Muller geprügelt. Was ist denn mit Ihnen los?«

Ich bin gleichermaßen erfreut und schockiert: erfreut darüber, dass Sarge immer noch an mir interessiert ist, schockiert darüber, dass er bereits über jeden meiner Schritte Bescheid zu wissen

DAS GEGENTEIL VON WAHRHEIT

scheint. Wer hat es ihm gesagt? Es würde mich nicht wundern, wenn es eine dicke Akte über mich gibt. Hat er mit Bierbauch gesprochen? Es fällt mir schwer zu glauben, dass Sarge auf Typen wie Muller steht. Selbst wenn Muller Mr. Perfect ist.

»Ich höre«, bellt Sarge.

»Sir, es tut mir leid, Sir. Muller hat meinen ... Ihren Kompass weggenommen und eingesteckt – das hat mich wütend gemacht.«

Sarge seufzt und lehnt sich zurück. »Er ist *Ihr* vorgesetzter Offizier.«

»Er wollte ihn behalten. Ich hatte Angst, er würde ihn nicht zurückgeben. Er ...« Im Nachhinein erscheint es lächerlich. Natürlich hätte Muller den Kompass zurückgegeben. Er würde nie riskieren, des Diebstahls beschuldigt zu werden.

»Ohne Selbstbeherrschung hat man beim Militär keine Chance. Was wäre, wenn wir alle ausflippen würden, wenn uns etwas oder jemand nicht passt?«

Sarge starrt mich an. So einen Vortrag hat er noch nie gehalten. Ich öffne und schließe meinen Mund, ist wohl besser, nicht weiterzuerklären.

»Anstatt den Feind zu bekämpfen, würden wir uns gegenseitig k.o. schlagen. Inakzeptabel!«, donnert er.

Ich möchte wegschauen, kann es aber nicht. Ich sitze einfach da und warte, schrumpfe wie eine Weintraube im prallen Sonnenlicht. Der Raum wird still. Jetzt habe ich es wirklich geschafft, Sarge zu verärgern. Das hatte ich nicht erwartet. Nicht nach der Tortur heute Morgen. Sicherlich weiß Sarge, was für ein Idiot Muller ist.

»Wir lernen, mit Leuten zu leben, die wir nicht mögen. Sie zu respektieren«, meint Sarge, als hätte er meine Gedanken gehört. »Zumindest respektieren wir ihren Rang. Es kommt besser nicht mehr vor.« Er klopft mit der Hand auf den Schreibtisch. »Genug gesagt.«

Ich nicke und stehe auf.

»Setzen Sie sich, Olson. Ich bin noch nicht fertig.«

Ich sacke zurück auf die Stuhlkante. Der Knoten in meiner Kehle wird immer enger. Ich halte die Standpauke nicht mehr aus.

Nicht von Sarge.

Der beugt sich vor und hebt einen Zeigefinger. »Führung ist eine der wichtigsten Eigenschaften eines guten Soldaten.« Er hält inne. Ich kann nicht sagen, ob es aus Effekthascherei oder aus Erschöpfung ist. »Wenn Sie weiterkommen und Offizier werden wollen, müssen Sie lernen, das Kommando zu übernehmen. Nächsten Samstag werden Sie einer der Reiseleiter sein – für Ihren Bus. Zeigen Sie mir, was Sie draufhaben.«

»Reiseleiter?« Mein Gehirn funktioniert nicht. Mir schwirren immer noch die Ohren von Sarges Standpauke.

»Wir werden einen Ausflug machen. Die Einzelheiten erfahren Sie später.«

»Natürlich, Sir, danke, Sir«, stottere ich, während mich neue Aufregung überkommt.

»Wegtreten.«

Ich springe auf und gehe zur Tür.

»Und, Olson, reißen Sie sich zusammen. Keine weiteren Patzer.«

»Jawohl, Sir.«

Zurück auf dem Flur seufze ich. Ich werde eine weitere Chance haben, mit Sarge zu arbeiten. Um mich bei ihm beliebt zu machen. Nur habe ich vergessen, zu fragen, wohin wir fahren. Und Sarge hat auch nicht erzählt, wo er gewesen ist. Ich schimpfe mit mir selbst, weil es mir wieder einmal die Sprache verschlagen hat. Warum habe ich nicht gefragt, warum er so müde aussieht, wie lange er schon zurück ist? Ich habe gar nichts gelernt.

Auf dem Rückweg starre ich auf die Uhr – fünf nach halb vier. Scheiße! Ich renne los. Tom wird sauer sein. Wir wollten um drei Uhr aufbrechen, um die zweite Nachmittagsvorstellung zu sehen. Tom hat den Ausflug in die Stadt schon die ganze Woche geplant, weil es einen neuen Film gibt. Er ist nicht wirklich neu, weil das Kino immer nur einen Film zeigt und sein Programm höchstens alle zwei Wochen wechselt.

Wen kümmert's? Wir verlassen Palmer und vielleicht ... sehen wir Maddie.

DAS GEGENTEIL VON WAHRHEIT

Tom sitzt in voller Montur an seinem Schreibtisch und blättert in der Zeitschrift *Look*, auf deren Titelseite John Lennon und Yoko Ono abgebildet sind. Seine langen Beine liegen auf dem unteren Rahmen des Bettes.

»Tut mir leid, Mann«, sage ich und ignoriere Kröte, der gerade einen Spionageroman liest, wobei seine Nase etwa zehn Zentimeter über der Seite schwebt. Er sieht weich aus wie ein blasser Pfirsich. »Musste mich bei Sarge melden.«

»Er ist wieder da?« Tom legt seine Zeitschrift weg.

»Ich bin spät dran wegen des blöden Rennens.«

»Wo hat er gesteckt?« Tom springt auf und schnappt sich seinen Mantel.

»Keine Ahnung. Er sieht schrecklich aus. Als hätte er sich eine Krankheit eingefangen.«

»Durchaus möglich. In Vietnam wimmelt es von Viechern und Agent Orange, mit dem die amerikanische Regierung das Land vergiftet. Vielleicht ist er gestresst. Viele Soldaten bekommen einen Knacks. Wenn sie zurückkommen, drehen sie einfach durch, passen nicht mehr in die geordneten Bahnen der Gesellschaft.«

Ich nicke und frage mich, ob Sarge deshalb so wütend reagiert hat. Meine Schultern pochen, und mir ist immer noch kalt, aber ich denke an Maddie.

»Ich bin bereit – wir sollten los.«

»Frag ihn doch«, sagt Tom, während wir über den Campus eilen.

»Wen?«

»Sarge. Frag ihn, ob er krank ist.«

»Vielleicht werde ich das.« Aber ich weiß, dass ich den Mut nicht aufbringen werde, es sei denn ... Was ist, wenn ich die Exkursion mit Sarge wirklich gut leite?

Vor meinem inneren Auge sitze ich in Sarges Büro, eine Zigarre kauend, seinen Kriegsgeschichten lauschend. Ich würde schlaue Kommentare abgeben und dann beiläufig fragen, wo er gewesen ist und ob es ihm gut geht. Ich grinse. Das Leben wird also doch besser. Die Bäume tragen das erste Grün, die Luft riecht nach Frühlingsverheißungen, voll von Unbekanntem, das mich schwindlig macht. Ich bin dankbar für die trockene Wärme, die meine Haut bedeckt.

»Was ist heute Morgen passiert?«, unterbricht Tom meine Gedanken. »Ich dachte, du wärst richtig gut.«

»Das Kanu war undicht, und Linnehan war langsam wie eine Schnecke.«

Tom hört zu, als ich ihm von unserer Tortur erzähle. »Du glaubst nicht, dass dich jemand hintergangen hat?«

»Warum sollte jemand so etwas tun?«, sage ich, ohne zu erwähnen, dass ich die gleiche Idee hatte.

»Damit du nicht gewinnst, versteht sich. Sei nicht so leichtgläubig.« Tom klingt wütend.

Ich denke an Tonys abfällige Kommentare, das Klemmbrett mit den Listen der Kanus. Wie er die Show leitete. Er hatte offensichtlich die Gelegenheit.

Wir nähern uns dem Laden, was mich sofort ablenkt. »Gib mir eine Minute. Ich muss etwas kaufen, damit ich bis zum Abendessen durchhalte.«

»Beeil dich, ich werde Plätze reservieren.«

Der Laden sieht wie immer aus, staubig und still. Ich gehe zum Ladentisch, auf dem Schokoladentafeln kreuz und quer gestapelt sind wie Miniaturholzscheite. Nichts rührt sich. Ich schnappe mir drei Tafeln und schlendere nach hinten.

»Hallo?«

Etwas bewegt sich hinter dem Vorhang. Vielleicht ist es Maddie. Was soll's, wenn ich die ersten paar Minuten des Films verpasse?

Der Vorhang gleitet zur Seite. Es ist der alte Mann, Maddies Vater.

»Brauchst mehr Zeroriegel, was?«

»Jawohl, Sir.« Enttäuschung macht sich in mir breit. Wo ist Maddie?

Der Mann blinzelt mich an. »Neunundsechzig Cent. Bekommst du denn nichts zu essen in deiner schicken Schule?«

»Ich habe das Mittagessen verpasst«, erkläre ich.

Der Mann starrt weiter.

DAS GEGENTEIL VON WAHRHEIT

Ich fummle in meiner Geldbörse herum und schiebe siebzig Cent über den Tresen. »Hier.« Mit dem Weihnachtsgeld hat sich mein Vorrat auf mehr als fünfzehn Dollar erhöht.
»Ein Penny zurück.«
Ich schaue Richtung Treppe und hoffe immer noch, Maddie zu sehen. Aber der Laden fühlt sich an wie ein Grab, und ich bin plötzlich froh, zu gehen. »Tschüss.«
Ich schließe die Tür und flitze die Straße hinunter, wobei ich einen letzten Blick auf die Wohnung über mir werfe. Neue rot-weißkarierte Vorhänge verdecken das Glas in leblosen Falten.
Mein Timing war mal wieder miserabel.

KAPITEL VIERZEHN

Die ganze Woche warte ich darauf, etwas über unseren Ausflug zu erfahren, aber Sarge eilt mehrmals auf dem Flur vorbei, als ob ich unsichtbar wäre. Nach dem Unterricht verschwindet er eilig. Mit jedem Tag, der vergeht, werde ich nervöser. Vielleicht hat Sarge seine Meinung geändert.

»Morgen findet ein Ausflug statt«, verkündet Sarge am Freitagnachmittag. »Diese Klasse und zwei von Mr. Brown werden nach Evansville fahren. Ich erwarte, dass jeder sein bestes Benehmen an den Tag legt. Klasse B Uniform, Versammlung auf dem Paradeplatz um acht Uhr. Wir brechen um Punkt acht Uhr dreißig auf.«

Leises Gemurmel verbreitet sich im Klassenzimmer.

»Sir, was machen wir in Evansville?«, fragt jemand.

»Wir werden das Museum besuchen. Ihr Jungs braucht etwas Kultur, einen Einblick in Geschichte und Kunst. Olson hier wird ein Auge auf die jüngeren Herren haben. Sprecht mit ihm, wenn ihr etwas braucht oder eine Frage habt.«

Ich spüre die Blicke auf mir, und meine Wangen werden heiß. Nett von Sarge, mich ohne Vorwarnung in Verlegenheit zu bringen.

»Speichellecker«, murmelt jemand von hinten.

»Wegtreten«, donnert Sarge. Ich ducke mich unter meinen Schreibtisch, um meine Tasche zu holen. »Olson, auf ein Wort.«

DAS GEGENTEIL VON WAHRHEIT

»Jawohl, Sir.« Ich bin froh, dass sich das Klassenzimmer schnell leert.

»Passen Sie einfach auf die jungen Leute auf. Halten Sie sie im Zaum, wenn sie aus der Reihe tanzen, zu laut sind, randalieren, Sie wissen, was ich meine. Sagen Sie mir, wenn es Probleme gibt. Ich zähle auf Ihre Hilfe.«

»Verstanden.«

»Wir sehen uns morgen früh.«

»Jawohl, Sir.«

Nach der Lernstunde eile ich zu Tom. Wie konnte ich nur so begeistert sein, Reiseleiter zu spielen? Tony und Big Mike werden sich totlachen und mich ignorieren, Muller wird wehleidige Bemerkungen machen. Sie werden mich vor der Gruppe blamieren. Vor Sarge. Warum habe ich mir keine Ausrede einfallen lassen? Mit einer Grimasse wische ich mir über die feuchte Stirn.

»Was ist, wenn sie mich Dinge fragen, die ich nicht beantworten kann?«, sage ich laut. »Sie werden mir nicht zuhören. Du weißt doch, wie sich manche von ihnen verhalten.«

»Du musst ein Machtwort sprechen«, sagt Tom. »Sieh es doch mal von der positiven Seite. Um mich musst du dir keine Sorgen machen. Ich werde das Vorbild eines Palmer-Kadetten sein.«

»Sehr witzig.«

»Im Ernst, ich werde dich unterstützen. Die haben doch sicher eine ganze Reihe von Lehrkräften dabei.«

Als der Weckruf um sechs Uhr dreißig ertönt, erwache ich aus einem tiefen Schlaf. Ich renne zum Duschen, bevor die Horde von Kadetten in die Waschräume strömt. Die nervöse Vorfreude macht meine Bewegungen hektisch, dreimal flutscht mir die Seife aus den Händen. In meinem Zimmer hängt die Uniform in Perfektion bereit. Ich habe mich die ganze Woche vorbereitet, meine Jacke gebürstet, die Messingknöpfe und den Adler auf meinem Hut poliert. Handschuhe und Hemd sind neu, und meine Schuhe glänzen. Nicht einmal Muller kann heute etwas an mir aussetzen.

Die Fahrt nach Evansville ist viel kürzer, als ich erwartet hatte. Ich sitze vorn und beobachte und höre den ersten Reihen zu, aber bis auf ein paar leise Stimmen, die sich mit dem Geräusch des Dieselmotors vermischen, ist es still. Die meisten sind schläfrig nach der strengen Routine der Woche.

Wir parken in der Nähe des Kunstmuseums. Ich überprüfe die paarweisen Reihen von Kadetten, die sich vor dem Bus aufstellen, und schaue Sarge an, der zustimmend nickt. Nachdem ich Mr. Brown ein Zeichen gegeben habe, marschieren wir zum Eingang.

Drinnen angekommen, dürfen wir uns unter die Besucher mischen und die Kunstwerke, Skulpturen und die naturkundliche Abteilung besuchen. Ich werfe immer wieder einen Blick auf Sarge, der mich ignoriert und mit Mr. Brown umherwandert.

Tony und Big Mike stehen kichernd vor einem Aktgemälde. Nachdem sie den Raum nach Lehrkräften abgesucht haben, bewegt Big Mike seine Hüften vor und zurück und gibt stöhnende Laute von sich. Die Frau auf dem Gemälde sieht alt und fett aus. Maddies Gesicht taucht in meinem Blickfeld auf, und ich lächle.

Tony brüllt und klopft mir auf die Schulter. »Olson, was ist so lustig? Was machst du überhaupt mit Sarge? Bist du sein neues Haustier?«

»Arschgesicht«, sagt Big Mike.

»Ich helfe nur aus.« Ich will ihnen sagen, dass sie die Klappe halten sollen, aber dann zermalmen sie mich beim nächsten Training.

In der Ferne taucht Mullers arrogante Fratze auf, gefolgt von seinem Cousin aus der Kavallerie und weiteren Jungs aus dem Footballteam. Muller wird sich über mich aufregen, weil ich Tony und Big Mike nicht beaufsichtige. Zeit zu gehen. Ich werde ihm keine Genugtuung geben.

»Seid leise«, sage ich, bevor ich losstürme.

Ich eile an einem Haufen seltsamer Gemälde vorbei, abstrakte Kritzeleien, die von verrückten Ausländern geschaffen wurden, und bleibe bei den Exponaten und Artefakten aus den Pioniertagen der frühen US-Geschichte stehen. Indianer mit weiß und rot bemalten

DAS GEGENTEIL VON WAHRHEIT

Gesichtern stehen vor einem Tipi, in dem ein künstliches Lagerfeuer orange leuchtet. Ein ausgestopfter Bison thront in der Nähe, seine Glasaugen sind mit Staub bedeckt. Lebensgroße Poster einer Herde verzieren die Wand dahinter.

Die meisten Kadetten schlendern in Zweier- und Dreiergruppen umher. Gedämpftes Kichern, ein paar Knuffs. Mr. Brown lauert in der Nähe, und ich seufze erleichtert. Es ist einfacher, als ich dachte. Heute Nachmittag werde ich mit Tom rumhängen, vielleicht schaffe ich es noch nach Garville ... in den Laden. Nicht dass es etwas bringen würde. Es ist einfacher, im Lotto zu gewinnen, als dem Mädchen zu begegnen.

»Sie haben eine Stunde Zeit, die Stadt zu besichtigen«, verkündet Mr. Helms, als wir uns wieder in der Lobby versammeln. Er hat uns zusammen mit Sarge und Mr. Brown begleitet. »Beschränken Sie Ihre Einkäufe auf ein Minimum. Die Busse sind ohnehin schon überfüllt. Bleiben Sie in Zweiergruppen. Es ist jetzt elf Uhr. Wir treffen uns um Punkt zwölf Uhr vor diesem Gebäude und gehen zu Fuß zum Park, wo wir unser Picknick machen. Passen Sie auf, wo Sie hingehen, damit Sie den Weg hierher zurückfinden.«

»Lass uns eine Bäckerei suchen. Ich könnte etwas Süßes gebrauchen«, sagt Tom.

»Klingt gut.« Ich gehe automatisch im Gleichschritt neben Tom. Es ist nicht mehr schwer, in Formation zu laufen. Die späte Aprilsonne fühlt sich warm auf meinem Gesicht an, als wir die Innenstadt erreichen. Zierkirschbäume säumen die Bürgersteige mit ihren Blüten, deren Blätter einen rosa Teppich unter den Füßen bilden. Wir folgen der ersten Gruppe von Schülern, Tony und Big Mike, die vorpreschen, und einer Handvoll Arschkriecher, die Mr. Helms und Mr. Brown umkreisen. Niemand will sich mit Sarge abgeben, der durch sie hindurchschaut und die Schüler wie schwirrende Moskitos wegwinkt.

Als wir um die Ecke zur Main Street biegen, werden wir von einem Stimmengewirr überrascht.

Anstelle von Autos verstopfen Hunderte von Männern und Frauen die Straße. Sie halten Schilder und Transparente in die Höhe, drängen sich auf Bürgersteige und in Ladeneingänge, laufen zwischen geparkten Fahrzeugen und Bänken hindurch, gebremst von den Menschen vor und geschoben von den Massen hinter ihnen.

»Stoppt die Kämpfe«, rufen sie im Chor. »Kein Krieg mehr.« Sie umzingeln uns und drohen, uns mitzureißen. Die Luft vibriert vor Wut und Leidenschaft. Der Lärm schwillt an und fällt in Wellen, während die Männer und Frauen im Takt brüllen. Sie gehen langsam, eine Demonstration Tausender.

Im Fernsehen zeigen sie immer wieder Proteste, aber das hier ist viel intensiver. Ich kann die Wut fast schmecken, die Energie der Menge spüren.

Ein Lautsprecher knistert. »Verlasst Vietnam«, tönt die Stimme. »Hört auf zu töten.« Die Menge antwortet mit ohrenbetäubenden Rufen: »*Verlasst Vietnam, hört auf zu töten.*«

Einen Moment lang mache ich mir Sorgen um unsere Sicherheit. Was, wenn diese Leute uns angreifen? Die Regierung behauptet, es sind unberechenbare Wilde. Doch diese Demonstranten sehen intelligent aus, einige wie Studenten und Hausfrauen, andere mit langen Haaren und Bärten – und nicht viel älter als wir.

Tom steht ans Schaufenster eines Schuhgeschäfts gepresst, sein Ausdruck fasziniert. Ich dränge mich durch die Menge, um zu ihm zu gelangen.

»Marihuana«, sagt Tom trocken und nickt einem Typen zu, der neben uns einen Joint raucht. Ich atme tief ein. Es soll einen entspannt und glücklich machen, ich brauche eine Megadosis von beidem.

Sarges Worte hallen in meinem Kopf nach. »Sie sind einer der Reiseleiter.« Aber alles, woran ich denken kann, ist die Menge, die sich vor uns wiegt. Wie kann ich meine Mitschüler beobachten, wenn ich sie nicht *sehen* kann?

Wir warten. Es ist sowieso unmöglich, die Straße zu überqueren. Der Mob blockiert alles. Transparente wiegen sich über den Köpfen, handgemachte Schilder tanzen.

DAS GEGENTEIL VON WAHRHEIT

»Macht Frieden, keinen Krieg«, ruft ein Mann ein paar Meter entfernt. Er wird von der Menge näher herangetrieben und starrt mich an. Sein langes Haar vermischt sich mit dem rötlich-braunen Bart, der einen Großteil des regenbogenfarbenen T-Shirts verdeckt. Seine Jeans hat Löcher und einen großen Riss quer über dem Knie. Er sieht gebräunt aus und trägt Sandalen, als wäre er am Strand gewesen.

»Seht euch diese Typen an«, ruft der bärtige Mann. Ein paar Demonstranten bleiben stehen und gaffen.

»Wisst ihr, was ihr da tut?«, schreit eine Frau mit schriller Stimme. Ihr rotes Kopftuch ist tief über ihre Stirn gerutscht, das Friedenssymbol aus Kohle wie eine Zielscheibe zwischen ihre Augenbrauen gemalt.

Ich weiß nicht, ob ich sie ignorieren oder etwas sagen soll. Tom grinst und wirkt seltsam entspannt.

In der Nähe ertönen Schreie. Tony und Big Mike tauchen kurz auf und verschwinden dann hinter einer Wand aus winkenden Schildern, die gegen die überhängenden Dächer schlagen. Ich höre, wie sie etwas schreien, aber ihre Stimmen werden vom Lärm übertönt.

Ich muss sie aufhalten. Man wird mir die Schuld geben, wenn etwas passiert. Hinter uns bahnt sich Sarge einen Weg durch die Meute. Von der anderen Straßenseite ertönen Trillerpfeifen. Polizisten mit Helmen und Stöcken bewegen sich auf eine Gruppe von Demonstranten zu, die auf dem Bürgersteig sitzen.

»Frieden.«

»Liebe.«

Drei Bauern in blauen Overalls stehen vor einem Geschäft für landwirtschaftliche Bedarfsartikel und schauen zu. Ihre Gesichter leuchten durch die jahrzehntelange Arbeit im Freien in faltigem Rot.

»Kadetten, haut ab. Bewegt euch!«, brüllt Sarge hinter uns.

»Geradeaus. Aber schnell.« Ich sehe, wie Mr. Helms von der Straße aus winkt, bevor er hinter einem von zwei Frauen getragenen Transparent verschwindet. Darauf steht: *Kein Töten mehr! Rettet die Truppen.*

DAS GEGENTEIL VON WAHRHEIT

Ich bekomme einen Stoß und drehe mich ärgerlich um, aber es ist Peter Linnehan, der erschrocken aussieht und sich wortlos vorbeischlängelt. Die Menge wird immer dichter und bedrängt uns. »Marsch«, donnert Sarge wieder von hinten.

Ich halte Ausschau nach einer Lücke. »Bleib bei mir«, rufe ich Tom zu, bereit, Fäuste und Ellbogen einzusetzen.

»Vielleicht sollten wir in den Laden gehen und dort warten«, meint Tom, der mit leuchtenden Augen das Chaos beobachtet.

»Ich muss die anderen Kadetten finden.«

Hinter uns wird Sarge von einer Gruppe von Demonstranten umzingelt. »Frieden, Mann, immer mit der Ruhe«, rufen sie. »Lasst uns über den Krieg reden.«

»Ich muss los.« Sarge schüttelt den Kopf und stößt die Arme weg, die ihn ergreifen wollen. »Ein andermal.« Sein Gesicht wirkt wie eingefroren, sein Blick ist eine Mischung aus Verachtung und Wut.

»Entspannen Sie sich. Wozu die Eile?«, ruft der rotbärtige Mann. Zwei Polizisten schlängeln sich über die Straße und kommen näher. Ich stehe wie angewurzelt auf der Stelle. Sarge starrt die Hippies an, die Augen vor Wut zusammengekniffen. Ich frage mich, warum die Demonstranten keine Angst haben. Ich wäre schon längst abgehauen.

Ein Polizist taucht neben Sarge auf und wedelt mit einem Schlagstock über dem Kopf des bärtigen Mannes. »Bewegt euch! Lasst ihn durch.«

Sarge drängt, um eine Öffnung zu finden, aber drei der Demonstranten stellen sich mit untergehakten Armen vor ihn. »Lasst mich durch«, schreit er.

»Peace, Mann«, sagt der rotbärtige Hippie.

Ein weiterer Polizist stößt zu der Gruppe. »Was ist hier los?«

Sarge öffnet gerade den Mund, als einer der Demonstranten den Arm hebt und sein Schild schwenkt. *BEENDET DIE GEWALT*, steht darauf. In dem engen Raum schlägt das Schild auf Sarges Schulter, der es wie eine lästige Fliege wegschiebt. Dabei trifft es den Beamten mit dem Schlagstock.

Reflexartig schlägt der Polizist dem rotbärtigen Hippie ins

DAS GEGENTEIL VON WAHRHEIT

Gesicht. Die Nase des Mannes explodiert blutig, er fuchtelt mit den Armen, greift nach Sarge, um sich zu stützen. Der zweite Beamte springt ein. Er schlägt die Hand des Hippies von Sarges Arm und schickt den Mann zu Boden.

Die anderen Demonstranten lassen sich neben dem rotbärtigen Mann nieder, der seine Arme erhoben hat, um weitere Schläge abzuwehren. Aus seiner Nase tropft es rot auf seine Jeans und die kahle Stelle an seinem Knie.

Ihre Rufe, »keine Gewalt, stoppt den Krieg«, klingen hinter der Menschenwand gedämpft.

Ich beobachte den rotbärtigen Hippie, während immer mehr Demonstranten vorbeiziehen und ihre Sprechchöre immer lauter werden. Ich kann mich nicht entscheiden, ob ich Mitleid oder Wut für den Mann empfinden soll. Der Hippie duckt sich weiter, die Arme erhoben, als würde er beten. Sicherlich muss er Angst haben.

Trillerpfeifen ertönen. Die sitzenden Demonstranten bleiben bewegungslos, während die Beamten mit erhobenen Schlagstöcken über ihnen schweben. Sarge brummt etwas, rennt los und nimmt Blickkontakt mit mir auf.

»Worauf warten Sie?«, knurrt er und eilt vorbei.

»Lass uns gehen«, rufe ich Tom zu, der immer noch neben mir steht. Ich eile Sarge hinterher, der sich durch die Leute bewegt wie ein Panzer mit Raketentreibstoff. Jetzt bin ich hinter Sarge, meine Klassenkameraden verstecken sich irgendwo da vorn. Ich habe es total vermasselt.

»Ich wünschte, wir müssten die nicht tragen.« Tom schaut an der Vorderseite seiner Jacke herunter. »Das ist, als würde man eine rote Fahne vor einer Stierherde schwenken.«

»Schön ausgedrückt. Meinst du, sie würden uns verprügeln?«

»Das bezweifle ich«, sagt Tom. »Ich habe nur gesehen, dass die Polizei Schlägereien anfängt, wenn die Demonstranten den Verkehr aufhalten. Oder sie verhaften die Leute wegen Ruhestörung und Kiffen.«

Ich antworte nicht, weil ich mich darauf konzentriere, Sarge einzuholen, will meine Uniform ausziehen und in der Menge verschwinden, mir einen der Overalls besorgen, die die Bauern das ganze Jahr tragen.

Wo stecken die anderen? Ich suche nach den kurz geschorenen Haaren oder Mützen meiner Klassenkameraden und glaube, Tony zu sehen.

Die Masse lichtet sich schließlich so weit, dass der Bürgersteig frei wird. Hinter den Demonstranten folgt eine Gruppe von Invaliden. Einige humpeln auf Krücken, andere sitzen in Rollstühlen, ihre Gesichter sind blass, ihre Münder verkniffen, einige tragen Verbände. Zwei, die mir normal erscheinen, tragen ein Schild: *Vietnam Veterans Against the War.*

Mir fällt einer der Männer auf, dessen Augen unter einem Wust schwarzer Locken und einem Bart verborgen sind. Ich bleibe stehen, als der Mann aufschaut und meinen Blick erwidert. Es ist Eric aus dem Laden in Garville, Maddies Bruder. Er schüttelt den Kopf und hebt einen Arm, der wie eine Mischung aus Drohung und Begrüßung wirkt. Dann wendet er den Blick ab und rollt weiter die Main Street hinunter, als wäre es das Normalste der Welt.

»Was machst *du* denn hier?«

Ich drehe mich um. Maddie starrt mich ungläubig an, ich starre zurück. Sie hat sich verändert. Ihr Haar ist kürzer, schulterlang, und umschmeichelt ihre Wangen. Sie trägt einen Hauch Lidschatten, der das Meer von Blau umspielt, in das ich eintauchen möchte.

Ich suche nach etwas Interessantem, das ich sagen kann, aber mehr als »Hallo« kommt nicht heraus.

Maddie blinzelt mich missbilligend an, als hätte ich kein Recht, hier zu sein. Zum ersten Mal fällt mir auf, wie sehr sie ihrem Bruder ähnelt.

»Wir, unsere Klasse, waren im Museum ...«

Hinter uns ertönen Rufe und Trillerpfeifen. Mehrere Beamte ringen mit einem Demonstranten, der flach auf dem Boden liegt, sein Gesicht ist mit Straßenstaub paniert.

»Du solltest verschwinden«, sagt Maddie. Sie schirmt ihre Augen mit einer Hand gegen die Sonne, ihr Mund ist verächtlich verzogen. Ohne die Ladentheke zwischen uns bin ich einige Zentimeter

DAS GEGENTEIL VON WAHRHEIT

größer.

»Ich wünschte, ich wäre es«, sage ich. »Nicht so ...« Ich zeige auf meine Jacke mit den Millionen Messingknöpfen und die Mütze, die ich mir unter den Arm geklemmt habe. »Wir wussten nichts von dem Protest.« Maddies Blick streift über meine Uniform. »Offensichtlich. Ich muss gehen, mein Bruder ...« Maddie deutet mit dem Kinn zur Straße.

»Es ging ihm gut.« Ich halte inne. *Was fasele ich da eigentlich? Ich weiß nichts über ihren Bruder. Sag etwas Kluges, etwas Witziges. Mach ihr ein Kompliment.*

»Ich mag dein Haar. Es sieht schön aus mit der neuen Frisur«, platze ich heraus.

Der Anflug eines Lächelns erhellt ihr Gesicht, oder vielleicht bilde ich es mir ein.

»Wir sollten uns beeilen«, sagt Tom. »Du erinnerst dich an Sarge?«

»Bis bald.« Maddie springt vom Bürgersteig, um der Prozession zu folgen.

Verdammt, warum fällt mir nie was Schlaues ein, wenn wir uns treffen? Ich beobachte ihren Rücken, die schmale Taille und die zu kurzen Jeans, die ein Paar abgewetzte Stiefel zeigen.

Als ob sie meinen Blick gespürt hätte, dreht sie sich um. »Wir haben neue Eiscreme für den Sommer – Karamell und Himbeere.«

»Toll, ja ... ich liebe ... Eis«, rufe ich ihr zu. Aber Maddie verschwindet hinter einer Gruppe von mit Papiertüten beladenen Einkäufern. Hat sie mich gehört?

»Ich dachte, du wolltest mit ihr ausgehen«, sagt Tom.

»Hättest du mich nicht unterbrochen ...«

»Wer ist ihr Bruder?«

»Der Typ im Rollstuhl. Mit den wilden schwarzen Haaren und dem grauen Streifen.«

»Ihr Bruder ist ein Vet?« Tom schüttelt den Kopf. »Wie ironisch. Ich frage mich, was mit ihm passiert ist.«

»Er ist ziemlich unfreundlich, hat mich ein paarmal beschimpft.«

»Wann war *das* denn?«

Ich schweige und sehe, wie Eric mir mit der Faust droht und auf der Straße Gras raucht. Ich mag den Kerl wirklich nicht. Dann lächle ich. Maddie hat mir von Eiscreme erzählt. Vielleicht will sie, dass ich ihren Laden besuche.

»Hörst du mich?« Toms Stimme dringt durch den Nebel. »Lass uns gehen. Die anderen sind schon weg.«

»Verdammt. Wir müssen laufen«, sage ich, aber ich kann mir das Grinsen nicht verkneifen.

»Was ist so lustig, Olson?«, donnert Sarge, als wir um die Ecke biegen. Seine Wangen glühen noch immer. Unsere Klassen haben sich auf der Seitenstraße versammelt. »Sie sollten führen, nicht folgen.«

»Tut mir leid, Sir, wir haben jemanden getroffen, den ich kenne«, stottere ich. Mein Gesicht brennt, ich habe mal wieder alles falsch gemacht.

»Wir laufen auf einer der Nebenstraßen zum Bus und essen auf dem Heimweg. Heute wird nicht eingekauft.«

Alle reden, nur ich nicht. Ich versuche, etwas wiedergutzumachen, indem ich helfe, die Kadetten in Zweierreihen zu organisieren.

»Das war aufregend«, sagt Tom, als er sich im Bus neben mich setzt. »Kaum zu glauben, dass wir einen *echten* Friedensmarsch gesehen haben. Besser als jeder Film. Apropos Film, wir könnten heute Nachmittag nach Garville laufen und uns eine Vorstellung ansehen.«

Ich drehe immer wieder den Kopf, um meine Klassenkameraden zu beobachten, und murmle leise: »Ich frage mich, ob sie rechtzeitig zurück sein wird.« Ich habe als Reiseleiter kläglich versagt und muss immer wieder an das wütende Gesicht von Sarge denken.

Tom grinst. »Es gibt nur einen Weg, das herauszufinden.«

»Du kommst also mit?«

Tom gluckst. »Hast du Angst, vor Maddie Eis zu essen?«

»Nein, du Idiot, aber ich möchte, dass *du* mit mir gehst.

DAS GEGENTEIL VON WAHRHEIT

Außerdem haben wir noch genug Zeit, um die zweite Show zu sehen.«

»Ich habe immer Lust auf Eis vor einem Film.«

Vor uns schreit Big Mike: »Ist das nicht offensichtlich? Diese Verlierer haben Angst vor der Einberufung. Sie versuchen, sich vor ihrer Verantwortung zu drücken, uns zum Sieg zu verhelfen. Ich meine, habt ihr gesehen, wie sie aussahen und gekleidet waren? Dreckig, lange Haare, die haben nichts Besseres zu tun, als durchs Land zu marschieren und zu protestieren.«

»Feige Hunde«, sagt Muller.

»Genau!« Tony reißt einen Arm hoch, und mehrere andere fallen ein. »Feige Hunde.«

»Was ist mit den Veteranen?«, sagt Tom. Er hat leise gesprochen, aber der Bus hält an einer Kreuzung, und Toms Stimme ist klar zu verstehen. »Viele haben Teile ihres Körpers in Vietnam gelassen.«

»Was soll mit ihnen sein?« Big Mike baut sich vor Tom auf. »Sie waren dumm und haben bei der Arbeit geschlafen, deshalb wurden sie angeschossen.«

»Unwahrscheinlich«, meint Tom, ohne Big Mike anzusehen. Ich weiß, dass Tom Big Mike für dumm hält. Im Bus ist es still, weil alle angestrengt zuhören.

»Was weißt du schon darüber? Weichei. Du bist so ein Schwächling, du kannst nicht einmal ein Gewehr halten, geschweige denn lernen, wie man schießt«, zischt Big Mike.

»Weichei«, rufen einige von Big Mikes Freunden von hinten. Es stimmt, dass Tom ein lausiger Schütze ist, aber ich bin mir ziemlich sicher, dass er sich nicht anstrengen *will* und ein großartiger Schütze wäre, wenn er es wollte.

»Kadett Stets, unterlassen Sie diese Ausdrücke und setzen Sie sich sofort«, knurrt Sarges Stimme über den Buslärm.

»Ich für meinen Teil habe ein Gehirn«, sagt Tom so ruhig, als würde er das Wetter kommentieren.

Big Mike hört es. »Du bist genau wie sie. Versager«, zischt er. »Jemand sollte dir eine Lektion erteilen.« Er wirft Tom einen bösen

DAS GEGENTEIL VON WAHRHEIT

Blick zu, bevor er sich auf seinen Sitz fallen lässt.
»Was ist in dich gefahren?«, flüstere ich. »Du weißt doch, dass er ein übles Temperament hat.«
»Ich habe genug von dummen Gorillas und diesem ganzen Drama.« Tom sieht wütend aus, etwas, das fast nie vorkommt.
»Das war eine tolle Demo«, flüstere ich, um ihn abzulenken. »Diese Jungs hatten keine Angst vor der Polizei oder irgendjemandem. Nicht einmal vor Sarge.«
Tom nickt. »Sie stehen für ihre Überzeugungen ein. Ich wette, die Fakultät ist wütend, dass sie nichts von den Protesten gewusst hat. Sie hätten die Reise abgesagt. Sie hätten nicht gewollt, dass wir das sehen.«
»Besonders Sarge.«
»Alle. Direktor Lange wird sie verfluchen.«
Lange wird mit seinen metallischen Augen Hackfleisch aus Sarge machen. Auch wenn Sarge so aussah, als würde er sie verachten.
»Es war aufregend. Ich fand es toll, die Hippies zu sehen«, meint Tom. »Wenn die Schule zu Ende ist, werde ich mir ein Jahr lang nicht die Haare schneiden.«
Ich grinse. »Ich wette, das steht dir gut.« Und mit gesenkter Stimme. »Ich will auch mal kiffen.«
»Vielleicht kann ich diesen Sommer was besorgen und es ins Internat schmuggeln.«
»Sie werden dich rauswerfen, wenn du erwischt wirst.«
Tom lächelt. »Ich würde es nicht im Geringsten bereuen.«
»Aber ich müsste Palmer allein durchstehen.«
»Du hast ja Maddie.«
»Ha, sehr witzig.«
»Übrigens, hast du meine Uhr gesehen? Sie ist verschwunden. Ich dachte, ich hätte sie in meinem Schreibtisch liegen lassen, aber sie ist nicht mehr da.«
»Die goldene mit dem Foto deiner Mutter?«
»Genau die.«
Ich schüttle den Kopf. »Ich werde mich umhören.« Der Bus

DAS GEGENTEIL VON WAHRHEIT

wird langsamer, die Aula liegt in Sichtweite. »Ich bleibe besser zurück und sorge dafür, dass der Bus sauber ist, sonst ...«

Tom grinst, als er sich in die drängelnde Masse der Kadetten einreiht. Sein Kopf ist gebeugt, Tom ist größer als die meisten. Dann fällt mir Sarge ein.

Ich versuche, normal zu atmen, aber mein Herz hämmert vor Sorge.

KAPITEL FÜNFZEHN

Ich jogge über die verlassenen Wege zu meiner Kaserne. Tom wartet, vielleicht Maddie ... und ich muss mir etwas einfallen lassen, um Sarge zu beeindrucken. Ich blinzle, um das Bild von Sarges missbilligendem Blick zu verdrängen. Es funktioniert nicht. Er rief mich in sein Büro, gleich nachdem wir mit dem Bus zurückgekehrt waren. Ich hatte mich vergewissert, dass alles sauber war und die Kadetten geordnet gingen. Aber Sarge war sauer, obwohl ich nicht sagen kann, was ihn wütender machte, meine mangelnde Organisation oder die Proteste. Er kaute auf seiner Zigarre herum und spuckte immer wieder Tabakreste in den Papierkorb. Ansonsten saß er ruhig hinter seinem Schreibtisch und sprach, ohne seine Stimme zu erheben oder ähnliches. Doch mit jedem Wort, das er sagte, schrumpfte ich ... bis ich am liebsten in ein Loch gesprungen wäre. Es war das zweite Mal innerhalb einer Woche.

In meinem Zimmer ziehe ich meine Uniform aus und hänge sie sorgfältig auf. Ich kann es mir nicht leisten, etwas zu ersetzen. Meine Mutter war deutlich. Ich muss vorsichtiger sein. Die Schule ist teuer, blah, blah, blah. Sie hätten sich das ganze Geld sparen können.

»Bist du fertig?«, sage ich kurz darauf, als ich Tom abhole. Mein Hals brennt, wo das neue Hemd von heute Morgen gescheuert hat.

DAS GEGENTEIL VON WAHRHEIT

»Du bist schon wieder zu spät.« Tom läuft wie ein eingesperrtes Tier hin und her – drei Schritte in eine Richtung, drei Schritte zurück.

Kröte hängt auf seinem Stuhl und starrt auf seinen Roman, die Augen übergroß hinter den flaschenbodendicken Gläsern. »Wohin geht ihr?«, fragt er.

Ich ignoriere Kröte. »Ich musste mich bei Sarge melden.« Ich bin nicht in Stimmung, mein jämmerliches Versagen zu erklären. »Lass uns los.«

Tom nickt Richtung Kröte und schnappt sich seinen Mantel. »In die Stadt. Und?«, fragt er, während wir kurz darauf den Flur hinunterlaufen.

»Sarge nannte es Nachbesprechung. Er meint, ich habe Mist gebaut und meine Verantwortung vergessen.« Ich schaudere. »Dass ich hätte vorauslaufen sollen, die Jungs zusammentreiben und sie an einen ruhigen Ort führen sollen. Er war so wütend, dass ich dachte, er würde seine Zigarre verschlucken.«

»Ist doch offensichtlich, Sarge war sauer wegen der Antikriegsdemonstration. Er war selbst überrascht und wollte nicht, dass wir die Demonstration sehen. Er lässt seinen Frust an dir aus. Wahrscheinlich befürchtet er, dass Lange *ihm* die Hölle heiß macht.« Tom zieht seinen Mantel an und springt die Treppe hinunter, zwei Stufen auf einmal. »Ich bin froh, dass die Leute etwas tun. Das war das Coolste, was ich je gesehen habe. Viel besser als das, was sie im Fernsehen zeigen. Ich wünschte, ich hätte mitlaufen können.«

»Ha, Lange würde deinen Kopf auf einem Tablett servieren.«

»Zum Abendessen. Nächstes Jahr, wenn wir fertig sind, fahre ich nach Washington D.C. und hänge vor dem Weißen Haus herum. Vielleicht schließe ich mich der Friedensbewegung in Kalifornien an. Die protestieren jetzt an allen Unis.« Toms Stimme klingt verträumt. Und dann wieder sachlich. »Glaubst du, ich wäre gut in der Politik?«

Ich zucke mit den Schultern. »Du wärst besser als diese Witzfiguren im Fernsehen.«

»Vielleicht ein Kongressabgeordneter.« Tom schmunzelt.

»Ich hätte es besser machen können.« Ich muss fast rennen, um mitzuhalten, weil Tom auf seinen Stelzenbeinen zum Ausgang prescht. Sarges Entlassung geht mir noch immer durch den Kopf. »Das war nicht gerade ein typischer Ausflug. Mach mal langsamer. Stimmt etwas nicht?«

Tom steht bereits vor der Tür des Wohnheims. »Lass uns gehen.« Er blickt zu mir zurück, die Augenbrauen zusammengezogen.

»Willst du mir sagen, was dich bedrückt?«

Tom schüttelt den Kopf, als wir weitergehen. »Ich schätze, du bist abgelenkt ... und denkst an das Mädchen.« Er wirft mir einen Seitenblick zu. »Ich bin nur neugierig, wie du so gelassen auf die Proteste reagieren kannst. Du machst dir mehr Sorgen darüber, was Sarge denkt, als über die Gründe für die Demonstrationen. Warum siehst du nicht das größere Bild? Hast du bemerkt, wie sie uns angestarrt haben? Als wären wir eklige, schleimige Ratten. Ich kann nicht aufhören, daran zu denken. Und ich kann es nicht erwarten, endgültig aus diesen Klamotten herauszukommen.« Ich zucke die Schultern, aber Tom redet weiter. »Du bekommst Unterricht von Sarge und hältst es für das Größte, seit wir zum Mond geflogen sind. Hast du gesehen, wie Sarge die Demonstranten ansah?«

»Er war sauer.«

»Machst du Witze? Er war bereit, ihnen die Kehle durchzuschneiden.«

Ich erinnere mich an Sarges Blicke, die voller Abscheu waren. Das hat mich überrascht. Trotzdem nahm sich Sarge Zeit, mich zu unterrichten. »Bist du neidisch auf meinen Unterricht?« Ich starre Tom an. »Ich habe seit Dezember *keinen* mehr gehabt. Du weißt doch, dass er weg war.«

»Papperlapapp! Und unwichtig.« Tom bleibt plötzlich stehen, seine Stimme klingt laut in meinen Ohren. »Verstehst du nicht? Sie haben dich genauso eingespannt wie den Rest der Kadetten. Idioten wie Tony, Muller und Big Mike. Und dann schicken sie dich raus, um dich abzuschlachten. Du könntest eingezogen werden, bevor das nächste Jahr um ist. Jawohl, Sir, wunderbar, Sir. Melden Sie mich an, nehmen Sie meine Beine. Besser noch, nehmen Sie meinen Kopf. Dann muss ich nicht mehr selbst denken.«

DAS GEGENTEIL VON WAHRHEIT

Ich schaue Tom an, dessen Gesicht den Farbton einer Indiana-Tomate angenommen hat. »Du vergleichst *mich* mit Tony und Big Mike? Ich bin keiner von ihnen. Sarge hat mir geholfen. Außerdem muss jemand in diesem Krieg kämpfen. Warum nicht wir? Wir lernen den ganzen Militärkram, wie man schießt und Hinterhalte legt, Strategien. Wir wären Offiziere.«

»Das ist es, was sie dich glauben machen *wollen*. Du würdest benutzt und weggeworfen werden. Genau wie die Tausenden, die schon tot sind, oder wie dieser Kerl, Maddies Bruder. Hast du jemals in Betracht gezogen, dass die Schule, dass Sarge sich irren könnte? Weißt du überhaupt, warum wir in Vietnam Krieg führen? Warum wir immer noch dort sind?«

Ich sage nichts, weil ich keine Ahnung habe. Tom ist ein Idiot.

Tom fährt fort, als ob er meine Gedanken gehört hätte. »Weil ich es wirklich nicht verstehe. Wir haben immer noch eine halbe Million Leute da unten, und jeden Tag werden mehr eingezogen – nur um abgeschlachtet zu werden. Niemandem kann man trauen. Es ist ein verdammtes Chaos, eine Geldmaschine für ein paar Auserwählte. Mein Vater ist einer von ihnen.« Toms Stimme klingt bitter. »Ich will damit nichts zu tun haben.« Er schwingt die Arme hoch, als könnte er Palmer, das Militär und den ganzen Krieg wegwerfen.

»Meine Eltern wollen, dass ich mich freiwillig zum Militär melde, weil ich dann kostenlos studieren kann«, sage ich. »Ich habe keine Ahnung, was sie über den Krieg denken.« Vielleicht wollen sie mich loswerden. Mich in den Krieg schicken, wie sie mich nach Palmer geschickt haben.

»Und wenn man dich direkt in den Dschungel beordert? Sie werden dir alles versprechen, damit du dich meldest.«

»Ich kann mir die Uni sonst nicht leisten.« Tom hat gut reden. Sein Vater kann für jedes College im Land bezahlen.

»Du würdest einen Weg finden. Entscheide dich und tu es aus den richtigen Gründen. Du bist klug.«

»Du könntest genauso eingezogen werden«, sage ich.

»Ha, ich werde abhauen.«

DAS GEGENTEIL VON WAHRHEIT

»Du würdest desertieren?«

»Ich würde nach Kanada gehen. Nie wieder zurückkommen.« Ich überlege, was ich sagen soll, aber mir fällt nichts ein. Der Krieg ist mir eigentlich egal. Irgendwie muss ich herausfinden, was da wirklich läuft, warum Tom sich so aufregt.

Unsere Schritte klingen dumpf auf dem Waldweg, und die Stille zwischen uns wächst. Als ob die Bäume lauschen würden.

»Ich bin heute schon einmal gescholten worden«, sage ich schließlich.

Tom zuckt mit den Schultern und versucht ein Lächeln. »Tut mir leid, Mann. Heute ist ein wichtiger Tag für dich. Lass uns Eis essen gehen.«

»Das alles, dieser Krieg verwirrt mich.« Ich verdränge die Gedanken an Vietnam, meine Familie und den Streit mit Tom. Vielleicht ist Maddie noch nicht zurück. Ich fürchte, sie wird mich zu eifrig finden, wenn ich nur Stunden, nachdem sie mir von dem Eis erzählt hat, vorbeikomme. Ich sagte, nächste Woche. Ich wische meine vor Vorfreude feuchten Hände an den Hosenbeinen ab.

Wir erreichen die Hügelkuppe, unter uns liegen Garvilles Häuser wie zufällige Puzzlestücke verstreut. Mein Herz klopft schneller, als wir in die Hauptstraße einbiegen. Ich räuspere mich, das Schwindelgefühl bleibt.

Der Laden wirkt wie immer verlassen, abgesehen von zwei Tontöpfen mit rosa und gelben Primeln, die vor der Tür leuchten. Als wir eintreten, scheint die Sonne durchs Glas und beleuchtet eine Wolke von Staubmotten, die in der Luft schwebt. Ich blinzle in die Dunkelheit, die nach hinten zu wachsen scheint. In der Bürotür bewegt sich etwas.

»Du schon wieder«, sagt jemand. Eric beobachtet uns über den Tresen hinweg.

»Ja«, feuere ich zurück. »Ich ... wir sind hier, um das neue Eis zu probieren. Maddie hat mir gesagt –«

»Maddie?« Erics Augen, blaue, lodernde Flammen, sind auf mich gerichtet. Abrupt steuert er auf die Treppe zu. »Maddie«, schreit er, »du hast Besuch.«

DAS GEGENTEIL VON WAHRHEIT

Mir fällt auf, wie melodisch Erics Stimme klingt, wie ein perfekt gestimmtes Bassinstrument. Er muss vor seiner Verletzung umwerfend ausgesehen haben. Ich höre Schritte von oben. Leicht und schwungvoll bahnen sie sich ihren Weg nach unten.

»Wer ist es?«, fragt Maddie, als sie neben Eric erscheint. »Oh, hallo.«

»Wir sind hier, um dein Eis zu probieren.« Ich versuche ein Lächeln und hoffe, dass mein Gesicht mitspielt.

»Das ging aber schnell.«

»Allerdings«, sagt Eric und dreht seinen Rollstuhl in Richtung Büro.

»Hast du eine Minute Zeit?«, ruft Tom ihm hinterher. Zu meiner Überraschung folgt er Eric.

Maddie geht den Gang entlang und weicht einer Auslage mit Gartengeräten aus. »Setz dich lieber.« Sie nickt in Richtung der drei verblassten Vinyl-Barhocker vor dem Tresen, die mir vorher nie aufgefallen sind.

Maddie schwebt dahinter und bindet eine winzige rote Schürze um ihre Mitte. Sie betont ihre Taille und erinnert mich an ein Lätzchen. Ich versuche, meinen Blick abzuwenden, und überlege, was ich sagen soll. Ich habe Horrorgeschichten gehört, in denen einige Kadetten sich lautstark über die Körperteile eines Mädchens unterhielten und deshalb rausgeschmissen wurden. *Konzentriere dich*, befehle ich mir.

Maddie nimmt eine Glasschale und einen Löffel, die in ihren Händen riesig aussehen. »Welche Geschmacksrichtung möchtest du?« Sie sieht mich an, mit einem Gesichtsausdruck, als würde sie einer Hausfrau Tischtücher verkaufen.

»Was hast du denn?«

»Vanille und Schokolade haben wir immer, und jetzt auch Karamell und Himbeere.«

»Ich werde Schokolade und Himbeere probieren. Das heißt, wenn du mir Gesellschaft leistest – ich lade dich ein.« Ich halte den Atem an.

Maddie schaut von der Schüssel auf, ihre Augen leuchten

saphirblau im Nachmittagslicht. Sie lächelt, und zwei Grübchen erscheinen auf ihren Wangen. Ich möchte hinüberspringen und sie berühren.

»Danke.« Maddie beugt sich tief in die Kühlbox, um die Schale zu füllen. »Hier, guten Appetit.« Sie schiebt das Eis über den Tresen. Ich beobachte, wie ihre Finger weggleiten, als ich die Hand ausstrecke. Meine Handflächen sind feucht, als ich den Löffel nehme und ihn in dem samtigen Rot versenke. »Lecker. Nimm dir, was du willst.«

Maddie zögert. Die Zungenspitze erscheint zwischen ihren Lippen. Dann beugt sie sich hinunter und schiebt einen Klecks Himbeere in ihre Schale. Ich erinnere mich daran, das Eis zu schlucken, das in meinem Mund geschmolzen ist. *Reiß dich endlich zusammen.*

»Setzt du dich zu mir?«, sage ich und klopfe auf den Hocker neben mir. Maddie nickt und geht um den Tresen herum. Sie greift hinüber und zieht das Eis vor sich.

Einen Moment lang ist es bis auf das leise Brummen der Stimmen aus dem Hinterzimmer still. Löffel kratzen an Gläsern, während ich nach einem klugen Spruch suche. Ein Hauch von Süße wie Honig steigt mir in die Nase. Ich werfe einen Seitenblick auf ihr Haar. Das muss ihr Shampoo sein. *Konzentriere dich*, kommentiert mein Hirn. *Sie wird dich für einen Idioten halten.*

»Gehst du noch zur Schule?«, platze ich heraus.

»Elfte Klasse.«

»Ich auch. Was wirst du nach dem Abschluss machen?« Ich bin sofort wütend auf mich, ich weiß ja auch nicht, was ich machen will. Warum sollte sie es wissen? Vielleicht findet sie meine Frage zu neugierig.

»Wahrscheinlich arbeite ich hier und helfe meinem Vater«, sagt Maddie. »Das ist nicht das, was ich tun *will*, sondern was ich tun muss.«

»Du arbeitest ständig hier, oder?«

Maddie nickt. »Was wirst *du* nach der Schule machen?«

DAS GEGENTEIL VON WAHRHEIT

Ich lege meinen Löffel ab. Hier ist sie. Die gefürchtete Frage, auf die ich selbst keine Antwort habe. »Meine Eltern wollen, dass ich zum Militär gehe. Sie können das College nicht bezahlen. Meine Noten sind nicht ... Sie wollen, dass ich beim Militär studiere. Aber ...«

»Aber?«

»Ich weiß nicht, ob ich da hinwill. Da ist dieser Lehrer, Sarge, er ist wirklich von der Sache überzeugt. Er ist nett, und ich fühle mich ...« Ich schüttle den Kopf. »Das macht keinen Sinn. Tut mir leid, es ist verwirrend mit dem ganzen Kriegskram und den vielen Leuten, die ihn hassen – uns hassen.« Ich schaue auf meine Uniform.

»Die meisten Einheimischen mögen die Kadetten nicht«, sagt Maddie. »Wir finden sie arrogant, und sie glauben, wir sind alle dumm.«

»Ich gehöre nicht dazu.«

»Wohl nicht.« Maddie leckt sich über die Lippen, sie sind rotgefärbt und glänzen, als ob sie Lippenstift benutzt hätte. Ich fühle mich einen Moment lang abgelenkt und kämpfe gegen den Drang an, sie zu packen und zu küssen. Ich höre nur »anders«, während ich ihr Gesicht bewundere.

Reiß dich zusammen. »Entschuldigung, was hast du gesagt?«

»Ich sagte, du bist nicht der typische Kadett.«

»Wirklich?«

Maddie schüttelt den Kopf. Ein Hauch von Rosa hat sich auf ihre Wangen geschlichen.

Ich atme tief durch – jetzt oder nie. »Willst du irgendwann mal ins Kino gehen?«

Maddie sieht auf. Unsere Blicke treffen sich, und ich fühle mich, als hätte ich einen Schlag in den Magen bekommen. »Sicher. Aber ich muss erst fragen. Mein Vater ...«

Ich nicke. »Nächstes Wochenende?«

»Ich werde es versuchen.« Maddie schiebt ihre Schüssel von sich. »Ich räume das besser auf. Oh«, sie zögert, »das Eis kostet sechsundneunzig Cent. Zusammen.« Sie hat ihr Eis kaum angerührt, und obwohl meine Schale leer ist, kann ich mich nicht erinnern, was ich gegessen habe, nur der süße Geschmack von Schokolade in meinem Mund bleibt.

Ich ziehe einen Dollarschein heraus. »Natürlich, hier.« Tom fällt mir ein, aber er ist nirgends zu sehen. »Ich dachte, Tom, mein Freund, wollte das Eis probieren.«

»Er ist bei Eric. Sie sind im Büro verschwunden. Soll ich ihn holen?«

»Ja, wir wollen uns einen Film ansehen. Es ist fast vier.«

Maddie nickt und geht nach hinten. Gedämpfte Stimmen dringen durch die Tür. Ich folge ihr, bleibe im Büroeingang stehen und traue meinen Augen nicht.

Tom sitzt Eric gegenüber, er ruht bequem in einem alten, blassgrauen Sessel, dessen Armlehnen so abgenutzt sind, dass die Schaumstoffpolsterung darunter hervorquillt. Sie sind in ein Gespräch vertieft, als ob sie sich schon seit Jahren kennen würden. Erics Augen funkeln, seine Wangen glänzen unter der Lockenpracht. Er sieht plötzlich jung aus, wie ein College-Student, der bereit ist, die Welt zu entdecken, und nicht wie ein Invalide.

»Wir werden zu spät kommen«, sage ich und versuche, meine Überraschung zu verbergen.

»Das habe ich ihnen auch gesagt«, sagt Maddie. »Sie ignorieren mich einfach.« Die Grübchen kommen zum Vorschein, und ich weiß irgendwie, dass sie sich freut.

Tom schaut auf, als tauche er aus einer anderen Welt auf. »Ach ja, habe ich vergessen.« Er richtet sich auf und klopft Eric auf die Schulter. »Tut mir leid, Mann, ich würde gerne noch länger plaudern.«

»Dann eben später.« Erics Gesicht verzieht sich zu einem Grinsen. Es ist das erste Mal, dass ich ihn lächeln sehe, eine vollständige Verwandlung in das attraktivste Gesicht, das ich je gesehen habe. »Komm mich wieder besuchen, okay?«

»Klar doch«, sagt Tom, als sich unsere Blicke treffen. »Wahrscheinlich nächstes Wochenende.«

»Hey«, ruft Maddie hinter uns her.

Ich drehe mich um. Sie steht immer noch in der Bürotür.

DAS GEGENTEIL VON WAHRHEIT

»Du hast mir deinen Namen nicht gesagt.«
Ich starre sie an. Wie konnte ich das nur vergessen? Ich kenne ihren Namen schon seit Monaten. »Andrew ... Andy Olson. Das ist Tom Zimmer.«
»Bis nächste Woche, Andy Olson.« Ein Lächeln umspielt ihre Augen, als sie sich umdreht.
Wir rasen die Straße hinunter, und ich unterdrücke ein Kichern, das aus meiner Kehle auszubrechen droht. Ich möchte schreien und singen. Sie will mich wiedersehen. Szenen unseres Gesprächs wiederholen sich in meinem Kopf. Sie lächelte mich an.
Im Foyer des Theaters tummeln sich ein paar Kadetten. An Samstagnachmittagen bleiben die Städter weg und überlassen das Kino der lauten und verrauchten Schar von Internatsschülern, die hemmungslos johlen und schreien.
Ich schaue Tom an, der kein Wort gesagt hat, seit wir den Laden verlassen haben.
»Geht es dir gut?«, frage ich.
»Großartig.«
»Ich dachte, du wolltest Eiscreme.«
»Vergessen. Außerdem wären drei Leute zu viel gewesen.«
»Sehr witzig.« Natürlich hat Tom recht. Mit Maddie allein zu sein, war perfekt. Ich lächle wieder. »Was ist mit dem Kerl los?«
»Wer?«
»Eric.«
»Er hat Humor.«
»Wirklich?«
»Rede mit ihm. Er ist ausgesprochen schlau.«
Ich zucke die Schultern. Wie kann man Eric lustig finden? Er ist eher beängstigend. Aber dann kenne ich ihn nicht wirklich. Gedämpfte Klänge von Simon und Garfunkel dringen in die Lobby. »Wir sollten uns beeilen.«
»Es wird Zeit, dass sie das zeigen«, flüstert Tom, als wir uns im hinteren Teil des Raumes niederlassen. »*Die Reifeprüfung* kam letztes Jahr heraus. Ich habe den Film in den Semesterferien gesehen, er ist wirklich cool.«

DAS GEGENTEIL VON WAHRHEIT

Der Lärm im Theater schwillt zu Pfiffen und nervösem Gekicher, als Mrs. Robinson ihre Bluse auszieht. Mir ist es peinlich, und ich bin froh, dass es dunkel ist. Geschichte und Musik sind geil, aber ich will nicht daran erinnert werden, dass ich noch Jungfrau bin. Ich frage mich, ob ich wie Dustin Hoffman in dem Film warten muss, bis ich aus der Uni komme. In einer reinen Jungenschule hat man keine Chance, Sex zu haben. Außer vielleicht in Tausend Jahren mit Maddie, aber das sind voreilige Schlüsse.

Einige der älteren Kadetten prahlen mit sexuellen Begegnungen mit Mädchen und klingen wie erfahrene Liebhaber. Vor allem Tony gibt damit an, *es* auf dem Golfplatz, in Fahrstühlen und im Schlafzimmer seiner Eltern getrieben zu haben. Er beschreibt Details, als ob er aus einem Pornofilm zitieren würde. Ich werde schon beim Gedanken daran rot. Normalerweise höre ich zu, zu neugierig, um zu gehen, und zu verlegen, um zu sprechen.

Abgesehen davon, dass ich ein paar *Playboys* in die Finger bekommen habe, die zerfleddert waren und denen bereits zig Seiten fehlten, habe ich noch nicht einmal eine nackte Frau gesehen. Meine Familie ist stinkprüde. Das einzige Mädchen, das ich geküsst habe, war im ersten Jahr an der Highschool – eine schüchterne Blondine, die ein paar Häuser weiter wohnt. Wir sind zusammen zur Schule gelaufen und haben manchmal Händchen gehalten.

»Ihr zwei versteht euch gut«, sage ich, als wir das Theater verlassen. Ich bin verblüfft über die Art und Weise, wie Tom Eric zu gefallen scheint. »Es sah aus, als wärt ihr alte Freunde.«

»Er ist nett, und es ist interessant, mit jemandem über Kriegspolitik zu diskutieren, der sich auskennt. Jemandem, der dabei gewesen ist. Er wird mir ein paar seiner Bücher und Zeitungen leihen. Was ist mit euch beiden?«

»Wir wollen nächste Woche ins Kino. Wenn ihr Vater sie lässt. Worüber habt ihr gesprochen?«

Tom knufft mich in den Arm. »Gut gemacht. Geh lieber mit ihr zu einer Sonntagsshow. Sie werden dich unendlich hänseln, wenn du am Samstag mit uns anderen hingehst.«

»Stimmt.« Aber insgeheim verspüre ich einen Anflug von Neid

DAS GEGENTEIL VON WAHRHEIT

auf die unkomplizierte Freundschaft, die Tom mit Eric entwickelt. Als der Laden in Sicht kommt, laufe ich voraus. »Ich sage es ihr besser sofort.«

KAPITEL SECHZEHN

Die Woche dehnt sich unendlich, während wir marschieren und lernen. Ich versuche, mein Gehirn zu der Konzentration zu zwingen, die nötig ist, um die Abschlussprüfungen zu bestehen. Kaum zu glauben, dass das Jahr schon fast vorbei ist. Trotz des Stresses, den ich mit dem Pauken von Mathe, Physik und Deutsch hatte, trotz der Tatsache, dass ich kurz vor einem D in Englisch stehe, ertappe ich mich oft dabei, wie sich ein Lächeln auf mein Gesicht schleicht, wenn ich an den kommenden Sonntag denke – gefolgt von der Sorge, dass es nicht klappen könnte.

Vielleicht wird ihr Vater ihr verbieten, mit einem der hochnäsigen Kadetten von der schicken Schule zu gehen. Vielleicht hat Eric ihr gesagt, dass ich ein Idiot bin. Vielleicht hat sie ihre Meinung nach dem Eisessen geändert, weil sie mich zu langweilig, zu kindisch oder zu hässlich findet.

Ich glaube, ich sehe einigermaßen gut aus. Meine Haare sind natürlich grässlich, viel zu kurz, sie dürfen nie länger als vierzehn Tage wachsen. Trotzdem haben sie das satte Braun von dunkler Schokolade. Gesicht und Arme sind gebräunt, weil ich nachmittags draußen trainiere, und meine Haut ist rein, bis auf einen gelegentlichen Pickel am Kinn. Ich mag mein Kinn, es ist kantig und kräftig, und es ist definitiv notwendig, um die lange Nase auszugleichen – ein *Geschenk* meines Vaters. Ich wünschte, ich hätte

DAS GEGENTEIL VON WAHRHEIT

mehr Erfahrung mit Mädchen, käme aus einer wohlhabenden Familie oder hätte einen berühmten Vater. Irgendwas, womit ich mich selbstbewusst fühlen kann.

»Ich werde Eric besuchen, während du mit Maddie unterwegs bist«, kündigt Tom am Samstagabend an. »Halt auf dem Rückweg im Laden an und hol mich ab.«

Wir lümmeln in Toms Zimmer herum und mampfen eine Tüte Kartoffelchips, die er als Reserve für unangekündigte Hungerattacken aufbewahrt hat. Heute war der längste Tag. Ich war nicht in der Lage, mehr als zehn Minuten am Stück zu lernen, weil meine Gedanken zu diesen blauen Augen zurückkehrten ... Ohne die Ablenkung durch Unterricht, Football und andere Schulprogramme schlenderte ich über das Gelände, dachte an Maddie und wünschte mir, die Zeit würde schneller vergehen.

»Aber sicher.« Ich spüre den gleichen Anflug von Eifersucht wie letzte Woche. Wie dumm. Schließlich bin ich derjenige, der darauf gedrängt hat, hinzugehen, der verrückt nach dem Mädchen ist. Was ist falsch daran, dass Tom sich mit Eric trifft? Absolut nichts. Aber warum habe ich noch keinen Weg gefunden, mit ihm zu reden? Andererseits bin ich froh, dass Tom einen Kumpel gefunden hat.

»Was werdet ihr tun?«

»Plaudern. Eric sitzt im Rollstuhl, also bleiben wir hier. Wenn das Wetter mitspielt, schiebe ich ihn vielleicht ein Stück die Straße hinunter.«

»Ich frage mich, was mit ihm passiert ist.«

»Ich weiß es nicht, aber ich werde ihn nicht drängen. Er hat so schon genug Schmerzen.«

So ähnlich wie du, nur eine andere Art von Schmerz. Werde ich jemals die Emotionen verstehen können, die in Toms Kopf herumschwirren? Ich habe mich als engen Freund betrachtet, aber manchmal bin ich in Toms Nähe ratlos. Können wir denn jemals wirklich wissen, was jemand anderes durchmacht? Die Hälfte der Zeit bin ich mir über meine eigenen Gefühle im Unklaren.

»Richtig«, sage ich. »Übrigens, hast du deine Uhr gefunden?«

»Nö. Jemand muss sie gestohlen haben. Ich habe überall

DAS GEGENTEIL VON WAHRHEIT

gesucht, sogar im Fundbüro. Nichts.«

»Warum sollte das jemand tun? Es ist ja nicht so, dass er die Uhr hier benutzen könnte, wo es jedem sofort auffällt.«

Tom schaut nachdenklich drein. »Vielleicht braucht der Kerl ein Geschenk für seine Freundin. Die Sache ist die, es geht nicht um den Wert des Goldes ... es ist eine Erinnerung an meine Mutter ... ihr Foto.«

»Ich weiß.« Ich klopfe Tom auf die Schulter. »Tut mir leid, dass wir ein diebisches Arschloch unter uns haben.«

»Ich hätte sie nicht mit in die Schule nehmen sollen. Es ist nur ...«, Toms Augen glitzern verdächtig, »es ist ein bisschen, als wäre sie hier bei mir.«

Ich nicke, und das Zimmer versinkt in Schweigen. »Kaum zu glauben, dass der Unterricht fast vorbei ist«, sage ich nach einer Weile.

»Mein Vater wird mich zwingen, Zeit mit ihm und diesem Flittchen zu verbringen«, sagt Tom. »Ich kanns nicht ertragen. Am liebsten würde ich sofort den Abschluss machen, damit ich irgendwo weit weg aufs College gehen kann. Zum Beispiel in Kalifornien, Berkeley oder Stanford.«

Oder Kanada. Laut sage ich: »Ich werde meinen Eagle Scout abschließen und den Rest der Zeit schwimmen gehen. Wir werden wohl kaum in Urlaub fahren.« Ich kann mich nur an zwei Reisen erinnern. Meine Eltern knausern immer mit dem Geld. »Vielleicht kannst du deine Mutter besuchen.« Es rutscht raus, bevor ich Zeit zum Nachdenken habe.

Toms Mutter ließ ihn oft unbeaufsichtigt, als er klein war. Einmal war einfach ausgegangen, als Toms Vater nach Hause kam und Tom vor dem Fernseher inmitten offener Müslischachteln und Kekse sitzen sah, während der Familienhund neben ihm Milch vom Teppich leckte. Trotz meiner Wut auf meine eigene Familie kann ich mir nicht vorstellen, wie es ist, von der eigenen Mutter vergessen zu werden.

»Weißt du, vielleicht *werde* ich sie besuchen.« Toms Augen glänzen wieder. »Sie wird mich wahrscheinlich nicht erkennen, aber

DAS GEGENTEIL VON WAHRHEIT

trotzdem.«
»Hör zu, Tom, es tut mir leid«, sage ich. Ich bin so ein Idiot. Warum denke ich nicht nach, *bevor* ich etwas sage?

Der Callboy verkündet fünf Minuten bis zur Schlafenszeit. Kröte schlurft in den Raum, das Handtuch über dem dicken Hintern, und sieht aus wie der Pillsbury Doughboy.

»Zapfenstreich«, verkündet er mit hoher Stimme und einem Pfeifton. Er behauptet, er sei Asthmatiker und dürfe sich außer beim Marschieren und Rudern nicht körperlich betätigen. Es würde ihm guttun, sich mehr zu bewegen und etwas von seiner Wampe abzutrainieren. Kröte steht bei den Mahlzeiten immer an erster Stelle, es sei denn, er wird von den Footballspielern zur Seite geschoben.

Ich gähne und mache mich auf den Weg zur Tür. »Bin schon unterwegs.«

»Wir hauen morgen um zwölf Uhr dreißig ab«, ruft Tom mir nach. »Verschlaf nicht.«

»Keine Chance«, rufe ich über meine Schulter und grinse. Ich eile in mein Zimmer und ziehe mich gerade noch rechtzeitig aus, bevor das Licht ausgeht. Obwohl ich erschöpft bin, ein Gefühl, an das ich mich im Laufe des Jahres gewöhnt habe, kommt der Schlaf nicht.

Ich denke an Sarge und wie ungesund er in letzter Zeit aussieht, seit er von wer weiß woher zurückgekehrt ist. Ich wollte ihn fragen, wo er gewesen und was los ist, aber ich hatte keinen Unterricht mehr, und Gelegenheiten für private Gespräche ergaben sich nie. Auch hat Sarge nicht nach mir gefragt. Irgendwie bin ich enttäuscht.

Es scheint lächerlich, in Sarges Büro vorbeizuschauen, um zu plaudern. Er ist nicht der Typ für gemütlichen Tratsch. *Hey, Sarge, wie läuft's? Warst du in letzter Zeit im Dschungel?* Ich schüttle den Kopf. Das gleichmäßige Atmen von Plozett, unterbrochen von gelegentlichem Schnauben, dringt zu mir herüber. Ich drehe mich auf den Rücken und starre in die Dunkelheit.

Dann ist da noch Tom mit seinen Problemen und Eric, der im Rollstuhl sitzt. Verglichen mit ihnen habe ich ein tolles Leben. Na ja, nicht ganz. Meine Eltern haben mich eindeutig rausgeschmissen. Ich bin wie ein vergifteter Widerhaken in unserer netten Familie – aufmüpfig, interessiert an Sport statt an Büchern, mit meinen Geschwistern gab es oft Streit.

Trotzdem vermisse ich sie. Ich weiß, ich sollte dankbar und glücklich sein, aber abgesehen von der Aufregung um Maddie bin ich unruhig. Wenigstens werde ich mit dem Schuljahr fertig sein. Keine Triezerei mehr von den Alten. Kaum zu glauben, dass ich selbst einer sein werde. Ich döse ein.

Maddie sieht zum Anbeißen aus. Sie trägt einen gestreiften Pullover in Blautönen, der zu ihren Augen passt, eine einfache Jeans und weiße Sandalen. Ihre Fußnägel schimmern rosa. Tom und ich sind früher angekommen, aber sie lächelt, als sie mich den Laden betreten sieht.

Ich seufze erleichtert. »Sieht so aus, als würdest du mit dem dummen Kadetten ausgehen?«

Maddie gluckst. »Papa ist bei meinem Onkel zu Besuch. Ich habe ihm gesagt, dass ich mit einer Freundin unterwegs bin. Hey«, sie nickt Tom zu, »Eric wartet hinten.«

Tom macht sich auf den Weg ins Büro. »Viel Spaß.«

Wir schlendern die Straße entlang, und ich versuche, meine Schritte ihren anzupassen. Sie reicht mir bis zu den Schultern, was mir Selbstvertrauen gibt. Heute trägt sie ihr Haar offen – eine Masse schwarzer Locken, die in der Sonne glitzern. Aber wo das Gesicht ihres Bruders unter seinem Haar verschwindet, ist ihres von perfekten Wellen umrahmt.

»Wie geht es dir?«, frage ich.

»Gut. Wie war deine Woche?«

»Wir hatten Examen.«

»Habe gearbeitet«, sagen wir gleichzeitig.

Sie gluckst nervös. »Tut mir leid, ich war schon eine Weile nicht mehr aus.«

»Ich dachte, du gehst ständig mit den Jungs weg«, sage ich. »Ich meine, so wie du aussiehst ...«

DAS GEGENTEIL VON WAHRHEIT

»Ich weiß, was du meinst. Ich habe nicht viel Zeit und ich mag die meisten Burschen aus der Gegend nicht.«

»Wirklich? Was ist denn mit denen los?«

»Sie arbeiten in ihren Familienbetrieben. Das ist ja nicht schlecht, aber sie haben diese Ideen. Alles, was sie wollen, ist, mich ins Bett zu holen. Sie pfeifen und machen dumme Sprüche und sind es sowieso nicht wert, dass man über sie spricht.« Sie schüttelt den Kopf, und der Honigduft steigt mir in die Nase. Ich möchte mich zu ihr beugen und mein Gesicht in ihrem Haar und der weichen Kurve ihres Halses vergraben.

»Wir sind früh dran. Willst du noch ein bisschen laufen?«, frage ich. Maddie nickt. »Übrigens, wie heißt du wirklich? Sicherlich nicht Maddie.«

»Madeline Elizabeth Hurley.«

»Wow, das ist ein Mund voll«, ich kichere, »meiner ist allerdings schlimmer.«

»Das sagst *du*.« Sie lacht. »Nun sag schon.«

»Du wirst deine Meinung über mich ändern.«

Maddie grinst noch breiter. »Feigling.«

»Andrew Balthasar Olson.«

Maddie beugt sich kichernd vor.

»Ich freue mich, dass ich zu deiner Unterhaltung beitragen kann«, sage ich trocken. »Mein Großvater hieß Balthasar, und meine Eltern wollten ihn ehren. Natürlich haben alle meine Geschwister normale Namen. Wie Gary und Mary.«

»Armer Kerl.« Sie lacht wieder, und ich kann mir ein Lächeln nicht verkneifen. »Andy ist nett«, fügt sie hinzu.

»Ist es das?«

Sie nickt, ihr Blick ist wieder ernst.

Ermutigt fahre ich fort. »Behalte es für dich. Du bist die Erste, die davon erfährt. Normalerweise bin ich Andy B. Olson. Es ist schön, dich lachen zu sehen. Du siehst immer viel zu ernst aus, wenn du im Laden bist.«

»Mir ist meistens nicht zum Lachen.«

»Das verstehe ich gut.«

DAS GEGENTEIL VON WAHRHEIT

Wir sind um ein paar Ecken gebogen und gehen zurück zum Theater. Ab und zu schlendert ein Pärchen an uns vorbei, aber ich bemerke es kaum. Ich könnte mitten in einem Footballspiel sein und jeden ignorieren, außer diesem Mädchen neben mir.

»Ich habe viel Gutes über diese Show gehört«, sage ich. »Tom liebt Filme. Er hat fast alle schon zweimal gesehen, weil er das große Kino in Evansville besucht.«

»Ich gehe auch gerne ins Kino, komme allerdings nicht oft dazu. Wir sind immer knapp bei Kasse.« Maddies Wangen glühen rosa.

»Ich will dich nicht mit unseren Sorgen belasten.«

»Das ist keine Last. Außerdem lade ich dich ein.« Ich ziehe meine Geldbörse heraus. Ein eingesperrter Charlton Heston, umgeben von einer Gruppe Schimpansen ähnlicher Kreaturen, schaut uns von einem Plakat an.

»Ich habe gehört, dass es unheimlich ist«, flüstert Maddie, als wir in die Dunkelheit eintauchen.

»Ich werde dich beschützen«, sage ich. Für eine Sekunde lege ich meinen Arm um ihre Schulter. Elektrische Ströme schießen durch mich hindurch, der Schmerz meiner Footballverletzung verbindet sich mit etwas Wunderbarem.

Das Theater ist leer im Vergleich zu den Samstagsvorstellungen, die ich mit den Kadetten besuche. Ich bin froh, dass ich Toms Rat befolgt habe, meine Mitschüler zu meiden. Als ich Maddie in die letzte Reihe führe, stelle ich mir vor, wie Tony und Big Mike sich mit lasziven Bemerkungen auf mich stürzen und meine Chancen für immer ruinieren.

Planet der Affen entführt mich, aber ich habe das Gefühl, dass ein Teil meines Körpers mit dem von Maddie verschmilzt. Ich spüre jede ihrer Bewegungen. Nach einigen Minuten lege ich einen Arm um ihre Schulter. Während einer gruseligen Szene, in der die Musik dramatisch anschwillt und Heston von einer Schar wütender Affen verfolgt wird, ergreift sie meine Hand und schmiegt sich in meine Umarmung. Ich drücke ihre Schulter, und ein Gefühl der Stärke und des Schutzes durchflutet mich. Am liebsten möchte ich sie an mich ziehen und küssen, aber dann erinnere ich mich an ihre

Bemerkungen über die einheimischen Jungs. Ich werde mir Zeit lassen, auch wenn es mich umbringt.

»Das war toll«, sagt Maddie beim Rausgehen. Rote Flecken lodern auf ihren Wangen, und ihre Augen blitzen vor Aufregung. »Kannst du dir vorstellen, dass er auf die Erde zurückgekehrt ist und seine Familie und seine Mitmenschen längst gestorben waren? Ich kann mir nicht vorstellen, so ganz allein zu sein.« Sie zittert.

»Ist irgendwie traurig«, sage ich und denke an mich selbst in der Schule und die tiefe Einsamkeit, die ich oft spüre. »Mir würde es gut gehen, wenn ich mein Mädchen bei mir hätte.«

Idiot, kommentiert mein Hirn. Warum kann ich mich nicht kontrollieren?

»Würde es?« Maddie lächelt plötzlich. »Ich weiß nicht. Was wäre, wenn deiner Freundin oder deiner Familie etwas zustoßen würde und du ganz allein wärst?«, sagt sie leise.

Ich tätschle ihren Rücken. »Solange ich hier bin, wirst du nicht allein sein. Ich werde mich um dich kümmern.«

»Bestimmt. Du bist ab nächster Woche in den Sommerferien und in einem Jahr ziehst du sowieso fort.«

»Vielleicht auch nicht. Vielleicht bleibe ich hier und helfe dir, Regale einzuräumen.«

Maddie lacht, aber es klingt gezwungen. »Auf keinen Fall. Warum sollte man sich die ganze Ausbildung antun, um in einem Loch wie Garville zu landen?« Sie hält inne. »Lass uns noch ein bisschen laufen. Es ist erst halb vier. Schau dir diese Hemden an.« Sie zieht mich vor den einzigen Klamottenladen der Stadt. »Die sind so bunt.« Die einsame Schaufensterpuppe wirkt gegen den Minirock mit den orangefarbenen und grünen Kreisen und Kringeln wie schwebende Seifenblasen blass. Das weiße Oberteil ist mit gleichfarbigen Blumen übersät. Ein Banner darüber verkündet *Frühlingsmode.*

»Ich wette, du würdest in diesem Rock großartig aussehen.« Mein Blick wandert an Maddies Jeans hinunter auf ihre wohlgeformten Beine, aber ich fange mich und kehre zu ihrem Gesicht zurück.

»Man würde mich aus der Stadt jagen. Außerdem würde Papa mir nie erlauben, so was zu tragen, und wir haben kein Geld für Mode. Wir kommen kaum von Jahr zu Jahr über die Runden und Eric braucht zusätzliche Dinge. Er muss jetzt Medikamente nehmen, damit sein Blut besser fließt. Und er ist depressiv. Wir dachten immer, er würde es weit bringen, die Familie unterstützen, aber er –«

»Was ist mit ihm passiert? Du musst es mir nicht sagen, wenn du nicht willst.«

Maddie schaut in die Ferne, als wolle sie Kraft sammeln. »Eine Granate hat ihn erwischt. Eric hat uns nie erzählt, was geschehen ist, nicht genau. Aber sein Kumpel hat uns einen Brief geschickt, als Eric im Krankenhaus lag.« Sie seufzt. »Sein Freund wurde kurz darauf getötet. Eric hat es sehr schwer getroffen ... schwerer als seine eigene Verletzung.«

Ich drücke ihre Hand, stelle mir blutige Gliedmaßen und Explosionen vor. Sarge spricht nie darüber, dass unsere Männer verletzt werden oder sterben.

»Jedenfalls passierte es, als er während einer dieser schrecklichen Kämpfe von seiner Truppe getrennt wurde. Er war die ganze Nacht herumgekrochen und hatte versucht, seinen Zug zu finden. Schließlich entdeckte er sie alle zusammengekauert hinter einem Felsen.« Maddies Stimme wird zu einem Flüstern. »Er hat Geräusche gemacht, um sich anzukündigen, aber einer der Jungs. Er ...«

Ich beuge mich tiefer, mein Ohr fast an ihren Lippen. »Was?«

»Einer der Gefreiten ... er war seit Monaten ein Nervenbündel, und man hatte versucht, ihn nach Hause zu schicken. Aber ihr Kommandant hatte sich geweigert. Jedenfalls hat der Kerl in seinen Träumen immer gezuckt und geschrien, als ob er durchdrehen würde. Als er an diesem Morgen eine Bewegung hörte, warf er eine Granate, weil er dachte, es sei Charlie, der sich anschlich. Sie traf Eric nicht direkt, aber das Schrapnell ...« Maddie, bleich wie die Schaufensterpuppe hinter dem Glas, spricht schneller. »Eric hat versucht, aufzustehen, obwohl seine Beine nicht mehr funktionierten. Seine Wirbelsäule war getroffen, aber das wusste er

DAS GEGENTEIL VON WAHRHEIT

nicht und er versuchte ... Sie schleppten ihn ins Lager. Bis sie einen Hubschrauber bekamen, um ihn herauszuholen, war schon viel Zeit vergangen – zu viel für seine Beine.«

Ratlos streichle ich weiter ihre Hand.

»Er ist oft so wütend. Der Beschuss durch die eigene Seite hat die ganze Sache noch schlimmer gemacht.«

»Aber wie kann jemand so schlampig sein? Und warum schickt man solche Verrückten nicht nach Hause?« Hätte Sarge das Gleiche getan und den Kerl gezwungen zu bleiben?

»Das passiert ständig, die Leute sind nervös und verängstigt. Viele von ihnen sollten gar nicht dort sein. Hubschrauber und Flugzeuge werfen Bomben und Napalm auf ihre eigenen Soldaten ab. Das ist einfach ein schmutziger Teil des Krieges, und die militärischen Führer sprechen nicht gerne darüber. Sie ermorden gute Menschen ... sie hätten Eric fast umgebracht. Er war so glücklich und aufgeregt. Jetzt ist er ein völlig anderer Mensch.« Maddie wischt sich über die Augen.

»Sarge sagt, Krieg ist chaotisch.«

»Sarge?«

»Ist ein Lehrer, der in Vietnam war. Er erzählt Geschichten über den Kampf und hat mir letzten Herbst Orientierungslauf beigebracht.« Maddie blickt mich an, ihr Gesicht ist eine Mischung aus Schmerz und Aufmerksamkeit. Wie ich es liebe, wenn sie mich ansieht. Ich fahre fort: »Es muss schrecklich sein. Ich kann mir nicht vorstellen, den ganzen Tag in einem blöden Stuhl zu sitzen. Ich werde schon unruhig, wenn ich nur ein paar Stunden lerne ... und wenn das Footballtraining ausfällt.«

Der einsame Kirchturm läutet viermal.

Maddie schaut auf. »Ich muss nach Hause, bevor mein Vater heimkehrt. Ich will sicher sein, dass er mir erlaubt, wieder auszugehen.«

»Wir sehen uns also nächste Woche?« Ich will ihre Hand nicht loslassen.

Maddie nickt. »Es hat Spaß gemacht. Ich habe das Gefühl, dass ich wirklich mit dir reden kann.« Ihr Blick trifft meinen, so ernst wie beim ersten Mal, als ich sie sah. Ich ziehe sie an mich – jetzt oder nie.

»Wirst du mich ohrfeigen, wenn ich dich küsse?«, flüstere ich.

Sie schüttelt den Kopf und schließt die Augen. Ihr Mund fühlt sich weich an und öffnet sich leicht. Unsere Umarmung wird enger, und ich vergesse alles, außer der Süße auf meinen Lippen und dem Blut, das wie eine Sturmflut durch meinen Körper rauscht.

Maddie macht sich los. »Ich muss gehen«, haucht sie. »Jemand könnte uns sehen.«

Ich will bleiben, die Idioten der Stadt, die mit ihren Zungen wie mit Hundeschwänzen wedeln, die Uhr und Maddies Ausgangssperre ignorieren. Stattdessen zwinge ich meinen Körper in die Unterwerfung und nehme ihre Hand.

Da die Eingangstür verschlossen ist, betreten wir den Laden durch die Seitentür. »Ich bin wieder da«, ruft Maddie in die Leere.

Tom und Eric sitzen wie beim letzten Mal, Tom im Sessel, die Füße auf einem Regal und eine Flasche Jack Daniels auf dem Schreibtisch neben Erics Rollstuhl.

»Tom ist ein richtiger Komödiant«, sagt Eric. »Du solltest mal hören, wie er seinen Lehrer nachmacht. Es ist zum Brüllen.« Seine Augen sind glasig, aber seine Stimme klingt fest genug.

Tom erhebt sich. »Zeit zu gehen. Sehen wir uns nächste Woche?«

»Klar, Mann.« Eric winkt mit dem leeren Whiskeyglas.

Maddie beugt sich über ihn und schiebt die Flasche gegen die Wand und außer Reichweite. »Du trinkst wieder?«

Der Geruch von Alkohol liegt in der Luft.

»Du klingst wie Mama«, sagt Eric.

Maddies Gesicht wird blass, und sie wendet sich ab. »Ich gehe nach oben.«

»Tut mir leid, tut mir leid«, ruft Eric über seine Schulter.

Ohne ein Wort zu sagen, folge ich Maddie. Ich bin wütend auf Eric, weil er sie verletzt hat.

»Ich warte draußen«, sagt Tom und geht zur Tür. »Lass dir Zeit.«

Maddie bleibt an der Treppe stehen. »Sehen wir uns nächsten

Sonntag? Oder besuchst du mich Samstag zum Eisessen? Ich muss allerdings arbeiten.«
»Maddie?« Maddies Vater erscheint auf der Treppe. Er trägt einen altmodischen Anzug mit breitem Revers und ein Hemd mit ausgefranstem Kragen.
»Hi, Dad«, sagt Maddie. »Das ist Andy Olson.«
Ich verbeuge mich leicht und erinnere mich an meine widerwärtige Uniform. »Schön, Sie kennenzulernen.«
»Habe ich dir nicht gesagt, du sollst dich von der Akademie fernhalten?« Ihr Vater schaut mich verächtlich an und winkt seiner Tochter dann. »Komm mit nach oben.«
»Gleich«, sagt Maddie, während ihr Vater uns von oben beobachtet.
»Ich muss sowieso gehen«, sage ich.
»Gut«, sagt Maddies Vater.
Ich drehe mich zur Seitentür, als ich Maddie hinter mir herlaufen höre.
»Er ist traurig wegen Eric«, flüstert sie. »Ich werde Samstag um fünf fertig sein.«
»Maddie!«, donnert ihr Vater. »Geh nach oben.«
»Ich werde Samstag um vier Uhr hier sein und auf dich warten«, beeile ich mich zu sagen. »Vielleicht können wir in diesem Diner essen.«
»Wir könnten am Sonntag vor dem Film hingehen. Die haben Sonntagsbrunch-Specials.«
»Ich fahre am Sonntag. Sommerferien, meine Eltern ...«
»Stimmt, das habe ich vergessen.« Maddie klingt unglücklich. Sie dreht sich um und schreit nach hinten. »Ich komme.«
Sie wendet sich wieder mir zu, ihr Gesicht ist ganz nah. Ich möchte sie küssen, aber ich spüre die Augen ihres alten Mannes aus der Dunkelheit des Treppenhauses. Vielleicht kommt er runter, um mich rauszuschmeißen.
»Bitte, sei nicht traurig«, flüstere ich. »Ich werde am Samstag hier sein und dir jede Woche schreiben, solange ich weg bin.«
Sie nickt langsam, ihre Augen glänzen von unterdrückten

Tränen. Ich möchte sie in den Arm nehmen, ihren Vater ausschimpfen. Und ihren Bruder – *nimm zurück, was du gesagt hast.* »Ich gehe besser«, sagt sie. »Bis Samstag.« Sie drückt mir einen Kuss auf die Wange und läuft davon.

Ich sehe zu, wie sie im Treppenhaus verschwindet. Plötzlich bin ich wütend auf mich selbst. Ich hätte den ganzen Frühling mit Maddie verbringen und mit ihr ausgehen können, wenn ich nicht so ein Angsthase gewesen wäre. In ihrer Nähe zu sein, ist wie Medizin, die mich alles über die Schule, über mein Zuhause vergessen lässt.

Jetzt muss ich den ganzen Sommer warten, endlose Monate der Langeweile mit meinen zankenden Schwestern und meiner nörgelnden Mutter.

Ich seufze. Es gibt nichts, was ich tun kann. Ich bin über beide Ohren verliebt.

KAPITEL SIEBZEHN

Ich starre aus dem Fenster, ignoriere aber die Landschaft, die aus Braun und Gelb zu bestehen scheint, Maisfelder mit meterhohen trockenen Stängeln, die karge Erde des späten Augusttages, rissig und staubig, bescheidene Bauernhäuser und pockennarbige Kalksteinformationen. Die Luft brutzelt und bringt keine Erleichterung, egal wie weit die Fenster geöffnet sind. Meine Hose klebt auf dem Vinylsitz des Wagens, die Orangenlimonade, die meine Mutter eingepackt hat, verbleibt sirupartig in meinem Mund. Zu meinem Erstaunen macht es mir nichts aus, nach Palmer zurückzukehren. Den ganzen Sommer über fühlte ich mich wie ein Gast in meinem eigenen Haus. Nein, schlimmer, eher wie ein Anhängsel, ein dritter Arm, der nicht wirklich dazugehört. Meine Geschwister gingen ihren Beschäftigungen nach, als gäbe es mich nicht. Sie hatten ihre Freunde, gingen ins Zeltlager und ins Schwimmbad der Stadt. Mein älterer Bruder Gary tat so, als wäre er sehr kultiviert, und versteckte sich in seinem Zimmer, um *zu lernen*.

Niemand bat *ihn* jemals, Haus- und Gartenarbeiten zu erledigen. »Gary studiert«, wiederholte meine Mutter täglich. »Warum machst du dich nicht nützlich und mähst den Rasen?« Also half ich wie ein Trottel.

Meine alten Freunde waren beschäftigt. Daniel hing mit seiner Freundin rum, und wenn er vorher schon desinteressiert schien, hatte er jetzt absolut keine Zeit für mich. Wenn ich ehrlich zu mir selbst war, hatte ich noch nie einen so öden Sommer erlebt. Am liebsten hätte ich mich in mein Zimmer verkrochen und die Zeit verschlafen. Aber das kam natürlich nicht infrage. Meine Mutter schmiss mich jeden Tag um acht Uhr raus. Sogar sonntags – vor allem sonntags –, wenn wir alle in die Kirche gingen. Manchmal rannte ich weg und versteckte mich im Wald, um allein zu sein und zu träumen.

Ich beuge mich vor, um den Wind zu spüren. Papier raschelt in meiner Jacke – mein Lieblingsbrief von Maddie. Ich streiche die zerfledderten Seiten glatt. Sie schrieb mir zu Beginn des Sommers, als ich mich so traurig fühlte und sie so sehr vermisste, dass die Erinnerung an ihr Gesicht sich auf jedes Mädchen, das ich sah, übertrug. Ich schnuppere und versuche, mir den Duft ihres Haares vorzustellen. *Ich werde noch verrückt.*

Lieber Andy,

Du bist erst seit einer Woche weg, aber es fühlt sich viel länger an. Im Laden ist gerade etwas mehr los, was Papa freut. Manchmal verirren sich die Touristen und finden den Weg zu uns. Fast den ganzen Tag zähle ich Süßigkeiten ab, verkaufe Eis und Angelzubehör.

Jedes Jahr freue ich mich, wenn die Schule vorbei ist, aber dieses Jahr scheint sie noch langweiliger zu sein. Ich wünschte, ich könnte nächstes Jahr aufs College gehen, anstatt in diesem Laden zu arbeiten. Einige der hiesigen Jungs kommen vorbei und hängen herum, aber ich warte lieber auf Dich. Ich wünschte, wir hätten mehr Zeit miteinander verbracht, bevor Du fort musstest.

Eric geht es gut, obwohl er zu viel trinkt. Er hat Whiskey immer gemocht, aber jetzt trinkt er ihn wie Wasser. Schlimmer ist seine schlechte Laune, und manchmal wird er so gemein. Das macht mich traurig.

Ich frage mich, was Du in Bloomington tust. Ich wünschte, ich könnte mit Dir dort sein. Es würde viel mehr Spaß machen, vielleicht angeln oder schwimmen zu gehen. Ich freue mich auf das neue Schuljahr und darauf, Dich wiederzusehen. Es ist unser letztes Schuljahr. Ich mache besser Schluss. Ich möchte, dass dieser Brief rausgeht, und der Briefträger wird bald hier sein.

Ich vermisse Dich!
Maddie

DAS GEGENTEIL VON WAHRHEIT

P.S. Komm bald wieder!

Ich liebe diesen letzten Teil.

Dann ist da noch Tom. Ich habe kein einziges Wort gehört, außer *einem* lausigen Brief. Ein kurzer Brief noch dazu. Den ganzen Sommer über habe ich mir Sorgen gemacht und mich gefragt, was passiert ist, da unsere Absprachen nie zustande kamen. Zu meiner Überraschung waren meine Eltern offen für die Idee eines Besuchs von Tom, aber Tom schrieb kurz nach Beginn der Ferien. Nein, er würde es nicht schaffen. Sein Vater hatte andere Pläne, und er war gezwungen, mitzufahren, wenn er im nächsten Jahr aufs College gehen wollte. Der Brief erklärte nichts. Ich schrieb sofort zurück, raste sogar mit dem Fahrrad zur Post, aber der Briefkasten blieb leer.

Als die vertraute kalksteinerne Korrektheit des Palmer-Campus auftaucht, bin ich hellwach.

»Ich hoffe, du wirst dieses letzte Jahr ausnutzen und gut zu Ende bringen«, sagt mein Vater. »Mach was draus.«

Ich nicke. »Ja, Papa.« Ich bin weit weg.

Mein Vater zieht eine Grimasse. »Ich fahre besser gleich los, sind ja noch mal drei Stunden.«

Und wessen Schuld ist das, möchte ich sagen. Stattdessen umarme ich meinen Vater. »Tschüss.«

Wir waren uns eine Zeit lang sehr nahe. Vor Jahren, als das Leben noch einfacher war, haben wir geangelt, nur wir beide, manchmal sind wir gewandert und haben im Frühjahr nach Morcheln gesucht. Als unsere Familie geschäftiger wurde und meine Brüder und Schwestern seine Zeit beanspruchten, hörte ich auf zu fragen.

Mein Vater drückt mich kurz und klettert in unseren Rambler Cross-Country Kombi. Es muss das schäbigste Auto auf dem Parkplatz sein. »Wir sehen uns Weihnachten.«

Ich greife meinen Koffer. Der Platz ist vollgestopft mit Autos und Verabschiedungen besorgter Eltern und ihrer ängstlichen Söhne. An ihrem Blick, den verkniffenen Mündern und den vor Bangigkeit geweiteten Augen ist leicht zu erkennen, wer neu ist. Sie

DAS GEGENTEIL VON WAHRHEIT

stolpern mit Papieren in der Hand und Taschen hinter sich und versuchen verzweifelt, sich zurechtzufinden. Ich erinnere mich gut und halte mehrmals an, um einem neuen Kadetten zu helfen, seine Kaserne zu finden. Tom ist nicht in seinem Zimmer, obwohl der vertraute Seesack mit den Initialen TZ auf seinem Bett liegt.

Es ist Samstagnachmittag, und bald versammeln sich alle Kadetten zum ersten Abendessen des Semesters. Ich mache mich auf den Weg in die Höhle, unsere einzige Fluchtmöglichkeit vor Rängen und Regeln. Unsere Eltern sehen sie nie, nicht mal Direktor Lange lässt sich hier blicken. Apropos Direktor: Morgen muss ich mir eine weitere Willkommensrede anhören. Igitt.

Die Höhle ist wohl der schäbigste Raum der Schule. Nur elfte und zwölfte Klassen sind dort zugelassen, ein Privileg, das sich jeder Kadett erst erarbeiten muss. Der Rauch von Zigaretten und der gelegentlichen Zigarre, die ein Kadett aus dem schicken Humidor seines Vaters schmuggelt, macht es schwer, mehr als ein paar Meter zu sehen.

Die alten Sofas sind zu undefinierbaren Beige- und Grautönen verblasst, abgenutzte Stühle und Sessel bilden ein gemütliches Chaos. Auf ein paar klapprigen Regalen stapeln sich Spiele und Bücher, deren Einbände mit Eselsohren versehen und von Tausenden von Händen, die der militärischen Ordnung entkommen wollten, blank gerieben sind. Der Schwarz-Weiß-Fernseher dröhnt, und die Stimmen der Kadetten mischen sich in das aufgeregte Gequatsche, das einen ersten Tag immer zu begleiten scheint.

Eine Schar von Footballspielern und Senioren umgibt Tony White und Big Mike.

»Sie war süß, ihre Haut weich wie Pfirsiche. Mann, sie war etwas Besonderes«, prahlt Tony. Seine Stimme ist noch tiefer als letztes Jahr, stelle ich mit einem Anflug von Neid fest.

»Hast du es mit ihr getrieben?«, fragt Bloom, der aus derselben Stadt wie Tony stammt und eigentlich William Bloomfield heißt. Er ist ein hervorragender Tennisspieler und hat für die Schule eine Reihe von Medaillen gewonnen. Bloom sieht immer braun gebrannt aus, weil er unzählige Stunden auf dem Tennisplatz verbringt.

DAS GEGENTEIL VON WAHRHEIT

Obwohl er nicht so aufdringlich ist wie Tony, spreche ich nie mit ihm, er hängt sowieso nur mit den Männern der Kavallerie und ein paar ausgewählten Freunden von gleichem Wohlstand herum.
»Was glaubst du?« Tony grinst breit. »Sie schnurrte wie Marilyn Monroe in *Manche mögen's heiß*. Sie konnte nicht genug von mir bekommen.«
»Erzähl«, sagt Bloom. »Was ist passiert?«
»Ja, Details«, meint ein anderer Kerl. Mehrere Jungen pfeifen.
Tony nickt. »Meine Eltern waren unterwegs ... Ich habe sie mit Wodka-Orange, mit extra viel Wodka, vollgepumpt. Sie war ganz wacklig, also habe ich sie auf die Couch gelegt.« Tony macht eine Pause, sieht sich Beifall heischend im Raum um. »Und gab es ihr ordentlich.«
Ich gehe weiter, weil ich das alles schon gehört habe. Wie die Mädchen sich in Tony verlieben, sobald sie ihn sehen. Es ist mir eigentlich egal. Wenn ich es jemals tue, werde ich diskret sein. Maddies Gesicht taucht in meinem Kopf auf, und mein Magen kribbelt. Außerdem ist Sex mit einer betrunkenen Frau einfach falsch.
Ich gehe an einem Beistelltisch vorbei. Muller sitzt einer noch pummeligeren Kröte gegenüber, die mit den Kissen verschmilzt, eine weiche Masse trifft auf die andere.
»Mein Vater nahm mich mit zum Pentagon«, erklärt Muller gerade. »Ich durfte durch dieselben Hallen gehen wie der Präsident. Wir besuchten das Weiße Haus und das Lincoln-Denkmal.« Er richtet sich auf, obwohl das nicht viel hilft. Er ist noch genauso klein wie letzten Mai. »Vater sagt, ich werde nach dem College in die Regierung eintreten. Er sagt, ich werde darauf vorbereitet, eines Tages General zu werden. Ich werde den Soldaten in Vietnam beibringen, wie man es besser macht. Und diese Hippie-Arschlöcher und Friedensdemonstranten, die faul sind, den ganzen Tag Marihuana rauchen und dem Präsidenten einen Haufen Probleme bereiten, hängen vor dem Weißen Haus herum. Sie sollten alle verhaftet werden.«
Kröte nickt. »Verdammte Hippies«, quiekt er. »Was wird aus

DAS GEGENTEIL VON WAHRHEIT

unserem Land?«

Eine vertraute Stimme meldet sich aus der Ecke. »Was wisst *ihr* denn schon vom Krieg in Vietnam?« Tom, teilweise hinter den Kopfstützen eines alten Sessels versteckt, legt sein Buch weg und starrt Muller an. »Ich wette, du und dein Vater haben noch nie mit einem Soldaten gesprochen, mit jemandem, der tatsächlich dort war und durch den Morast gekrochen ist, um diesen schmutzigen Krieg zu führen. Stellt euch vor, wie sie darauf warten, dass eine Kugel oder eine Granate sie findet, sie alle möglichen widersprüchlichen Befehle erhalten – Männer verschwendet bei dem Versuch, drei Meter Dschungel zu erobern. Und wofür?«

»So wie ich das sehe, bist du ein Verräter, genau wie diese Hippies«, sagt Muller, und seine Stimme wird lauter. »Ich habe dich beobachtet, als wir mit Sergeant Russel in Evansville waren. Wie amüsiert du warst. Für dich ist das alles nur ein Spiel. Warum schließt du dich ihnen nicht an, wenn sie so toll sind?«

»Das würde ich gerne«, sagt Tom trocken. »Dann kannst du mich verhaften. Das sollte dir eine Menge Befriedigung verschaffen.« Er hält inne. »*Du* verstehst das alles falsch. Für *dich* ist es ein Spiel. Männer herumzuschieben, als hätten sie keine Herzen – keine Seelen. Das sind junge Menschen mit echten Leben und Körpern, mit echten Familien und einer Zukunft.«

Muller öffnet den Mund, um nach einer Antwort zu suchen. Der Raum ist still geworden, aber Tom ist noch nicht fertig.

»Ich möchte dich etwas fragen. Was wirst du tun, wenn du an der Reihe bist und eingezogen wirst?« Er dreht sich zu Bloom, Tony und seinen Freunden um. »Ihr alle?«

Niemand sagt ein Wort, und ich stehe nur da und schaue zu.

Ich habe keine Ahnung, was ich tun würde, aber ich weiß, dass ich nicht den Mut hätte, wie Tom nach Kanada auszuwandern. Ich werde nächsten Juni achtzehn. Es ist schon ein beängstigender Gedanke, wenn all die Soldaten mit Verletzungen oder gar nicht zurückkehren.

»Ich wette, ihr werdet eure reichen Väter bitten, euch da rauszuholen«, sagt Tom. Er lächelt, obwohl seine Augen ernst sind.

DAS GEGENTEIL VON WAHRHEIT

»Lasst die armen Schweine für euch kämpfen.« Er sackt wieder in sich zusammen.

Alle starren und warten darauf, dass es einen Kampf gibt, kostenlose Unterhaltung, um das neue Semester einzuleiten. Muller springt auf, kaum größer als Tom im Sitzen. »Du bist nicht geeignet für diese Akademie. Ich sollte dich melden.« Seine Stimme ist schrill. »Besser noch, jemand sollte dir eine Lektion erteilen. Verräter!«

»Tu, was du tun musst.« Tom verschwindet hinter seinem Buch und ignoriert Mullers angestrengtes Atmen. Das Stimmengemurmel setzt wieder ein. Muller kehrt auf seinen Platz zurück, starrt Tom aber immer noch böse an.

Ich fühle mich unwohl, aber der vertraute Drang, ihm eine reinzuhauen, ist stärker. »Kümmere dich um deinen eigenen Kram, Speichellecker«, sage ich laut. Muller tut so, als würde er es nicht hören, und schnappt sich eine Zeitschrift vom Beistelltisch. Seltsam, aber seit unserem Streit, als ich seine Nase zu Brei verarbeitet habe, ignoriert er mich. Ich habe so ziemlich alle Kontrollen bestanden, die er letztes Semester gemacht hat. Sogar das eine Mal, als ich vergessen hatte, meinen Schreibtisch aufzuräumen.

Ich bleibe vor Toms Stuhl stehen und klopfe ihm spielerisch auf die Schulter. »Temperamentvoll wie immer. Schön, dich zu sehen. Warum hast du nicht zurückgeschrieben? Ich habe mir Sorgen gemacht.«

Tom schaut auf, ein kleines Lächeln breitet sich auf seinem Gesicht aus. Er war noch nicht beim Friseur und seine dunklen Locken stehen in alle Richtungen ab.

»Die Dinge liefen nicht wie geplant. Dafür hat mein Vater gesorgt.«

»Erzähl.«

»Wie wär's mit Abendessen?«

»Lass uns gehen.«

Tom erhebt sich und blickt Muller an. »Wenigstens kann er uns nicht mehr herumkommandieren. Wie ist es dir ergangen?«

»Dein Brief war ziemlich mysteriös. Du hast nie erklärt ...«

Tom stürmt in den Flur, ohne zu antworten.

Ich eile ihm hinterher. »Warum hast du es so eilig? Bist du besorgt, dass ihnen das Essen ausgeht? Ich dachte, du meldest dich, besuchst uns —«

»Ich hatte den Sommer der Hölle. Mein Vater war ein totales Arschloch. Ich hatte vor, zu Hause zu bleiben, Filme zu sehen, zu lesen, dich zu besuchen.«

»Was ist passiert?«

»Erinnerst du dich an die Tussi?«

»Die Freundin deines Vaters?«

»Wir hatten einen Riesenstreit. Mein Vater meinte, die Ziege wolle ihre Familie in Massachusetts besuchen. Ich fragte, was ich denn mit seiner Geliebten zu tun hätte. Ich meine, ich war nett, hätte sie viel schlimmer bezeichnen können. Du hättest ihn sehen sollen. Er ist rot angelaufen, ich dachte, er würde mir eine reinhauen. ›Sie ist meine *Freundin*‹, schrie er, ›und du wirst dich wie ein Gentleman benehmen.‹«

Tom hält inne, um zu Atem zu kommen. »Er hatte geschäftlich in D.C. zu tun und zwang mich, mitzureisen. Er sagte, ich würde nicht aufs College gehen, wenn ich nicht *kooperieren* würde. Ha! Irgendwie glaubt er, ich würde in seine Fußstapfen treten. Und zu allem Überfluss haben wir dann auch noch einen Familienurlaub in Florida gemacht.« Tom macht ein würgendes Geräusch und tippt sich mit dem Zeigefinger an die Stirn.

»Klingt nach Folter. Wenigstens musst du unterwegs etwas Interessantes gesehen haben. Ich saß drei Monate lang in Bloomington fest und wartete auf Briefe von dir und Maddie. Natürlich hast du nach dem ersten Brief keinen mehr geschickt. Abgesehen von einer Woche Pfadfinderlager fühlte ich mich so nützlich wie ein abgetragener Schuh. Daniel, mein alter Freund aus der Grundschulzeit, hatte keine Lust, mit mir rumzuhängen. Er war zu sehr mit seiner Freundin beschäftigt, und es war ihm stinkegal, was ich tat. Die anderen Jungs hatten Ferienjobs. Ich gehöre einfach nicht mehr dazu.«

Tom seufzt, und wir setzen unseren Weg fort. »Ich schätze, ich sollte nicht so undankbar sein. Wenigstens kann ich reisen, während du bei deiner Familie festsitzt.«

»Ich habe meinem Vater geholfen, die Garage fertigzubauen. Warum brauchen sie überhaupt ein weiteres Zimmer? Natürlich hat sonst niemand angepackt. Meine Schwestern sind mit ihren Freundinnen schwimmen gegangen. Apropos Freundinnen –« Tom fuchtelt mit den Armen. »Du hättest ihre aufgeblasenen Brüste sehen sollen. Sie hat sich im Sand gerekelt, ihr winziger Badeanzug hat alles entblößt ... Mein Vater hat geglotzt und gesabbert. Sie erinnerte mich an eine dieser Gummipuppen, die man in einem Sexshop bekommt: Schmollmund und aufgepumpte Titten. Nachts tranken sie Wein und flüsterten. Brrrh!«

»Vielleicht wollte sie dich auch verführen.« Ich kichere.

»Ha, sie ist so dumm. Alles, worüber sie redet, ist Einkaufen. Du glaubst es nicht. Ich musste jeden Tag die Küche putzen, weil sie sich die Nägel hat machen lassen. Ich verstehe nicht, was er an ihr findet.«

»Hast du –«

»Du hättest sie stöhnen hören sollen.« Tom ist offensichtlich in Fahrt. Wir befinden uns auf dem Hauptweg zur Mensa, der voller Kadetten ist, die in dieselbe Richtung gehen. Die Aromen von gebratenem Fleisch und etwas Butterigem werden stärker. »Es war mega peinlich. Die Fenster standen offen, und sie hat sich aufgeführt wie eine läufige Katze.« Tom hält inne, als würde er sich seiner Umgebung wieder bewusst werden. Wir betreten den Speisesaal, in dem sich eine Reihe von Kadetten auf das Buffet zubewegt.

Ich überfliege das Angebot, das aus Rinderhackfleisch mit weißer Soße, Toast, grünen Bohnen und gedünsteten Tomaten besteht. »Sieht aus, als gäbe es Vogelkacke auf Toast.« Brötchen stapeln sich wie Holzklötze, Äpfel triefen in Karamell neben Bergen von perfekt quadratischen Brownies.

Tom knufft mich in den Arm. »Tut mir leid, Mann, ich wollte nicht jammern.«

»Keine Sorge. Ich dachte mir, dass etwas nicht stimmt. Ich meine, es war, als ob du dich in Luft aufgelöst hättest. Ich konnte nicht verstehen, warum du nicht geschrieben hast.«

»Ich hätte mich melden müssen.«

Ich grinse. »Zumindest mit Postkarten. Habt ihr euch oft gestritten?«

Tom schüttelt den Kopf. »Als wir unterwegs waren, hat er sich beruhigt. Das ist das einzig Gute an ihr. Wahrscheinlich ist er zu erschöpft von der ganzen Fickerei.« Der Kadett vor uns, der Größe und dem ängstlichen Gesichtsausdruck nach zu urteilen ein Erstsemester, dreht den Kopf. Seine Wangen glühen, aber er lächelt.

»Hast du von Woodstock gehört?«, fragt Tom, nachdem wir uns gesetzt haben.

Mein Mund ist voller Rindfleisch, also schüttle ich den Kopf.

»Sie hatten dieses riesige Rockfestival in New York, ein paar Tausend wurden erwartet. Rate mal, wie viele gekommen sind.«

Ich zucke die Schultern.

»*Vierhunderttausend.*« Toms Augen blicken verträumt. »Ich wünschte, ich wäre dabei gewesen. Alles friedlich und die beste Musik der Welt.«

»Was zum Beispiel?«

»Janis Joplin mit der Kozmic Blues Band, The Who, Jefferson Airplane, sogar Jimi Hendrix.«

»Warum haben wir nichts davon gehört?«, sage ich und versuche mir vorzustellen, wie vierhunderttausend Menschen zusammen rocken.

»Weil wir in einem Vakuum leben.«

Tom hat recht. Die Akademie isoliert uns, aber meine Eltern tun's auch. Ich könnte genauso gut auf dem Mond leben, so abgeschieden sind wir. »Ich gehe morgen in die Stadt«, sage ich laut. »Kann es kaum erwarten, Maddie zu sehen. Kommst du mit?«

»Klar, ich will Eric sehen. Er ist wahrscheinlich auch sauer auf mich, weil ich mich nicht gemeldet habe.«

»Ich gehe erst später hin. Sie ist bei ihrem Onkel zu Besuch. Wir hätten den ganzen Nachmittag Zeit haben können, aber nein. Ich wette, ihr Vater hat sie gezwungen, damit sie weniger Zeit für mich hat. Er hasst mich wahrscheinlich.«

»Uns«, sagt Tom.

DAS GEGENTEIL VON WAHRHEIT

»Aber du bist *Erics* Freund.«
»Du musst einfach nur nett sein und ihn umstimmen. Er wird sehen, dass du einfach ein cooler Typ bist.«
Ich runzle die Stirn. »Der mit seiner Tochter ausgehen will.« Ich denke an Maddies Vater, dessen Augen voller Misstrauen waren. »Ich frage mich, was er davon hielt, als Eric zum Militär ging.«
»Er war voll dafür.« Tom stopft sich den zweiten Brownie rein. »Bis Eric mit toten Beinen zurückkam. Eric glaubt, dass sein Vater sich die Schuld gibt. Dass die Schuldgefühle ihn auffressen. Vor allem nach dem Tod ihrer Mutter war er froh, dass sich die Armee um Eric kümmerte.«
Warum habe *ich* nicht daran gedacht, nach Maddies Mutter zu fragen?
»Sie hatte Krebs«, sagt Tom, als hätte er meine Gedanken gehört. »Eric meinte, sein Vater sei danach sehr seltsam geworden. Hat viel rumgeschrien. Eric war froh, zum Militär zu gehen, wegzukommen.«
»Wann ist sie gestorben?«
»Kurz bevor Eric zur Armee ging. Und dann kam er im Rollstuhl zurück. Kein Wunder, dass der Mann wütend ist.«
Ich nicke. Überall, wo ich hinschaue, sind die Leute sauer. Natürlich hat Eric viel mehr Grund dazu. Aber was *ist* schon ein ausreichender Grund? Ich will einfach nur in Ruhe gelassen werden und mit Maddie glücklich sein. Irgendwie das letzte Jahr überstehen.
Und was dann?
Maddie sitzt in Garville fest, und ich muss mir überlegen, was ich mit meiner Zukunft tue.

KAPITEL ACHTZEHN

Am folgenden Nachmittag eile ich nach Garville. Es ist noch früh. Maddie wird erst in einer Stunde zurück sein. Aber das ist mir egal. Lieber hänge ich den ganzen Tag in der Stadt herum, als in meinem Zimmer zu sitzen. Ich werde die Schaufensterauslagen und die neuesten Filmplakate studieren, bis sie zurückkommt.

Die Straßen wirken verschlafen. Nur heute erinnern sie mich an einen Friedhof mitten im Winter. In der Ferne heizt ein alter landwirtschaftlicher Lastwagen seinen Motor auf und fährt in einer Abgaswolke davon. Ich schlendere an den Schaufenstern entlang, an der einsamen Kneipe mit ihren Stammgästen, die wässriges Bier schlürfen. Die Kirchturmuhr bewegt sich in Zeitlupe. Wie immer bin ich mir meiner Uniform bewusst, die wie ein polierter Stein in einem Schlammfeld wirken muss.

Jetzt, wo ich hier wie falsches Geld rumlaufe, frage ich mich, warum ich früher losgegangen bin. Ich sehe aus wie ein Idiot. Die Seitenstraße um die Ecke wirkt noch schäbiger als die Hauptstraße. Ich hätte bleiben und lernen sollen. Mr. Browns selbstgefällige Miene tanzt vor mir, er blinzelt mit dem rechten Auge, kurz bevor er eine weitere Englischprüfung ankündigt. Dann sind da noch die deutschen Vokabeln. Diese langen Wörter kann ich unmöglich auswendig lernen. Mein Abend ist auf jeden Fall gelaufen.

Die Kirchturmuhr schlägt Viertel nach drei. Vielleicht ist

DAS GEGENTEIL VON WAHRHEIT

Maddie schon zu Hause. Ich kann wenigstens nachsehen. *Warum muss sie am ersten Tag, an dem ich zurück bin und wir uns treffen können, ihren Onkel besuchen?* Ich biege wieder in die Main Street ein. Wie üblich ist die Seitentür des Ladens unverschlossen, die Düsternis im Innern versetzt mich in die Zeit eines alten Westerns zurück. Ich erwarte fast, dass ein Mann mit Cowboyhut und Stiefeln auf mich zustapft. Es riecht nach Staub, Gewürzen und etwas wie Melasse mit Gummi. Ich sollte mit Maddie darüber reden, den Laden zu modernisieren. Ein Hauch von Licht kommt aus dem Hinterzimmer, und ich frage mich, ob Eric dort hinten auf Tom wartet.

Hoffentlich ist er oben. Eric ignoriert mich meistens, aber nicht ohne mich mit seinen blauen Augen anzublitzen. Ich möchte ihm eine Beleidigung zurufen, aber ein Blick auf Maddies schmerzverzerrtes Gesicht und die verschrumpelten Beine im Stuhl hält mich zurück. Ich kann mir nicht erklären, warum Tom sich so gut mit ihm versteht.

»Maddie? Bist du wieder da? Ich bin's, Andy«, rufe ich und gehe an der Treppe vorbei, die zur Wohnung im ersten Stock führt. Von oben kommt kein Ton. Ich bleibe stehen, unsicher, ob ich im Hinterzimmer nachsehen und Eric möglicherweise allein gegenübertreten soll. Vielleicht ist es besser, zu gehen und die Einheimischen draußen zu beobachten. *Sei nicht so ein Baby*, kommentiert die Stimme in meinem Kopf. Tom versteht sich großartig mit Eric, redet über Politik und den Krieg. Aber Tom hat heute Morgen vor Bierbauch geflucht und darf den Campus nicht verlassen.

Ich mache mir Sorgen, wie Tom den Rest des Schuljahres überstehen wird. Wir sind erst seit einem Tag zurück, und er hat schon die halbe Schule verärgert. Der Großteil des Lehrkörpers toleriert ihn, weil er klug ist und hervorragende Noten schreibt. Sein Vater spendet wahrscheinlich große Summen in die Kasse des Direktors. Ich verstehe nicht, warum er die Dinge nicht in Ruhe abwarten kann. Als ob wir nicht schon genug damit zu tun hätten, das Jahr durchzustehen. Der dumme Krieg geht weiter, ob es ihm gefällt oder nicht.

»Eric? Maddie?«

Das Gebäude scheint verlassen, wirkt irgendwie unheimlich. Vielleicht hat Eric Maddie und ihren Vater begleitet, und sie hat vergessen, es zu erwähnen. Ich werde einfach das Licht ausschalten und draußen auf sie warten. Als ich gegen die Tür drücke, um den Schalter zu suchen, sehe ich Beine.

Sie liegen regungslos auf dem Boden. Ich eile hinein, den Blick auf die Gestalt auf dem Boden geheftet. Eric liegt auf dem Rücken und hat die Augen geschlossen. Aus einer Wunde an seiner Stirn rinnt Blut auf die Holzdielen, wo sich langsam eine Pfütze ausbreitet. Sein Rollstuhl liegt auf der Seite gegen die Wand geschoben.

»Eric! Hörst du mich?« Ich knie mich neben ihn. Erics Gesicht ist so weiß wie das labbrige Toastbrot im Internat, als ob alles Blut aus seinem Kopf geflossen wäre. Seine Mähne ist rot verfilzt und klebrig. Aber der Fleck auf dem Boden, der viel dunkler ist als das, was ich mir unter Blut vorstelle, ist kaum tellergroß.

Ich lehne mich nahe heran, wie ich es im Fernsehen gesehen habe, um nach seinem Atmen zu lauschen. Ein schwaches gurgelndes Geräusch steigt auf, gepaart mit dem Geruch von Whiskey. Er lebt definitiv. Ich überlege, ob ich ihn hochziehen soll. Aus dem Erste-Hilfe-Kurs bei den Pfadfindern weiß ich, dass man einen Verletzten nicht bewegen darf.

Was ist, wenn Eric sich den Schädel gebrochen oder den Rücken verletzt hat? Ich untersuche seine Beine. Sie sind dünn, aber gerade – nicht wie gebrochene Knochen. Ich zögere. Soll ich einen Krankenwagen rufen? Hier mitten im Nirgendwo gibt es wahrscheinlich keinen. Ich habe keine Ahnung, wo das nächste Krankenhaus ist. Irgendwie scheint es falsch zu sein, einen Krankenwagen zu rufen, wenn sie es sich wahrscheinlich nicht leisten können. Maddie wird wütend sein, wenn ich Geld verschwende. Aber dann ...

Ich schaue wieder nach unten. Eric hat sich nicht bewegt. Sein Atem scheint flach zu sein. Was ist, wenn er schwer verletzt ist und stirbt? Das wäre meine Schuld. Ich erinnere mich, dass Maddie mir erzählt hat, Eric sei viel zu spät gerettet worden. Zu spät für seine Beine.

Ich muss etwas tun. »Warte hier. Ich hole Hilfe«, rufe ich in die Stille. Als ich aus der Tür sprinte, schlägt mein Herz im Nacken, als würde ich mit dem Football über das Feld sprinten. Ich war noch nie hier beim Arzt – die Akademie hat ihr eigenes medizinisches Team, einen Arzt und zwei Krankenschwestern –, aber ich erinnere mich, auf einem meiner Spaziergänge mit Maddie ein Schild für einen Dr. Smittley gesehen zu haben. Die Straße wirkt schläfrig, während ich den Bürgersteig entlang rase und nach dem richtigen Haus suche.

Das zweistöckige Gebäude sieht verlassen aus, und ich frage mich, ob jemand in der Praxis ist. Wenn der Arzt woanders wohnt, muss ich die Kneipe betreten und nach dem Weg fragen. Ich hämmere mit der Faust gegen die Tür und rufe: »Hilfe. Wir brauchen einen Arzt. Machen Sie auf.«

Sekunden vergehen, und nichts bewegt sich. Ich klopfe erneut. Vielleicht hätte ich die Polizei oder die Feuerwehr anrufen sollen. Ich will gerade losrennen, als eine alte Frau die Tür öffnet. Ihr Haar ist zu einem Dutt gebunden, und sie trägt einen langen grauen Rock mit einer passenden Schürze.

Sie blinzelt durch eine runde Brille. »Was soll das Geschrei? Wir essen gerade.«

»Ich brauche einen Arzt. Eric, Sie wissen schon, der Mann im Rollstuhl ... vom Gemischtwarenladen. Er ist verletzt. Wo ist der Arzt?« Ich versuche, an der Frau vorbeizuschauen, aber in dem Moment erscheint ein Mann in einer braunen Flanelljacke mit geflickten Ellbogen, eine Ledertasche in der Hand. »Ich bin Dr. Smittley. Erzählen Sie es mir auf dem Weg.«

Ich erkläre, was ich gesehen habe, meine Kehle ist trocken vor Sorge über das, was wir finden werden. Der Arzt scheint uralt, aber in guter Verfassung zu sein. Er hat keine Probleme, mit mir Schritt zu halten. Eric liegt unverändert da, die Augen geschlossen, die Augenlider violett gefärbt. Smittley beugt sich über ihn, misst seinen Puls und hört seine Brust mit dem Stethoskop ab. Er tastet seinen

Rücken ab, prüft seine Gliedmaßen.

Erics Beine wirken wie die eines Kindes ... klein und verschrumpelt.

»Er hat eine üble Schnittwunde, aber er ist okay. Er ist nur ohnmächtig geworden«, sagt Dr. Smittley. »Wahrscheinlich hat er zu viel getrunken. Ich werde seine Stirn nähen, und dann können Sie mir helfen, ihn ins Bett zu bringen.«

»Sicher, was immer Sie brauchen.«

Ich lasse mich erschöpft auf den Stuhl sinken. Auf dem Schreibtisch steht eine geöffnete Packung, deren Inhalt ... Patronen um eine fast leere Jim Beam-Flasche verstreut liegen. Schnell sammle ich die Munition ein und stecke die Schachtel in meine Tasche.

Ich erinnere mich an Maddies Bemerkung über Erics Alkoholkonsum und werfe die Flasche in den Papierkorb. Dr. Smittley hat eine gebogene Nadel herausgeholt und wischt mit dem Antiseptikum über Erics Stirn und Schläfe. Es muss stechen wie Tausend Hornissen, aber Eric bewegt sich nicht.

Plötzlich wird mir mulmig, und ich schaue weg. Aber dann stelle ich mir vor, wie Maddie reagieren würde, wenn sie ihren Bruder so sähe. Zum ersten Mal wünsche ich mir, sie würde später eintreffen.

»Ich hole einen Eimer und mache sauber.«

»Schieben wir ihn ein wenig zur Seite und weg von dem Blut. Ich muss seinen Kopf verbinden.«

Gemeinsam bewegen wir Eric einen halben Meter nach rechts. Er fühlt sich schlaff an, als hätte er keine Knochen.

»Kaltes Wasser, ich brauche kaltes Wasser«, murmle ich. Ich suche in der hinteren Nische, wo Kisten und Krimskrams gelagert werden. Ein Eimer und ein Mob lehnen in der Ecke. Ich hole Wasser vom Waschbecken neben der Hintertür und schrubbe den Boden, wobei ich den Blick auf die Arbeit an Erics Stirn sorgfältig vermeide.

Zu meiner Enttäuschung bleibt ein dunkler Fleck zurück, während das Wasser scharlachrot ist. Ich eile zurück und komme mit einer Bürste und einem Stück Gallseife aus dem Badezimmer zurück. Zum Glück *ist* Maddie spät dran. Sie würde sonst durchdrehen. Ich schrubbe die Holzdielen weiter. Der Fleck wird heller, aber ich kann nicht sagen, ob er verschwunden ist. Er erinnert mich an die Umrisse, die die Polizei markiert, um die Position eines Mordopfers zu zeigen.

»Bringen wir ihn ins Bett«, sagt Dr. Smittley. »Ich weiß, wo er schläft.«

Ich greife Erics Schultern, während Dr. Smittley seine Beine anhebt. Wir kämpfen uns die Treppe hinauf, Erics Oberkörper fühlt sich erstaunlich schwer und massig an. Schultern und Brust sind muskulös und breit. Er muss vor dem Unfall ein ziemlicher Brocken gewesen sein. Der Arzt schnauft nach Luft, als wir Erics Zimmer erreichen. Es ist karg, mit einem schmalen Bett und einem Nachttisch, keine Teppiche, keine Bilder oder Farben. Wie eine Gefängniszelle. Wie mein Zimmer im Internat. Ich ziehe Erics Schuhe aus und decke ihn zu.

»Ich werde morgen früh nach ihm sehen.« Dr. Smittley wischt sich die Stirn mit einem blütenweißen Taschentuch. »Sagen Sie Maddie und ihrem Vater, dass ich heute Abend zu Hause bin, falls sie mich brauchen. Ich gehe besser und beende mein Dinner, sonst bekomme ich Ärger mit meiner Frau.« Er klopft mir auf die Schulter. »Vielen Dank, junger Mann. Sie haben das Richtige getan. Vielleicht halten Sie Wache, bis Maddie und ihr Vater zurückkommen?«

»Ich werde warten.«

Eric hat sich nicht bewegt. Ich erinnere mich an den Rollstuhl und springe die Treppe hinunter. Die Uhr an der Wand zeigt halb fünf. Ich muss bald los. Niemand verpasst die Rede des Direktors, es sei denn, er hat einen perfekten Grund, zum Beispiel halb tot mit Lungenentzündung auf der Krankenstation zu liegen.

Als ich den Stuhl zusammenklappe, bemerke ich das Gewehr, das an einem Gestell in der Ecke hängt. Die untere Halterung, ein Miniregal, ist auf den Boden gefallen, und das Gewehr baumelt an einem einzigen Haken. Ich bringe das Regal wieder an und deponiere die Waffe zurück an ihren Platz. Die Patronen liegen wie Blei in meiner Tasche. Ich überlege, ob ich sie im Laden verstecken soll.

Ein Geräusch kommt von oben. Ich klemme mir den Rollstuhl unter den Arm und haste die Treppe hinauf, zwei Stufen auf einmal.

»Du«, stöhnt Eric. Seine Augen unter der Mullbinde sind halb geöffnet, und ein wenig Farbe ist in seine Wangen zurückgekehrt.

»Du bist ohnmächtig geworden«, sage ich und mache mich auf einen weiteren Angriff gefasst.

»Was machst du hier?«

»Ich habe dich gefunden, ich ...«

Eric starrt vor sich hin, sein Blick zornig, als würde sich ein Sturm zusammenbrauen. »Warum steckst du deine verdammte Nase in die Angelegenheiten anderer Leute?«

»Tut mir leid.« *Wie kann Tom nur mit diesem Kerl auskommen?* Unsicher, was ich tun soll, lehne ich mich an den Türrahmen und lausche der peinlichen Stille und dem Keuchen aus Erics Brust.

»Scheiße! Meine Kehle fühlt sich an wie ein Eimer Sand. Ich habe einen Vorschlaghammer im Kopf.« Eric berührt den Verband. »Hast du das gemacht?«

»Dr. Smittley kam und hat dich genäht. Du hast eine böse Wunde am Kopf. Da war Blut ...«

Eric starrt mich an. Der Raum wird wieder still.

»Hast du meinen Stuhl?«

»Ist im Flur. Ich habe das Blut aufgewischt.« Ich schaue Eric an, der schweigt. Nur seine Augen kleben an meinem Gesicht, eine Mischung aus Wut und Frustration.

»Ich habe alles wieder an seinen Platz gestellt.« Ich betrachte den Mann im Bett und versuche mir vorzustellen, wie Eric vor der Verletzung war – stark, selbstbewusst und gut aussehend.

»Alles?«

Ich nicke. Ich möchte nach der Waffe fragen, aber die Worte wollen nicht heraus. Stattdessen stehe ich im Halbdunkel. Die Stille kehrt zurück, vielleicht sind unsere Gedanken zu schwer, um sie mit Worten zu durchdringen.

Da ich es nicht mehr aushalte, beginne ich hin- und herzugehen. Der Raum ist winzig. Drei Schritte in eine Richtung, drei Schritte zurück. Ich werfe einen Blick auf die Uhr. Beinahe fünf. Ich muss gehen, aber ich habe Smittley versprochen, dass ich bleibe. »Dr. Smittley meint, du wirst wieder gesund. So gut wie neu.« Kaum ist es heraus, will ich im Boden versinken. Wie kann Eric so gut wie neu sein, wenn er ein Invalide ist, der nie wieder laufen wird?«Ich meine –«

»Ich weiß, was du meinst.« Erics Stimme klingt leise. »Ich weiß zu schätzen, was du getan hast – unten.« Und noch leiser. »Wo ist Tom?«

»Hat Hausarrest. Hat heute Morgen rumgeflucht, und Bierbauch war zufällig in der Nähe.«

»Eric?« Maddies Stimme ertönt von unten. »Wo bist du?«

»Wir sind hier oben«, rufe ich in den Flur.

»Wie auch immer«, sagt Eric, sein Blick ist wieder intensiv, »ich wäre dir dankbar, wenn du –«

»Ich werde Maddie nichts verraten ... oder sonst jemandem.«

»Danke.« Eric schließt die Augen. Zum ersten Mal empfinde ich intensive Trauer. Bis jetzt fand ich Eric unmöglich, seine fiese Art, seine herausfordernden Fragen und dass er irgendwie im Weg zu Maddies Herz steht, nein sitzt. Eine ständige Ablenkung.

»Was ist los?« Maddie rauscht herein und bleibt abrupt vor Erics Bett stehen.

»Es geht ihm gut, er hat sich nur den Kopf gestoßen«, sage ich vom Fenster.

»Mir geht's gut, Schwesterchen«, sagt Eric mit einem schwachen Grinsen im Gesicht.

Maddie ist blass geworden. »Du siehst furchtbar aus. Was ist passiert?«

Eric schüttelt den Kopf und produziert ein Lächeln. »Ich Idiot bin vom Stuhl gefallen.«

Maddie beugt sich tief, um ihren Bruder zu umarmen. »Du musst vorsichtiger sein«, flüstert sie. Eric starrt mich über ihre Schulter an. Ich wende mich ab, der Knoten in meiner Kehle drückt gegen meine Augen.

»Ich helfe Dad und dann kümmere ich mich um dich.« Maddie dreht sich um und drückt mich kurz. So muss es sich anfühlen, nach Hause zu kommen.

»Ich habe dich so sehr vermisst«, murmle ich.

»Ich bin froh, dass du zu früh dran warst.«

Ich folge Maddie in den Flur. »Ich muss los, die Rede des Direktors ...«

Wir umarmen uns, und für einen Moment vergesse ich alles außer dem Gefühl ihres Körpers, der sich an meinen presst, und dem wunderbaren Duft ihres Haares, der jede Zelle meines Körpers wachrüttelt. Ihre Lippen sind weich und erotisch, und eine Welle der Lust durchströmt mich.

»Maddie, hilfst du mir?« Die Schritte ihres Vaters hallen auf der Treppe.

»Ich komme«, sagt sie und schiebt mich weg.

»Treffen wir uns nächsten Samstag?«, flüstere ich und kämpfe darum, meinen Atem unter Kontrolle zu bekommen. Ich lehne mich an den Türrahmen und suche Maddies Gesicht in der Dunkelheit.

»Um zwei am Ortsschild«, sagt sie. »Vergiss es nicht.«

Ich eile an ihr vorbei und mache einen Bogen um ihren Vater, der gerade Kisten aus einem Lastwagen auslädt. Es muss schon spät sein. Mit jedem Schritt werde ich nervöser, also sprinte ich das letzte Stück. Ich darf nicht zu spät kommen.

Zu meinem Entsetzen sind Palmers Fußwege voller Kadetten in Uniform, die zur Aula marschieren. Mein Wohnheim kommt in Sicht. Ich eile die Treppe hinauf. *Verdammt, warum bin ich immer spät dran?*

Plozett ist vollständig angezogen und betrachtet sich im Spiegel. »Wo steckst du denn?«

»War unterwegs.« Ich reiße mir Jacke und Shirt runter und schnappe mir ein frisches Hemd. Meine Finger zittern bei den Tausend Knöpfen.

»Kann ich irgendwas tun?« Plozett wirft einen Blick auf meinen Spind, der mit den neuen Kleidern für dieses Semester bestückt ist. »Sie versammeln sich gerade draußen.«

Ich schüttle den Kopf. »Geh schon mal vor. Ich bin in einer Sekunde da.«

Ich schaue auf die Uhr. Sechs Minuten. Als ich mir die Hose anziehe, springt der oberste Knopf ab und fliegt durch den Raum.

»Scheiße!« Ich muss den Kummerbund enger binden, damit er an seinem Platz bleibt.

Tom steckt den Kopf zur Tür herein. »Wie geht's Maddie? Alles okay?«

Ich ziehe eine Grimasse. Warum stören mich alle, wenn ich mich am meisten konzentrieren muss? »Geh schon mal. Halte mir einen Platz frei.«

Vier Minuten. Ich ziehe die Jacke an, fummle an den Messingknöpfen, eine Doppelreihe von zwanzig. Die Schärpe. *Vergiss die blöde Schärpe nicht.* Ich verknote den Stoff und schnappe mir den Gürtel und das Schwert. Den schnalle ich auf dem Weg an. Zwei Minuten, um in den Saal zu kommen. In letzter Sekunde erinnere ich mich daran, meinen Hut mitzunehmen, und eile aus der Tür.

Die Wege draußen sind menschenleer. Alle sind schon in der Aula. Alle außer mir. Ich habe den Appell verpasst und werde gemeldet werden, was einen weiteren Besuch bei Bierbauch und sicherlich Abzüge bedeutet. Was für ein beschissener Start ins Jahr.

Ein paar Meter vor der Tür der Aula werde ich langsamer und kämpfe darum, meinen Atem zu beruhigen. Der Kummerbundknoten kneift. Ich werde ihn anpassen müssen, wenn ich mich in der Menge verstecke. Ich blinzle, als ich die Aula betrete. Der Raum ist heiß und völlig überfüllt. Alle außer mir sitzen. Ich hoffe, dass niemand zu genau auf meine Uniform schaut, während ich nach hinten eile. Tom sitzt immer ganz hinten.

Beifall brandet auf … Direktor Lange. Kann der Kerl nicht einmal eine Minute zu spät kommen?

»Wie ich sehe, sind wir noch nicht ganz bereit«, kommt die Stimme des Direktors vom Podium herab. »Sollen wir warten, bis Kadett Olson seinen Platz gefunden hat?« Seine Stimme klingt wie Seide mit Glassplittern.

Ich suche verzweifelt nach Tom und dem freien Platz. *Wo ist er?* Ich spüre alle Blicke auf meinem Rücken und meinem Gesicht, während ich durch den Gang eile.

Bierbauch brummt etwas, als ich an ihm vorbeikomme. Endlich

sehe ich Toms erhobenen Arm zwei Reihen weiter hinten und zehn Plätze vom Gang. Ich dränge mich in die Stuhlreihe und trete auf Füße, was ein unterdrücktes Kichern und einige Flüche auslöst.

»Gut gemacht. Kadett Olson hat sich uns angeschlossen.« Die Stimme des Direktors trieft vor Verachtung. Ich schrumpfe in meinem Stuhl zusammen. Meine Wangen kochen. Jeder letzte Tropfen Blut ist mir in den Kopf gestiegen.

»Lassen Sie uns zur Sache kommen, ja?« Lange sortiert seine Papiere. Sicherlich kennt er seine Rede auswendig. Es ist dieselbe, die er jedes Semester hält. Meine Hände zittern. Tom klopft mir auf den Arm, aber es hilft nicht. Toms Hand ist weiß. *Was zum ...*

Meine Handschuhe. In der Eile habe ich vergessen, sie anzuziehen. Ich werde untergehen wie die Titanic. Alle Gesichter sind nach vorn gewandt, außer Bierbauchs. Er starrt mich von seinem Platz am Gang aus direkt an.

Ich bin erledigt. Mein letztes Jahr sollte Spaß machen. Was ist, wenn ich Samstag marschieren muss? Maddie wird vergeblich warten. Es darf nicht passieren. Ich schaue immer wieder in die Richtung des Podiums, aber ich höre kein Wort, bin überrascht, als um mich herum Beifall aufbrandet. Lange ist fertig. Ich richte mich auf und überlege, wo ich meine nackten Hände verstecken soll.

Die Menge strömt in die Gänge, begierig darauf, zum Essen zu kommen, erleichtert, heimlich Knoten und Knöpfe lösen zu können.

»Ich bin am Verhungern«, meint Tom hinter mir.

Ich nicke und versuche, Bierbauch in der Masse der sich bewegenden Kadetten ausfindig zu machen. Wenn ich es nach draußen schaffe, wird vielleicht alles vergessen sein. Die Leute vor uns bewegen sich quälend langsam.

»Gut gemacht.« Tony White grinst schadenfroh, als ich in den Gang trete. »Es gibt nichts Besseres, als gleich am ersten Tag auf Langes schwarzer Liste zu landen.« Er lacht.

Ich ignoriere Tony, weil ich überlege, wie ich am besten hinter Big Mikes Schultern in Deckung gehen kann. Der Ausgang kommt immer näher. Fast da ... und durch. Ich atme. Die Luft fühlt sich nach der Hitze in meinem Schädel kühl an.

DAS GEGENTEIL VON WAHRHEIT

»Meinst du, du bekommst Ärger?«, sagt Tom.

»Ich habe meine verdammten Handschuhe vergessen.«

»Du könntest jetzt gehen und sie holen. Du bist gleich wieder da. Ich werde einen Platz in der Essensschlange freihalten.«

Ich nicke. Bierbauch ist nirgends zu sehen, während Hunderte von Kadetten die Gänge füllen. Ich renne los und vermeide dabei Zusammenstöße. Als ich die Treppe zu meinem Zimmer hinaufhüpfe, klingen meine Schritte hohl. Ich reiße meinen Kleiderschrank auf. Die Handschuhe sollten auf dem obersten Regal neben der gefalteten Unterwäsche liegen. Der Platz ist leer. Ich sinke auf die Knie und ziehe meinen Koffer unter dem Bett hervor. Wir sollen heute Abend Taschen und Koffer in den Flur stellen, damit die Hausmeister sie für die Dauer des Semesters auf den Dachboden bringen können. Der Koffer ist leer. Ich muss sie zu Hause gelassen haben, wahrscheinlich auf der Kommode. So ein Mist.

Mit zwei Schritten auf einmal springe ich die Treppe hinunter und zur Tür hinaus. Bierbauch schlendert auf mich zu. Er hat mich noch nicht gesehen. Ich überlege, mich umzudrehen, da schaut Bierbauch auf.

»Olson? Was ist denn heute mit Ihnen los?«

»Sir, ich —«

»Erst kommen Sie zu spät und dann sind Sie nur halb angezogen.« Bierbauch kommt vor mir zum Stehen, Zitrus-Rasierwasser liegt in der Luft. »Jetzt rennen Sie auf dem Campus herum, anstatt zu Abend zu essen.«

»Entschuldigen Sie, Sir —«

»Es reicht!« Bierbauch verschränkt die Arme. »Melden Sie sich um neunzehn Uhr dreißig bei mir. Und begeben Sie sich sofort in die Kantine.«

»Jawohl, Sir.«

Das Abendessen schmecke ich nicht. Wir dürfen unsere Handschuhe beim Essen ausziehen, und ich versuche, langsam zu kauen, um nicht aufzufallen. Aus den Augenwinkeln sehe ich, wie Sarge an der Essensschlange vorbeigeht. Ich halte meinen Blick gesenkt. Im Hinterzimmer redet Lange über irgendeine Veranstaltung, immer wieder unterbrochen von höflichem Gelächter.

»Willst du noch einen Nachtisch?«, fragt Tom.

Ich schüttle den Kopf. Ich habe ohnehin schon Probleme beim Schlucken.

»Soll ich dir was anderes mitbringen?«

Ich schüttle wieder den Kopf. Bierbauchs Fratze taucht wie ein böser Geist in meinen Gedanken auf. Normalerweise ist er ziemlich entspannt, aber heute Abend war er richtig wütend. Das Brot in meinem Mund verwandelt sich in Sägemehl, und ich schütte ein halbes Glas Wasser nach.

»Ich muss mich bei Bierbauch melden. Wir sehen uns danach«, sage ich zu Tom, als wir uns auf den Weg zur Kaserne machen. »Was von mir übrig ist.«

»Du schaffst das«, sagt Tom. »Nur noch ein Jahr, dann sind wir frei. Stell dir den Kerl in seiner Unterwäsche oder auf dem Topf vor.«

Ich grinse. »Danke, Mann.«

Die Tür von Bierbauchs Büro ist geschlossen, der Korridor still. Die Kadetten bereiten sich auf die Lernstunde vor. Ich klopfe.

»Herein.«

»Kadett Olson, zu Ihren Diensten, Sir.«

Bierbauch starrt mich von hinter seinem Schreibtisch an. Ich bemerke den Geruch von Alkohol – nicht Erics Whiskeygeruch, sondern etwas Saures wie vergorenes, abgestandenes Bier. Sein Gesicht ist stärker gerötet als sonst.

»Olson, was soll ich nur mit Ihnen machen? Haben Sie eine Ahnung, was ich mir vom Direktor anhören musste? Ich will nie wieder sehen, dass Sie sich so verhalten. Sie sind jetzt Mitglied der Alten, ein Vorbild für die jüngeren Kadetten. Stattdessen rennen Sie herum, als wäre es Ihr erster Tag bei Palmer.« Ich öffne den Mund, aber Bierbauch fährt fort. »Was soll ich tun, Olson?« Er sieht auf und mustert mich.

»Sir, es tut mir leid, Sir. Ich bin zu spät gekommen, weil ich in

DAS GEGENTEIL VON WAHRHEIT

Garville war.« Ich stoppe abrupt. Von Eric darf keiner erfahren. Ich habe es versprochen.
»Garville, eh. Was treiben Sie sich in der Stadt herum? Dem können wir ein Ende setzen.«
»Nein, Sir, ich marschiere Strafdienst. Egal wie, aber ...«
»Aber?«
Ich schüttle den Kopf. »Nichts, Sir.«
»Sie werden auf jeden Fall marschieren. An den nächsten beiden Samstagen. Und keine Besuche in der Stadt an beiden Wochenenden, Punkt. Ich werde Ihnen Benehmen beibringen, und wenn es das ganze Jahr dauert.« Bierbauch lockert seinen Hemdkragen. Schweißtropfen glitzern auf Oberlippe und Stirn. »Sie werden mich nicht wieder blamieren.«
»Sir, bitte, ich werde die nächsten vier Samstage marschieren, aber ich muss in die Stadt —«
»Sie sind kaum in der Position zu verhandeln, Kadett Olson.« Bierbauch reckt sich im Sessel. »Sie tun, was ich sage, oder ich sperre Sie für das ganze Semester auf dem Campus ein. Verstanden?«
»Jawohl, Sir.«
»Es sei denn, Sie wollen, dass ich Sie zum Kommandanten schicke? Ist es das, was Sie wollen?«
Ich erschaudere. »Nein, Sir.« Der Kommandant hat die Aufsicht über das gesamte Militär der Schule und ist der Vorgesetzte des Direktors. Niemand wird zu ihm geschickt, wenn es nicht um Leben und Tod geht.
»Wegtreten.«
»Jawohl, Sir.«
Als Bierbauch sich nach vorn beugt, um in seinem Schreibtisch zu stöbern, schließe ich die Tür hinter mir und frage mich, ob er einen trinkt. Ich könnte auch einen gebrauchen. Drei Wochen lang keine Maddie, das wird die absolute Folter.
Aber ich muss mich zusammenreißen, sonst wird Bierbauch meine Strafe verlängern.
Der Tag war eine einzige Katastrophe. Ich habe mich den ganzen Sommer darauf gefreut, Maddie zu sehen, habe jeden Tag

gezählt. Stattdessen hat Eric versucht, sich umzubringen. Ich möchte Tom von Eric erzählen, aber ich habe mein Wort gegeben. Ich werde es nicht brechen.

Was hält Sarge von Leuten wie Eric? Veteranen, die gekämpft und ihr Leben gegeben haben, ihre Gliedmaßen, die alles für ihr Land riskiert haben, und die mit den Konsequenzen leben, die ihre Chancen auf ein normales Leben ruinieren. Alles ruinieren. Für immer.

Mein Magen verkrampft sich schmerzhaft. Sarge muss wütend sein, weil ich Lange verärgert habe. Irgendwie muss ich einen Weg finden, Sarge stolz zu machen, ihn zu beeindrucken. Irgendwie.

KAPITEL NEUNZEHN

»Du bist zwei Wochen zu spät«, sagt Maddie vorwurfsvoll, während sich ihre Arme um meinen Hals legen und ihre Brüste gegen meinen Bauch drücken. Sie sind hoch und fest und genau richtig. Ich habe sie einmal in der Dunkelheit des Kinos durch ihren Pullover hindurch berührt, und der Gedanke an ihre nackte Haut erregt mich.

»Tut mir leid, alles ist schiefgelaufen, nachdem ich hier weggegangen bin. Tom hat es dir erzählt, richtig?«

Maddie nickt. »War es schrecklich?«

»Das Schlimmste war, auf dich zu warten.« Ich grinse und ziehe sie wieder an mich. »Es kommt mir vor, als wäre ich ein Jahr lang fort gewesen.« Ich drücke ihre Hand, und sie lächelt. Plötzlich fühle ich mich unendlich dankbar.

Die Wochen waren eine Qual. Wie aus dem Nichts tauchte Bierbauch überall auf, beäugte mich misstrauisch, als hätte ich eine Handgranate in der Tasche. An beiden Samstagen musste ich marschieren – drei Stunden sinnloses Herumlaufen. Coach Briggs war wütend, weil ich beim Training fehlte, und drohte, mich für die ersten drei Spiele auf die Bank zu setzen.

Schlimmer ist, dass Sarge nichts gesagt hat. Er hat nicht einmal zur Kenntnis genommen, dass es mich außerhalb des Unterrichts gibt. In diesem Semester unterrichtet Sarge militärische Strategien, und zunächst war ich begeistert von einer weiteren Chance, ihm nahe zu sein und seine Geschichten zu hören. Aber Sarge wirkt ernst, fast düster, und hält die üblichen Anekdoten auf ein Minimum beschränkt. Er behandelt mich wie jeden anderen, als hätten wir nie Zeit miteinander verbracht. Obwohl ich immer noch ein B habe, freue ich mich nicht mehr auf den Unterricht.

»Stell dir vor!« Ich betrachte Maddies Gestalt, die schwarzen Shorts und das rote T-Shirt. »Ich bin berühmt dafür, dass ich zu spät zur Rede des Direktors kam. Einige der Schüler scheinen beeindruckt zu sein. Sie sehen mich an, als wäre ich ein hohes Tier. An manchen Tagen ist es schwer, aus dem Gebäude zu kommen, weil alle Studenten stehen bleiben und grüßen. Ich habe es gehasst, jedes Mal stehen zu bleiben, wenn ein *Alter* im Flur auftauchte und ich salutieren oder den Türsteher spielen musste. Aber das hier ist fast genauso nervig.«

»Das nennt man infam.« Maddie kichert. »Lass uns gehen. Ich kenne einen tollen Platz zum Angeln.« Sie zeigt auf einen Korb und zwei Angelruten. »Du kannst die Rute meines Bruders ausprobieren – er benutzt sie nicht mehr oft.«

»Ich trage den Korb«, biete ich an.

Wir lassen uns auf den Felsen nieder und blicken auf einen See unterhalb einer Kalksteinklippe. Das Wasser glitzert dunkel und kühl. Grasbüschel ragen durch das Moos, ein perfektes, weiches Polster. Der Wind hat aufgefrischt, aber der Septembernachmittag ist immer noch angenehm warm. Gedämpftes Licht fällt durch die Birken, lässt das Wasser schimmern und tanzt über Maddies Gesicht.

»Sollen wir's versuchen?«, fragt sie. »Ich habe Haken und das hier mitgebracht.« Sie öffnet einen Beutel mit Gummiködern.

»Sicher, aber zuerst möchte ich dich küssen. Du hast ja keine Ahnung, wie sehr ich dich den ganzen Sommer vermisst habe.« Ich beuge mich vor und ziehe sie in meine Arme. Maddie kichert. Wie ich dieses Geräusch liebe. Es gibt mir das Gefühl, stark und klug zu sein ... und interessant. »Du musst öfter lachen, Maddie. Es ist wunderschön.«

»Idiot.« Sie lächelt mich an und fährt mit dem Zeigefinger über meine Unterlippe. »Ich mag deinen Mund.«

DAS GEGENTEIL VON WAHRHEIT

»Wirklich? Dann komm her.« Unsere Lippen treffen sich, und ich taste mit meiner Zunge. Ich spüre, wie mir der Atem stockt, als wir ineinander versinken. Es ist das Beste, was ich je erlebt habe. Mein Herz klopft, das Blut rast durch meinen Körper, als wäre ich betrunken. Nicht dass ich je viel Alkohol ausprobiert habe. Außer dem Wein unter der Tribüne und einmal im letzten Sommer, als ich in eine College-Party in Bloomington stolperte, auf der sie Bier aus einem riesigen Metallfass servierten und niemand meinen Ausweis kontrollierte. Ich habe mit Fremden gesprochen, an die ich mich nicht erinnern kann. Frühmorgens wachte ich in der Wohnung von jemandem auf dem Boden auf. Nachdem ich nach Hause gelaufen war, schlich ich mich durchs Fenster in mein Zimmer, in der Hoffnung, dass meine Mutter mich nicht hören würde. Meine Eltern hassen Alkohol, und es gibt keinen im Haus und auch keinen, wenn wir Gäste haben.

Das hier ist viel besser. Ich möchte jede Minute auskosten. Maddie seufzt.

»Stimmt etwas nicht?«

»Alles gut.« Sie blinzelt mich an. »Aber sollten wir nicht wenigstens die Leine ins Wasser hängen? Ich würde gerne sagen, dass wir geangelt und etwas gefangen haben.«

»Weiß dein Vater, dass wir hier sind?«

Maddie lacht. »Papa glaubt, dass ich eine Freundin aus der Schule besuche. Er war ziemlich sauer, als er dich im Laden rumhängen sah. Aber wahrscheinlich hat er das vor lauter Sorgen schon wieder vergessen. Er liebt meine Hilfe im Laden und mit den Büchern. Nein, Eric weiß es. Er hat schon gefragt, und sah mich komisch an. Ich bin keine gute Lügnerin.« Ihre Wangen färben sich rosa. »Siehst du, allein der Gedanke, dass ich hier mit dir allein bin, lässt mich rot werden.«

»Es steht dir wunderbar.« Ich küsse ihre Wangen. »Ist nicht schlimm, wenn man nicht lügen kann, obwohl ich mir manchmal wünsche, dass ich es könnte. Wie geht es ihm? Ich meine Eric.«

»Besser. Er ist noch blass und hatte eine Woche lang Kopfschmerzen, aber er ist sehr ruhig und lieb. Tom war bei uns, und sie haben immer viel Spaß. Eric lässt sich ablenken und lacht sogar.«

»Hast du jemals gehört, worüber sie reden?«

Maddie schüttelt den Kopf. »Nicht wirklich, ich muss arbeiten oder lernen. Oder das Haus putzen.« Sie seufzt erneut. »Jedenfalls bin ich so froh, dass du ihm geholfen hast. Er ist ungeschickter, als ich dachte.«

»Das ist der blöde Rollstuhl«, beeile ich mich zu sagen. »Kein Wunder, dass er rausfällt.«

»Der Stuhl ist gefährlich?«

»Na ja, ich meine nicht den Kauf eines neuen Stuhls. Es ist nur so. Nun, ich kann es nicht erklären.« Visionen von Eric auf dem Boden, den Kugeln und der Pistole kehren zurück. »Im Internat zahlt es sich nicht aus, ehrlich zu sein«, sage ich und frage mich, ob sie merkt, dass ich das Thema wechsle. »Sie sind alle hinterhältig, besonders Direktor Lange ist ein echter Windhund.«

»Was macht er denn?«

Sie hat den Köder geschluckt. »Er redet nur von Ehre und Ruhm, und sein Lächeln erinnert mich an einen Wolf, der ein Kaninchen verschlungen hat. Er ist so falsch, es ist ekelhaft.«

»Nur noch einige Monate, dann bist du fertig.«

»Zwei lange Semester und eine weitere Rede vom Direktor.«

Maddie steht auf, ihr Gesicht ist plötzlich ernst. »Ich mache die Angelruten bereit.«

»Was ist denn los?«

»Nichts.«

»Maddie?«

Maddie hält inne, der Angelhaken liegt nutzlos in ihrer Hand. Sie schüttelt den Kopf. »Du redest davon, dass sich die Zeit dehnt. Wenn das Schuljahr zu Ende ist, verlässt du mich.« Ihre Stimme zittert.

»Oh, Maddie.« Ich springe auf und nehme sie in den Arm. »Ich bin ein Idiot. Ich meine es nicht für uns. Du bist das Beste, was mir je passiert ist. Ich weiß nicht, wie ich die Schule … das Leben ohne dich überstehen würde. Tom hat es viel schlimmer. Er hat diesen

Ort von Anfang an gehasst. Vor allem das, wofür er steht.«
»Das sagst du nur, um mir an die Wäsche zu gehen.«
»Du weißt, dass das nicht stimmt. Bitte, Maddie, verzeih mir. Hier, ich helfe dir mit der Leine. Ich bin Experte für Knoten.«
»Haha. Ich fische, seit ich drei bin.« Ihre Stimme ist immer noch traurig.
»Aber ich bin fast ein Eagle Scout. Ich wette, *das hier* kennst du nicht.« Ich nehme die Leine und hole einen der Haken aus dem Angelkasten.
»Was ist es?«
»Ösenknoten.«
»Das hast du dir ausgedacht.« Maddie kichert.
»Nö. Ist ein offizieller Knoten. Sehr stark ... für den Fall, dass wir einen Wal fangen.«
»Papa hat mir den verbesserten Clinch-Knoten beigebracht.« Ich lege die Leine hin. »Du bist meine Angelmeisterin. Komm her, ich will dich küssen.«

Maddie schmiegt sich in meine Arme. Die Sonne ist warm und versorgt mich mit zusätzlicher Hitze, die ich nicht brauche.

»Ich habe Apfelkuchen mitgebracht«, sagt sie und schnappt nach Luft. »Habe ihn selbst gebacken, nach Mamas Rezept.«

»Du bist die Beste.« Ich beuge mich vor, um sie erneut zu küssen. Apfelkuchen ist gut, aber Küssen ist himmlisch. Ich muss mich zwingen, eine Pause zu machen. »Lass mich die Leine fertig machen.« Ich bringe einen Gummiwurm und einen neongelben Wobbler an.

Nachdem ich die Stange in einem Baumstumpf verkeilt habe, ziehe ich Maddie neben mir zu Boden. »Wo waren wir?«

Wir küssen uns, und meine Hand wandert über ihr T-Shirt zu ihrer Brust. Sie trägt einen BH, und ich sehne mich danach, ihn zu öffnen. Während des Sommers habe ich heimlich die Unterwäsche meiner Schwestern studiert, die im Keller trocknete. Es scheint, dass die BHs sich hinten aufmachen lassen, aber ich will nichts überstürzen und Maddie nicht verärgern. Stattdessen streiche ich über den Stoff auf ihrer Brust.

Maddie seufzt erneut, und unser Kuss wird zu einem Zungentanz. Elektrische Ströme durchfluten mich mit solcher Kraft, dass mir schwindlig wird. Ein Stückchen Haut zeigt sich auf ihrem Bauch, und ich streichle die glatte Stelle mit meinem Finger. »Willst du essen?« Maddies Wangen leuchten mit dem Blau ihrer Augen um die Wette.

»Klar«, sage ich, obwohl ich lieber die Haut unter ihrem Shirt untersuchen würde. Der Kuchen ist köstlich und noch warm, mit Butterstreuseln obendrauf.

Maddie springt auf. »Einer hat angebissen.« Der Köder tanzt und verschwindet unter der Oberfläche. Sie zieht, und ein Sonnenbarsch mit leuchtend blauen und orangefarbenen Flecken zappelt an der Schnur. Mit einer schnellen Drehung löst sie den Haken, tötet den Fisch mit einem Stein und legt ihn ins Gras.

»Jetzt haben wir ein Alibi«, sage ich. »Komm her. Lass das Angeln. Ich muss bald zurück.« Ich bin wütend, weil wir heute Nachmittag irgendeine Sondermilitärübung haben, eine neue Idee von Lange.

Maddie kniet sich vor mich und legt ihre Hände auf meine Schultern. »Warum musst du so früh weg?« Ihre Lippen treffen auf meine, weich und sinnlich, und ich schließe die Augen. Wie von selbst gleiten meine Hände auf ihren Rücken und unter ihr Shirt, ihre Haut erinnert mich an Seide, warm von der Hitze und frischem Schweiß. Der BH lässt sich problemlos öffnen, und meine Finger wandern zu ihrem Nacken. Maddie seufzt und drückt sich an meine Brust.

»Der geniale neue Plan des Direktors«, murmle ich und küsse ihren Hals. »Wir marschieren jeden Sonntagnachmittag, um für irgendeine blöde Parade zu üben.« Meine Hände wandern nach vorn und klettern unter den gelockerten BH, bis sie auf die weichen Hügel ihrer Brüste treffen. Ich streiche darüber, bis sich ihre Brustwarzen in Perlen verwandeln. Sie seufzt erneut, während ich weiter ihren Hals küsse. Eine Stimme sagt mir, ich solle aufhören, ich käme zu spät und es wird Ärger geben. Aber es ist unmöglich. Ihre Hände wandern über meinen Rücken – ich habe längst die Uniformjacke ausgezogen –, und jede Berührung verbrennt mich wie ein wohliges Feuer. Ein schreckliches Verlangen beginnt in mir zu wachsen, und meine Hose ist zu eng. Ich möchte ihr die Kleider vom Leib reißen und jeden Zentimeter ihres Körpers küssen.

In diesem Moment reißt Maddie sich los. »Du kommst zu spät, und ich will nicht, dass du mir später die Schuld gibst. Denk daran, was letztes Mal passiert ist. Also geh lieber.« Sie richtet sich auf und macht ihren BH zu. »Das war ein netter Trick. Als ob du das schon mal gemacht hättest.«

Ich springe auf und hoffe, dass der Hubbel in meiner Hose schnell verschwindet. »Ich schwöre, ich habe das noch nie gemacht. Du bist die Erste. Noch einen Kuss? Dann verschwinde ich.«

»Also gut.« Wir umarmen uns. »Jetzt hau ab.« Sie lacht und gibt mir einen Klaps auf den Po. »Wir sehen uns nächste Woche zur gleichen Zeit.«

»Gleicher Ort«, rufe ich und jogge in den Wald. »Ich vermisse dich jetzt schon.«

»Ich vermisse dich auch.«

KAPITEL ZWANZIG

Der Schweiß rinnt mir übers Gesicht, durchnässt meine Uniform. Marschieren üben ist lächerlich. Wir laufen hin und her, tragen Gewehre, bilden Formationen. Wir marschieren die gleichen Muster immer und immer wieder, bis meine Füße pochen und ich schreien möchte.

Maddies Gesicht schwebt vor mir, ihre weiche Haut und ihr Körper, aber ich muss aufpassen, Schritte zählen und meine Mitschüler beobachten. Direktor Lange kommt immer wieder vorbei, um unsere Fortschritte zu bewerten, und ich kann mir keine weitere Katastrophe leisten.

Als ich nach dem Abendessen mein Zimmer betrete, möchte ich schlafen oder zumindest meine Beine für die kommenden Wochen fürs Footballtraining ausruhen. Stattdessen zwinge ich mich zum Lernen. Bierbauch macht Überraschungsbesuche und würde mich bestimmt erwischen. Außerdem ist morgen wieder ein Englischreferat fällig. Ich durchstöbere die Schubladen auf der Suche nach sauberem Papier.

Tom stürmt in den Raum und baut sich vor mir auf. »Ich kann nicht glauben, dass du es mir nicht gesagt hast.« Er sieht blass aus, die Lippen zu einer geraden Linie gepresst, die Augen wütende Schlitze.

»Was habe ich getan?« Ich sehe meinen Freund an, der wütender zu sein scheint, als ich ihn je gesehen habe.

»Du warst eifersüchtig«, fährt Tom fort. »Du konntest es nicht ertragen, dass *ich* Eric nahestehe und du nicht. Hast du jemals daran gedacht, dass er vielleicht *meine* Hilfe brauchte? Dass *ich* hätte da sein sollen?« Toms Atem rasselt, als würde er durch ein Sieb atmen.

»Wovon redest du?« Ich unterdrücke den Wunsch, Tom in den Hintern zu treten. Stattdessen schließe ich die Tür. Wir dürfen unsere Zimmer nicht verlassen, es sei denn, wir lernen in der Bibliothek oder haben eine wirklich gute Ausrede – zum Beispiel, dass wir tot sind – und einen Passierschein. Sicherlich hat Tom keines von beidem. Zum Glück ist Plozett in der Bibliothek. »Können wir von vorn anfangen? Was habe ich getan?«

»Du hast mir Erics Unfall verschwiegen.« Toms Stimme ist ruhiger geworden, aber seine Augen glühen noch immer. Er sieht verletzt aus. »Was er getan hat.«

Ich schaue ungläubig auf. »Meinst du, als ich ihn *gefunden* habe?«

Tom nickt.

»Du machst wohl Witze. Er hat mich gebeten, es geheim zu halten. Du hättest ihn sehen sollen, es war ihm peinlich. Als ihm endlich klar wurde, was passiert war, hatte er Angst, dass es jemand erfährt. Außerdem hattest du Hausarrest.«

»Ja, Eric wollte nicht, dass Maddie und ihr Vater es herausfinden. Es war ihm recht, dass ich es wusste.«

»Wie hätte ich das erraten sollen? Ich kann keine Gedanken lesen und ich bin keine Petze.«

Tom schüttelt den Kopf. »Du hättest etwas erwähnen können. Es wäre in Ordnung gewesen. Eric hat was angedeutet, und ich saß da wie ein Trottel. Er hatte angenommen, du würdest es mir sagen, und stattdessen habe ich all diese dummen Fragen gestellt, die ihn wieder verärgert haben. Du bist ein egoistisches Arschloch.«

Wut steigt in mir auf, eine Hitze, die sich in meinem Magen zusammenbraut, begleitet von etwas wie Trauer, fast wie Schmerz, und ich frage mich, was mit dem Typen vor mir los ist. Ich frage mich, wie wir Freunde sein können, wenn Tom verrückt geworden ist.

»Du bist nur sauer, weil du an dem Tag hier festsaßt. Das war deine eigene Schuld.«

»Du wolltest sein Freund sein und dich zwischen uns stellen.« Tom marschiert im Zimmer auf und ab. »Hattest ein Geheimnis, etwas, das ich nicht wusste.«

»Er hat es dir doch offensichtlich erzählt, warum bist du dann so wütend? Als er wieder zu sich kam, sagte er, ich solle es nicht erwähnen, und das tat ich auch nicht. Er wirkte ...beschämt und wütend, und ich weiß nicht —«

»Es ist dir nie in den Sinn gekommen, dass es wichtig ist, dass ich vielleicht helfen kann ... Du bist einfach zu dumm. Wirst eins dieser militärischen Arschlöcher, die keinen Laib Brot wert sind.«

»Schwachsinn! Halt die Klappe, ich habe genug gehört.« Die Schmerzen in meinem Magen breiten sich in meiner Brust aus. »Wenn du nicht in der Lage bist, meine Seite zu sehen, brauchen wir wohl nicht mehr zu reden.«

»Ich gehe jetzt.« Tom macht drei lange Schritte, reißt die Tür auf, die mit einem dumpfen Schlag gegen die Wand knallt, und braust davon.

Ich starre auf den klaffenden Türrahmen und kann mich nicht bewegen. Toms Worte hallen durch meinen Kopf wie ein Lied schriller Trompeten. Ich hebe meine Hand, meine Finger zittern. So einen Streit hatte ich seit Jahren nicht mehr. Nicht mehr, seit ich mich mit meiner Schwester Mary gestritten habe. Und schon gar nicht mit Tom. Ich lehne mich zurück und ringe nach Atem.

Ich dachte, ich hätte das Richtige getan, indem ich Erics Handlungen, die er für sich behalten wollte, nicht verraten habe. Offensichtlich habe ich unterschätzt, wie nahe Tom und Eric sich stehen. Nur habe ich nicht erkannt, überhaupt nicht verstanden, wie wichtig Eric für Tom ist.

Aber verdammt, ich habe versucht, ehrenhaft zu handeln. Plötzlich frage ich mich, ob Tom über Selbstmord nachgedacht hat und sich jemanden wünscht, der es weiß und versteht. Ich versuche, mich an vergangene Gespräche, Andeutungen und Toms Beschwerden zu erinnern. Vielleicht hat Eric es auch nicht ernst gemeint. Er wollte einfach nur Hilfe, irgendwie einen Halt finden. Es scheint unmöglich, zu wissen, was in Toms Kopf vor sich geht. Oder in Erics. Ich dachte, ich kenne Tom. Offensichtlich verstehe ich gar nichts.

Aus Wochen wird ein Monat. Ich beobachte Tom, der blasser als sonst aussieht und mich keines Blickes würdigt. Manchmal sehe ich ihn mit Markus und ein paar anderen Zehntklässlern abhängen. In Mathe und Englisch sitzen wir nebeneinander, und ich versuche, Toms Stimmung einzuschätzen.

Abgesehen von den gelegentlichen Ein-Wort-Kommunikationen, die im Unterricht notwendig sind, sprechen wir nicht miteinander. Ich möchte Tom auf die Schulter klopfen und etwas sagen wie »Lass uns mit dem Quatsch aufhören und Freunde sein, ich vermisse es, mit dir zu reden.« In meinen Gedanken tue ich das hundertmal, aber irgendwie kommt nie was raus. Die Worte bleiben mir im Hals stecken.

Dann ist der Moment der Gelegenheit vorbei, und wir eilen zu verschiedenen Klassen. Am Abend vor dem Zapfenstreich dröhnt *Wild Thing* von Jimmy Hendrix durch den Flur. Ich weiß, dass es aus Toms Zimmer kommt. Er hat nach den Sommerferien einen Kassettenrekorder mitgebracht. Ich nehme mir vor, einfach vorbeizugehen, aber ich schaffe es nicht, meine Beine zu bewegen. Insgeheim habe ich Angst vor Toms Abfuhr. Plozett hat mich zum Pokern eingeladen, und ich verbringe die meiste Zeit in der Höhle. Ich bin einen Dollar neunzig voraus, aber das ist mir ehrlich gesagt egal.

Ich reagiere auch nicht, als Tom wütend wird und einen bösen Streit verursacht. Als ich in der Höhle ankomme, ist er schon ganz rot im Gesicht.

»Verdammte Mörder«, schreit er. »Sie haben ein ganzes Dorf abgeschlachtet. Sogar die Kinder. Wie kann man das erklären?«

Die gesamte Abschlussklasse ist anwesend, darunter Tony White mit seinen Freunden, Muller und sein Cousin von der Kavallerie.

DAS GEGENTEIL VON WAHRHEIT

»Lügner«, sagt Bloom. Er teilt sich eine Zigarre mit Tony und bläst Rauchringe.

»Es ist Tatsache«, schreit Tom zurück. »Wenn du die Zeitung lesen würdest, wüsstest du, dass es wahr ist. *My Lai* ist wirklich passiert. Vor mehr als achtzehn Monaten. Nur hat man es uns verschwiegen. Das amerikanische Volk finanziert die ganze Sache. Verdammte Lügner. Die Armee hat es vertuscht. Ekelhaft!«

»Ich glaube kein Wort.« Tony stellt sich vor Tom. »*Ich* habe nichts gehört.«

Tom starrt zurück. »Du bist nicht auf dem Laufenden.« Sie stehen sich Auge in Auge gegenüber, aber Tom wirkt dünn und schmächtig neben Tonys muskulöser Brust.

»Nennst du mich dumm?« Tonys leise Stimme dringt durch den ganzen Raum, weil es mucksmäuschenstill geworden ist.

»Das sind deine Worte«, sagt Tom. Offensichtlich weigert er sich, einen Rückzieher zu machen.

»Aber im Ernst, woher weißt du das?«, wirft Bloom ein. »Ich habe auch nichts gehört.«

»Ich auch nicht«, knurrt Big Mike.

»Du bist nur ein Lügner«, sagt Tony. »Ein Hippie-Verräter.«

»Hippie-Verräter«, schreien einige der anderen. Obwohl ich nach Details fragen möchte, schaue ich nur zu. Ich kann mir nicht vorstellen, dass Tom sich das ausgedacht hat. Er muss es von Eric gehört haben, der alle Nachrichten sieht und die *New York Times* und *Newsweek* liest. Ich fühle mich wie ein Versager.

Tom zuckt mit den Schultern. »Wartet nur, ihr werdet es hören ... wenn es euch überhaupt interessiert.« Er dreht sich um und geht, ohne mich zu beachten, zur Tür hinaus. Es fühlt sich wie ein Schlag ins Gesicht an.

Obwohl ich Maddie treffe, habe ich mich noch nie so allein gefühlt. Ich weiß, dass Tom genau wie ich an den Wochenenden nach Garville kommt. Ich sehe ihn und Eric im Hinterzimmer, höre, wie sie sich unterhalten. Manchmal schiebt Tom Erics Stuhl auf den Bürgersteig, während ich mit Maddie durch die stillen Straßen schlendere und versuche, herauszufinden, wo wir allein sein können. Das Wetter ist nass und kalt geworden mit gelegentlichem Nachtfrost. An Fischen und Picknicks ist nicht zu denken, genauso wenig wie an einen Aufenthalt im Laden. Maddies Vater starrt mich argwöhnisch an, sobald ich auftauche. Ich freue mich schon auf die morgige Matinee. Wenigstens können wir uns im Dunkeln verstecken, es ist warm, und ich kann meine Hand unter Maddies Pullover schieben.

»Was ist mit euch beiden los?«, fragt Maddie. Wir drängen uns in den vertieften Eingang einer Schuhreparaturwerkstatt, um Schutz vor dem peitschenden Wind zu suchen. »Tom kommt allein, und dann tauchst du auf. Ihr sprecht nie miteinander und geht getrennt weg.«

»Wir haben uns gestritten.«

»Willst du mir davon erzählen?«

Schweigend nehme ich Maddies Gesicht zwischen meine Hände. Ich möchte nichts mehr, als alles zu vergessen und die Lippen vor mir zu küssen. In letzter Zeit habe ich nur noch Sex im Kopf. Vielleicht macht die Wut es noch schlimmer. Mein Körper schmerzt vor Sehnsucht.

»Andy?«

»Was?«

»Sagst du mir, was passiert ist?« Maddie schiebt meine Hände weg.

Die letzten Strahlen der späten Novembersonne verschwinden hinter dem Dachfirst und tauchen uns in Schatten. Trotzdem ist es schwer zu glauben, dass der Winter schon fast da ist. Ich blinzle und öffne den Mund, aber dann schüttle ich den Kopf.

»Ich kann nicht.« Der Druck in meinem Magen ist wieder da.

Maddie sieht mich mit großen Augen an, ihr Gesicht ist ein Meer aus Schmerz. »Was soll das heißen, du kannst nicht? Ich dachte, wir sind ehrlich zueinander und haben keine Geheimnisse.«

»Bin ich doch. Nur ist das hier kompliziert.« Ich ergreife ihre Hände, aber Maddie macht sich los.

»Ich verstehe dich nicht.« Sie schaut weg. »Entweder du bist ehrlich oder du verschweigst was. Und wenn du es bist, wenn wir keine Geheimnisse haben, kannst du es mir sagen.«

Ich seufze. Es wird von Sekunde zu Sekunde schlimmer. Erst Tom und jetzt Maddie. Es ist alles Erics Schuld. Aber wie kann ich Eric die Schuld geben? Vielleicht würde ich mich auch umbringen wollen, wenn ich in einem Rollstuhl sitzen müsste. Ich zermartere mir das Hirn, um etwas zu sagen, eine andere Idee, warum ich mit Tom gestritten habe, aber mein Kopf ist wie leer gefegt. Es ist schwer zu lügen, wenn ich mein ganzes Leben lang versucht habe, das Richtige zu tun. Abgesehen von ein paar Notlügen zu Hause, um meine Spuren bei meinen superstrengen Eltern zu verwischen, war ich immer stolz darauf, ehrlich zu sein. Nein, ich kann Maddie nicht sagen, was wirklich passiert ist.

»Lass uns einen Spaziergang machen«, biete ich an. »Vielleicht können wir uns im Diner ein Stück Kuchen holen.«

»Iss deinen Kuchen allein. Ich gehe nach Hause«, sagt Maddie. Sie sieht mich seltsam an. »Du kannst mit mir reden, wenn du bereit bist, die Wahrheit zu sagen.«

»Maddie, warte!«

Aber Maddie rennt davon. An ihren Schultern erkenne ich, dass sie aufgebracht ist und wahrscheinlich weint, während ich wie angewurzelt dastehe. Das Leben ist ein einziger böser Scherz.

Ich schlendere die Straße hinunter in Richtung Wald, mein Blick fällt auf den Laden und die karierten Vorhänge zu meiner Rechten, mein Verstand kämpft darum, geradeaus zu schauen und die Ursache meines Schmerzes zu ignorieren.

Als die Aula der Schule hinter den Bäumen auftaucht, drehe ich mich um und gehe den Weg weiter in Richtung des Baches, an dem ich mich letztes Jahr verlaufen hatte. Ich eile weiter, bis ich mich am Ufer des Flusses befinde. Der Wasserstand ist noch niedrig, und ich überlege, ob ich über die Felsen auf die andere Seite springen soll. Aber dann lasse ich mich einfach auf den Boden fallen, meine Beine sind schwach und müde.

Ich ziehe eine Grimasse. Wenigstens werde ich mich hier nicht mehr verirren.

DAS GEGENTEIL VON WAHRHEIT

Die Sonne verschwindet, ihr letzter Schein verwandelt Baumstämme und Gestrüpp in orangefarbenes Feuer. Das seltsame Licht und meine Stimmung geben mir ein Gefühl von drohendem Unheil. Mein Magen dreht sich um, ein dumpfes Pochen, das sich in meinem Hals ausbreitet. Erst Tom, jetzt Maddie. Ich bin wieder einmal allein. Genau wie in der Nacht, als uns die Alten verprügelt haben. Eigentlich schlimmer, denn damals hatte ich Tom.

Ich strecke mich auf dem Boden aus und starre in den sich verdunkelnden Himmel, während die Blätter um mich herum rascheln. Es ist offensichtlich, dass Tom nicht zu mir kommen wird. Er kann stur sein, und ich habe seine Gefühle verletzt. Aber Tom ist so ein Idiot, dass er glaubt, ich würde ein Geheimnis ausplaudern. Ich habe die ganze Situation falsch eingeschätzt, aber ich muss stark sein und etwas dagegen tun.

Maddies verletzter Gesichtsausdruck drängt sich in mein Blickfeld. Das ist das andere Problem. Ich müsste entweder über den Grund für meinen Streit mit Tom lügen oder schweigen und nie wieder mit Maddie sprechen. Beides kommt nicht infrage. Außerdem, selbst wenn ich lügen würde, würde sie es merken. Ich bin ein miserabler Lügner.

Ich drehe mich auf die Seite. Eichenblätter, jetzt braun und trocken, knirschen an meiner Wange. Der Wind hat aufgefrischt, und eine Wolkendecke verdunkelt das letzte Licht. Es riecht nach Schnee, und mich fröstelt. Es ist schwer zu sagen, wie spät es ist, aber ich weiß, was ich zu tun habe. Ich laufe los.

Ich habe endlich einen Grund, Sarge zu sehen. Was hat Tom über das Massaker gesagt? Sicherlich weiß Sarge mehr. Danach werde ich Tom aufsuchen und mich entschuldigen.

Ich will meinen Freund zurück.

KAPITEL EINUNDZWANZIG

Das Verwaltungsgebäude ist nur teilweise beleuchtet und menschenleer. Die meisten Dozenten wohnen in den Wohnheimen der Fakultät oder in den Häusern für Ehepaare. Wird Sarge überhaupt da sein? Ich klopfe und lausche. Nichts. Gerade will ich mich abwenden, als die Tür aufschwingt.
»Olson? Kommen Sie rein«, bellt Sarge.
Trotz der Wärme in Sarges Büro sind meine Hände steif vor Kälte, meine Handflächen schlammig. Ich verstecke sie hinter meinem Rücken und richte mich auf.
»Kadett Olson, zu Ihren Diensten, Sir.«
»Setzen Sie sich.« Sarge deutet auf den einsamen Holzstuhl vor seinem Schreibtisch. Er kaut an einer weiteren Zigarre. »Was haben Sie auf dem Herzen?«
Ich lasse mich auf den Stuhl fallen. Was vor wenigen Minuten noch plausibel erschien, wirkt jetzt absurd. Warum bin ich nicht stattdessen zum Abendessen gegangen?
»Wie ich sehe, waren Sie wieder im Wald.« Sarges Blick bleibt auf meiner Brust haften.
Ich schaue nach unten. Zu meinem Entsetzen klemmt ein Blatt unter dem Revers meiner Jacke. Ich zerknülle es und stopfe es in meine Tasche.

»Tut mir leid, Sir, ich brauchte Zeit zum Nachdenken.«
»Spucken Sie es aus, Olson, ich habe nicht den ganzen Tag Zeit. Dienst im Speisesaal, nicht mal Zeit, diese verdammte Zigarre zu rauchen.«
»Der Grund, warum ich gekommen bin ... Ich habe eine Frage«, stottere ich. Sarges Gesicht bleibt ruhig ... abwartend. »Ich habe von My Lee oder so etwas gehört, ich meine Tom, Kadett Zimmer, sagte, dass es ein Massaker gab, und ich wollte ...«
Die Worte weigern sich, herauszukommen. Ich muss verrückt sein, Sarge danach zu fragen. Von allen Leuten hätte ich jemand anderen aufsuchen sollen, selbst Eric wäre eine bessere Wahl gewesen. Sarges Blick klebt an meinem Gesicht, seine Zigarre wandert von links nach rechts und zurück. Es ist unmöglich, zu wissen, was hinter der breiten Stirn vor sich geht.

Ich öffne den Mund, um fortzufahren, aber ich weiß nicht, was ich sagen soll, also springe ich auf. »Tut mir leid, ich habe einen Fehler gemacht. Ich gehe besser.«

»Setzen Sie sich, Olson. Sie sind nervig ohnegleichen.« Sarge beugt sich vor. Der Ledersessel knarrt, als er sich eine Streichholzschachtel schnappt und seine Zigarre anzündet. Saugende Geräusche erklingen, gefolgt von einer Rauchwolke. »Verdammter Krieg.«

»Ich kann gehen«, biete ich an, obwohl meine Beine mit Blei gefüllt sind.

»Sie haben es so gewollt, also reden wir«, sagt Sarge, als kenne er meine Gedanken. »Ich werde Ihnen sagen, was ich weiß. Deshalb sind Sie hier, richtig?«

Sprechen geht nicht, also nicke ich.

»Zunächst einmal. My Lai, l-a-i oder richtiger *Son My*, ist der Name des Dorfes, in dem das Unglück passierte.«

Der Zigarrennebel erreicht meine Nase, und ich huste.

Sarge räuspert sich. »Kurz und bündig: Der Geheimdienst ging davon aus, dass das Dorf feindliche Soldaten beherbergt und sie im Untergrund versteckt. Sie haben sich geirrt! Es sieht so aus, als hätte die Kompanie Charlie, der verantwortliche Zug, dort anstatt den

DAS GEGENTEIL VON WAHRHEIT

Vietcong zu bekämpfen, Hunderte von Zivilisten getötet – Frauen, Kinder, alte Männer, sogar das Vieh. Alles, was sich bewegte.« Sarge spuckt in den Papierkorb. »Gemetzel.«

»Was ist mit den Männern passiert? Ich meine die verantwortlichen Soldaten?« Meine Stimme ist kaum zu hören. Tom hatte recht. Wie immer. Warum habe ich jemals an Toms Geschichte gezweifelt? Ich erinnere mich an die Szene in der Höhle. Ich hätte etwas sagen sollen, Tom unterstützen müssen.

»Einer ist wegen Mordes angeklagt.« Sarge räuspert sich erneut. Es klingt wie ein Knurren. »Zu Recht. Es wird noch mehr Gerichtsverhandlungen geben, dessen bin ich mir sicher. Einige sind inzwischen im Kampf gefallen.«

»Warum haben wir das nicht gewusst? Ich meine, ist das nicht schon letztes Jahr passiert?«

»Letzten März. Gute Frage, Olson. Ich kann nur vermuten, dass die richtigen Leute zu lange den Mund gehalten haben. Krieg ist ein böses Geschäft. Jeden Tag werden Menschen getötet, aber das hier war entsetzlich. Man braucht Führungsqualitäten und Charakterstärke, um das Falsche zu erkennen und etwas dagegen zu tun. Das versuchen wir Ihnen hier beizubringen.«

»Wussten *Sie* es schon früher?«

»Ich habe dieses Frühjahr davon gehört. Einer der Männer aus der Kompanie Charlie schickte Briefe, es gab Gerüchte und Gerede. Die ganze Geschichte habe ich erst vor kurzem erfahren. Wie jeder andere auch.«

Ich nicke.

»Hören Sie, Olson, ich will Sie nicht anlügen. Soldaten schießen … sterben. Zivilisten schießen. Sie sterben. Tod ist brutal und oft unfair, unsere Männer töten aus Versehen ihre eigenen Freunde, aber die meisten Männer versuchen, das Richtige zu tun. Wenn ihr Leben auf dem Spiel steht, überreagieren sie manchmal. Vor allem, wenn man unerfahren ist. Als Sie in den Wald gerannt sind, als Sie sich über den Brief aufgeregt, sich verlaufen haben. Überreagiert haben. Stellen Sie sich vor, *Sie* sind wütend und haben Angst um Ihr Leben. Sie sind todmüde und fühlen sich elendig mit den Nerven am

DAS GEGENTEIL VON WAHRHEIT

Ende.«

Ich nicke erneut.

»Deshalb arbeiten wir in Teams und trainieren auf die richtige Weise. Ruhig bleiben, die Ohren und Augen offen halten. Zusammenarbeiten. Ihre Kumpels sind es, die Sie am Leben erhalten. Verstehen Sie?«

»Glaube schon.« Ich will wissen, was Sarge über den Krieg denkt, ob er ihn immer noch richtig findet. Er schickt eine weitere Rauchwolke über den Schreibtisch. »Ich bin spät dran.«

»Jawohl, Sir.« Ich springe auf. »Danke.«

»Kein Problem, kommen Sie mich mal wieder besuchen.« Sarge stopft seine Zigarre in den Aschenbecher, wobei Tabakstücke und Asche auf die polierte Eiche fallen.

»Jawohl, Sir.«

Ich jogge zur Kantine. Die zweite Essensschicht beginnt gerade. Ich überprüfe die Tische, aber ich sehe Tom nicht. Vielleicht hat er schon gegessen oder er ist noch bei Eric in der Stadt. Enttäuscht belade ich mein Tablett mit Bratkartoffeln, Erbsen, zwei vor Fett triefenden Fleischpasteten und Erdbeerpudding. Ich bin am Verhungern. Und obwohl ich eine Analyse von *Ein anderer Frieden* vorbereiten muss, das letzte Englischprojekt des Semesters, bin ich erleichtert, denn morgen ist Sonntag, und ich werde mit Tom reden. Ich werde ihn über My Lai ausfragen, aber vor allem meine Dummheit wiedergutmachen. Zum ersten Mal seit Wochen fühle ich mich besser.

Ich stecke den Kopf in den Waschraum, in dem sich ein halbes Dutzend Jungs fertigmacht. »Hat jemand Tom gesehen?« Alle schütteln den Kopf.

Es ist Sonntagmorgen. Draußen scheint eine harte Sonne. Blaue Lichter reflektieren das Weiß des ersten Schnees der Saison. Es ist nur eine Staubschicht und zu früh, um Schlittschuhlaufen zu gehen, eine unserer Lieblingsbeschäftigungen. Der See ist an den Rändern verkrustet, aber in der Mitte ist das Wasser noch offen.

DAS GEGENTEIL VON WAHRHEIT

Ich wachte früher als sonst auf, weil ich mich darauf freue, Tom zu sehen und unsere Freundschaft zu erneuern. Vielleicht können wir zusammen Garville besuchen, Eric und Maddie sehen. »Tom, wo bist du?«, murmle ich vor mich hin. Jetzt, wo ich mich entschieden habe, will ich sofort reden. Ich erwarte, Tom beim Frühstück anzutreffen, wo er einen Berg von Rührei verschlingt. Nur wenige Kadetten sind wach. Tom ist nirgends zu sehen. Ich überprüfe noch einmal den Waschraum auf unserer Etage.

Es gibt kaum Orte, an denen sich Kadetten außerhalb des Unterrichts aufhalten können. An den Wochenenden spielt sich das Leben in den Fluren unserer Kaserne, in der Cafeteria und in der Höhle ab. Eine Handvoll Erstsemester tummelt sich um ein Monopoly-Spiel im Korridor.

Ich klopfe an den Türrahmen von Toms Zimmer. Kröte sitzt an seinem Schreibtisch, das Gesicht hinter einem Ordner verborgen.

»Hast du Tom gesehen?«

Er blickt mich an und blinzelt hinter der Brille, als hätte er geschlafen. Dann schüttelt er den Kopf.

»Komm schon, Kröte, du musst ihn doch vorhin gesehen haben.«

»Eigentlich«, Kröte schaut verwirrt, »habe ich ihn den ganzen Morgen nicht gesehen. Ich dachte, er wäre frühstücken, als ich aufwachte.«

»Denk nach, Mann«, sage ich, »hast du ihn gestern Abend gesehen?«

»Eigentlich«, Kröte legt seinen Ordner weg, aber sein Blick bleibt an dem Schreibtisch vor ihm haften, »kann ich mich nicht erinnern.«

»Was meinst du damit? Du kannst dich nicht daran erinnern, ihn gesehen zu haben, oder du kannst dich nicht erinnern, was letzte Nacht passiert ist?« Ich stelle mich neben Krötes Schreibtisch, will den Kerl schütteln. »Denk nach, Kröte. Was ist passiert?«

»Ich muss eingeschlafen sein.« Krötes Stimme klingt weinerlich. »Ich habe ihn gegen zehn Uhr gesehen, als ich mich fürs Bett fertig gemacht habe. Aber danach erinnere ich mich nicht mehr, ich weiß

es nicht.«
»An was erinnerst du dich nicht?«
»Er ging auf die Toilette und ...«
Ich möchte Kröte immer noch ohrfeigen. »Und?«
»Ich erinnere mich nicht. Er könnte da gewesen sein oder auch nicht.«
»Es kam dir nicht in den Sinn, das zu überprüfen oder jemandem Bescheid zu sagen?«
»Ich dachte ... ich meine, ich war mit meinem Buch beschäftigt, es ist eine wirklich tolle Geschichte. Ich habe mit meiner Taschenlampe unter der Bettdecke gelesen.«

Mir reißt die Geduld, ich schreie »Egal!« und jogge zur Bibliothek, einem quadratischen Kalksteingebäude mit zwei Stockwerken, die durch einen langen Korridor mit den Klassenräumen verbunden sind.

Als ich durch die Tür platze, starrt mich die Bibliothekarin, eine grauhaarige Frau von undefinierbarem Alter, mit einem tadelnden Blick an. Ich erwarte eigentlich nicht, Tom hier anzutreffen, aber ich war auch schon seit Wochen nicht mehr in seiner Nähe. Wer weiß, vielleicht vergnügt sich Tom mit einem weiteren Band von Shakespeare. Ich grinse und erinnere mich daran, wie Mr. Brown erfolglos versucht hat, Tom in Englisch zu ärgern.

Ich eile durch die Gänge, schaue mir die wenigen gesenkten Köpfe an den Schreibtischen an, die endlosen Regale mit allem, was die englische Sprache zu bieten hat. Palmer hat eine beeindruckende Bibliothek, sogar einen separaten temperierten Raum mit seltenen Büchern, die nur für die Fakultät zugänglich sind und mit Handschuhen angefasst werden müssen. Ich drehe eine Runde, aber ich sehe Tom nicht.

»Wo bist du?«, murmle ich. Ich renne zurück in die Kantine. Sie sieht menschenleer aus, das Küchenpersonal wischt die Tische ab und stapelt Tabletts und Besteck, um das Mittagessen vorzubereiten. Vielleicht macht er einen Spaziergang, aber das ist unwahrscheinlich. Letzte Nacht hat es geschneit, nur ein bisschen, aber die Luft riecht nach Frost und beißt in der Nase. Trotzdem jogge ich die Wege entlang, die sich wie Bänder zwischen den Gebäuden schlängeln. Kaum jemand ist draußen. Ist er zurück in die Stadt, um Eric zu besuchen? Das ist möglich. Immerhin hat Tom außer mir nur wenige Freunde hier. Ich beschließe, zu Toms Zimmer zurückzukehren.

Kröte sitzt immer noch an seinem Schreibtisch, eine mit Karamell verklebte Hand in der Schublade. Er stopft sich einen Schokoriegel in den Mund, als ich den Raum betrete. *Kein Wunder, dass du fett bist.*

»Ist Tom zurückgekommen?«, frage ich, unfähig, die Irritation in meiner Stimme zu kontrollieren.

»Nein.« Kröte dreht sich auf seinem Stuhl um. Ein Schokoladenfleck ist geschmolzen und klebt an seiner Oberlippe wie ein weiteres Muttermal.

»Warst du die ganze Zeit hier?«

»Ich war auf der Toilette, aber sonst …«

Ich lasse mich auf Toms Stuhl plumpsen und habe Mühe, meine Wut zu zügeln. »Was ist mit letzter Nacht? Denk nach!«

Toms Bett ist ungemacht, Wolldecke und Laken sind zerwühlt. Es ist unmöglich, zu sagen, ob er die Nacht dort verbracht hat oder ob er es letzte Nacht durcheinandergebracht hat und nicht zurückgekommen ist. Auf jeden Fall würde er sein Bett nie ungemacht zurücklassen.

»Ich habe es dir schon gesagt.« Kröte klingt verärgert. »Ich habe gelesen und kann mich nicht erinnern.«

»Bist du in der Nacht aufgestanden, um zur Toilette zu gehen?«

»Ja, aber was hat das damit zu tun –«

»Hast du Tom nicht bemerkt?«

»Ich war im Halbschlaf, es war dunkel. Denkst du, ich kann im Dunkeln sehen?«

»Vergiss es. Was ist mit Geräuschen? Schnarcht Tom, hast du was gehört?«

»Er ist ziemlich ruhig. Die meiste Zeit höre ich ihn gar nicht. Er sagt, ich schnarche viel, aber ich kann nichts dafür.«

Wen kümmert's, will ich schreien. Was für eine erbärmliche Figur Kröte ist.

DAS GEGENTEIL VON WAHRHEIT

»Wann hast du Tom das letzte Mal gesehen?«
»Habe ich doch schon gesagt. Irgendwann gestern Abend, kurz vor dem Zapfenstreich.«
»Als du unter der Decke last.«
»Richtig.«
»Er wäre heute Morgen nicht gegangen, ohne sein Bett zu machen.« Bierbauch oder einer der Offiziere kann jederzeit aufkreuzen. Tom wird für etwas so Offensichtliches keine Abzüge riskieren.

Kröte zuckt die Schultern.

Ich springe auf. Frustriert und wütend schaue ich auf die Uhr. Es ist fast Mittag. Die Sorge krabbelt in mir hoch wie ein schleimiges Insekt. Irgendetwas stimmt nicht. Etwas, das ich nicht genau benennen kann.

Ich gehe zu Bierbauchs Wohnung im Parterre. Ich hasse es, ihn zu sehen, aber ich habe keine andere Wahl. Was, wenn Tom etwas wie Eric getan hat? Er würde es richtig machen, *er* würde es schaffen. Schließlich ist er ganz allein mit einem Vater, der sich nicht kümmert, und einer Mutter, die den Verstand verloren hat. Schlimmer noch, weil ich ein egoistischer Arsch bin.

Ich klopfe an Bierbauchs Tür. Bemüht, meine Stimme ruhig zu halten, als Bierbauch öffnet, sage ich:»Sir, entschuldigen Sie bitte, Sir. Kadett Zimmer ist verschwunden. Er ist seit gestern Abend nicht mehr in seinem Zimmer.«

Neue Zweifel steigen in mir auf. Vielleicht war Tom da, und Kröte hat ihn nur übersehen. Der Kerl scheint in einem ständigen Zustand der Zerstreutheit zu schweben. Schwer vorstellbar, wie er durch die Schule kommt.

»Wie kommen Sie darauf, dass Kadett Zimmer vermisst wird?« Bierbauch bekommt einen Hustenanfall, und ich erschaudere. Er ist offensichtlich krank, denn er sieht aus wie ein Häufchen Elend, sein Haar ist zerzaust, aus dem oben aufgeknöpften Hemd schauen Büschel von grauem Haar hervor. Er winkt mich herein und lässt sich hinter seinem Schreibtisch nieder. »Vielleicht ist er spazieren gegangen. Nach Garville. Es ist ja schließlich Sonntag.«

DAS GEGENTEIL VON WAHRHEIT

Ich schüttle den Kopf. Das Gefühl des Unheils wächst. »Nein, Sir. Ich glaube, etwas stimmt nicht. Er hat heute Morgen sein Bett nicht gemacht. Er würde nie gehen ...«

Bierbauch lehnt sich in seinem Stuhl zurück. »Was soll ich tun? Der Campus ist riesig. Haben Sie überall nachgesehen? Könnte er abgereist, vielleicht früher nach Hause gefahren sein? Die Winterpause ist nicht mehr weit. Ich will Direktor Lange nicht umsonst alarmieren. Nicht nach all dem Scheiß, den Sie abgezogen haben.«

»Hören Sie nicht, was ich sage?«, schreie ich, entsetzt über meine Dreistigkeit, aber zu panisch, um mich zurückzuhalten. Ist die ganze Schule schwer von Begriff? »Er ist letzte Nacht oder heute Morgen verschwunden. Auf keinen Fall ist er abgereist.« Für Tom ist sein Zuhause schlimmer als Palmer. Er würde lieber in einem Zelt leben, als früh nach Hause zu gehen.

»Beruhigen Sie sich, Olson. Ich werde ein paar Lehrer alarmieren. Vielleicht hat er eine Besprechung mit einem von ihnen.« Bierbauch richtet sich seufzend auf. »Wenn es gerechtfertigt ist, werde ich den Direktor informieren. Sie gehen und organisieren einen Suchtrupp. Wählen Sie zehn Männer aus Ihrem Stockwerk, die Kadett Zimmer kennen.«

»Jawohl, Sir.«

Ich renne los, froh, etwas zu tun zu haben. Der Korridor im ersten Stock ist ruhig, und ich hoffe, dass ich genug Leute in ihren Zimmern finde. Ich klopfe an die Türen, erkläre jedes Mal und bitte sie, sich in fünf Minuten auf dem Flur zu versammeln. Trotz Toms offener Ablehnung des Krieges mögen ihn die meisten der jüngeren Kadetten wegen seiner ruhigen Intelligenz und seiner ehrlichen Art. Er ist nie gemein wie Muller oder Big Mike, und er ist immer bereit, anderen beim Lernen zu helfen. Die wenigen, die ihn nicht mögen, sind sowieso Idioten.

Das Unbehagen in meinem Magen wächst. Wider alle Hoffnung gehe ich zurück, um Kröte zu sehen. Aber der Raum ist leer, Kröte zweifellos beim Mittagessen. Nichts deutet darauf hin, dass Tom hier gewesen ist. Vielleicht sollte ich Toms Bett machen. Für den Fall,

dass er zurückkommt und es einfach vergessen hat. Er würde sich freuen, dass ich für ihn einspringe.
Aber was ist, wenn es ein Tatort ist? Ich gehe näher heran und untersuche die Laken und das Kissen. Außer ein paar kurzen, dunklen Haaren ist nichts zu sehen. Kaum ein Beweis. Ich schüttle den Kopf, denke an die Jungs, die ich gebeten hatte, sich zu versammeln, und eile in den Flur.
Sie stehen im Korridor und lehnen sich an die Wände. »Hört zu«, sage ich und bemühe mich, zuversichtlich zu klingen. »Tom ist seit gestern Abend nicht mehr gesehen worden. Stellt euch in Zweiergruppen zusammen und überprüft jedes Gebäude.«
Markus sieht besorgt aus. »Was ist, wenn wir ihn nicht finden können?«
Ich zwinge mich zum Lächeln. »Irgendwo muss er ja sein. Frag jeden, den du siehst. Wir treffen uns in einer Stunde wieder hier.«
Wir verteilen uns auf die Kasernen, die Schulgebäude, die Mensa und die Turnhalle. Ich laufe über die Rasenflächen zur Baracke C, die frische, eisige Luft steigt mir in die Nase, als ich Spuren im Schnee entdecke, die in Richtung Wald führen. Der Boden knirscht unter meinen Füßen. Es hat gestern Abend geschneit, und die Spuren sehen frisch aus. Ich verzichte auf meinen Plan, die Kaserne zu besuchen, und eile zu den Bäumen, die sich kalt und dunkel gegen die Helligkeit des Schnees abheben. Hier habe ich mich letztes Jahr verlaufen. Es scheint eine Ewigkeit her zu sein.
Ich blinzle gegen das grelle Licht und schwinge die Arme, um den Frost und den Wind abzuwehren, der über dem See immer aufkommt. Die Spuren führen einen flachen Hügel hinauf und auf der anderen Seite wieder hinunter, und ich frage mich, was die Leute hier draußen machen. Stechpalmen und buschige Zedern bilden ein halbkreisförmiges Dickicht wie einen Raum. *Warum sollte Tom hier draußen herumrennen? Er hat keine Lust, sich zu bewegen, und diese Fußspuren stammen von mindestens drei Personen.* Die Spuren sind tiefer geworden und gut zu sehen. An manchen Stellen ist der Schnee zertrampelt.
Als ich den Blick vom Boden hebe, erblicke ich ein Paar Schuhe, eine dunkelblaue Hose, Palmers Uniformhemd und Toms Gesicht.

DAS GEGENTEIL VON WAHRHEIT

Nur sieht es nicht wie Tom aus, sondern eher wie ein blutiger, geschwollener Klumpen an der Stelle, an der früher sein Gesicht war. Sein Kopf hängt zur Seite, als ob er schliefe. Seine Hände sind mit einem Seil um eine große Eiche geschlungen, an der er lehnt. Ein Stück Stoff, das aussieht wie eines von Toms Taschentüchern, steckt in seinem Mund. Tom besitzt eine unendliche Auswahl an bunten Taschentüchern und teilt sie immer gerne mit mir.

»Tom!«, schreie ich. »Nein, Tom. Wach auf!«

Ein stöhnendes Geräusch entweicht hinter dem Tuch, und ich reiße es aus Toms Mund.

»Hey.« Tom verzieht das Gesicht zu einer Grimasse, was sein zugeschwollenes Auge und die blutige Lippe noch schlimmer aussehen lässt.

»Was ist passiert?« Meine Finger zittern, als ich das Seil um Toms Hände losbinde. Sie sehen purpurblau aus. Tom stöhnt wieder und fällt nach vorn. Ich fange ihn in meinen Armen auf und versuche, ihn aufrecht zu halten.

»Kannst du laufen?«, frage ich. »Komm schon, ich helfe dir.«

Tom stöhnt, während er versucht, sich aufzurichten, aber seine Knöchel geben nach, und er fällt in den Schnee, die bläulichen Hände nutzlos an seiner Seite.

»Tom, bitte«, schreie ich. »Steh auf!« Ich reibe und ziehe an Toms Armen und versuche, ihn hochzuheben. Aber Tom ist selbst für mich zu schwer, und seine langen Gliedmaßen bieten ihm keinen Halt. »Hör zu«, sage ich, »ich hole Hilfe, geh nicht weg. Ich bin in zwei Minuten wieder da.« Toms Augen sind geschlossen, und ich weiß nicht, ob er mich hört.

Ich sprinte über den weiß gepuderten Rasen zum Krankenflügel, einen Teil des Verwaltungsgebäudes. Noch nie bin ich mir so langsam vorgekommen, ignoriere das Hämmern in meiner Brust, den Schrei, der versucht, die morgendliche Stille zu durchbrechen.

Ich stoße die Tür auf und brülle »Hilfe«, schlittere auf dem Linoleum bis zum Schreibtisch der Krankenschwester.

DAS GEGENTEIL VON WAHRHEIT

Tom liegt unverändert im Schnee, seine Gliedmaßen wie ein Haufen Zweige, nicht viel anders als die umgestürzten Äste kranker Bäume, als wir, der Arzt und Sarge, uns nähern. Die Prozession zurück zur Schule geht schnell, Sarge trägt Tom, als wäre er ein kleines Kind. Eine Menschenmenge beobachtet uns vom Rasen vor dem Krankenrevier.

»Macht Platz«, knurrt Sarge. »Sie gehen besser auf Ihr Zimmer, mein Sohn«, sagt er zu mir, nachdem er Tom vorsichtig auf ein Bett gelegt hat. »Wir werden uns um ihn kümmern.«

Unsere Blicke treffen sich. Ich kämpfe damit, den Schwall von Tränen zu unterdrücken. Alles, was ich tun kann, ist nicken.

Der Nachmittag zieht sich unendlich in die Länge, während der erste Stock der Kaserne B so still ist. Ich höre Markus' Stift im Nebenzimmer kritzeln. Andere Kadetten besuchen sich gegenseitig, ihre Stimmen ein leises Flüstern.

»Ich kann nicht glauben, dass Toms Mitbewohner nichts gesehen hat, dass er nicht einmal gemerkt hat, dass Tom nicht da war. Ich meine, ist der Typ blind?«, kommentiert Markus nebenan.

»Wer würde so was tun?«, sagt ein anderer.

Wer eigentlich? Ich gehe in meinem Zimmer auf und ab, unfähig zu sitzen oder zu lernen. Ich möchte Tom besuchen und mit ihm reden. Ihm Hundert Fragen stellen.

Aber jedes Mal, wenn ich zur Krankenstation komme, weisen sie mich ab. »Morgen«, sagen sie. »Wir tun alles.« Ich versuche es trotzdem mehrmals, in der Hoffnung, an der Krankenschwester vorbeizukommen, die Wache hält.

Auf dem Rückweg halte ich in der Höhle, um mich abzulenken. Auch wenn ich keine Lust habe, Spiele zu spielen oder fernzusehen. Ich will Tom sehen und herausfinden, was passiert ist. Maddie geht mir durch den Kopf.

Ich schiebe sie weg.

KAPITEL ZWEIUNDZWANZIG

Am Montag besuche ich vor dem Frühstück die Krankenstation. Ich halte es nicht mehr aus, ich mache mir Sorgen um Tom und dass er sterben wird. Die Tagesschwester am Schreibtisch schaut mich fragend an.
»Ja?«
»Ich möchte Tom Zimmer sehen.«
»Tom kann zurzeit keinen Besuch empfangen.« Ich habe nur von Schwester Melon gehört und dass sie streng ist und keiner der Jungs sie mag. Sie ist gut darin, vorgetäuschte Erkältungen und Magenschmerzen in den Prüfungswochen zu erschnüffeln: Thermometer, die auf Heizkörpern erhitzt werden, Durchfall, der durch Abführmittel verursacht wird, und selbst zugefügte Hautausschläge. Trotz der Situation unterdrücke ich ein Grinsen, wenn ich daran denke, wie ihr Name zu ihren riesigen Brüsten passt, und stelle mir vor, wie sie über mir schwebt.

Ihr Gesicht ist so rund wie ihr Busen, die fleischigen Wangen werden nur durch ein Grübchen im Kinn und dünne Lippen ohne den geringsten Hauch von Lippenstift unterbrochen. Ihre Augen sind hellblau, zu blass, um einen Eindruck zu hinterlassen, aber ihnen entgeht nichts.

»Ich muss ihn sehen. Bitte.«
Schwester Melon mustert mich. »Warum kommen Sie nicht in

der Mittagspause wieder? Bis dahin wird Tom vom Arzt untersucht worden sein, und wenn alles in Ordnung ist, können Sie ihn für ein paar Minuten sehen.«

Ich kann mich nicht konzentrieren, nicht einmal, als Sarge mir die Auszeichnung für fortgeschrittene Scharfschützen überreicht. Den Wettbewerb im Gewehrschießen letzte Woche hatte ich völlig vergessen.

Sarge lässt mich vor die Klasse treten und heftet mir die silberne Anstecknadel, ein Miniaturkreuz, an die Brust. »Gut gemacht«, sagt er und schüttelt mir die Hand. »Erstaunlich, was ein bisschen harte Arbeit bringt.«

Ich kehre an meinen Schreibtisch zurück. Zu meiner Überraschung interessiert mich die neue Anstecknadel nicht die Bohne. Vor einer Woche wäre ich noch begeistert gewesen, Sarges Aufmerksamkeit zu erregen und die begehrte Auszeichnung meiner mageren Sammlung hinzuzufügen. Einige der Jungs haben ein Dutzend Medaillen für verschiedene Leistungen, während sie im Rang aufgestiegen sind. Natürlich produzieren die meisten von ihnen bessere Noten. Ich habe herausgefunden, dass man nur dann weiterkommt, wenn man ein A-Schüler ist oder einen Vater mit viel Geld hat. Beides wird nicht passieren. Jetzt will ich nur noch, dass die Stunde vorbeigeht, damit ich Tom besuchen kann.

Ich schnappe mir zwei Äpfel und drei Brötchen vom Mittagsbuffet und sprinte zur Krankenstation. Die Rezeption ist menschenleer. Ich schaue den Flur entlang – nichts. Das Linoleum glänzt und reflektiert die gleißenden Glühbirnen über mir. Ich könnte Ärger bekommen, aber hat Schwester Melon nicht gesagt, dass ich Tom sehen kann? Besser, ich entschuldige mich hinterher, als Zeit mit Fragen zu verschwenden.

Ich stoße das erste Patientenzimmer auf: leer. Der Junge hinter der zweiten Tür hat ein gebrochenes Bein. Ich kenne ihn nicht. Hinter der dritten Tür erkenne ich Toms schlanke Gestalt unter dem sterilen Weiß der Krankenhausdecken.

Er sieht blass und schlafend aus, die linke Gesichtshälfte ist mit

Pflastern und Verbänden bedeckt. Ich tapse leise zu ihm und bleibe stehen, unschlüssig, ob ich warten oder gehen soll. Einen Moment lang mache ich mir Sorgen, ob Tom noch atmet. Ich beuge mich tiefer, bis ich ein leichtes Röcheln aus seiner Kehle höre.

Ob es nun daran liegt, dass ich lauter bin, als ich dachte, oder dass wir eine tiefere Verbindung haben, Tom öffnet die Augen.

»Hallo.«

»Hallo.« Ich kämpfe gegen den Kloß in meinem Hals. »Wie geht's dir?«

Tom schaut mich an. »Irgendwie lausig. Was machst du?«

»Nicht viel, langweiliges Englisch und Mathe, habe mein Zeugnis ziemlich verhunzt, aber das ist mir egal.«

»Verstehe.« Tom hustet und fällt ermattet aufs Kissen zurück.

»Tom, hör zu.« Ich halte inne und überlege, ob ich meine Hand auf Toms Arm legen soll, der weiß, fast durchsichtig erscheint.

»Ich war ein Idiot«, haucht Tom.

»*Ich* war der Idiot«, sage ich. »Ich –«

»Quatsch, du hast Erics Geheimnis gewahrt. Das verstehe ich jetzt.« Toms gutes Auge versucht zu lächeln, bleibt aber irgendwie stecken und zeigt pure Reue.

Ich nicke. »Stimmt, aber ich hätte mir über deine Freundschaft mit Eric bewusster sein müssen. Du, ich habe nie –«

»Ich weiß, dass du mir Eric nicht wegnimmst. Ich war dumm.«

»Ich habe Sarge gefragt. Es ist alles wahr. Ich hätte mich in der Höhle auf deine Seite stellen müssen.«

»Was ist wahr?«

»*My Lai*, die Morde. Du hattest die ganze Zeit recht.«

»Du musst schon *selbst* herausfinden, wo du stehst.« Tom hustet und ringt nach Luft.

»Ich meine, ich hätte dir beistehen sollen«, sage ich, »die ganze Zeit ...« Meine Stimme versagt, als ich mich daran erinnere, wie ich Tom in der Höhle beobachtete, wie er sich mit Muller stritt – allein. Ich hätte damals etwas sagen können ... all die anderen Male. Eine Schweißperle rollt mir die Schläfe hinunter. Ich erinnere mich an meine eigene Familie, wie sie sich nie dafür interessierte, was ich zu

sagen hatte. »Es tut mir leid«, murmle ich.
»Ich weiß.«
»Was meinst du?«
»Ich habe schon mit Sarge gesprochen.« Tom verzieht das Gesicht zu einer Grimasse. »Ich weiß nicht, wer es war. Sie haben mir eine Decke über den Kopf gezogen. Es war dunkel draußen.« Ich möchte jemanden schlagen. »Was ist passiert?«
»Ich muss echte Feinde haben. Ich dachte, die säßen in Vietnam.« Toms Lachen klingt wie ein Krächzen.
»Ich bin froh, dass du hart im Nehmen bist.« Ich tätschle seinen Arm. Er wirkt dünn und kalt. »Was ist passiert, nachdem sie dich rausgetragen haben?«
»Es waren mindestens zwei«, flüstert Tom. »Die Studienstunde war fast vorbei, und ich war auf dem Weg zum Waschraum. Ich dachte gerade über meinen Besuch bei Eric nach, als mich plötzlich jemand von hinten packte. Sie trieben mich nach draußen und fesselten mich an den Baum. Es war dunkel, Neumond, nur Taschenlampen, die auf mich gerichtet waren. Ich konnte nichts sehen, so wie damals.« Ich weiß, er spricht von dem Abend, als sie uns aus den Betten holten und grundlos verprügelten.

Tom hält inne, sein Gesicht ist fast so weiß wie der Mull. »Sie schlugen mich, und ich wurde irgendwann ohnmächtig. Als ich aufwachte, war ich allein. Es war so kalt. Ich versuchte zu schreien, aber sie hatten mir ein Tuch in den Mund gestopft. Ich wusste, dass mich sowieso niemand hören würde. Ich dachte, Kröte würde es vielleicht merken ... jemandem Bescheid sagen. Der Wald war unheimlich.«

Ich nicke. Scheiß Feiglinge, die wehrlose Menschen wegen nichts verprügeln, weil sie neu oder anders sind oder unterschiedliche Überzeugungen haben. Tränen drängen sich mir in den Hals, angetrieben von der Trauer um Tom, aber vor allem von einer Wut, die überzukochen droht.

Ich will Rache.

Seit dem ersten Mobbing habe ich mich nicht mehr so wütend gefühlt. Nicht einmal Mullers Misshandlung kommt dem nahe. Ich

springe auf und beginne hin- und herzulaufen.
»Ich werde die Hurensöhne finden«, flüstere ich. »Werde du erst mal gesund, ich mache die Kerle ausfindig.«
»Pass auf dich auf.« Tom schließt die Augen.
Ich drehe mich an der Tür um. »Ich komme heute Abend wieder.« Aber Tom scheint es nicht zu hören.
Obwohl ich am liebsten losrennen und schreien würde, zwinge ich mich zu gehen. In der Nähe des Büros neben dem Schwesternschreibtisch bleibe ich stehen. Schwester Melon ist immer noch nicht da, aber ich höre Stimmen hinter der Tür eines Untersuchungszimmers.
Eine davon ist die von Sarge, kiesig und in der Lage, Betonwände zu durchdringen.»… eine Untersuchung durchführen.« Die anderen Stimmen schließen sich an, sind aber zu leise, um sie zu verstehen. Ich glaube, ich höre den Direktor. Eine muss der Arzt sein und die andere Schwester Melon.
Als sich jemand hinter der Tür bewegt, springe ich um die Ecke und eile nach draußen. Ich werde meine eigenen Nachforschungen anstellen, das ist das mindeste, was ich tun kann. Es ist spät, und ich renne zurück zum Schulgebäude. Hoffentlich kann ich mich konzentrieren. So oder so wird es ein langer Nachmittag.

Am Abend erstelle ich eine Liste möglicher Verdächtiger, wer dazu in der Lage wäre und wer ein Motiv haben könnte. Ich erinnere mich an Big Mike, der nach der Evansville-Reise wütend auf Tom war. Da ist der Ausbruch von Muller in der Höhle, Bloom, der Streit mit Tom wegen des Massakers. Vielleicht gibt es noch andere, die Tom mit seinen liberalen Ansichten und seiner offensichtlichen Abneigung gegen das Militärleben verärgert hat.
Nach dem Abendessen kehre ich zur Krankenstation zurück. Die Nachtschwester lässt mich herein. »Fünf Minuten und nichts Aufregendes«, flüstert sie, als wir Toms Zimmer betreten. Das Licht auf dem Nachttisch wirft einen milchigen Schein auf die Bettdecke. Toms Augen sind offen und funkeln verdächtig. Seine gute Wange leuchtet rosa im weißen Licht.

DAS GEGENTEIL VON WAHRHEIT

»Hallo«, sagt er.

»Wie fühlst du dich?« Ich ignoriere den Stuhl neben Toms Bett.

»Ich friere, kannst du mir noch eine Decke holen? Da drüben im Schrank.«

Ich bin froh, etwas zu tun zu haben, und krame nach der Decke. »Es wäre wirklich hilfreich, wenn du dich an etwas aus dieser Nacht erinnern könntest. Irgendetwas muss dir doch bekannt vorgekommen sein.«

Tom schüttelt den Kopf. »Ich habe Sarge schon gesagt, dass es zu dunkel war und dass sie nur einmal flüsterten. Dir ist klar, dass ich jetzt ziemlich berühmt bin. Direktor Lange kam vorbei und fast alle Lehrer. Jemand hat Kekse mitgebracht. Willst du welche? Ich bin nicht hungrig.«

Ich schüttle den Kopf. »Behalte sie, du musst sowieso zunehmen.«

»Zeit zu gehen.« Die Krankenschwester steht in der Tür.

»Nur noch eine Sekunde.« Ich nicke der Frau zu, die hartnäckig weiter wartet. »Weißt du noch, wann du aufs Klo gegangen bist?«

»Vor zehn. Sicherlich kurz vor dem Zapfenstreich.«

Das passt zu dem, was Kröte gesagt hat. »Ich komme morgen wieder«, sage ich laut. »Wir werden sie finden. Mach dir keine Sorgen.«

Tom nickt. Es scheint eine Anstrengung zu sein.

Als ich in mein Zimmer zurückkehre, schaut Plozett von seinem Schreibtisch auf. »Kröte war hier und hat nach dir gefragt.«

»Hat er gesagt, was er will?«

»Nein, aber er meinte, er würde sich wieder melden. Ich wusste nicht, wo du bist.«

»Ist okay, trotzdem danke.« Ich eile in den Flur. Der Mathetest steht an, aber ich bin ziemlich zuversichtlich. Was soll's, wenn ich kein A bekomme? Ich habe in den meisten Fächern sowieso nur Bs und Cs.

Ich betrete Toms Zimmer. »Du suchst nach mir?«

»Ja.« Kröte klappt abrupt sein Geschichtsbuch zu, aber ich bemerke das Taschenbuch darin, einen Krimi, der im Weltraum spielt. »Mir ist etwas eingefallen. Ich dachte, das interessiert dich vielleicht. Ich wollte es Sarge erzählen, aber dann dachte ich ...«

»Schon gut, was ist es?«

»In der Nacht, in der Tom verschwand, ich meine früher am Tag, sah ich ein paar Sportler unser Wohnheim verlassen. Die Sache ist die, sie sind bei der Kavallerie und wohnen nicht hier. Vielleicht ist es unwichtig.«

Die Mitglieder der Kavallerie, die sogenannten Horsemen, stammen in der Regel aus wohlhabenden Familien, die sich zusätzliches Schulgeld leisten können, damit ihre Kinder die drei Dutzend weißen Lipizzaner reiten und springen können, die die Schule unterhält. Die Pferde sind anfangs grau und werden im Alter von zehn Jahren weiß.

Ein solches Pferd ziert das Logo von Palmer und ist auf dem Wappen der Schule und all unseren Insignien zu sehen. Die Kadetten der Kavallerie hängen zusammen und kommen nur selten mit gewöhnlichen Infanteristen wie uns zusammen. Mit Ausnahme von Muller, dessen Cousin bei der Kavallerie ist. Aber auch Muller gesellt sich nicht wirklich zu uns. Offensichtlich ist er zu arrogant, sich unter das gemeine Volk zu mischen.

»Hatten sie etwas bei sich oder haben sie sich seltsam verhalten?«

»Ich habe nichts bemerkt.«

»Um wie viel Uhr war das?«

»Vor dem Abendessen, denke ich.« Kröte schaut an die Decke. »Ja, ich war auf dem Weg nach draußen, als ich sie sah. Ich gehe immer früh zu —«

»Um wie viel Uhr?«

»Vor sechs.«

Ich seufze. »Danke, Kröte. Sag mir Bescheid, wenn dir noch was einfällt.«

Ich gehe die Beweise durch, die ich bis jetzt gesammelt habe. Sie sind dünn und ergeben keinen Sinn. Ich bin frustriert über den Mangel an Zeit und Gelegenheit, herumzuschnüffeln. Die Tage sind mit Marschieren, Unterricht und Sport ausgefüllt. Das

DAS GEGENTEIL VON WAHRHEIT

Footballtraining wurde mit Gewichtheben und Sprints wieder aufgenommen, ganz zu schweigen von der obligatorischen Studienzeit, die mich zwingt, jeden Abend an meinem Schreibtisch oder in der Bibliothek zu bleiben.

Ich trage ein Heft bei mir, um Hinweise oder neue Ideen zu notieren, aber meine Fragen haben wenig ergeben, und die Seiten bleiben leer. Nur in Filmen finden die Privatdetektive die Dinge in einer logischen Abfolge von Ereignissen. Das wirkliche Leben ist ganz anders.

Als ich Tom am nächsten Tag wieder besuchen will, werde ich weggeschickt.

»Tut mir leid, Tom muss sich ausruhen.« Schwester Melons Lippen sind fest verschlossen. Sie ist der einzige Erwachsene in der Schule, der uns immer mit Vornamen anspricht.

»Was ist mit heute Abend?«

»Heute nicht.«

»Ich habe ihn doch gestern gesehen, und es ging ihm gut. Warum ist es heute nicht in Ordnung?«

Krankenschwester Melon seufzt.

»Bitte, ich werde nicht lange bleiben.«

»Tom schläft die meiste Zeit. Sein Fieber ist ziemlich hoch. Er braucht so viel Ruhe wie möglich.«

Ich nicke. »Dann bin ich morgen wieder da.«

Aber am nächsten Tag komme ich nicht weiter. Gerüchten zufolge hat Tom eine Lungenentzündung und liegt unter einem Plastikzelt, damit die Luft sauber und mit Sauerstoff gefüllt bleibt. Jemand anderes meint, Tom werde in ein Krankenhaus in Evansville verlegt. Ich erinnere mich, wie gerne Tom Evansville und seine Kinos besucht hat, in denen die neuesten Hollywood-Filme doppelt und dreifach gezeigt werden.

Am Mittwochabend halte ich es nicht mehr aus und stürme in Sarges Büro. »Wird Tom sterben?« Zu meiner Verlegenheit zittert meine Stimme, und ich spüre, wie die Tränen meine Kehle verstopfen.

Sarge sitzt hinter seinem Schreibtisch und benotet Arbeiten mit einem dicken roten Bleistift. Für eine Sekunde sieht er aus, als wolle er schreien, aber dann wird sein Ausdruck sanft.

»Setzen Sie sich, Olson.«

»Ich will mich nicht setzen, Sir.«

»Auch gut.« Sarge erhebt sich von seinem Stuhl und beginnt im Raum herumzugehen. »Ich weiß, dass Sie beste Freunde sind, und was ich jetzt sage, muss in diesem Raum bleiben. Haben Sie verstanden?«

Ich nicke. Plötzlich wackeln meine Knie, und ich wünschte, ich hätte Sarges Anweisung, mich zu setzen, befolgt.

»Tom ist sehr krank. Als wir ihn fanden, sah es so aus, als würde er sich schnell erholen. Aber er hat eine ganze Nacht bei eisigen Temperaturen im Wald verbracht und er ist nicht so gebaut wie Sie und ich. Tom hat eine Lungenentzündung, er hat Atemprobleme. Der Arzt hat das Krankenhaus in Evansville um Hilfe gebeten, und sie haben ein Sauerstoffzelt geschickt. Er ist stabil, aber es würde nicht schaden, wenn —«

»Was soll das heißen?« Meine Stimme ist schrill. »Stabil?«

»Es bedeutet, dass es ihm nicht besser und nicht schlechter geht – im Moment.«

»Haben Sie etwas herausgefunden? Wer es war und warum?«

»Ich arbeite dran. Wir werden sie finden, und wenn es das Letzte ist, was ich an dieser Schule mache. Warum, wissen Sie etwas?«

»Ich bin mir nicht sicher, Kröte, ich meine Kadett Todd, sah mehrere Männer der Kavallerie unsere Kaserne verlassen. Die machen nie was mit uns.«

»Unwahrscheinlich.« Sarge unterbricht mich mit einer Handbewegung. »Sonst noch etwas?«

»Ja, erinnern Sie sich an die Rückfahrt von Evansville, als Big Mike Tom gedroht hat? Was wäre, wenn er es wahr machen würde?«

»Möglich, aber ich habe Stets schon überprüft. Er hat sich mit White auf ein Examen vorbereitet. Sie waren im Lernraum von Baracke D.«

Alle Kasernen verfügen über einen Arbeitsbereich im Erdgeschoss, der mit mehreren Schreibtischen, zusätzlichen Stühlen

und einem Tisch ausgestattet ist und für Gruppenprojekte und zur Förderung der Teamarbeit gedacht ist.
»Big Mike arbeitet am Samstagabend?«
»Ich weiß, was Sie meinen, aber seine Stimme ist ziemlich laut, und er war definitiv in diesem Raum.«
Ich bin enttäuscht. Big Mike war von Anfang an mein Hauptverdächtiger. Ich habe Tom nie erzählt, dass ich nach dem Training mit Big Mike sprach, als wir die Letzten waren, die gingen.
»Warum lässt du Tom nicht in Ruhe?« Ich hatte versucht, lässig zu klingen. »Er ist eben nicht sportlich wie du, also wo ist das Problem?«
»Du machst dir Sorgen um deinen dürren Freund.« Big Mikes Gesicht verzog sich zu einem bösen Grinsen. »Ich gebe dir einen Rat: Such dir deine Freunde sorgfältiger aus.«
»Lass ihn einfach in Ruhe«, sagte ich. »Er ist ein guter Kerl.«
Big Mike ignorierte mich und ging davon.
»Olson, hören Sie mir zu?« Sarge starrt mich an. »Ich sagte, ich lasse Sie wissen, wenn es Neues gibt ... an beiden Fronten.«
»Was ist mit Muller?«, platze ich heraus.
»Was soll mit ihm sein?«
»Er hat Tom in der Höhle gedroht. Er sagte, jemand sollte ihm eine Lektion erteilen. Viele von uns haben Muller gehört.«
Sarge lässt sich auf seinen Stuhl fallen. Im Raum ist es still, bis auf den knarrenden Heizkörper in der Ecke.
Ermutigt durch Sarges Schweigen, fahre ich fort. »Muller kann Toms Antikriegsgerede nicht ausstehen. Er hat schon immer übertrieben, ist fanatisch und glaubt, er sei perfekt, aber in Wirklichkeit ist er gerissen und genießt es, wenn andere leiden.«
»Meinen Sie Ihr Duell mit Muller?«
»Er würde es nicht mit *mir* machen, ich bin zu stark.«
»Ich weiß es nicht.« Sarge schüttelt den Kopf und wendet sich wieder mir zu. »Hören Sie zu, mein Sohn, ich weiß, dass Sie verärgert und wütend sind, aber Sie können nicht einfach Leute beschuldigen. Sie mögen alle Fehler haben, aber wir müssen die Sache richtig angehen.«
»Aber, Sir.«

»Ohne Wenn und Aber. Wegtreten.«

»Danke, Sir.« *Für nichts.* Was zum Teufel bedeutet *die Sache richtig angehen?* Ich hatte erwartet, dass Sarge helfen würde. Was hatte Sarge zum Massaker von My Lai gesagt? Er wird das Establishment schützen. Er ist zu nah dran. Ich gehe zur Tür, mein Magen dreht sich vor Abscheu und Enttäuschung.

»Olson?«

»Ja, Sir?«

»Versprechen Sie mir, dass Sie zu mir kommen, wenn Sie etwas hören. Ich werde Sie wissen lassen, was ich erfahre.«

»Jawohl, Sir.«

KAPITEL DREIUNDZWANZIG

Ich wache schweißgebadet auf, mein Herz rast. Big Mike jagte mich über den zugefrorenen See und schwang einen Säbel. Alles war milchig und neblig. Die Ränder zwischen Boden und Luft verschmolzen zu weißen Wolken wie Schwaden aus gefrorenem Stickstoff. Je weiter ich rannte, desto dünner wurde das Eis, während Big Mikes Lachen hinter mir immer lauter wurde.

Ich versuchte, einen Bogen um die offene Fläche in der Mitte des Sees zu machen, aber Big Mikes Freunde tauchten aus dem Nebel auf und schwangen auch Säbel. Plötzlich war Tom da, er trug einen Krankenhauskittel und kicherte, während er zusah, wie sein Bett durch das Eis brach. Dann lag Tom auf dem Bett und schlug mit den Armen um sich, während er im glasigen Wasser verschwand.

Ich schrie auf, hin- und hergerissen zwischen der Rettung von Tom und meiner Rettung vor den Schwertern, das Eis brach, zackige Risse erschienen, schneller, immer schneller, dann das brechende Geräusch, ein scharfes Knacken, als ich sank, Big Mike stand oben und winkte mir zu. Tom im klaren Wasser, die Augen offen und ausdruckslos starrend.

Jetzt werde ich auf keinen Fall wieder einschlafen. Ich stehe auf und gehe in den Waschraum, um ein Glas Wasser zu trinken. Das Nachtlicht ist schwach, aber ich habe keine Probleme, das Waschbecken zu finden. Ein Geräusch wie ein winziges Wimmern lässt mich innehalten.

Ich horche – nichts.

»Ist da jemand?« Nichts außer dem tropfenden Wasserhahn. Immer noch aufgewühlt von meinem Traum, komme ich mir albern vor, wie ich barfuß auf dem Fliesenboden stehe. »Ich höre Geister«, murmle ich und gehe zurück in mein Zimmer.

In den nächsten vier Tagen renne ich zwischen den Schulstunden zur Krankenstation, in der Hoffnung, eingelassen zu werden oder die Rezeption unbewacht zu finden. Jedes Mal starrt mich eine der Krankenschwestern an und schüttelt mit zusammengepressten Lippen den Kopf. »Vielleicht morgen, haben Sie Geduld«, murmeln sie, bis ich mich abwende.

Am Samstag taucht Toms Vater in meinem Zimmer auf.

»Ich habe gehört, Sie sind mit Tom befreundet«, sagt er. Er ist genauso groß wie Tom und hat die gleichen langen Gesichtszüge, abgesehen von einem rundlichen Bauch und einer Speckschicht unter dem Kinn. Seine Augen sind grün und hart wie polierte Murmeln. »Ich bin Toms Vater, Thomas Zimmer.«

Es kommt mir seltsam vor, dass Toms Vater den gleichen Namen trägt, da sie so wenig gemeinsam haben. »Schön, Sie kennenzulernen.«

»Tom ist sehr krank. Wir müssen ihn vielleicht in ein Krankenhaus verlegen. Direktor Lange meinte, Sie könnten mir helfen, seine Sachen vorzubereiten.«

»Jawohl, Sir. Sein Zimmer ist am Ende des Flurs, Nummer hundertzweiundzwanzig. Ich werde es Ihnen zeigen.«

Wir gehen den Korridor entlang. Ich suche nach etwas, was ich sagen kann, aber das Schweigen zwischen uns ist zu zäh, um es zu durchdringen. Ich werfe einen Blick auf den Mann an meiner Seite, der blass aussieht und dessen Lippen zusammengepresst sind.

»Hier ist es.« Ich öffne die Tür zu Toms Zimmer und bin erleichtert, dass Kröte nicht da ist. »Seine Sachen sind rechts. Ich muss Bierbauch, ich meine unseren Betreuer, bitten, den Koffer zu holen.«

»Nicht nötig, ich habe eine zusätzliche Tasche dabei. Wir nehmen vorerst nur seinen Schlafanzug und ein paar persönliche Dinge mit. Wenn es ihm besser geht, kommt er sicher bald zurück.« Zimmer Senior steht wie ein Fremdkörper im Raum, während ich Toms Toilettenartikel und ein paar Lieblingsbücher und Filmzeitschriften einsammle und mich frage, wann Tom wieder in der Lage sein wird, zu lesen.

»Das ist alles.« Ich halte die Tasche hoch. »Wann wird er verlegt?«

»Montag. Der Krankenwagen wird ihn abholen.«

Ich nicke. Mir sind die Worte ausgegangen. »Ich bin in meinem Zimmer, wenn Sie etwas brauchen.«

»Danke, Andy.« Er zögert. »Tom spricht immer von Ihnen.«

Ich nicke erneut. Der Kloß in meinem Hals wird immer größer.

»Sie haben nicht zufällig eine Ahnung, wer das getan hat?« Tom Seniors Gesicht zeigt eine Dimension des Schmerzes, die ich bisher vermisst habe.

»Nein, Sir, es tut mir leid, ich suche selbst und der Sergeant –«

»Natürlich, danke, Andy.« Thomas Zimmer Senior geht den Flur entlang, seine Schritte klingen hohl und einsam.

In meinem Zimmer starre ich die Wand an. Etwas nagt an mir, aber ich kann nicht herausfinden, was es ist.

Meine letzten beiden Abschlussprüfungen sind Montag und Dienstag. Am Mittwoch werde ich zur Weihnachtspause abgeholt. Meine Mutter hat geschrieben. Sie freuen sich alle darauf, mich zu sehen. Ich habe im November ein paar kleine Geschenke in Maddies Laden gekauft, die sich jetzt in meiner Schreibtischschublade stapeln. Ich wollte schöne Sachen kaufen, aber das Geld war noch knapper, und jetzt bin ich pleite. Mit Maddie und Tom auszugehen, ins Kino zu gehen und im Laden vorbeizuschauen, ist teuer.

Maddie. Den ganzen Herbst über hoffte ich auf eine Gelegenheit, sie privat zu treffen, aber wir hatten keinen Ort, an dem wir allein sein konnten. Obwohl sie die örtliche Highschool besucht, kann ich sie dort nicht besuchen, da sich Palmer-Kadetten nicht mit Städtern treffen. Die halbjährlich stattfindenden

DAS GEGENTEIL VON WAHRHEIT

Tanzveranstaltungen, die die Schule für uns organisiert, sind eine große Sache, und die Teilnehmer von der noblen Mädchenakademie in Evansville werden mit einem Bus hergefahren. Die Tänze beginnen am frühen Nachmittag und sind um einundzwanzig Uhr zu Ende, damit die Mädchen zu ihrer Schule zurückkehren können. Die geschminkten Gesichter und hochgesteckten Haare der Mädchen, die schicken Kleider, langen Handschuhe und lackierten Schuhe haben nichts mit Maddie gemeinsam. Beim letzten Tanz umkreiste mich eine Blondine, aber ich fühlte mich unbeholfen und hatte einen Knoten in der Zunge. Ich habe jetzt schon Muffensausen vor dem nächsten Tanz im Februar. Ich kann nur an Maddie denken. Seit unserem Streit sind zwei Wochen vergangen.

Mir kommt in den Sinn, dass weder Maddie noch Eric etwas von Tom wissen. *Eric dreht wahrscheinlich durch und fragt sich, wo Tom steckt. Und Maddie?* Sie war wütend auf mich, aber sie wundert sich wahrscheinlich, warum ich nicht vorbeikomme. Warum ich nicht versuche, sie umzustimmen. Warum ich mich nicht versöhne und sie zurückgewinne. *Ich gehe morgen hin und sage es ihnen.*

Ich denke an Tom in seinem Krankenhausbett und dass er seine Abschlussprüfungen verpassen wird. Aber Tom ist ein guter Schüler und wird sie im Frühjahr nachholen.

Nachdem ich am Sonntag lange geschlafen und das Frühstück verpasst habe, gehe ich zum Mittagessen nach draußen. Der Speisesaal ist fast leer, da viele Kadetten die Freiheit einer Mahlzeit nach eigenem Ermessen nutzen. Da die Schlange am Tresen kurz ist, nehme ich mir ein Tablett und studiere das Angebot an Hackbraten und Fischfilets. Ich entscheide mich für den Hackbraten und stecke meine Gabel tief in das Kartoffelpüree, eine meiner Leibspeisen, als Plozett zur Tür hereinpoltert.

»Andy. Hast du gehört?« Seine gewohnte Gelassenheit ist verschwunden, er kaut auf seiner Unterlippe und meidet meinen Blick.

»Was?«

»Tom ist tot.« Die Stimme von Plozett klingt erstickt.

Ich beobachte, wie sich der Mund meines Mitbewohners öffnet

DAS GEGENTEIL VON WAHRHEIT

und schließt, aber kein weiteres Wort dringt an meine Ohren. Das Blut schießt in krachenden Wellen durch meinen Schädel. Ich schüttle den Kopf. Mehrere Kadetten aus anderen Jahrgängen drängen sich heran und fragen nach Details, um die Langeweile des Sonntagnachmittags zu verdrängen.

Plozett legt mir eine Hand auf die Schulter, und ich komme zu mir. »Tut mir leid, Mann, ich weiß, ihr wart beste Freunde.«

Ich ignoriere ihn und die wachsende Meute, schiebe mein Tablett weg und eile nach draußen. Das kann nicht sein. Tom kann nicht tot sein. Ich sprinte zur Krankenstation, vor der mehrere Autos parken. Männer und Frauen in Zivil- und Militärkleidung tummeln sich auf dem Korridor. Die Rezeption ist menschenleer, ich renne den Flur entlang.

Toms Vater steht vor dem Krankenzimmer. Mit gesenktem Kopf lauscht er dem Direktor, dessen Stimme zu leise ist, um sie zu verstehen. Eine mollige Frau mit blassblondem Haar hängt an Tom Seniors Arm, ihre Augen sind groß und besorgt, aber trocken.

»... eine Untersuchung eingeleitet ... bedauerlicher Unfall ... alles unter Kontrolle«, sagt Lange, als ich näher komme. Er tätschelt den Arm der Frau, wie er es schon eine Million Mal getan hat.

»Was ist passiert?«, frage ich. Es klingt wie jemand anderes.

Toms Vater schaut auf, seine polierten Augen schimmern feucht. »Tom ist heute Morgen verstorben. Er ... die Infektion war zu stark.«

Der Schularzt kommt aus Toms Zimmer und nickt Lange und dann Toms Vater zu. »Sie können jetzt reingehen.«

Thomas Senior und ich schauen uns an. Dann dreht er sich wortlos um und geht in Toms Zimmer. Ich folge ihm.

»Sie haben keine Erlaubnis.« Langes Finger krallen sich in meine Schulter.

»Aber er war mein bester Freund.« Ich spüre, wie die vertraute Wut meine Kehle zuschnürt.

Toms Vater dreht sich um. »Es ist okay, er kann sich verabschieden.«

Tom liegt in einem neuen blau-weiß gestreiften Schlafanzug im

DAS GEGENTEIL VON WAHRHEIT

Bett, als würde er schlafen, das Sauerstoffzelt ist zur Seite geklappt wie ein ausrangierter Regenschirm. Er ist blass wie immer, abgesehen von den violetten Blutergüssen um sein rechtes Auge und seine Wange und einem Gelbstich, der sich in seine Wangen geschlichen hat.

Sein schmales Gesicht sieht friedlich aus, sein Mund ist entspannt und leicht nach oben gebogen, als hätte er ein letztes Mal gelacht, bevor er zu atmen vergaß. Seine Hände liegen in einer betenden Haltung auf der Brust gefaltet, obwohl ich ihn nie habe beten sehen. Die Kapelle ist für alle Kadetten Pflicht, aber ich bin mir ziemlich sicher, dass Tom Atheist war. Ein Pfarrer steht rechts vom Bett und murmelt in ein goldenes Kreuz, das er in seiner Handfläche hält.

Ich schaue weg. Was für eine Farce. Plötzlich unfähig, eine weitere Sekunde zu verweilen, dränge ich mich an allen vorbei und renne den Korridor hinunter, meine Schritte laut und einsam auf dem Linoleum.

Tom ist tot.

Es ist unmöglich, sich Palmer ohne Tom vorzustellen. In den letzten Wochen hatte ich auf Autopilot geschaltet und immer daran gedacht, wie ich Tom dies sagen oder ihn das fragen könnte. Jetzt ist Tom von mir gegangen.

Ich laufe weiter. Es ist eiskalt, aber ich laufe weiter, meine Füße tragen mich in Richtung Wald, meine Beine sind mechanische Aufziehspielzeuge ohne Gefühl. Die Luft brennt in meinem Gesicht, meine Lunge schmerzt. Ich kann nicht aufhören.

Denn wenn ich anhalte, muss ich nachdenken. Meine Beine schmerzen. Ich laufe weiter, die Bäume über mir schweigen, ihnen ist es gleichgültig, dass ich meinen einzigen guten Freund verloren habe. Es gibt keinen Ort, an dem ich mich normal fühlen kann, nie mehr. Ich weiß noch, wie ich hierherkam und mich über den Brief meiner Mutter aufregte. Es ist so unbedeutend. Tatsächlich merke ich, dass es mir egal ist. Ich werde sowieso bald eine eigene Wohnung haben.

Toms Gesicht schwebt vor mir, blass und mit geschlossenen

DAS GEGENTEIL VON WAHRHEIT

Augen. Ich laufe im Zickzack durch den Wald, über die Wege, blind für alles. Ich beginne zu keuchen. Ich will Schmerz. Gleichzeitig fühle ich nichts, ein Roboter bewegt seine Beine, auf und ab, links und rechts. Ich keuche heftiger, meine Lungen stechen. Trotzdem kann ich nicht aufhören. Eine andere Richtung. Bergab. Nach Garville.

Die Stadt sieht am Sonntag noch verlassener aus, auf den Straßen gibt es keine Autos außer Dr. Smittleys Cadillac im Carport und einem roten Lastwagen mit rostigen Kotflügeln vor der Kneipe. Meine Beine brennen, meine Lunge wird mit jedem Atemzug schwerer. Ich muss eine Pause machen, sonst breche ich zusammen. Das neueste Poster kündigt *Easy Rider* an, Peter Fonda starrt über irgendeinen Canyon. Entspannt. Gleichgültig. Wen kümmert das schon?

Tom ist tot.

Meine Lunge schmerzt, oder ist es mein Herz? Meine Beine sind taub, und ich beginne zu schluchzen. Mein Körper ist ein Zementsack, der langsam aushärtet und mich nun an Ort und Stelle hält, bis die Anstrengung, einen weiteren Schritt zu machen, zu groß wird.

Ich sinke auf den Bordstein. Tom ist tot. Ich zwinge die Luft durch meine Lungen, während Szenen mit Tom vorbeiziehen: unsere erste Begegnung, Tom, der über den Krieg diskutiert und die Arme in die Luft wirft, Tom, der unter der Tribüne Wein trinkt, Tom in dem alten Stuhl mit Eric, Tom, der ohnmächtig im Wald liegt.

Jemand hat das getan. Jemand hat ihn ermordet.

»Andy?«

Das Gesicht von Maddie schwebt im Nebel. Ich wische mir mit dem Ärmel über die Augen und schlucke den Strom von Schleim und Nässe in meinem Mund hinunter.

»Was ist los?« Maddies Stimme ist voller Sorge. Ich bemerke Eric, der ein paar Meter entfernt wartet, während mehr Leute das Theater verlassen. Ich schüttle den Kopf. Es ist schwer, Worte zu finden und sie laut auszusprechen. Ich räuspere mich. Maddie wartet, ihre blauen Augen kleben an meinem Gesicht. »Was ist denn

los? Brauchst du Hilfe? Bitte sag es mir.«
Ich schüttle wieder den Kopf. »Tom ... ist tot.« Frische Tränen fließen, als ich mich das sagen höre. Es scheint irgendwie realer zu sein.
»Oh, nein!« Maddies Gesicht wird blass. »Was ist passiert?« Sie beginnt zu weinen. »Vor zwei Wochen ging es ihm noch gut.«
Erics Rollstuhl kommt näher. Der Rest der Sonntagsgesellschaft hat sich zerstreut und überlässt die Straße ihrer verschlafenen Ignoranz. »Was ist passiert?«, knurrt er. Seine Augen sind zu blauem Eis geworden, aber ich kann gerade noch atmen. »Komm mit zu uns nach Hause.«
Ich sitze da und starre.
»Ich mache dir eine Tasse Tee.« Maddie legt ihre Hand auf meinen Arm. »Du brauchst nicht zu reden, wenn du nicht willst.« Ihre Finger sind dünn und lang, ihre Fingernägel perlmuttrosa lackiert. Ich richte mich auf. Alte Männer müssen sich so fühlen, kurz bevor sie sterben. Ich starre nach unten, während wir zum Laden schlurfen, das Quietschen von Erics Rollstuhl ist das einzige Geräusch.
Maddie stürmt ins Hinterzimmer. Ich höre Geflüster, und einen Moment später erscheint Maddies Vater, sein Gesicht ist eine Mischung aus Neugier und Schock. Er trägt Eric die Treppe hinauf, Maddie nimmt den Rollstuhl.
Es scheint die normalste Sache der Welt zu sein. Dankbar für die Ablenkung, falle ich in eine Couch mit roten Kissen. Die vertrauten Geräusche in der Küche erinnern mich an zu Hause. Wasser läuft, Schranktüren öffnen und schließen sich. Die Realität kehrt zurück ... ich stürze ab. *Tom.*
»Schwarz oder Pfefferminz?«
»Was?«
»Der Tee, willst du schwarz oder Pfefferminz?«
»Schwarz«, sage ich und werde mir bewusst, dass Eric am Fenster sitzt und mich beobachtet. Niemand spricht, und die Geräusche aus der Küche erfüllen den Raum.
Maddie stellt einen Keramikbecher vor mich hin. »Hier.«

DAS GEGENTEIL VON WAHRHEIT

»Danke.« Ich mache mir nicht viel aus Tee, aber so haben meine Hände etwas zu tun. Ich erinnere mich, dass ich seit gestern Abend nichts mehr gegessen habe, aber ich spüre keinen Hunger. »Jemand hat ihn getötet«, sage ich in die Stille hinein.

Eric rollt seinen Stuhl zur Couch. »In der Akademie?«

»Sie haben den Schuldigen noch nicht gefunden.«

»Warum erzählst du es uns nicht von Anfang an?« Eric spricht sanft. Nur seine Augen brennen.

Ich erzähle, wie ich Tom an den Baum gefesselt vorfand, wie Tom krank wurde und ich nicht in der Lage bin, irgendwelche Hinweise zu finden. Ich verstumme, kann es nicht ertragen, von heute Morgen zu erzählen, von Lange, von den Menschen im Flur. Ich muss kotzen.

»Wann?« Maddie hält meine Hand.

»Heute Morgen hat er ... ist er ...«

Der Raum wird wieder still. Hämmernde Geräusche kommen von unten. Ich schlucke immer wieder. Innerlich weine ich.

»Ich wette, sie werden es unter den Teppich kehren«, meint Eric. »Sie wollen keine Wellen schlagen, Palmer aus den Nachrichten heraushalten, selbst wenn das bedeutet, dass die Bastarde damit durchkommen.«

»Nicht wenn ich etwas dazu zu sagen habe.« Neue Tränen drohen. »Ich werde sie bekommen, wenn das alles ist, was ich tue.«

»Gehen wir die Details durch«, sagt Eric. »Es muss doch Hinweise geben. Hatte Tom Feinde? Er schien ziemlich offen zu sein. Wir ...« Erics Stimme stockt. Er räuspert sich und wischt sich mit einem Unterarm über die Augen. »Verdammte Arschlöcher.« Er rollt sich zum Fenster und dreht sich um. »Er war erst vor ein paar Wochen hier«, fährt er fort. »Wir haben über My Lai gesprochen. Seine Pläne. Er wollte nach Stanford gehen, hatte sich bereits beworben.« Eric schüttelt den Kopf.

»Toms einziger Fehler war, dass er ehrlich seine Meinung sagte und keine dummen Spiele gespielt hat«, flüstere ich. »Er hat einige Leute mit seiner Haltung gegen den Krieg verärgert. Er ist für das eingetreten, woran er glaubte. Er hasste, was die Regierung in

Vietnam tut, und die Leute wussten das. Er hatte Streit mit einer Reihe von Leuten wie Muller und Big Mike.«

»Wer ist Big Mike?«

»Dummer Footballer.« Ich kichere grimmig. Wie seltsam ich klinge – wie ein kranker Cocktail aus Lachen und Schluchzen. »Ich schätze, ich bin auch einer, aber ich bin nicht dumm und gemein wie dieser Typ. Mike ist riesig und er ist ziemlich fies, auf dem Spielfeld und außerhalb – ein Bully eben.«

Eric nickt.

»Er hat ein Alibi. Ich muss einfach weiter nachfragen und graben.«

»Was ist mit Toms Mitbewohner?«, fragt Eric. »Hat er denn nichts gesehen? Habt ihr euch nicht jede Sekunde im Blick?«

»Kröte hat nichts bemerkt außer ein paar Jungs von der Kavallerie, ist aber unwahrscheinlich, dass die Tom kennen. Wir sind so weit unter ihnen. Angeblich hat Kröte gelesen und nicht aufgepasst.«

»Komm schon, würdest du es nicht merken, wenn dein Mitbewohner verschwunden wäre?«

Ich überlege immer wieder, ob ich es merken würde, wenn Plozett nicht in seinem Bett läge. Wir sind keine Freunde und haben unterschiedliche Interessen. Aber würde ich nicht wissen, wenn das Bett zwei Meter entfernt leer wäre? Ich werde Kröte noch einmal fragen. Die Ereignisse der letzten Wochen ziehen an meinem inneren Auge entlang, aber mir fällt nichts weiter ein. Ich bin erschöpft, und mein Kopf dröhnt.

»Ich gehe besser«, sage ich und stehe auf. »Danke für den Tee. Ich muss was essen und mich ans Lernen machen.«

Maddie begleitet mich nach unten. »Komm bald wieder. Ich ... wir wollen wissen, was passiert.« Wir umarmen uns, aber es fühlt sich seltsam an. »Ich vermisse dich«, flüstert sie.

»Ich vermisse dich auch.« Ich nicke dem Mädchen, das vor mir steht, zu. Ich möchte sie küssen, bin aber verwirrt, weil ich den Drang verspüre und traurig über Tom bin. Irgendwie muss ich Tom ehren und nicht an Sex denken. »Ich werde nach der

DAS GEGENTEIL VON WAHRHEIT

Weihnachtspause vorbeikommen. Wir fahren am Mittwoch nach Hause.«

»Bis später, Mann«, schreit Eric von oben. »Schreib uns.«

»Sei vorsichtig.« Maddies Blick ist ängstlich, ihre Hand auf meiner Schulter glühend heiß.

KAPITEL VIERUNDZWANZIG

Eine Stunde bis zum Sonntagsessen. Ich starre auf den englischen Aufsatz auf meinem Schreibtisch. Meine Schrift sieht aus wie verwischte Hühnerkacke. Ich habe keine Ahnung, was da steht. Meine Gedanken drehen sich im Kreis, Bruchstücke der heutigen Ereignisse, Tom auf dem Bett, sein blasses Gesicht. Hatte er Schmerzen? Was waren seine letzten Gedanken? Hatte er darauf vertraut, ich würde den Schuldigen ausfindig machen?

»Hast du einen Moment Zeit?« Markus Webber, der blonde Junge von nebenan, steht in der Tür. Er sieht ängstlich aus wie immer, die Augen sind weit aufgerissen, die Hände flattern.

»Was ist los?«

Markus kommt näher und bleibt an meinem Schreibtisch stehen. »Mir ist etwas aufgefallen, und ich dachte, das solltest du wissen.« Seine Stimme überschlägt sich zu einem Quietschen, und seine Wangen flammen auf. »Es tut mir so leid wegen Tom.«

Ich nicke. Mein Hals ist wie mit einem Strick zugeschnürt.

»Wer tut so was?«, meint Markus. »Ich habe neulich etwas gehört und mich gefragt ...Vielleicht könntest du es Sarge sagen, oder ich meine ...«

»Was fragst du dich?« Ich höre nur halb zu. Markus rennt in ständiger Aufregung herum.

»Es war in der Bibliothek. Ich wollte ein Buch weglegen und

bemerkte Tom beim Lesen. Er hat mir ein paarmal in Englisch geholfen, also habe ich mir nicht viel dabei gedacht, als Big Mike an seiner Seite auftauchte. Ich meine, das war ungewöhnlich, da Big Mike nie mit jemandem außer seinen Footballfreunden spricht.«

»Fahr fort.«

»Big Mike hat Tom gebeten, ihm mit Englisch zu helfen. Er musste ein Referat halten – *Macbeth*.«

»Was hat Tom gesagt?«

»Ich konnte es nicht glauben, aber er lehnte ab. Er schüttelte nur den Kopf und meinte, er könne nichts für Big Mike tun. Big Mike sagte: ›Komm schon, Mann, ich brauche das. Es ist morgen fällig. Ich stehe kurz vor einem D. Mein Vater wird mir in die Eier treten.‹ Tom sagte, er könne nicht helfen. Es tat ihm offensichtlich nicht einmal leid.«

»Und Big Mike?«

»Er wurde ganz rot im Gesicht, als wolle er Tom eine reinhauen. Er sagte, das hätte er von einem Verräter erwartet.«

Ich lehne mich im Stuhl zurück. »Hat es sonst noch jemand gehört?«

Markus schüttelt den Kopf. »Es war Sonntagabend, und Tom hockte in einer Ecke. Danach hatte Big Mike jedes Mal diesen bösen Blick, wenn er Tom sah.«

»Danke, Mann. Halte Ohren und Augen offen.«

Nachdem Markus gegangen ist, hole ich mein Notizbuch heraus. Big Mike ist sicherlich stark genug, um Tom anzugreifen. Aber er hat ein Alibi – wieder eine Sackgasse.

Ich springe auf und gehe nach draußen, es hat keinen Sinn, zu lernen. Der Weg ist von ordentlichen Schneehaufen gesäumt. Ich habe meinen Mantel vergessen, aber das ist mir egal. Die Kälte lässt mich realer fühlen, weil ich dann den Schmerz spüre – wie Tom. Was macht es schon, dass ich friere, wenn Tom tot ist? Tot!

Ich lande im Unterrichtsgebäude, in dem die meisten Lehrer auch ihre Büros haben, husche den steingefliesten Korridor entlang, während eine Reihe von düster dreinblickenden Ehemaligen und Wohltätern von ihren Schwarz-Weiß-Fotorahmen aus zusehen.

DAS GEGENTEIL VON WAHRHEIT

Ein dünner Lichtstreifen dringt unter Sarges Tür hervor. Ich klopfe.

»Herein.«

»Kadett Olson, Sir, entschuldigen Sie.«

»Rühren.« Die Stimme des Sarge ist überraschend sanft.

»Ich bin gekommen, um nach Tom zu fragen ... Kadett Zimmer.« Ich halte inne. »Wird die Polizei den Fall untersuchen? Es ist Mord, und ich habe mich gefragt —«

»Olson, setzen Sie sich und hören Sie mir zu. Wie ich Ihnen schon sagte, wir untersuchen die Sache. Direktor Lange will die Polizei nicht einschalten.«

»Aber, Sir, Tom —«

»Olson, lassen Sie es sein. Wir kümmern uns drum. Für Tom ist es zu spät, aber wir werden die Hurensöhne finden.«

»Würde die Polizei nicht —«

»Der Direktor lehnt ab.« Sarge beugt sich vor und nimmt eine Zigarre aus einer Holzkiste. »Er hat das Sagen und die Verantwortung. Haben Sie etwas Neues erfahren? Heraus damit.«

»Nein, Sir, ich habe mit den Kadetten auf meinem Flur gesprochen, aber niemand hat etwas gesehen.«

»Den Rest überlassen Sie uns, hören Sie?« Sarge steht auf, und ich tue es ihm nach. »Fahren Sie nach Hause und machen Sie eine Pause. Besuchen Sie Ihre Eltern, Ihre alten Freunde. So haben wir Zeit, die Beweise durchzugehen und mit den Leuten zu reden. Wir werden nach den Ferien wieder zusammenkommen. Wegtreten!«

Ich bleibe an der Tür stehen und drehe mich um. »Sir, ich ...«

»Olson, wir *werden* sie finden.«

»Jawohl, Sir.«

Wie können sie mit den Leuten reden, wenn alle nach Hause fahren? Sie werden nicht nachforschen, während die Kadetten Truthahn essen und Weihnachtsgeschenke öffnen. *Jetzt* ist es an der Zeit, zu handeln. Eric hatte recht. Direktor Lange wird Toms Mord unter den Teppich kehren. Nach den Ferien wird es niemanden mehr interessieren. Das Leben wird wie gewohnt weitergehen. Wie praktisch.

DAS GEGENTEIL VON WAHRHEIT

Ich ringe nach Atem, während neue Wut in mir aufsteigt. Ich werde nicht aufgeben, nicht jetzt und niemals. Zur Hölle mit meinen Prüfungen. In der Höhle scheint alles wie immer zu sein. Nur wenige Kadetten treiben sich heute herum, die meisten lernen für die Abschlussprüfungen. Die Luft stinkt nach kaltem Tabakrauch. Ich lasse mich auf einen Stuhl fallen und blättere lustlos in einer Autozeitschrift. Ohne etwas zu sehen, werfe ich sie wieder hin. Ich werde mir in nächster Zeit kein Auto zulegen, nicht vor dem College. Wenn ich überhaupt hingehe. Ich bemerke den Fernseher, springe auf und drehe am Knopf.

Ein Mann in Militäruniform erscheint, sein Mund öffnet und schließt sich in der Stille. Ich fummle an der Lautstärke herum. *General William Peers*, heißt es auf dem Bildschirm.

»... *die amerikanische Öffentlichkeit kann sicher sein, dass wir die Ereignisse in My Lai umfassend untersuchen und die Verantwortlichen für diese schreckliche Tragödie vor Gericht stellen werden.*«

Ich ziehe den Stuhl näher zum Bildschirm. Ich war hier, als Tom darüber gesprochen hat und niemand ihm glaubte. Nicht einmal ich. Plötzlich frage ich mich, ob die Dinge anders gelaufen wären, wenn ich Tom geholfen, mich öffentlich auf seine Seite gestellt hätte. Nicht so ein Feigling gewesen wäre. Vielleicht wäre Tom dann noch hier. Vielleicht ... Wenn wir uns nicht gestritten hätten, hätte ich Toms Seite gesehen – verstanden.

»... *die Wahrheit wird ans Licht kommen, und wir werden niemanden verschonen* ...«

Tom kannte die Wahrheit.

Ich schwöre mir, dass ich ab sofort alles lernen werde: über die Regierung, das Militär, Vietnam und was in dieser Schule vor sich geht. Ich werde nie wieder ignorant sein oder wegschauen. Ich werde lernen, und dann werde ich mich entscheiden. Für immer.

Und ich werde den Mörder finden.

KAPITEL FÜNFUNDZWANZIG

Bloomington ist unter einer meterhohen Schneedecke verschwunden. Jeden Morgen und jeden Abend schlage ich mein Notizbuch auf und gehe die Daten durch. Den Weihnachtsbaum mit seinen knalligen Ornamenten nehme ich kaum wahr. Nicht einmal die roten und silbernen Pakete darunter interessieren mich. Ich kann nur an Tom denken. In den Ferien habe ich ihn zwar immer vermisst, aber das hier ist anders. Wie soll ich zurückkehren und Tom nicht in seinem Zimmer in der Schule finden? Er wird nie wieder dort sein.
Die Luft drinnen erstickt mich, und ich stapfe oft durch den Schnee in den Wald hinter dem Haus. Meine Eltern wissen Bescheid. Es kam ein Brief, in dem das *unglückliche Ereignis* erklärt und den besorgten Eltern beteuert wurde, dass ihre Kinder in Sicherheit sind. So ein Quatsch!
»War das nicht dein Freund?«, fragt meine Mutter. Meine Kehle schnürt sich zu einem Knoten zusammen, und ich schnappe nach Luft. Ich möchte sie anschreien. *Sie haben ihn ermordet, Mutter, und niemand unternimmt etwas dagegen.* Stattdessen schnappe ich mir meinen Mantel. Ich will nur noch zurück und den Mörder finden – wenn ich es nur heil durch die Weihnachtspause schaffe.

Palmer ist tatsächlich ruhig, als ich zurückkomme. Niemand spricht

DAS GEGENTEIL VON WAHRHEIT

über Tom, denn der Tagesablauf hält alle zu sehr auf Trab, um unabhängig Gedanken nachzugehen. Kröte hat einen neuen Mitbewohner, und das Leben geht seinen gewohnten Gang, außer für mich, der Toms Abwesenheit wie eine eitrige Wunde spürt.

»Du hattest recht«, sage ich. Ich bin in der Stadt, um Maddie zu besuchen, und finde Eric im Hinterzimmer. »Die Akademie vertuscht es. Es ist ihnen lästig, und damit wir nicht auf dumme Gedanken kommen, beschäftigen sie uns von morgens bis abends.«

»Das wundert mich nicht.« Eric sortiert einen Stapel Rechnungen. »Was wirst du dagegen tun?«

Ich schaue auf. Was kann ich tun, wenn nicht einmal Sarge mich unterstützen will?

»Du wirst deinen Freund doch nicht aufgeben, oder?« Erics Augen sind auf mich gerichtet. Sie brennen wie blaue Kohlen, und ich schaue weg. »Er war auch mein Freund. Willst du ihn vergessen, wie es die Schule von dir verlangt?«

Ich huste, um meine Stimme zu finden. »Ich glaube, ich —«

»Hör mir zu.« Eric rollt seinen Rollstuhl dicht an mich heran, sodass sich unsere Knie fast berühren. »Du warst Toms einziger wirklicher Freund an diesem Ort. Wenn du nicht nach dem Mörder suchst, wer dann?«

»Du hast recht. Aber ich weiß nicht, was ich tun soll.« Ich halte inne. »Du warst auch sein Freund. Vielleicht mehr als ich es je war«, sage ich leise.

Eric schüttelt den Kopf, seine Augen glitzern feucht. »Er hat immer von dir gesprochen. Tom war ein erstaunlicher Kerl, innerlich stark und doch so zerbrechlich. Er verdient es, Gerechtigkeit zu erfahren. Du warst sein bester Freund. Zweifellos.« Erics Hand fühlt sich warm auf meinem Unterarm an. Ich kämpfe gegen die Flut von Gefühlen an, die überzuschwappen droht, die ich die ganze Woche zurückgehalten habe. Ein gurgelndes Geräusch entfährt mir, als ob ich unter Wasser wäre. »Ich will damit nur sagen, dass du nicht aufgeben sollst. Geh noch mal alles durch. Stell Fragen. Sprich mit den Leuten.« Er seufzt. »Ich wünschte, ich könnte mich aus diesem verdammten Stuhl erheben und da rein marschieren.«

»Du kannst noch viele Dinge tun«, sage ich. »Das Leben ist wertvoll.«

»Was weißt du schon darüber?«

»Nicht viel.« Er hat recht. Ich habe keinen blassen Schimmer von irgendetwas.

»Hallo, Leute.« Maddie steht in der Tür. »Was ist denn hier los?«

»Wir reden über Tom.« Ich reibe mir mit dem Ärmel übers Gesicht und räuspere mich, während ich aufspringe. »Ich habe dich furchtbar vermisst.«

Maddie lächelt. »Kannst du mir helfen, die Einkäufe nach oben zu tragen?«

»Sicher.«

»Halte mich auf dem Laufenden«, ruft Eric mir hinterher.

»Stell sie auf den Tresen.« Maddie sieht mich an. »Bist du okay?« Ich schüttle den Kopf, kämpfe damit, meine Stimme zu finden. »Ich werde die Hurensöhne finden.« Nachdem ich die Tüten abgestellt habe, blicke ich Maddie an, die wie eine Silhouette vor dem Fenster steht, das Haar ein schwarzer Rahmen um die strahlenden Augen. Ich möchte hinübergehen und sie packen, an mich ziehen und küssen, bis ich alles vergesse.

Stattdessen stehe ich wie erstarrt, mit dem Rücken an den Tresen gedrückt. Traurigkeit und Aufregung ringen in meinem Kopf um Aufmerksamkeit. Der Moment vergeht, und Maddie beginnt die Papiersäcke auszupacken.

»Es ist schon spät. Ich muss zurück.«

»Kannst du Eric hochtragen, bevor du gehst? Papa ist noch eine Weile in der Kneipe, und ich schaffe es nicht allein.«

»Danke, Mann«, sagt Eric, als ich ihn in die Arme nehme. Es ist ein seltsames Gefühl, diesem Mann so nahe zu sein, eine intime Geste, ihn wie ein Kind zu tragen. »Ich weiß, du meinst es gut. Es ist nur so, dass …«

»Ich weiß.« Ich setze Eric in den Stuhl. »Ich melde mich, wenn ich was herausfinde.«

Ich hatte gehofft, Maddie würde mich nach unten begleiten, aber sie schält Kartoffeln. Die Gelegenheit, sie zu küssen, ist

verpasst. Es wird nicht wieder vorkommen.
»Du kannst uns jederzeit besuchen«, ruft Eric mir nach.
»Nächste Woche«, schreit Maddie.

KAPITEL SECHSUNDZWANZIG

Als ich zurückkomme, steht die Tür zu Toms Zimmer einen Spaltbreit offen, und Kröte starrt in ein Buch, wobei seine Nase fast die Seiten berührt.
»Hast du eine Minute Zeit?«
Kröte schaut zögernd auf. »Was ist?«
»Ich möchte über Tom sprechen.«
»Was ist mit Tom? Ich habe dir schon gesagt, was ich weiß, *und* Sarge *und* Direktor Lange.« Kröte verschwindet hinter dem Buch.
»Ich möchte es noch einmal hören. Wir müssen etwas übersehen haben.« Ich lehne mich an Krötes Schreibtisch, der mit Hershey's-Schokoladenpapier übersät ist. Kekskrümel bedecken seine Akten und Papiere. Wie kann Kröte nur so eine Schlampe sein? »Komm schon, Mann. Dein Mitbewohner ist tot. Auch wenn er nicht dein Freund war, findest du nicht, dass es wichtig ist, seinen Mörder zu finden?«
Kröte blickt auf, sein Gesicht ist zu einem Stirnrunzeln verzogen. Seine Wangen sind rund wie Brötchen, nur seine Augen und Augenbrauen bewegen sich zusammen. Ich frage mich, was in seinem Kopf vorgeht. Bis jetzt habe ich noch nie über den Kerl nachgedacht, wie er seine Zeit verbringt und zurechtkommt.
»Ich weiß nicht, wie ich helfen kann.« Seine Stimme scheint einige Töne zu hoch zu sein.

DAS GEGENTEIL VON WAHRHEIT

»Lass uns den Abend noch einmal durchgehen. Um wie viel Uhr ist Tom ins Zimmer gekommen?«
»Nach dem Abendessen, gegen halb acht.«
»Was hat er getan, nachdem er hereinkam?«
Kröte bringt seinen Körper in eine aufrechte Position, was offenbar anstrengend ist. »Er hat Shakespeare gelesen.« Er schüttelt den Kopf. »Ich habe nie verstanden, wie er dieses Zeug zum Spaß lesen konnte. Ich meine, ich lese gerne –«
»Was ist dann passiert?«, frage ich.
»Er hat den Raum verlassen.«
»Um wie viel Uhr war das?«
»Vor zehn, glaube ich.«
»Meinst du? Hast du die Zeit überprüft oder woher wusstest du es?«
»Ich habe nicht auf die Uhr gesehen, aber ich weiß es irgendwie. Ich hatte gegen zehn nachgesehen und mir noch fünfzehn Minuten Zeit zum Lesen gegeben, bevor ich die Taschenlampe holte.«
»Und?«
»Ich lese unter der Bettdecke. Verrate es keinem. Ich –«
»Zurück zu Tom. Er ist also in den Waschraum gegangen. Was dann?«
»Ich ... weiß es nicht. Er ist nicht zurückgekommen. Ich war unter der Decke und habe gelesen und bin eingeschlafen.«
»Aber bevor du deine Taschenlampe geholt hast. War da was, hast du was gehört? Ist Tom zurückgekommen?«
»Nein.« Kröte schüttelt vehement den Kopf, eine energische Bewegung, die ich ihm kaum zugetraut habe. »Ich weiß nur, dass ich meine Taschenlampe geholt und weitergelesen habe. Wenn ich lese, bin ich sehr vertieft und passe nicht auf. Vielleicht ist er zurückgekommen.«
»Aber du hast doch vorhin gesagt, dass er nicht zurückgekommen ist.«
Kröte zieht sich mühsam aus der niedrigen Position seines Stuhls hoch und beginnt in seiner Schreibtischschublade zu kramen. »Ich hab Hunger.«

DAS GEGENTEIL VON WAHRHEIT

»Du hattest schon drei Riegel. Komm schon, beantworte die Frage.«

»Ich sagte doch, ich weiß es nicht, er könnte zurückgekommen sein, ohne dass ich es bemerkt habe.« Kröte packt einen Schokoriegel aus und steckt sich die Hälfte davon in den Mund.

Ich stehe auf und unterdrücke meine Frustration. »Wenn du dich an irgendetwas erinnerst, kommst du zu mir. Ich bringe dir noch mehr Schokoriegel, wenn du etwas Wichtiges hast.«

Kröte lehnt sich auf dem Stuhl zurück und greift nach seinem Buch.

Ich wende mich zum Gehen. An der Tür schaue ich zurück. Kröte scheint zu lesen, seine Nase ist nur wenige Zentimeter von der Seite entfernt, nur dass der Buchdeckel auf dem Kopf steht.

Tief in Gedanken versunken, kehre ich in mein Zimmer zurück. Kröte weiß etwas, aber er redet nicht. *Warum eigentlich?*

Ich nehme mein Notizbuch heraus und beginne das Datum und mein Gespräch mit Kröte zu notieren. Mein Gefühl sagt mir, dass ich tiefer graben muss. Ich übersehe etwas.

Mein nächstes Ziel ist Muller. Nur dass Muller nicht so einfach sein wird. Aber ich sitze im Deutschunterricht neben ihm, nicht gerade meine bevorzugte Sitzordnung, aber vielleicht eine Gelegenheit für ein Gespräch.

»Wir gehen ins Labor«, verkündet Herr Heinrich am Montagmorgen. Als gebürtiger Deutscher hat er einen starken englischen Akzent und spricht jedes Wort scharf aus. »Nehmen Sie Ihre Arbeitsbücher mit.«

»Muller, warte«, sage ich und hole ihn im Flur ein. Er geht immer so, als hätte er einen Besenstiel im Rücken. »Hast du einen Moment Zeit?«

»Wir sind im Unterricht.« Muller dreht leicht den Kopf, während er mit perfekten Schritten marschiert.

»Ich weiß, aber wir können doch reden, während wir ins Labor gehen, oder?« Ich möchte Muller eine reinhauen, zwinge mich aber, freundlich zu klingen. »Ich versuche herauszufinden, was mit Tom passiert ist.«

DAS GEGENTEIL VON WAHRHEIT

»Warum überlässt du das nicht den Behörden? Sergeant Russel und Direktor Lange werden sich darum kümmern.«

»Aber ich möchte helfen. Ich frage mich, ob du etwas gesehen hast. Ich meine, du bist immer auf dem Laufenden, weißt du, wirklich gut in allem. Aufmerksam.« Ich frage mich, ob Muller meine schleimigen Nettigkeiten durchschaut.

»Ja, ich weiß eine ganze Menge.« Er scheint darauf einzugehen.

»Aber ich kann nicht sagen, dass ich etwas gesehen habe. Ich war an dem Abend in der Bibliothek und habe für eine Englischprüfung gelernt.«

»Schön für dich«, sage ich. »Wer war noch in der Bibliothek?«

»Ich kann mich nicht erinnern, jemanden gesehen zu haben. Ich arbeite hart, will meine perfekten Noten halten.«

Ich will ihm wieder eine verpassen, zwinge mich aber, ruhig zu bleiben. »Freut mich zu hören. Weißt du noch, wann du aus der Bibliothek zurückgekommen bist?«

»Es muss nach zehn gewesen sein. Ich dusche immer vor dem Schlafengehen, also habe ich meine Bücher um zehn vor zehn geschlossen und wäre um zehn Uhr im Wohnheim gewesen.« Muller schaut auf seine Uhr, als ob er die Zeit ablesen könnte, die er für den Weg zwischen der Bibliothek und der Kaserne braucht.

»Dann wärst du ungefähr zu der Zeit draußen gewesen, als Tom entführt wurde.«

»Kann sein«, sagt Muller. »Aber ich habe ihn nicht gesehen.« Wir betreten das Labor. »Ich muss mich jetzt konzentrieren.«

Ich öffne den Mund, um nach Kröte zu fragen, aber Muller setzt sich hin und schlägt sein Buch auf. Ich werde später weiterbohren müssen.

Es sieht so aus, als ob sowohl Kröte als auch Muller in der Nähe waren, aber keiner von beiden Tom gesehen hat. Entweder lügt Muller oder Kröte, vielleicht beide. Wahrscheinlicher ist Kröte. Aber Muller hat Tom im Aufenthaltsraum bedroht. Vielleicht hat er sich Hilfe geholt, um Tom eine Lektion zu erteilen. Er war allein in der Bibliothek, hat also kein Alibi.

Ich versuche, meine Aufmerksamkeit auf das Mikrofon zu

DAS GEGENTEIL VON WAHRHEIT

richten. Das Fremdsprachenlabor ist erstklassig. Dreißig Plätze sind mit den neuesten Aufnahmegeräten ausgestattet.

»Ich heiße Peter. Wie heißt du?«, wiederhole ich, bevor ich mit meinen Kopfhörern dem Playback lausche. Es klingt lächerlich wie das Zischen einer Schlange. Ich hasse meine Stimme, aber ich spreche und höre weiter, bis die Stunde vorbei ist. Wieder nagt etwas in meinem Hinterkopf, doch ich kann nicht herausfinden, was es ist.

Jeden Abend studiere ich mein Notizbuch, bis ich jeden Buchstaben und jedes Wort auswendig kenne. Trotzdem ändert sich nichts. Was ich herausgefunden habe, ist unbedeutend. Ich blättere weiter, bis mein Kopf pocht, beobachte meine Klassenkameraden auf Anzeichen verdächtigen Verhaltens, so wie ich es nach dem Mobbing im ersten Jahr getan habe. Die meisten verhalten sich wie ganz normale Scheißkerle und tun so, als wäre nichts passiert.

Woche um Woche vergeht, und ich fühle mich immer entmutigter. Statt weniger zu werden, wächst der Schmerz in meinem Herzen – bis ich ihn bei jedem Schritt und jeder Tätigkeit spüre. Es ist eine Leere, ein Hohlraum in mir, der ständig wehtut.

Ich liege wach und denke an Tom, und wenn ich einschlafe, denke ich auch an ihn. *Wer hat es getan? Und warum?*

Wenn ich mich schon isoliert fühlte, als ich hier ankam, ist es jetzt noch schlimmer. Sicher, ich hänge mit den Jungs auf meinem Flur ab, aber es ist keine Freundschaft, nicht das, was ich mit Tom hatte. Ich habe den Eindruck, dass sich niemand wirklich kümmert, dass es den meisten egal ist. Der Schmerz lässt nur nach, wenn ich Maddie sehe. Sie ist meine Retterin, die einzige Person, der ich mich wirklich nahe fühle.

Schlimmer noch, ich werde die Vermutung nicht los, dass ich beobachtet werde. Es ist nichts Bestimmtes, keine tapsenden Schritte, die mir folgen, keine Blicke, nur ein subtiles, unheimliches Gefühl, das mir die Nackenhaare zu Berge stehen lässt. Vielleicht verliere ich den Verstand.

Bei jeder sich bietenden Gelegenheit gehe ich in die Stadt, diskutiere mit Eric über Tom, mache lange Spaziergänge mit Maddie und suche nach Hinweisen. Aber Eric kennt keinen meiner Klassenkameraden oder Dozenten, und unsere Gespräche führen zu nichts. Wir gehen dieselbe alte, müde Kette von Ereignissen durch. Die Zeit wird knapp. Nächsten Monat habe ich Abschlussexamen. Daran kann ich jetzt nicht denken, denn sobald ich hier fertig bin, ist alles vorbei – ist Tom vergessen.

Ich muss tiefer graben. Und zwar schnell.

Während des nachmittäglichen Footballtrainings beobachte ich Tony und Big Mike und überlege, wie ich sie nach Tom fragen kann. Ich weiß, dass sie Tom nicht mochten. Besonders Big Mike. Zumindest hat Markus das gesagt. Obwohl ich Hunderte Stunden Football mit ihnen gespielt habe, fühle ich mich nicht mehr wohl dabei, mit ihnen zu reden oder etwas zu unternehmen. Ich schiebe meine Ermittlungen schon seit Wochen vor mir her und suche nach einer Gelegenheit. Vielleicht sollte ich sie einzeln befragen. Aber sie sind immer zusammen.

Nach dem Training treibe ich mich in der Umkleidekabine herum. Big Mike duscht immer eine halbe Stunde, und Tony kommt allein und tropfend mit einem Handtuch um die Hüfte zurück.

»Hey, Tony«, sage ich, in der Hoffnung, lässig zu klingen. Ich bin angezogen und packe langsam meine klebrigen Trainingshosen in den Wäschesack.

Tony inspiziert seine Fingernägel. »Was?«

Ich schlucke gegen den Druck in meinem Magen. Die Zeit für Weicheier ist vorbei. Ich tue es für Tom. »Ich möchte dich was über Tom fragen.«

»Tom gibt's nicht mehr«, sagt Tony. »Was sollen wir da besprechen?«

»Ich möchte wissen, was du in dieser Nacht getan hast.« Da sind sie, die Worte, die mir seit Wochen im Kopf herumschwirren.

Tony schaut auf. Seine Augen weiten sich, verengen sich dann aber zu wütenden Schlitzen. »Was geht dich das an, Olson?«

»Ich helfe Sarge.«

»Deinem Kumpel«, spottet Tony und dreht mir den Rücken zu, um die Kleidung zu inspizieren, die in seinem Spind hängt. »Du entwickelst dich zu einem richtigen Arschkriecher.«

»Und, was hast du gemacht?«, frage ich und werfe einen nervösen Blick auf die Tür zu den Duschen.

»Ich habe Sarge bereits gesagt, dass ich mit Big Mike im Arbeitszimmer vom Wohnheim D gelernt habe.«

»Was genau?« Meine Stimme ist sanft.

»Weiß nicht mehr, für irgendeine Prüfung am folgenden Montag.«

»Was ist hier los?« Big Mikes massige Gestalt erscheint neben Tony, das Handtuch um seine Mitte ist kaum lang genug für einen Knoten.

»Olson wühlt in Toms Angelegenheiten rum«, sagt Tony, der immer noch seinen Spind inspiziert.

»Was ist mit dem Ding-a-Ling?«

»Tom war kein Ding-a-Ling.« Hitze breitet sich in meinen Wangen aus und schnürt mir den Hals zu. Ich muss ruhig bleiben.

»Ganz wie du meinst«, bellt Big Mike. »Du kapierst es nicht, Olson, denn du bist genau so ein Verlierer wie Tom und obendrein noch naiv.« Er grinst Tony an. »Stimmt's, Tony?«

»Was meinst du?«, frage ich, obwohl ich nichts mehr will, als abzuhauen.

Big Mike fährt mit einer Pranke durch die Luft. »Wie alles eben, den Möchtegerns wie Sarge in den Arsch kriechen oder sich mit Hohlköpfen wie Tom herumtreiben, Verlierer eben, selbst beim Kanurennen.« Er lässt sich auf die Bank sinken. »Ich will dir einen Rat geben. Wenn du es zu etwas bringen willst, musst du die Macht ergreifen und bereit sein, sie einzusetzen.«

Ich starre. So viel habe ich Big Mike noch nie reden hören. »Was ist mit dem Rennen?«

Anstatt zu antworten, schubst er Tony und kichert. »Der gute alte Tony hat sich um dein Kanu gekümmert, und du hattest keine Ahnung.« Er klatscht die Hand auf den Bauch, was eine Flutwelle von Fleisch auf seinem Magen in Bewegung setzt. »Mann, habe ich Kohldampf. Was es wohl zum Abendessen gibt?«

»Du hast mein Kanu sabotiert?« Ich bemerke, wie Tony Big

Mike einen wütenden Blick zuwirft. Jetzt ergibt alles einen Sinn. Die Art und Weise, wie Tony sich nach dem Rennen verhalten hat, seine Fröhlichkeit.

Ich bin so wütend, dass ich explodieren könnte, aber die Stimme in meinem Kopf sagt mir, dass ich keine Chance habe, gegen einen der beiden zu kämpfen. Gegen beide zu raufen, wäre Selbstmord. Ich muss mich auf Tom konzentrieren.

»Tony hat gesagt, dass ihr in der Nacht von Toms Verschwinden gelernt habt.« Meine Stimme zittert, doch seltsamerweise ist es nicht aus Angst. Ich bin nicht mehr verängstigt, sondern nur noch angewidert. Mir ist klar, dass ich nie zu ihnen gehören werde, zu den Reichen, die unantastbar scheinen, über dem Gesetz stehen. Tom war auch reich, aber er hat es nie zu seinem Vorteil genutzt oder um Leute wie mich herumzuschubsen. Zu meiner Überraschung bringe ich ein Lächeln zustande.

Big Mike dreht sich um, seine massige Brust berührt mich fast, sein Gesicht schwebt nur wenige Zentimeter über meinem.

»Olson, hör auf, herumzuschnüffeln. Ist ungesund.«

Ich ignoriere Big Mikes feuerspeienden Blick.

»Weißt du noch, für welche Prüfung du gelernt hast?«

»Ich erinnere mich nicht. Und jetzt beruhig dich.« Big Mike dreht sich um und reißt seinen Spind auf, sodass die gesamte Schrankreihe unter metallisch kreischendem Protest aufstöhnt.

Ich gehe zur Tür und drehe mich um. »Warum hast du Tom nicht gemocht?«, frage ich.

Big Mike zuckt die Schultern. »Er gehörte nicht dazu.«

Ich bemerke, dass Tony wieder in seinen Spind starrt, als wolle er Big Mikes Blicken ausweichen.

Irgendetwas ist los. Aber die beiden werden nie reden. Ich schaue auf die Wanduhr. Es ist noch Zeit, Sarge vor dem Abendessen zu treffen.

»Eintreten«, schallt Sarges Stimme durch die Holztür.

»Sir, entschuldigen Sie bitte, Sir.« Mir verschlägt es plötzlich die Sprache.

»Olson, stecken Sie wieder in Schwierigkeiten?« Sarge lehnt sich

DAS GEGENTEIL VON WAHRHEIT

in seinem Stuhl zurück.
»Nein, Sir, ich wollte über Tom sprechen.«
»Worüber?«
»Ich frage mich, ob Sie etwas Neues wissen.« Ich schaue geradeaus und versuche, mich darauf zu konzentrieren, dass mein Körper richtig habacht steht.
Sarge seufzt. »Olson, um Himmels willen. Setzen Sie sich.« Ich eile nach vorn und greife nach dem Holzstuhl.
»Sie sollten lernen und nicht Sherlock Holmes spielen. Ich weiß nichts Neues. Wir fragen noch herum, aber der Direktor will den Schulalltag nicht unnötig stören.«
Ich warte darauf, dass Sarge fortfährt, aber er schaut mich bedächtig an.
»Ich frage mich das nur. Ich habe ein paar der Verdächtigen befragt.«
»Wer sind Ihre Verdächtigen?«
»Ich habe mit Kröte und Muller gesprochen und Tony und Big Mike verhört.«
»Die Footballspieler?«
»Ja.«
»Was haben Sie herausgefunden?« Sarge öffnet seine Schreibtischschublade und holt ein Notizbuch heraus.
»Kröte, ich meine Kadett Todd, ist ziemlich misstrauisch und verhält sich verdächtig. Er hat so getan, als würde er lesen, aber ich konnte sehen, dass er es nicht tat. Und Muller sagte aus, er sei in der Bibliothek gewesen, aber er hat nicht wirklich ein Alibi. Niemand hat ihn gesehen. Und Tony und Mike, die haben angeblich gelernt. Markus sagte, Big Mike wurde richtig wütend, nachdem Tom sich geweigert hatte, ihm bei einem Referat zu helfen.«
»Nun, White und Stets haben ein Alibi.« Sarge wühlt in seinem Buch. »Ich habe aufgeschrieben, dass sie im Studierzimmer der Kaserne waren. Es gab Zeugen.«
Ich nicke. »Aber Kröte –«
»Olson, das führt zu nichts. Glauben Sie wirklich, dass Kadett Todd Tom angegriffen hat? Er kann sich kaum durch den Raum

bewegen, geschweige denn einen Menschen gegen seinen Willen in den Wald schleppen.« Sarges Finger trommeln auf dem Schreibtisch. »Außerdem, was sollte er für ein Motiv haben?«
»Sie teilten sich ein Zimmer. Vielleicht hat Kröte Tom gehasst.«
Sarge schüttelt den Kopf. »Ich schlage vor, Sie lernen, damit Sie in ein paar Wochen hier rauskommen. Ihr Leben fängt gerade erst an. Verschwenden Sie es nicht mit Dingen, die man nicht ändern kann.«
Ich traue meinen Ohren nicht. Sarge redet, als wäre Tom eine Tasse verschüttete Milch, eine Nebensache, ein Ärgernis, das man wegwischen kann.
»Aber, Sir.«
»Kein Aber, Sie gehen besser zum Essen.« Sarge schaut auf seine Uhr. »Und ich bin spät dran.«
Ich stehe langsam auf.
»Na los, Olson, hopp, hopp. Ich gebe Ihnen Bescheid, wenn ich etwas höre.«
Ich nicke, die Worte wollen sich nicht formen, als ich hinausgehe. Sarge wird auch nichts tun. Er gibt nur Lippenbekenntnisse ab, genau wie der Rest von ihnen. Eric hat so was von recht.

Und Tom? Eine Welle von Emotionen durchströmt mich, als ich mich daran erinnere, wie Tom über das Establishment der Schule sprach, die reiche Elite. Dass sie über dem Gesetz stehen. Tom war unbequem, ein kluger Junge, der das alles durchschaute, obwohl er nur seinen Abschluss machen und nach Kalifornien gehen wollte. Ich habe das Gefühl, zu ersticken, und renne nach draußen. Eine Träne tropft auf meine Hand, und ich wische sie an meiner Hose ab. *Verflucht seien sie.*

Ich *werde* es herausfinden. Eine Stimme in meinem Hinterkopf beginnt zu nörgeln.

Und wenn du es nicht kannst?

KAPITEL SIEBENUNDZWANZIG

»Olson, melden Sie sich beim Direktor.« Ein Kadett im zweiten Jahr steht im Türrahmen zu meinem Zimmer. Ich klappe mein Physikbuch zu. »Wieso?« Direktor Lange Bericht zu erstatten, ist höchst ungewöhnlich. Er begrüßt die Eltern zu Beginn eines jeden Schuljahres und hält eine Rede vor den Kadetten. Der Rest der Zeit ist ein Rätsel.

Obwohl ich die Unterbrechung der Studienstunde begrüße, spüre ich, wie eine Welle der Nervosität meine Beine hinaufzieht. Es wird noch schlimmer, als ich auf Langes Villa zusteuere. Ich erinnere mich, wie ich aus dem Loch vor dem Wohnzimmerfenster kroch. So nah war ich dem Haus des Direktors noch nie gekommen.

»Kadett Olson möchte den Direktor sprechen«, rufe ich, als ein Dienstmädchen die Tür öffnet.

»Einen Moment, Sir, kommen Sie herein.« Das Dienstmädchen verbeugt sich und verschwindet im Flur. Ich warte in der Tür und habe Angst, auf den Perserteppich zu treten.

»Kadett Olson, hier entlang«, ruft Lange vom Ende des Korridors.

»Jawohl, Sir.« Ich marschiere auf die Stimme zu, meine Schuhe lautlos auf dem Wollteppich.

»Schließen Sie die Tür.« Direktor Lange sitzt hinter einem Mahagonischreibtisch, der bis auf ein paar silbergerahmte Fotos und einen einzelnen Ordner vor ihm leer ist.

Ich schließe die Tür und warte. Es ist stickig hier drin, und ich spüre, wie meine Achselhöhlen mein Hemd durchfeuchten.

»Kadett Olson«, Lange faltet die Hände und starrt mich durch seine Hornbrille an, »ich höre, Sie fragen nach Kadett Zimmer.«

»Jawohl, Sir, ich will herausfinden, wer Tom, ich meine Kadett Zimmer, entführt hat.« Ich bringe es nicht über mich, *getötet* zu sagen. Es würde irgendwie unpassend in der perfekten Eleganz des Büros klingen.

»Kadett Olson, lassen Sie mich Ihnen einen Rat geben.« Langes Stimme ist ruhig, nur die Worte kommen etwas akzentuierter heraus. »Verschwenden Sie in dieser Angelegenheit keine Zeit.«

Tom ist nicht länger ein junger Mann oder ein Mensch, er hat sich in eine *Angelegenheit* verwandelt.

»Wir tun alles, was wir können, um die Schuldigen ausfindig zu machen. Vielleicht finden wir sogar heraus, dass es jemand von außerhalb der Schule war. Jemand, der unsere Einrichtung nicht wertschätzte. Vielleicht ein Kriegsdemonstrant ...«

Lange winkt mit der Hand zum Fenster, als befände er sich im Dschungel von Vietnam. »Wir haben da draußen Feinde. Auf jeden Fall möchte ich, dass Sie sich auf Ihre Schularbeiten konzentrieren. Ich sehe an Ihren Noten, dass Sie Fortschritte gemacht haben, aber Sie haben noch einen weiten Weg vor sich. Hauptsächlich Bs und Cs. Wollen Sie *wirklich* Ihren Abschluss machen?« Die Frage schwebt wie Giftgas im Raum.

Ich nicke. *Droht der Mann damit, mich durchfallen zu lassen?*

Ein kleines Lächeln umspielt Langes Mund. Es sieht eher wie ein Zucken aus. Er öffnet die Mappe. »Sie sollten über Ihre Zukunft nachdenken, Kadett Olson. Sie könnten zum Militär gehen und Offizier werden, es in der Welt zu etwas bringen. Sergeant Russel hat mir erzählt, dass er große Stücke auf Sie hält.«

Ich nicke, unsicher, was ich sagen soll.

Lange steht hinter seinem Schreibtisch auf. »Versprechen Sie mir, dass Sie an Ihren Noten arbeiten. Die Abschlussprüfungen kommen schneller, als Sie denken.« Er klopft mir auf die Schulter, sein Gesicht ist jovial, bis auf die Augen, die sich wie rostige Nägel in mein Gehirn bohren.»Genug gesagt, zurück an die Arbeit.«

»Jawohl, Sir.« Ich schlage die Absätze zusammen und mache eine elegante Kehrtwende, während ich mich um hundertachtzig Grad zur Tür drehe. Wenigstens dieser Teil ist jetzt einfach.

Mein Herz hämmert den ganzen Weg zurück zum Wohnheim. Hat Lange gedroht, ich würde meinen Abschluss nicht machen, oder bilde ich mir das ein? Sie wollen Toms Mord auf jeden Fall unter den Teppich kehren. Von jetzt an muss ich noch vorsichtiger sein.

Schreie ertönen von oben, als ich meine Kaserne betrete. Kadetten drängen sich auf dem Flur und vor Krötes Zimmer.

»Was ist hier los?«, rufe ich durch das Gewühl zu Plozett, der im Türrahmen steht.

»Kröte ist zusammengebrochen. Wir haben den Arzt gerufen.«

»Was ist los mit —«

»Aus dem Weg, machen Sie Platz«, ruft der Doktor von hinten. Es herrscht Stille, als wir zur Seite treten, damit der Arzt und zwei Mitarbeiter sich in das Zimmer quetschen können. Ich erhasche einen Blick auf Kröte, der auf seinem Bett liegt. Er scheint zu schlafen, sein Gesicht ist leichenblass. Sein Atem klingt flach und mühsam.

»Vielleicht hat er eine Lungenentzündung wie Tom«, sagt jemand.

»Ein Fluch«, kommentiert eine andere Stimme.»Vielleicht ist Tom zurückgekehrt und hat es ihm gegeben.«

Ich schaue an die Decke, als ob ich Toms Geist über uns schweben sehen könnte. Irgendwie muss ich lächeln.

»Was ist so lustig?«, fragt Plozett.

»Ich stelle mir Tom als Geist vor, wie er uns das Leben schwer macht.«

»Er würde sicher einige in den Hintern treten.« Plozett lacht.

»Olson, melden Sie sich auf der Krankenstation.«

Ich versuche, meine Augen gegen den Nebel des Schlafs zu öffnen. »Was?«

»Aufwachen, du sollst dich beim Arzt melden.«
Ich reibe mir die Augen und zwinge meine erschlaffte Zunge in Aktion. »Wie spät ist es?«
»Fast elf Uhr.« Der Kadett sieht ungeduldig aus. Obwohl er im zweiten Jahr ist und jünger als ich, scheint er in die Kategorie *Muller* zu fallen. »Kann ich sicher sein, dass du aufstehst?«, fragt der Kadett.
»Der Arzt hat es deutlich gesagt.«
»Komme.« Ich werfe meine Decke auf den Boden. »Nicht mal am Sonntag kann ich ausschlafen.« Ich will fragen, warum *ich* auf die Krankenstation muss, aber der Kadett ist schon weg.

Mein Magen krampft sich zusammen, als ich mich dem Gebäude nähere. Die Tür sieht irgendwie anders aus, ein schwarzes Loch, das Jungen verschluckt und sie tot wieder ausspuckt. Schwester Melon führt mich in das Büro des Arztes.

Ich war noch nie hier, aber es erinnert mich an einen eisigen Winter mit weißen Wänden und einem Untersuchungstisch aus Edelstahl. Der Geruch von Desinfektionsmittel steigt mir in die Nase. Mir ist plötzlich kalt, und ich wünsche mich in mein Bett zurück.

»Kadett Olson, bitte setzen Sie sich.« Das Gesicht des Arztes ist ernst.

Erst Lange, jetzt der Arzt. »Jawohl, Sir.« Ich weiß nicht, was los ist, und frage mich, ob der Arzt Neuigkeiten über Tom hat. Der Metallstuhl drückt kalt und starr gegen meinen Rücken.

»Wie gut kennen Sie Kadett Todd?«

Der Name Todd klingt komisch. Für mich und den Rest der Schule ist es immer Kröte. »Nicht wirklich. Kröte, ich meine Kadett Todd, war der Zimmergenosse meines besten Freundes – Tom. Kröte und ich haben nicht wirklich was miteinander zu tun.«

»Das kann ich nur schwer glauben. Haben Sie ihn in irgendeiner Weise bedrängt?«

Ich setze mich aufrechter hin. »Nein, Sir, ich habe ihn kaum gesehen.« Ich erinnere mich im Stillen an die Fragen, die ich Kröte letztes Wochenende gestellt habe. »Ich verstehe nicht, was Sie wollen.« Der Arzt starrt mich an, als wolle er abschätzen, ob ich die Wahrheit sage oder ob er mir etwas entlocken kann. »Was ist mit Kröte los?«

»Das geht Sie nichts an, er ist krank.« Der Arzt sieht mich durchdringlich durch seine Brillengläser an. So wie er dreinschaut, erinnert er mich an Lange. »Wie erklären Sie sich, dass Kadett Todd Ihren Namen murmelt?«

Ich zucke die Schultern. »Keine Ahnung. Redet er von mir?«

»Er redet nicht, er ist bewusstlos.«

»Ich habe keine Ahnung, Doktor. Ich meine, wir kommen nicht wirklich zusammen. Weder im Unterricht noch sonst.« Ich beschließe, mein letztes Gespräch mit Kröte zu verschweigen.

Der Arzt starrt weiter. »Also gut. Wenn Sie zurückgehen, würden Sie dann einige von Kadett Todds Sachen holen? Sie wissen schon, seinen Schlafanzug, Unterwäsche ... Toilettenartikel. Er wird ein paar Tage bei uns bleiben.«

»Jawohl, Sir.« Ich stehe auf.

»Lassen Sie sie einfach bei der Krankenschwester.«

Ich drehe mich um und stürme aus der Tür. Ich will nicht mit Krötes Kleidung in Kontakt kommen. Vielleicht kann ich seinen neuen Mitbewohner bitten, die Sachen zu liefern, damit ich sie nicht anfassen muss.

Der Raum ist leer. Verdammt.

Im Schrank erkenne ich anhand der Größe der Hemden und Jacken, die darin hängen, sofort, welche Seite Krötes ist. Ich wühle mich durch die in ordentlichen Reihen gefalteten T-Shirts, die viel dicker sind als meine eigenen, und frage mich, wo Kröte seinen Schlafanzug aufbewahrt.

Ich schnappe mir zwei Paar weiße Unterhosen. Im Schrank liegt ein Wäschesack auf dem Boden. Er scheint schwer zu sein, als ich ihn anhebe, um darunter nach Krötes Hausschuhen zu suchen. Ich hebe sie mit Zeigefinger und Daumen auf und lege sie zu den anderen Sachen. »Komm schon, Kröte, wo ist dein Pyjama? Vielleicht ist er schmutzig«, murmle ich und hebe den Wäschesack wieder hoch. Wenn er nicht drin ist, wird Kröte in T-Shirt und

DAS GEGENTEIL VON WAHRHEIT

Unterwäsche schlafen müssen. Ich öffne den Gurt, und der Inhalt ergießt sich auf das Bett: zwei blau-weiß gestreifte Schlafanzüge, Socken, Hosen und ein roter Stoffschuhsack, gefüllt mit etwas Schwerem, das klimpert.

»Was in aller Welt?« Ich ziehe die Schnur auf und leere den Sack auf dem Bett aus. Gold glitzert, drei Armbanduhren, fünf Ringe, zwei Halsketten, ein teuer aussehender Füller mit goldener Feder, drei Medaillen und eine Taschenuhr liegen auf einem Haufen. Die Uhr kommt mir bekannt vor. Ich nehme sie in die Hand und fühle mich sofort unter die Tribüne zurückversetzt, als Tom uns die Uhr zeigte, die er von seinem Vater erhalten hatte. Ich öffne sie. Toms Mutter, jung und hübsch, sieht mich mit einem sanften Lächeln an.

»Dieses Schwein«, rufe ich, klappe die Uhr zu und stecke sie in meine Tasche. »Der verdammte Dieb.«

Ich schnappe mir Krötes saubere Kleidung, stecke sie in den Wäschesack und werfe die schmutzigen Sachen auf den Boden des Kleiderschranks. Ich kehre zu dem Versteck zurück, Krötes Versuch, die Kontrolle über sein Leben zu erlangen. Schließlich lege ich die Sachen in Krötes Schreibtisch. Ich werde mich später darum kümmern müssen.

Schwester Melon lächelt, als ich eintrete. Ich weiß, dass sie sich an Tom erinnert. »Hallo, Andy. Haben Sie Allens Wäsche?«

»Ich konnte keinen sauberen Pyjama finden. Er kann T-Shirts tragen.«

»Das ist in Ordnung, morgen ist Waschtag. Wir werden uns darum kümmern.« Die Schwester nickt. »Sie können jetzt gehen.«

»Ich würde Kröte, ich meine Allen, gerne sehen.«

»Ich fürchte, das ist unmöglich.«

»Bitte, es ist wichtig. Ich muss mit ihm sprechen.«

»Vielleicht heute Abend nach dem Essen. Warum kommen Sie nicht vorbei und melden sich bei der Nachtschwester? Ich werde eine Notiz machen. Der arme Junge, ich fürchte, Ihre Freunde haben ständig Pech.« Sie schüttelt den Kopf.

»Ich weiß, was Sie meinen«, sage ich. »Ich komme heute Abend wieder.«

KAPITEL ACHTUNDZWANZIG

Der Sonntagnachmittag zieht sich ewig hin. Ich überlege, ob ich in die Stadt laufen und bei Maddie vorbeischauen soll, aber ich bin zu abgelenkt. Krötes Vorrat liegt jetzt in meinem Schreibtisch versteckt. Bevor ich ihn Sarge übergebe, werde ich Kröte aufsuchen, um herauszufinden, warum er Tom bestohlen hat und um seine Version der Geschichte zu hören. Das Wetter ist immer noch grauenhaft, und auf dem Weg zur Krankenstation zittere ich im eisigen Wind. Es ist fast sieben. Ich muss mich beeilen, um rechtzeitig zur Lernstunde zu kommen.

Die Nachtschwester, eine kleine Frau mit einem zitronig-sauren Lächeln, sitzt am Schreibtisch. Ihr dunkles Haar mit grauen Strähnen ist zu einem festen Dutt gebunden. Ich habe sie noch nie gesehen.
»Ja bitte?«
»Kadett Olson möchte zu Kadett Todd.« Ich versuche ein Lächeln, aber die Schwester ignoriert mich und blättert in ihrem Buch. Der Geruch von Antiseptika und etwas Süßem, wie Karamellbonbons, umgibt mich.
»Hier entlang«, sagt die Krankenschwester. Sie geht den Linoleumkorridor entlang, ihre Gummisohlen machen rhythmisch saugende Geräusche. Als sie vor einer Tür stehen bleibt, befürchte

ich, dass es Toms altes Zimmer ist. Ist es aber nicht, obwohl es genauso aussieht und mich sofort an den letzten November erinnert.
»Fünf Minuten.«
Ich nicke gehorsam und nähere mich dem Bett. Kröte liegt unter einem Berg von Decken, aber wo Tom fast die ganze Länge von oben bis unten ausfüllte, breitet sich Kröte fast quadratisch über das Bett aus.
»Kröte?«
Krötes Augen öffnen sich langsam, als würden sie sich vor dem, was sie finden könnten, scheuen.
»Olson«, quiekt er, aber es klingt eher wie ein Flüstern.
Zu meiner großen Überraschung überkommt mich ein Gefühl des Mitleids. Ich wollte schreien und den Kerl verprügeln, aber alles, woran ich denken kann, ist, wie erbärmlich und einsam Kröte aussieht. Anscheinend ist es das, was die Schule am besten kann: den Leuten das Gefühl geben, dass sie allein in der Welt sind.
Ich zwinge mich, Standhaftigkeit zu zeigen, und lehne mich an das Bett. »Warum hast du Toms Uhr gestohlen?«
Krötes Augen öffnen sich weit. Die Farbe seines Gesichts verschwimmt mit dem Weiß des Kissens darunter. Er will etwas sagen, räuspert sich, aber es kommt nur ein Krächzen heraus. Dann beginnt er zu weinen. Ein trockenes, hustendes Geräusch, das immer lauter wird und von den sterilen Wänden und dem geschrubbten Linoleum widerhallt. Ich werfe einen nervösen Blick zur Tür, in der Erwartung, dass die Krankenschwester jeden Moment auftaucht.
»Kröte, reiß dich zusammen.«
»Sie werden mich rausschmeißen«, schnieft Kröte, seine Stimme ist noch piepsiger als sonst. »Ich konnte nicht anders. Kannst du nicht einfach den Mund halten? Ich verspreche, alles zurückzugeben. Du kannst Toms Uhr haben.«
Seine Hände flattern nutzlos über der Decke, seine Stimme geht in Gemurmel über, während er sich mit einem Ärmel die Nase abwischt.
»Hier.« Ich reiche ihm ein Taschentuch. »Es ist nicht meine Uhr. Es ist jetzt die Uhr von Toms Familie. Warum tust du das?«

DAS GEGENTEIL VON WAHRHEIT

»Ich weiß nicht, es passiert einfach.« Kröte putzt sich die Nase und bläst das Taschentuch mit einer Flut von Nässe auf. Er schnüffelt erneut.

»Ihre Zeit ist um«, sagt die Krankenschwester an der Tür.

»Ja, Ma'am.« Zu meiner Erleichterung höre ich, wie sich ihre quietschenden Schritte entfernen. Ich bin noch nicht fertig. »Warum Tom? Er hat diese Uhr wirklich geliebt.« Ich spüre die vertraute Wut in mir aufsteigen.

»Ich habe nichts mehr zu sagen.« Kröte wendet den Kopf ab.

In diesem Moment trifft es mich. Die Sache, die mich die ganze Zeit gestört hat. »Du hast mir nicht alles erzählt.«

Kröte schüttelt den Kopf. »Das mit Tom tut mir so leid«, schnieft er. »Bitte geh.«

»Deine Geschichte passt nicht zusammen. Du hast gesagt, du hast unter der Decke gelesen, als Tom aufs Klo ging. Du musst das Licht trotzdem angelassen haben. Tom hätte es angelassen, weil er zurückkommen wollte. Du hättest bemerkt, dass Licht brennt, und du hättest gesehen«, ich spreche schneller, »dass Tom aus seinem Bett verschwunden war. Auch wenn es zwei Uhr nachts war.«

Kröte schüttelt den Kopf. »Bitte versteh das doch, ich hatte wirklich Angst.« Seine Stimme zittert.

»Wovor hattest du Angst?« Ich halte inne, um nach der Krankenschwester und ihren quietschenden Schuhen zu lauschen. Alles ist still. »Was hat die Angst mit der Entführung oder Toms Uhr zu tun?«

»Big Mike und Tony.«

»Was haben die damit zu tun?« Ich habe es satt zuzuhören. Kröte halluziniert. »Ich hole die Schwester.« Ich gehe zur Tür. »Du lügst so oder so.«

»Nein«, sagt Kröte mit plötzlich drängender Stimme, »sie haben gedroht, es dem Direktor zu sagen.«

An der Tür bleibe ich stehen. Etwas in Krötes Stimme lässt mich zu ihm zurückkehren. Krötes Augen haben einen neuen Glanz, etwas Eindringliches.

»Wovon redest du?«

Kröte schüttelt ungeduldig den Kopf. »Tony hat mich einmal in seinem Zimmer erwischt, als ich nach einem Schatz gesucht habe.« Aus Krötes Mund klingt das Wort *Schatz* so, als würde Gollum von *seinem Ring* sprechen. »Er zwang mich, meine Hand zu öffnen ... und fand einen Ring, den ich mitgenommen hatte. Er hat es Big Mike erzählt.« Kröte blickt aus dem Fenster, als träume er von der Flucht.

Die Wut ist zurück. »Warum haben die beiden Lange oder Sarge nicht über deinen Diebstahl informiert?« Etwas Rohes arbeitet sich durch meine Muskeln, ein Wunsch, das Bett zu packen und es durchs Fenster auf den perfekten Rasen zu schleudern.

Kröte hat Schluckauf. »Er meinte, eines Tages könnte ich nützlich werden.« Schweißtropfen glitzern auf seiner Stirn und Oberlippe, die erste Anzeichen von Bartwuchs zeigt.

»Wer hat das gesagt?«

»Tony.«

Die Wut brodelt in mir, während ich Kröte ansehe. Er versucht, sich aufzusetzen, erinnert mich an eine übergroße Kellerassel, die auf den Rücken geworfen wurde und mit Armen und Beinen strampelt, um auf der Matratze Halt zu finden. Sein Gesicht ist jetzt schweißnass, aber seine Augen trocken. Die Luft pfeift in seiner Kehle, und für einen Moment fühle ich mich an die Tage zurückversetzt, als ich Tom besuchte, und an die Schwere, die von seiner Brust ausging.

»Ich habe gesehen, wie sie Tom mitgenommen haben. Sie kamen herein und schnappten sich eine von Toms Decken, als er auf dem Klo war. Sie sagten, ich solle bloß den Mund halten, sonst würden sie Direktor Lange von meinem Problem erzählen und ich würde von der Akademie fliegen.«

Ich bin fassungslos, kann kein Wort herausbringen. Die Wut ist so groß, dass ich spüre, wie sie mit glühenden Eisenklauen meinen Körper ergreift. Ich zwinge mich, stehen zu bleiben, und drücke Luft durch meine Kehle, um zu atmen.

»Du musst mir glauben, ich dachte, sie hätten Tom in ein anderes Zimmer gebracht, um ihm einen Streich zu spielen. Ich wusste nicht, dass er die ganze Nacht in der Kälte war.« Kröte hat

DAS GEGENTEIL VON WAHRHEIT

erneut Tränen in den Augen. »Ich wollte nie ...«
Visionen von Tom, an den Baum gefesselt, kehren zurück, seine blauen Hände und Lippen, wie schlaff er sich in meinen Armen anfühlte. Ich suche nach meiner Stimme, mein Körper ist jetzt kalt und hart wie Stahl. »Aber sie haben ein Alibi.«
»Sie haben im Labor ein Tonband mit ihren Stimmen aufgenommen und ein Aufnahmegerät im Arbeitszimmer laufen lassen«, sagt Kröte. »Sie hatten alles geplant, selbst den Zettel an der Tür, dass bloß keiner eintreten sollte.«
»Wo ist das Band?«
Kröte zuckt mit den Schultern. »Weiß nicht. Ist mir alles egal.« Er lässt sich zurücksinken, wischt sich mit der Hand über das Gesicht und starrt aus dem Fenster, als ob ich nicht mehr da wäre.
Ich gehe zum Bett und packe Kröte an den Schultern. »Hör zu, Kröte, jede Einzelheit ist wichtig. Du bist der wichtigste Zeuge. Wir werden es Sarge sagen und eine Anhörung beantragen.«
Kröte schüttelt den Kopf. »Ich weiß nicht, ob ich das kann. Ich habe solche Angst. Sie werden mich sowieso rauswerfen.« Wieder ein Schluchzen.
»Aber du musst –«
»Kadett Olson, habe ich Ihnen nicht gesagt, Sie sollen gehen?« Die Krankenschwester steht in der Tür, ihre Augen sind wie schwarze Kohlen, die sich zu entzünden drohen. »Sehen Sie, was Sie angerichtet haben.« Sie marschiert ins Zimmer und misst Krötes Puls. »Ich hole den Arzt. Ich hätte Sie nicht hereinlassen dürfen.« Sie rennt den Flur hinunter. In der Ferne ertönt ein Alarm.
Ich folge ihr, meine Beine mechanisch und gefühllos, mein Geist dolchartig, bereit, jeden zu erstechen, der sich mir nähert. Trotzdem will ich nicht vom Arzt erwischt werden. Er wird meinen Besuch als Angriff beurteilen und eine harte Strafe verhängen.
Ich will Blut, Tony in Stücke reißen, Big Mike in den schwammigen Bauch treten, bis er umkippt und ohnmächtig wird. Ich renne los, ignoriere die Lernzeit und dass man mich vermissen wird.
Sie haben es von Anfang an geplant. Diese Schweine! Ich renne

schneller, während mir die Tränen über die Wangen laufen. Ich weiß nicht, ob sie aus Wut oder Traurigkeit fließen. Mein Herz klopft, als ob es aus meinem Brustkorb springen wollte. Trotzdem renne ich. Sie haben Tom ermordet, und ich habe den Schlüssel zur Gerechtigkeit in der Hand. Visionen von Tom tauchen auf: auf seinem Bett, lachend, mit Eric sprechend, die Füße auf dem Tisch, Tom unter der Tribüne mit seiner neuen Uhr.

Kröte *muss* auspacken.

Als ich langsamer werde, ist es schon dunkel, der Wald flüstert um mich herum. Ich zwinge meine Schritte zurück zum Campus und schleiche hinein. Es ist schon nach zehn, und ich bekomme mit Sicherheit einen Verweis wegen versäumter Lernstunde. Aber das ist mir egal. Morgen früh werde ich als Erstes zu Sarge gehen und ihn bitten, Kröte zu verhören.

KAPITEL NEUNUNDZWANZIG

Tom sitzt an meinem Schreibtisch, die Arme hinter dem Kopf verschränkt und die Beine bequem ausgestreckt, so wie er es macht, wenn er mit dem Lernen fertig ist. Ein Lächeln umspielt seine Lippen. »Jetzt, wo du es weißt, was wirst du tun?«

Die Worte hallen mit dem morgendlichen Signalhorn in meinem Kopf wider. Tom schien so real. Als wäre er noch vor einer Minute hier gewesen. Ich möchte mit ihm reden. Eine Welle von Emotionen schwappt durch mich, als Krötes Geständnis in mein Gedächtnis zurückkehrt. Wut, Abscheu und Trauer wetteifern miteinander. Ich versuche, normal zu atmen, darf jetzt nicht weich werden. Vor allem muss ich schnell handeln und Sarge finden. Alles erzählen, die Dinge in Bewegung setzen. Ich muss Kröte zu einem Geständnis bringen und Tony und Big Mike verhören.

Zuerst muss ich Sarge aufsuchen, bevor der Unterricht beginnt. Beim Frühstück suche ich ihn am Lehrertisch. Vergebens. Die Lehrkräfte wechseln sich bei den Mahlzeiten mit der Beaufsichtigung der Kadetten ab. Sarge ist weder im Dienst, noch isst er. Ich schlucke Spiegeleier und Brot hinunter, ohne etwas zu schmecken. Am liebsten möchte ich sofort abhauen, aber ich muss auf die offizielle Glocke warten, die das Ende des Frühstücks ankündigt. An jedem Tisch sitzen Kadetten, ein leises Stimmengewirr dringt durch den Raum und vermischt sich mit dem

Geruch von Speck und Toast.

Beim Anblick von Tony und Big Mike ein paar Tische weiter beginnen meine Hände zu zittern. Big Mike bahnt sich seinen Weg durch die Rühreier einer ganzen Woche und benutzt dabei einen Esslöffel wie eine Schaufel. Tony unterhält sich mit ein paar Freunden, seine Hände winken wie ein Dirigent, während er quatscht – zweifellos eine weitere Heldengeschichte. Schnipsel driften herüber, aber die Stimmen neben mir sind zu laut und übertönen alles andere.

Ich beobachte, wie Mr. Brown hereinkommt und zum Tisch der Lehrkräfte geht, aber statt sich zu setzen, steht er mit gesenktem Kopf. Ich beschließe, näher heranzutreten, und nehme meinen Teller, als wolle ich ihn nachfüllen lassen.

»... heute Morgen.« Mr. Browns Stimme, tief und klangvoll und perfekt zum Rezitieren von Literatur, passt nicht zu seinen schmalen Schultern.

Einer der anderen Lehrer spricht, aber ich kann ihn nicht verstehen. Ich bleibe ein paar Meter vom Tisch entfernt stehen und tue so, als ob ich meine Uniformjacke überprüfen würde.

»Der Arzt hielt es für das Beste.« Mr. Browns Augen treffen für eine Sekunde auf meine. Dann blickt er nach unten und spricht leiser, zu leise, damit ich etwas verstehen kann.

Ich gehe auf den Tresen zu. Die Szene von gestern Abend kehrt zurück, Krötes Aufregung und die rennende Krankenschwester.

Die Glocke läutet. Ich werfe meinen Teller aufs Tablett und stelle mich zum Rausgehen an.

Draußen brennen die ersten Strahlen der Aprilsonne orange und tauchen die Rasenflächen in ein goldenes Licht. Tau bedeckt das Gras wie wässrige Milch, und die Luft ist erfüllt von den aromatischen Düften von Flieder und Magnolien. Es ist meine liebste Tageszeit, aber ich bin blind dafür. Auf dem Weg zur Krankenstation nehme ich eine Abkürzung über die Rasenflächen. Man wird mich anschreien, weil ich den Rasen kaputt mache. Aber was macht das schon? Im Gebäude ist es still, und ich mache mich auf das vorwurfsvolle Gesicht der Nachtschwester gefasst.

DAS GEGENTEIL VON WAHRHEIT

Krankenschwester Melon sitzt am Schreibtisch und studiert eine Akte. Ihr üppiger Busen hebt sich seufzend, als sie eine Seite markiert.

»Guten Morgen«, sage ich und versuche, meinen rasenden Atem in kontrollierbare Dosen zu zwingen.

Schwester Melon blickt auf und zieht überrascht die Augenbrauen hoch. »Andy, sollten Sie nicht im Unterricht sein?«

»Ich würde Kröte gerne kurz sehen.«

Schwester Melon schließt den Ordner vor ihr und steht auf. »Sie meinen Allen?«

»Ja, bitte.«

»Tut mir leid, aber Allen wurde heute Morgen nach Evansville gebracht. Der Arzt hielt es für das Beste, dass er im Krankenhaus observiert wird.«

Mein Mund öffnet sich. »Aber ...« Ich weiß nicht, was ich sagen soll. Kröte ist mein Zeuge, er kann nicht weg sein. »Wann wird er zurückkehren?«

Schwester Melon schüttelt den Kopf. »Ich weiß es nicht. Ich bin sicher, dass er in ein paar Wochen wiederkommt.«

»Ein paar Wochen.« Meine Stimme versagt. Sie klingt wie ein Krächzen, wie Kröte. »Nein, ich muss ihn sprechen.«

Schwester Melon geht um ihren Schreibtisch herum. »Geht es Ihnen gut? Sie sehen sehr blass aus. Vielleicht sollte ich Ihre Temperatur messen.«

Ich trete zurück. »Nein, danke.«

»In diesem Fall gehen Sie besser zum Unterricht.« Ein kleines Lächeln erscheint auf dem Gesicht der Krankenschwester. Ich habe keine Lust, es zu erwidern. Stattdessen drehe ich mich um und stürme zur Tür hinaus.

Mein Gehirn will explodieren, wie kann ich jetzt lernen? Den ganzen Morgen sitze ich schweigend da, ignoriere meine Klassenkameraden, starre die Lehrer an, höre nichts. Ich muss Tom zu seinem Recht verhelfen, und egal was sonst noch passiert, ich werde es schaffen. Es kommt nicht infrage, zu warten, bis Kröte wiederkommt.

DAS GEGENTEIL VON WAHRHEIT

Wir haben noch drei Wochen im Semester, und es besteht die Möglichkeit, dass Kröte gar nicht mehr zurückkehrt. Er muss davon ausgehen, dass ich von dem Diebstahl erzählen werde. Vielleicht findet er eine Ausrede, nicht zurückzukommen, um sich die Peinlichkeit eines Schulverweises zu ersparen. Ich bin wütend auf mich selbst, weil ich Sarge letzte Nacht nicht erwischt habe. Ohne Kröte ist es mein Wort gegen das von Tony und Big Mike, es ist Hörensagen, einer gegen zwei. Nicht gerade ein starker Fall.

Aber es muss doch irgendetwas geben, was ich *jetzt* tun kann. Und dann erinnere ich mich.

Das Band.

Tony und Big Mike haben ein Tonband aufgenommen, um ihr Alibi zu fälschen. Ich muss es finden und mir von den Zeugen bestätigen lassen, dass sie die beiden nicht wirklich studieren *sahen*, sondern ihre Stimmen *hörten*. Das ist es, was mir schon die ganze Zeit auf der Seele brennt.

Ich frage mich, ob Tony das Band aufbewahrt. Vielleicht hat er es weggeworfen oder kaputt gemacht. Oder er hat es ins Labor zurückgebracht und überspielt. Aber es besteht die Möglichkeit, dass er es noch hat.

Die beste Zeit, Tonys Zimmer zu durchsuchen, ist nach dem Abendessen und vor der obligatorischen Lernzeit, wenn die Kadetten eine Stunde frei haben. Tony hält sich normalerweise in der Höhle auf, wo er und Big Mike die bequemsten Sofas besetzen und *Dunhills* rauchen.

Ich kaue mechanisch, das Schweinekotelett in meinem Mund verwandelt sich in abgestandene Fasern, ignoriere das Geplapper von Plozett und Markus und beobachte Tony und Big Mike. Je mehr ich zusehe, desto mehr ekeln sie mich an. Ich verabscheue mich dafür, dass ich jemals zu ihnen aufgesehen habe. Selbst wenn es hauptsächlich wegen ihrer sportlichen Leistungen war, was gab es da zu bewundern?

Ich springe auf, als die Glocke ertönt.

»Gehst du in die Höhle?«, fragt Plozett. »Wir haben neue Spiele

und Zeitschriften bekommen, eine Spende von einem Ehemaligen.«
»Nicht heute Abend, ich habe was zu tun.«
Plozett zuckt die Schultern und wendet sich ab.
»Erzähl es mir später«, rufe ich ihm nach. Es tut mir irgendwie leid, dass ich mich nie um eine Freundschaft mit Plozett bemüht habe. Unsere Beziehung ist eine Verbindung der Bequemlichkeit und Vertrautheit. Trotzdem frage ich mich, ob ich ihm von Kröte hätte erzählen sollen und wer Tom auf dem Gewissen hat.

Ich renne zur Kaserne D. Vorhin hatte ich mich nach Tonys Zimmernummer erkundigt, habe vorgetäuscht, Tony ein Englischreferat geben zu wollen. Die Kaserne ist fast menschenleer, die Kadetten tummeln sich draußen und die meisten Dozenten genießen eine Stunde der Freiheit, um die neueste Politik zu diskutieren.

Ich habe Sarge von weitem gesehen, zweimal tagsüber beim Überqueren des Campus und beim Abendessen, als er mit den Lehrkräften zusammensaß. Sobald ich das Band gefunden habe, gehe ich zu ihm. Selbst wenn ich es nicht finde.

Zimmer hundertfünfundzwanzig befindet sich am Ende des Flurs im Parterre. Ich eile durch den Gang, den Blick auf die Zimmernummern gerichtet. Ich muss schnell sein. Die Kadetten wissen, wer in ihrem Wohnheim untergebracht ist, und man wird mich als nicht zugehörig erkennen.

Wenn Tonys Mitbewohner da ist, muss ich es später versuchen. Die Tür steht einen Spaltbreit offen, und ich klopfe.

»Hallo?«, murmle ich und stoße die Tür auf.

Der Raum ist leer.

Ich eile zum ersten Schreibtisch und suche nach Gegenständen, die ihn als Tonys ausweisen. Kadetten dürfen *zwei* persönliche Fotos besitzen. Das schwarz-weiße Porträt einer Frau starrt mich an. Es ist schwer zu sagen, wer es ist, wahrscheinlich eine Mutter. Auf dem anderen Schreibtisch steht ebenfalls ein Foto, diesmal von einem Paar, das düster vor einem Kamin sitzt. Ich erkenne die Gesichtszüge eines älteren Tony. Das muss sein Vater sein. Der Schreibtisch ist sauber, abgesehen von einem ordentlichen Stapel

Bücher und zwei Ordnern – auf der ersten Seite steht Tonys Name. In der Schublade liegen verschiedene Stifte und Zeichengeräte, ein Metalllineal, ein Radiergummi und Notizpapier. Ich durchwühle alles und finde nichts. In der Schublade darunter – meine Ohren sind auf die Tür und mögliche Schritte gerichtet – liegen Ordner gestapelt. Ich ziehe sie heraus, um darunter zu schauen. Nichts. Auf der anderen Seite dasselbe: noch mehr Papiere und ein paar Romane, in einer Mappe ein *Playboy*, dessen Einband fehlt.

Stimmen dringen vom Flur herein, und ich halte inne, um zu lauschen. Jemand lacht, aber es hört sich nicht nach Tony an. Mein Herz klopft im Nacken. Ich muss mich beeilen.

In der letzten Schublade finde ich weitere Papiere. Das Band ist nicht da. Ich öffne den Kleiderschrank. Geordnete Stapel von Hemden und Unterwäsche füllen den Raum. Ich schiebe meine Hand dazwischen, um nach harten Gegenständen zu suchen, aber alles, was ich fühle, ist Stoff. Ich schließe den Schrank und sehe mich im Zimmer um. Kröte bewahrte seinen Vorrat im Wäschesack auf. Die meisten Leute würden die schmutzige Kleidung anderer Schüler nicht anfassen. Ich reiße die Tür ein zweites Mal auf und untersuche den Beutel auf dem Boden.

Er ist bis auf zwei Paar Unterwäsche, Socken und ein Hemd leer. *Verdammt.*

Ich schließe den Kleiderschrank und durchsuche das Bett, das ein unwahrscheinliches Versteck ist, da es von den Inspektoren oft untersucht wird. Muller und Co. lieben es, bei der Zimmerkontrolle Laken und Bezüge auseinanderzuziehen und versteckte Gegenstände freizulegen. Da Tony sein Bett oft neu beziehen muss, würde er es wahrscheinlich nicht riskieren.

Ich eile zur Tür. Für den Moment muss ich aufgeben, zumindest kann ich Sarge mit den Informationen von Kröte besuchen. Vielleicht können wir nach Evansville fahren und Kröte befragen. Sein *Schatz* ist immer noch in meinem Schreibtisch. Wenn ich ihn Sarge bringe, ist das das Ende von Kröte an der Akademie.

Ich schaue mich ein letztes Mal um, als mir etwas einfällt. In den Sommerferien habe ich einen Film gesehen, in dem Beweise hinter einer Toilettenschüssel versteckt waren. Sicherlich hat Tony nichts im Waschraum versteckt, der für alle Kadetten zugänglich ist. Aber wenn er es hinter den Schreibtisch geklebt hat ... oder darunter.

Ich eile zurück und krieche in den Fußraum zwischen den Schubladen. Ich bin schon viel zu lange hier, und meine Finger zittern vor Nervosität.

An der Rückseite finde ich nichts. Ich schaue nach oben. In der hinteren Ecke hängt ein dunkler Klumpen, der fast unsichtbar ist, es sei denn, man ist ganz nah dran. Ich ziehe daran und ein schwarzer Klebestreifen löst sich. Darin eingebettet ist ein Tonband. Die Art, die wir im Sprachlabor verwenden. Mein Herz beginnt zu galoppieren, als ich mich aufrichte.

Ich stecke den Klumpen in meine Tasche und gehe zur Tür.

Tony beobachtet mich, seine Augen sind hart, sein Mund ist zu einem Grinsen verzogen. Wie lange steht er schon hier?

»Olson, warum schleichst du in meinem Zimmer herum?«

Ich bleibe stehen, die Luft bleibt mir im Hals stecken und weigert sich, Sauerstoff in meine Lunge zu bringen.

»Ich habe dich gesucht«, sage ich. »Ich —«

»Spar es dir.« Tonys Stimme ist ein leises Zischen. »Gib mir das Band.«

Ich starre den Jungen vor mir an, den Kapitän der Footballmannschaft, mit dem ich Hunderte Male zusammengespielt habe, den ich früher bewundert habe. Jetzt kann ich nur noch einen Kerl sehen, der zu einem Mord fähig ist. Tonys Augen sind kalt, und ich habe plötzlich Angst.

Ich zerbreche mir den Kopf, brauche eine Idee ... irgendeinen Ausweg. Alles, woran ich denken kann, ist, dass ich in schrecklicher Gefahr bin. Ich bin außer Atem und spüre, wie mir die Panik mit eisigen Fingern die Wirbelsäule hinaufkriecht. Wenn Big Mike in der Nähe ist, habe ich keine Chance. Selbst der Kampf gegen Tony allein wäre aussichtslos. Tony wiegt mindestens dreißig muskulöse Pfund mehr als ich. Die einzige Chance ist ein Überraschungszug.

Ich stürze nach vorn, mein Kopf knallt gegen Tonys Brust und stößt ihn nach hinten. Die Bewegung funktioniert und wirft Tony um und gegen die gegenüberliegende Wand. Ich springe über seine Beine und sprinte zum Ausgang.

»Haltet ihn auf!«, schreit Tony. Und dann: »Mike!«

Ich stoße fast mit ein paar Kadetten zusammen, die in den Flur stürmen, um zu sehen, was los ist. Ich schiebe sie beiseite und renne zur Tür hinaus. Die Dämmerung bricht herein. Ich sprinte über den Rasen, höre Schritte hinter mir, also renne ich noch schneller. Ich muss mich verstecken, wenn ich entkommen will, denn ich werde niemals schneller sein als Tony. Er hält den Rekord im Hundert-Meter-Lauf und ein paar Mittelstrecken.

Ich springe über eine Reihe von Hibiskushecken vor der Turnhalle, um die Ecke und, so hoffe ich, außer Sichtweite. Zum Anhalten und Nachsehen ist keine Zeit. Ich rase an der Rückseite der Turnhalle entlang, suche nach einem passenden Versteck, aber wo? Am Ende des Gebäudes taucht eine stählerne Tür auf. Vielleicht ist es ein Lagerraum, den ich von innen verschließen kann.

Ich bleibe abrupt stehen und reiße an der Türklinke. Die Tür rührt sich nicht, und ich renne weiter, um die nächste Ecke. Ich taste nach dem Tonband, das immer noch in meiner Tasche steckt. Ich frage mich, ob ich Zeit habe, es zu verbergen, falls Tony mich einholt.

Die Rasenflächen weiten sich vor mir aus und reichen bis zum See hinunter, aber ich muss in Deckung gehen. Ich wende mich nach rechts, den Weg hinunter und auf eine Reihe von Wohnheimen zu. Vielleicht kann ich mich in einem verstecken. Tony würde lange brauchen, um alle Räume zu durchsuchen, und vielleicht habe ich Zeit, jemandem davon zu erzählen oder das Band zu deponieren.

Wohnheim E taucht auf. Hier wohnen die Reiter, und ich habe noch nie einen Fuß hineingesetzt. Ich stoße die Eingangstür auf. Zu meiner Erleichterung sieht es genauso aus wie meine Kaserne. Einen Moment lang bin ich unschlüssig, als ich die Tür hinter mir höre. Tonys rotes Gesicht erscheint hinter dem Glas der Außentür. Ich springe die Kellertreppe hinunter und bereue meine Entscheidung sofort.

Wenn ich nach oben gelaufen wäre, könnten die anderen

DAS GEGENTEIL VON WAHRHEIT

Kadetten helfen oder Zeugen von Tonys Angriff werden. Hier unten bin ich wahrscheinlich allein. Ich eile den Korridor entlang, der identisch mit dem im ersten und zweiten Stock ist, außer dass die Türen zu meiner Rechten und Linken Lagerräume sind, nicht gerade ein Ort, um sich zu verstecken. Hier unten gibt es auch keine Fenster. Ich laufe in eine Falle, und sie schließt sich schnell.

Am anderen Ende des Flurs hustet Tony und hält sich die Seiten. Oben knallt eine Tür. »Hier unten, Mike«, schreit er. »Wir haben ihn.«

Schwere Schritte schlurfen näher.

»Wo ist er?« Big Mike keucht. »Überlass ihn mir.«

»Warum solltest du den ganzen Spaß haben?«, sagt Tony und beobachtet mich wie eine Schlange die Maus.

Ich gehe leise rückwärts, der Gang endet zwei Meter hinter mir. Warum bin ich hier runtergegangen? Sie werden mich verprügeln oder Schlimmeres. Sie haben viel zu verlieren, und wenn Kröte aus dem Weg ist, wird niemand je erfahren, was sie mit Tom gemacht haben.

Tom. Ich knirsche mit den Zähnen. Ich frage mich, was Tom dachte, als er in den Wald gezerrt wurde. Und dann, als ihm niemand zu Hilfe kam und ihm immer kälter wurde, und dann am Ende, als selbst das Atmen zu viel Mühe machte.

Der Gang endet, meine Hand berührt die raue Betonwand. Daneben fühlt sich etwas glatt an, und für den Bruchteil einer Sekunde ertaste ich einen Griff. Eine Tür. Zehn Meter entfernt hat Big Mike Tony eingeholt.

Ich sitze in der Falle.

Etwas Kaltes und Brutales geht von ihnen aus. Sie schauen mich an und überlegen zweifellos, was sie mit ihrer Beute machen sollen.

Ich gehe einen Schritt nach links und finde den Türknauf. Langsam drehe ich ihn und hoffe, dass er sich öffnen wird. Die Tür bewegt sich – ein knirschendes Geräusch von Metall, das über Beton schabt.

Blitzschnell drehe ich mich um und springe durch die Tür, in der Hoffnung, dass es sich nicht um eine Abstellkammer handelt ...

und weiß sofort, wo ich bin.

Die Stufen zu den Heiztunneln verschwinden im Nichts – die Tür schlägt zu.

KAPITEL DREISSIG

Ich taste nach dem Licht, dränge mein Gedächtnis, sich zu erinnern, wo der Schalter ist. Widerwillig springt eine Glühbirne an und erhellt die verrostete Treppe, die in die Leere führt. Ohne zu zögern, springe ich hinunter. Nicht einen Moment zu früh. Die Tür hinter mir fliegt auf, gerade als ich den Tunnel erreiche. In der Hoffnung, mich irgendwie zu erinnern, sprinte ich nach rechts, bete, dass der Korridor nicht plötzlich endet. Ich wünschte, ich könnte mich leise bewegen, aber meine Schritte hallen von den gemauerten Ziegelwänden wider. Hinter mir höre ich Bewegung, also renne ich weiter in die Dunkelheit. Ich strecke meine linke Hand zur Seite und halte die andere nach vorn, um nicht gegen eine Wand zu laufen. Es ist nicht mehr dunkel, es ist schwarz wie Tinte.

Eine Wolke heißer Luft trifft mich von rechts – ein weiterer Korridor. Die Schritte hinter mir folgen, sind aber langsamer geworden. Im Haupttunnel hinter mir geht ein Licht an. Sie laufen geradeaus. Ich bleibe stehen und zwinge meine Ohren, Geräusche wahrzunehmen. Hoffentlich halten sie an und kehren um. Vielleicht kann ich warten und mich später zurückschleichen.

Ein Schatten erscheint. Verdammt. Ich renne weiter, während mich die Dunkelheit einhüllt. Zu meiner Linken beginnt ein weiterer Korridor. Ich werde nie zurückfinden, wenn wir nicht bald anhalten. Und selbst dann habe ich mich wahrscheinlich verlaufen.

DAS GEGENTEIL VON WAHRHEIT

Auf der rechten Seite erscheint eine weitere Öffnung, eine schwarze Masse heißer Luft, die mich mit unsichtbaren Armen umschlingt. Ich schaudere und erinnere mich an meinen letzten Besuch. Ich hatte mir geschworen, nie wieder hierher zurückzukehren.

Hier bin ich und renne um mein Leben am schlimmsten Ort, den ich mir vorstellen kann. Warum bin ich nicht zu Sarges Büro gelaufen? Dort wäre ich in Sicherheit gewesen.

Die Schritte hinter mir klingen jetzt gedämpft. Es ist schwer zu hören, weil die Rohre über mir pfeifen und ächzen. Ich gehe weiter, meine Hände berühren alle paar Meter die Wand. Die Luft ist heiß und feucht wie im Dschungel.

Ich bleibe stehen, höre nichts außer dem Blut, das durch meine Schläfen rauscht, und den Rohren über mir. Mein Herz galoppiert, während ich mir vorstelle, wie Tony mich angreift, wie er mich eiskalt anstarrt. Er wird mich zum Schweigen bringen, vielleicht tötet er mich. Dies ist der perfekte Ort, um eine Leiche zu verstecken. Niemand würde darauf kommen, mich hier unten zu suchen.

Ich habe es ihm leicht gemacht, muss aufhören zu zittern. Die Wand gibt mir halt und ich zwinge mich, ruhig zu atmen. Immer noch keine Bewegung.

Ich frage mich, ob ich umkehren soll, bevor ich jeden Orientierungssinn verliere. Vielleicht habe ich mich bereits verirrt, und man wird mich in dreißig Jahren finden, als verschrumpeltes Skelett mit einem schwarzen Klebestreifen, der um ein Band gewickelt ist. Sie werden das Band abspielen und ein paar Stimmen hören, die ein englisches Referat besprechen. *Na und,* werden sie sagen, *was ist mit diesem Kerl passiert?* Ich schaudere.

Ich möchte leben, frische Luft atmen und Maddie wiedersehen. Vor allem aber will ich Gerechtigkeit. Für Tom, der alles gewusst hatte. Bedauern durchströmt mich, als ich mich an meine Ignoranz erinnere.

Ein leises Geräusch erreicht mein Ohr. Dann nichts mehr. Ich bilde mir Dinge ein.

Da. Schlurfen. Keuchen.

Sie sind ganz in der Nähe. Ich schaue hinter mich, aber die Dunkelheit ist vollkommen. Langsam richte ich mich auf und trete von der Wand weg. Vorsichtig setze ich meine Füße, während ich weiter in die Dunkelheit gehe, weiter weg von den Geräuschen. Ich denke über Tonys Motiv nach, mich zu finden, und erkenne, was auf dem Spiel steht. Wenn Tony und Big Mike auffliegen, wandern sie wegen Mordes oder zumindest Totschlags ins Gefängnis. Es würde sich für sie lohnen, wenn ich verschwände. Endgültig.

Der Gedanke lässt mich erschaudern.

Bis jetzt bin ich einer Spur gefolgt wie ein Hund, der ein Kaninchen verfolgt. Plötzlich bin ich derjenige, der gejagt wird. Ich habe nicht darüber nachgedacht, was das bedeuten könnte, dass sie mich töten könnten. Vielleicht schaffe ich es, das Band zurückzugeben. Tony zu beteuern, dass ich einen plötzlichen Fall von Amnesie habe. Würde er sich darauf einlassen?

Dann erinnere ich mich an Tom. Was würde er tun? Ich ziehe eine Grimasse in der Dunkelheit. Ganz ruhig. Ich spüre, wie Tom neben mir steht und mir zuflüstert, ich solle tun, was ich für richtig halte. So hat Tom gelebt.

Zum fünfzigsten Mal konzentriere ich mich auf die Geräusche, aber alles, was ich höre, sind die ächzenden Rohre. Ich laufe vorsichtig weiter, ganz langsam jetzt, mir ist schwindlig von der Hitze und der Dunkelheit. Trotz der Bedrohung, die hinter mir lauert, schwindet das Adrenalin aus meinem Körper und wird durch Übelkeit ersetzt. Das letzte Mal, als ich im Tunnel war, hatte ich zu viel Wein getrunken, und mein Magen war verdorben. Dieses Mal lauert der Tod hinter mir.

Ein Luftzug streift mein Gesicht. Ich erinnere mich an die Gitter, die Dampf über den Campus ablassen. Ein schwaches Licht leuchtet über mir, und ich frage mich, ob mich jemand sehen kann, während ich in den Nachthimmel schaue. Schnell husche ich in die Dunkelheit dahinter, bis der Schimmer verschwindet.

Meine Beine sind schwach, und ich lehne mich an die Wand. Etwa einen Meter darunter ertaste ich eine Öffnung. Ich knie mich hin, um sie zu untersuchen – eine Nische, einen Meter hoch und fast zwei Meter lang. Vielleicht wurden dort Werkzeuge oder Kisten gelagert. Ich krabble hinein und setze mich. Wenigstens bin ich aus dem Korridor heraus. Wenn Tony und Big Mike kein Licht anmachen, werden sie an mir vorbeilaufen. Die Rohre klingen gedämpft durch den Stein, und ich bin unglaublich müde. Ich lausche weiter, höre aber nichts außer den Rohren und meinem Atem. Meine Kehle ist trocken und wund wie mit Sandpapier gescheuert.

Ich wache auf. Wie lange habe ich geschlafen? Sind zehn Minuten vergangen oder fünf Stunden? Selbst mit weit geöffneten Augen sehe ich nichts – nur Schwärze, als wäre ich blind. Einen Moment lang bin ich wie gelähmt vor Angst, aber dann erinnere ich mich an Tom. Aufgeben kommt nicht infrage.

Ich strecke meine Beine aus und krieche in den Korridor, lausche auf Bewegungen.

Nichts.

Endlich richte ich mich auf. Vielleicht bin ich entkommen, aber wie soll ich das wissen? Tony und Mike haben sich beim letzten Mal verlaufen. Wahrscheinlich sind sie immer noch hier unten. Selbst wenn sie weg wären, wüsste ich nicht, wie ich aus diesen Tunneln herauskommen sollte. Ich sacke wieder in mich zusammen.

Ich muss einen Weg nach draußen finden. Und ich muss es leise und im Dunkeln tun. Nur für den Fall der Fälle.

Ich döse ein.

Als ich aufwache, dringt schwaches Licht durch den Korridor. Da ich in Embryonalhaltung geschlafen habe, protestieren meine Beine bei der kleinsten Bewegung. Ich schaue vorsichtig um die Ecke. Der Korridor ist leer, und ich krabble hinaus und gehe den Weg zurück, den ich gekommen bin, in Richtung des Gitters, das ich gestern Abend gesehen habe. Ein quadratischer Sonnenfleck erhellt den Boden. Wo bin ich bloß? Wenn ich ein paar Meter entfernt stehe, kann ich das Schulgebäude in der Ferne ausmachen. Ich war schon einmal an dieser Stelle – letztes Jahr –, als Tony sich an die Lehrer

DAS GEGENTEIL VON WAHRHEIT

heranschleichen wollte. Falls jemand in der Nähe des Dampflochs herumläuft, könnte ich um Hilfe rufen und gerettet werden, bevor Tony mich findet. Nach dem Knurren in meinem Magen zu urteilen, ist es wahrscheinlich schon Frühstückszeit. Die Chance, dass jemand vorbeikommt und mich hört, ist gering. Sie stopfen sich alle die Bäuche voll.

Meine Blase meldet sich. Als der Strahl auf die Wand trifft, erinnere ich mich an meine ausgetrocknete Kehle. Ich habe von Leuten gelesen, die aus Wassermangel ihr eigenes Pipi getrunken haben. Schaudernd lecke ich meine Lippen. Ekelhaft.

Nach ein paar Schritten bleibe ich stehen und lausche. Nur die Rohre knarren. Ich gehe weiter, fühle mich plötzlich einsam und sehne mich nach Maddie, ihrer Sanftheit und Wärme, sehne mich danach, mich sicher zu fühlen.

Konzentriere dich.

Vor meinem geistigen Auge erscheint der Schulcampus: das Verwaltungsgebäude, die Aula, die Turnhalle und die Krankenstation, die Klassenzimmer und die Büros der Lehrkräfte mit den dahinter liegenden Lehrerwohnheimen, die Kasernen, die in perfekter Ordnung auf jeder Seite angeordnet sind. In meinem Kopf entsteht ein Gittermuster, das sich über die Gebäude legt und die Entfernungen kartiert.

Ich schätze, dass es bis zum Unterrichtsgebäude etwa dreißig Meter sind, sechzig Meter quer durch die Schule und hundert Meter bis zum Fakultätsgebäude. Die besten Chancen habe ich in den Lehrerwohnheimen. Es ist immer jemand da, und selbst wenn die Tür zu den Tunneln verschlossen ist, kann ich schreien und gegen den Eingang hämmern. Es ist mir egal, ob ich bestraft werde. Alles, was ich will, ist Gerechtigkeit für Tom – und mich in Sicherheit bringen.

Ich gehe einen Meter pro Schritt. Im Kopf zählend, bleibe ich vorsichtig an der nächsten Kreuzung stehen. Um die Ecke ist alles dunkel. Ich beschließe, ein Licht zu riskieren, und finde einen Schalter hoch oben. Der Weg leuchtet auf, meine Augen schmerzen von der Helligkeit. Dahinter: Dunkelheit. Vorsichtig zähle ich weiter. Rechts von mir verschwindet eine Treppe in der Dunkelheit. Ich klettere hinauf, die Tür ist verschlossen. Ich habe keine Ahnung, wohin sie führt. Ich muss das Lehrerwohnheim finden. Als ich wieder nach unten klettere, geht das Licht hinter mir aus und es wird wieder dunkel.

Meine Finger berühren Stein. Eine Ziegelmauer. Der direkte Weg ist versperrt. Ich verfolge meine Schritte zurück zum nächsten Querschnitt, einer Öffnung in der Mauer. Rechts oder links? Ich entscheide mich für rechts und gehe bis zur nächsten Kreuzung. Das Gittermuster in meinem Kopf setzt sich fort. Ich muss in der Nähe des Klassengebäudes sein. An der nächsten Kreuzung biege ich wieder rechts ab und zähle weiter: fünf, zehn ... zwanzig Meter. Ich riskiere ein weiteres Licht, eile weiter, ohne zu rennen, damit ich zählen kann. Fünf ... zehn.

Selbst wenn Tony und Mike immer noch hier unten sind, wäre es zu diesem Zeitpunkt Zufall, dass sie mich finden.

Die Klassenzimmer sollten über mir liegen. Ich gehe weiter. Der Weg führt geradeaus. Vor mir glitzert etwas – ein weiteres Gitter. Es muss zwischen dem Schulgebäude und den Lehrerwohnheimen sein.

Ich bleibe stehen und schaue nach draußen. In der Ferne erkenne ich die Umrisse eines Gebäudes. Es ist schwer zu sagen, ob es das Wohnheim ist. Um schneller zu gehen, riskiere ich ein weiteres Licht.

Ich spüre die Bewegung mehr, als dass ich sie sehe. Sie kommt aus dem Seitengang. Tony oder Big Mike. Ohne zu zögern, sprinte ich in Richtung des Lehrerwohnheims davon. Die Schritte folgen mir und werden lauter. Das muss Tony sein. Er hat sich auf die Lauer gelegt und meinen Plan erraten, das Lehrergebäude zu erreichen. Oder es ist Zufall, und er hat meine Schritte gehört.

Meine Beine fühlen sich schwach an. Der Mangel an Schlaf, Essen und Trinken fordert seinen Tribut. Tony scheint davon unbeeindruckt zu sein und beginnt den Abstand zu verringern. Ich riskiere einen Blick über meine Schulter. Das Gitter ist verschwunden. Ich suche nach einer Treppe, wie ich sie vorhin gesehen habe. Was, wenn es keine gibt? In der Dunkelheit werde ich sie wahrscheinlich übersehen. Selbst wenn ich sie finde, wird es dauern, bis jemand die Tür öffnet. Warum habe ich nicht vorausgeplant? Ich kann das Tempo nicht halten. Tony rückt näher, und ich habe keinen Zweifel, dass ich erledigt bin. Ich vergrößere meine Schritte und halte die Augen weit offen. Die Schatten vertiefen sich zu Tinte. Da! Ein schwaches Glitzern zu meiner Linken. Ohne zu zögern, laufe ich darauf zu.

Nicht einen Moment zu früh. Tony fliegt an mir vorbei und kracht auf den Boden. Ich schnappe nach Luft und taste mich an die Wand heran. Da ist eine weitere Nische, nur dass sie hohe Wände hat und wie ein Portal zu einem anderen Raum aussieht. Das Glitzern ist ein Lichtstreifen, der unter einer Tür über mir hindurchscheint.

Die Treppe. Ich springe zwei Stufen auf einmal und rechne damit, dass Tony ein paar Sekunden verliert, während er aufsteht.

Aber Tony ist Footballspieler und daran gewöhnt, zu fallen. Er hat schnelle Reflexe, die durch die Jahre auf dem Spielfeld geschult wurden. Die Schritte hallen am unteren Ende der Treppe, als ich die Tür erreiche. Wo ist der blöde Knauf? Da, ich drehe. Abgeschlossen. Ich hämmere und fange an zu schreien, meine Stimme ist für mich selbst unkenntlich – ein Tier in Agonie. »Hilfe! Machen Sie auf!«

»Endlich habe ich dich.« Tonys heisere Stimme ist nah. »Ich dachte, du wärst entkommen.« Er klingt wie ein Wahnsinniger.

Eine Hand klammert sich um meine Taille und tastet nach dem Klebeband, während die andere meinen Hals findet und zudrückt. Ich kämpfe darum, das Gleichgewicht zu halten, klammere mich ans Treppengeländer, mit der zweiten Hand versuche ich, Tonys Hand von meinem Hals zu schieben.

Finger aus Eisen schnüren mir die Luft ab. Schwärze breitet sich aus, doch gleichzeitig explodieren Tausend Stecknadelköpfe hinter meinen Augenlidern in gleißendes Licht. Mir geht die Luft aus. Ich greife nach Tonys Zeigefinger und biege ihn zurück. Tony stöhnt. Für eine Sekunde verlässt die Hand meine Kehle. Ich ringe nach

DAS GEGENTEIL VON WAHRHEIT

Atem, als ein schreckliches Gewicht von hinten zu ziehen beginnt …

Ich werde rückwärts und nach unten gezogen. Von der Tür weg. In die Dunkelheit. Tony ist schwerer und stärker. Ich klammere mich an das rostige Geländer, als ich eine Hand bemerke, die in meine Tasche greift. Tonys Arm liegt wieder in einem Würgegriff um meinen Hals und zieht mich nach hinten. Meine Hand rutscht ab.

Die Explosionen hinter meinen Augenlidern sind wieder da. Ich kann nicht atmen. Tonys Arm an meiner Kehle drückt fester zu. Wenn ich falle, ist alles vorbei.

»Was zum …« Sarge stürmt durch die Tür, die Helligkeit blendet mich. »Olson! White!«

»Hilfe«, krächze ich. Meine Beine geben nach, und ich sinke nach hinten, gerade als Sarge mich am Hemd packt.

Sein Gesicht ist ganz verschwommen, und ich werde ohnmächtig.

KAPITEL EINUNDDREISSIG

Ich wache auf. Alles ist weiß, als würde ich in Milch schwimmen. Stimmen driften, aber ich verstehe nicht, was sie sagen. Ich zwinge meine Augenlider, sich zu öffnen. Eine Gestalt schwebt neben meinem Bett, vielleicht bin ich tot und es ist ein Engel. Ich öffne den Mund, und die Luft in meiner Kehle wird zu Feuer.

»Andy.« Ein runder Busen erscheint über mir, und ich erkenne Schwester Melon. »Hier, trinken Sie etwas Wasser.« Ein Strohhalm kommt in meinen Mund, und ich spüre, wie die Kühle die Flamme löscht.

»Sarge«, flüstere ich. »Ich muss Sarge sprechen.«

Schwester Melon tätschelt meine Hand. »Er war vorhin hier. Er wird zur Mittagszeit zurücksein.«

»Das Band«, krächze ich. Ich habe so hart gekämpft, um das Tonband zu bekommen. Tony hat es wahrscheinlich im Kampf mitgenommen und in Tausend Stücke zerfetzt.

»Ganz ruhig«, sagt die Schwester. »Er wird bald hier sein.« Ich drifte davon.

»Andy?«

Ich tauche aus einem anderen Traum auf.

»Olson.« Sarge räuspert sich. »Sind Sie wach?«

DAS GEGENTEIL VON WAHRHEIT

»Ja, Sir«, flüstere ich.

Sarge hockt mit ernstem Blick neben meinem Bett. »Was zum Teufel ist da unten passiert?«

»Das Band, haben Sie das Band?« Als ich versuche, mich aufzurichten, beginnt sich das Bett zu drehen. Ich blicke aufs Fenster und warte darauf, dass es ruhig wird.

»Welches Band?«

»In meiner Hosentasche.« Ich lege den Kopf zurück aufs Kissen und suche im Zimmer nach meiner Hose.

»Schwester, wo ist die Kleidung des Kadetten?«

»Gleich hier drin, Sergeant.«

Sarge geht zum Schrank und holt meine Uniform heraus, die mit Schmutz verschmiert ist und so riecht, als hätte ich eine Woche darin verbracht.

»Die Hose.« Sarge tastet die Taschen ab. Nichts. Sie sind bis auf ein paar klebrige Rückstände leer. Ich sacke erschöpft zurück. »Die Beweise.«

»Welche Beweise? Olson, sagen Sie mir, was Sie meinen?«

Ich sehe die Krankenschwester an, dann Sarge und versuche, meine Gedanken zu ordnen. Szenen blitzen auf. Tom in der Höhle, der sich streitet. Tom an den Baum gefesselt. Tony auf dem Footballplatz schreiend, sein hasserfüllter Blick im Wohnheim. Kröte im Bett.

Wo soll ich anfangen? Ich möchte zurück in die Umarmung des Schlafes gleiten. Alles vergessen.

Jemand rüttelt an meiner Schulter. »Olson, reißen Sie sich zusammen.«

Widerwillig öffne ich die Augen. Sarges Gesicht ist nah, seine Augenbrauen sind vor Sorge zusammengezogen. Ich schüttle den Kopf. Ich habe verloren. Es war alles umsonst.

Ich habe versucht, das Richtige zu tun. Mich für Tom zu rächen. Ich habe versagt. Ohne das Tonband wird mein Wort gegen das von Tony und Big Mike stehen. Tony wird sagen, wir hätten uns wegen einer dummen Sache gestritten. Dass es ein Unfall war. Genau wie bei Tom, der einen *Unfall* hatte und zu einer *unglücklichen Angelegenheit* wurde. Ich möchte wegtauchen und nie wieder aufwachen, aber die Wut in mir ist zu groß, um sie zu bändigen. Ein Stöhnen entweicht mir, als ob ich den Druck ablassen könnte. Dann kommen die Tränen.

Sarge hustet. »Schwester, würden Sie uns bitte allein lassen?«

»Natürlich, ich hole nur die Sachen aus Andys Taschen. Sie sind in der Schublade des Nachttisches.« Krankenschwester Melon geht zum Bett. Ich folge ihrem Arm mit meinen Augen. In ihrer Hand erscheint mein rot-blaues Taschentuch – eines von Toms Geschenken – und ein schwarzes Bündel.

»Das Band!« Ich greife danach, aber meine Hand kommt zu kurz und fällt nutzlos auf die Decke. Tränen drängen durch meine geschlossenen Augenlider, als die Krankenschwester mir das Bündel reicht und meine Finger sich um die klebrige Ausbuchtung schließen.

»Olson?« Sarges Stimme brummt in mein Bewusstsein.

Ich öffne langsam die Augen. »Setzen Sie sich lieber hin. Ich habe etwas zu sagen.«

KAPITEL ZWEIUNDDREISSIG

Sarges Gesicht ist grimmig, als er mein Zimmer verlässt. Ich döse ein.

Jetzt wird alles gut.

In meinem Traum zieht mich Maddie an sich und lächelt. Wir liegen am Strand, und ich kann meinen Blick nicht von ihrem winzigen Bikini wenden. Die Sonne blendet mich und ich versuche, den Kopf zu wegzudrehen.

»Olson, wachen Sie auf.«

Ich kehre in die Realität zurück, entdecke Sarge neben mir auf dem Stuhl. Das Licht auf dem Nachttisch flackert.

»Sir?«

Sarge steht auf und schließt die Tür. »Wir müssen uns unterhalten. Ich habe mit Direktor Lange gesprochen. Er –«

»Haben Sie sie gefunden?« Ich versuche, mich aufzusetzen. »Haben Sie Tony und Big Mike gefunden?«

»Das haben wir. Aber ich muss Sie über Direktor Langes Wunsch informieren. Er hat darum gebeten, diese Angelegenheit geheim zu halten. Zumindest im Moment.«

»Was meinen Sie mit geheim? Ich dachte, Sie würden die beiden verhören. Haben Sie das Band geprüft?« Es fällt mir schwer, mich zu konzentrieren, aber irgendetwas stimmt ganz und gar nicht. »Tony und Big Mike waren bereit, mich zu töten, weil ich wusste ...«

DAS GEGENTEIL VON WAHRHEIT

Sarge beugt sich vor. Seine Stimme wirkt bedachter als sonst, während er eine Hand auf meinen Arm legt. »Olson, beruhigen Sie sich.«

Aber ich bin noch nicht fertig. »Ich habe Ihnen vertraut. Ich habe alle Beweise, Krötes Aussage, sein Versteck, das Band. Ich wette, wenn Sie die Kadetten fragen, ob sie Tony und Big Mike studieren *sahen*, würden sie Ihnen sagen, dass sie sie nicht gesehen, sondern nur ihre Stimmen gehört haben. Dass ein Schild an der Tür hing.« Meine Kehle schnürt sich zu. »Die beiden haben Tom vorsätzlich getötet.«

»Ganz ruhig«, meint Sarge. »Ich glaube Ihnen. Aber Direktor Lange muss den Ruf der Schule schützen.«

»Das kann ich nicht glauben. Ausgerechnet Sie ... Ich habe Ihnen vertraut!«, schreie ich. »Sie *wissen*, dass Tony und Big Mike ihn ermordet haben. Sie haben Tom umgebracht, weil er ihre Spielchen nicht mitmachen wollte, weil sie ihn wegen seiner Meinung über den Vietnamkrieg verachtet haben.« Tränen laufen mir über das Gesicht. Scheiß drauf. »Sie haben immer gesagt, Sie glauben an Gerechtigkeit. Dass das Militär versucht, das Richtige zu tun, die Unschuldigen zu schützen und jeden fair zu behandeln. Sie ...« Mein Körper schmerzt, als hätte mich jemand in den Magen geschlagen und mir den Sauerstoff aus den Lungen gesaugt. Ich schnappe nach Luft, versuche, das Zittern in meinem Körper und meiner Stimme zu kontrollieren. Es geht nicht.

»Das Militär versucht es, aber es gelingt nicht immer. Außerdem ist das hier nicht das Militär, sondern eine private Einrichtung, die von der Finanzierung und den Studiengebühren der Eltern und Sponsoren abhängt.«

»Sie klingen wie eine billige Werbung.« Meine Stimme ist sarkastisch. »Hören Sie sich selbst zu. Sie sollten in die Politik gehen.« Ich kann nicht glauben, dass ich so mit Sarge spreche, aber auch das ist mir egal. Das hier, mein Streben nach der Wahrheit, ist eine einzige Farce.

Sarge seufzt. »Olson, ich werde Ihnen etwas erzählen, worüber ich noch nie gesprochen habe. Ich hoffe, es wird Ihnen helfen, mich zu verstehen.« Er lehnt sich in seinem Stuhl zurück. Wortlos starre ich aus dem Fenster. Ich habe nichts mehr zu sagen.

»Vor langer Zeit«, beginnt Sarge, »als ich ein Kind war, hatte meine Mutter Probleme. Ich hatte keinen Vater, zumindest keinen, auf den ich zählen konnte. Meine Mutter hatte Attacken. Sie wurde ausfallend und warf mit Sachen. Sie sperrte mich in den Schrank oder in den Keller und vergaß, dass ich existierte.«

Ich drehe meinen Kopf in Richtung des massigen Mannes an meinem Bett.

Sarge starrt die Wand an, seine Augen sind blind, und seine Stimme ist schwer. »Einmal hatte ich etwas Brot genommen. Ich war hungrig. Sie erwischte mich, als ich mir ein Butterbrot machte. Sie nahm das Brotmesser und schnitt mir den Finger ab.« Sarge reibt den vernarbten Stumpf an seiner Hand. »Ich weiß, dass Sie alle glauben, dass es eine Kriegsverletzung ist.« Er kichert, aber es hört sich an, als würde ihn jemand würgen. »Sie meinte, sie würde das jedes Mal tun, wenn ich etwas nehme. Ich war acht und hatte Angst, und von da an ging ich ihr aus dem Weg. Ich begann Pläne zu schmieden, um zu entkommen. Mit siebzehn ging ich zum Militär. Meine Kumpanen wurden meine Familie. Ich hatte Essen und ein Bett, und ich hatte Freunde, denen ich vertrauen konnte, solange ich den Befehlen folgte. Meine Kumpels waren alles, was ich hatte. Sie starben für mich, und ich wäre für sie gestorben.«

Ich starre den Mann neben mir an. Es ist schwer, sich den Schmerz und die Angst vorzustellen, die der junge Sarge durchgemacht hatte.

»Das Militär ist in vielerlei Hinsicht gut, aber nicht perfekt. Aber seine Männer haben mich gerettet.«

Ich betrachte den großen Kerl neben meinem Bett und frage mich, ob alles so ist, wie es scheint. Irgendwann war er ein kleiner Junge, der sich vor seiner Mutter versteckte und vor Angst zitternd im Schrank kauerte. »Warum haben Sie die Schule verlassen? Letztes Semester?«

»Ah, das.« Sarge seufzt. »Ich bekam Malaria, als ich in Vietnam stationiert war. Ich habe sie seit Jahren. Manchmal muss ich eine

DAS GEGENTEIL VON WAHRHEIT

Pause einlegen.«

Ich weiß noch, wie Sarge aussah, als er zurückkam, sehe seine roten Augen und sein geschwollenes Gesicht.

»Wir dachten, Sie wären auf einer Mission.«

Sarge schnaubt. »Ist ja viel glamouröser.«

Ich empfinde plötzlich Mitleid. Auch wenn ich derjenige bin, der im Bett liegt. Aber dann erinnere ich mich an Tom. »Sir, Sie müssen etwas gegen Tony und Big Mike unternehmen. Der Diebstahl von Kröte ist mir egal. Er ist erbärmlich, aber er ist nicht böse. Tony, er ist böse.«

Sarge schüttelt den Kopf. »Direktor Lange ist unerbittlich.«

»Verstehen Sie denn nicht? Wenn die beiden entkommen, wird die Akademie für immer ein Ort des Verbrechens sein. Sie behaupten, das Internat und unser Militär versuchen, fair zu sein, das Richtige zu tun, die Unschuldigen zu schützen. Tom war unschuldig. Er hat keiner Fliege was zuleide getan. Alles, was er wollte, war, die Schule zu beenden und aufs College zu gehen.« Neue Tränen drücken, und ich versuche, meine Stimme ruhig zu halten. »Sie sind der Einzige, der etwas tun kann.«

»Ich möchte, dass Sie gesund werden«, sagt Sarge. »Wir sehen uns morgen wieder. Versprechen Sie mir, ruhig zu bleiben und mit niemandem zu sprechen.«

Ich nicke.

KAPITEL DREIUNDDREISSIG

Markus steht über meinem Bett, sein Gesicht spiegelt eine Mischung aus Angst und Aufregung wider.

»Was ist los?« Ich zwinge mich, die Augen offen zu halten, weg von dem Tagtraum von Maddie und mir und wie wir nackt im Bett liegen.

»Es geht um Sarge«, sagt Markus. »Er hat sich mit Lange gestritten. Ich dachte, das würde dich interessieren.«

»Warum sollte mich das interessieren?«, sage ich und erinnere mich daran, wie schmächtig Markus war, als ich ihn zum ersten Mal sah. Er ist einen halben Meter gewachsen, und seine Stimme ist kräftig.

»Sie sprachen über dich und ein Tonband.«

Ich bin plötzlich hellwach. »Erzähl mir alles.«

Markus lässt sich auf den Stuhl neben meinem Bett fallen. »Ich war gerade dabei, Sarge von einem Referat zu berichten, als Lange reinkam. Ich meine, er hat nicht mal geklopft, ist einfach reingeplatzt. Er schien total sauer.«

»Fahr fort.«

»Sarge hat mich gleich rausgeschmissen, aber ich habe noch ein bisschen im Flur rumgehangen.«

Ich lächle. Markus wird mutig. »Es war nicht schwer zu hören, denn sie schrien beide. ›Ich dachte, ich hätte mich klar ausgedrückt‹, rief Lange. ›Ich habe auf das Band gewartet, aber es ist nicht eingetroffen.‹ Sarge wollte etwas sagen, aber Lange unterbrach ihn. ›Ich will keinen Ärger, schon gar nicht mit Ihnen.‹ Er zischte wie eine Viper. ›Sie waren immer zuverlässig. Die Kadetten mögen Sie. Ich muss das Tonband haben.«« Markus holt tief Luft. »Sarge klang wirklich seltsam, als wäre er wütend und verängstigt zugleich. Er sagte: ›Tut mir leid, Sir, ich habe es bereits einem Kadetten gegeben, der es Ihnen nach dem Unterricht vorbeibringen soll. Und ich habe mit Olson gesprochen.‹ ›Der Junge hat eine blühende Fantasie‹, schrie Lange, aber Sarge brüllte zurück. ›Ich weiß, dass Olson die Wahrheit sagt. Er hat keinen Grund, Geschichten zu erfinden, außerdem habe ich White im Tunnel gesehen. Und ich weiß, wann jemand lügt.«

Markus beugt sich vor. »Langes Stimme wurde richtig unheimlich, als er nach Tony fragte. Sarge sagte, dass sowohl Stets als auch White dreckig und verschwitzt waren, als wären sie einen Marathon gelaufen. Tony hätte behauptet, sie hätten sich auf der Suche nach dir in den Tunneln verlaufen, weil du eine Musikkassette aus seinem Zimmer gestohlen hast.«

Zwei rote Flecken leuchten auf Markus' Wangen. »Langes Stimme wurde leiser, ich musste mein Ohr an die Tür legen. ›Können Sie sich vorstellen, was das für unsere Schule bedeutet? Die Eltern und Sponsoren werden denken, dass wir eine Anstalt betreiben, in der Verbrechen begangen werden. Die Gelder werden versiegen.‹ ›Aber das sind ernste Anschuldigungen‹, rief Sarge. ›Wir müssen der Sache zumindest auf den Grund gehen. Es sind Verbrechen begangen worden. Tom Zimmer hat sein Leben verloren.‹ ›Laut Olson‹, meinte Lange trocken. ›Ich weiß, dass Sie den Jungen mögen, aber er ist alles andere als zuverlässig. Sergeant, ich erwarte absolute Verschwiegenheit in dieser Angelegenheit. Geheimnisse sind Ihnen ja nicht fremd. Und Sie sind ein Mann, der sein Wort hält? Ich kümmere mich ab jetzt um die Sache.«

Markus' Augen blitzen auf. »Ich hörte Schritte und sprang um die Ecke.«

»Ich bin stolz auf dich«, sage ich, obwohl ich mich mörderisch

DAS GEGENTEIL VON WAHRHEIT

fühle. Endlich habe ich den Beweis, dass Lange alles vertuscht.

»Hat das etwas mit Tom zu tun?« Markus schaut mich fragend an.

»Tony und Big Mike waren es.«

»Du meinst, sie …«

Ich nicke.

Markus' Augen weiten sich. »Aber sie haben ein Alibi.«

»Ein Tonband mit ihren Stimmen. Einen Zettel an der Tür, ja nicht einzutreten.«

Markus steht langsam auf. »Lange wird die Polizei rufen.«

»Ich wette, das wird er nicht«, flüstere ich.

In mir zerbricht etwas.

KAPITEL VIERUNDDREISSIG

Ich wache auf. Nach dem Licht draußen zu urteilen, muss Nachmittag sein. Ich fühle mich besser, bis ich mich an Markus' Geschichte über Lange erinnere, an den Streit mit Sarge. Der einzige Kerl, der noch übrig ist, die einzige Person, der ich glaubte, vertrauen zu können, hat sich gegen mich gewandt. Alles wird vergessen sein, trotz meiner Bemühungen, trotz Krötes Geständnis. Tom sollte Gerechtigkeit widerfahren, aber ich habe verloren. Nach dem Schulabschluss werde ich fortgehen.

Ich habe bei der einen Sache, die ich versprochen habe, versagt, der einzigen Sache, die wirklich wichtig ist. In mir zieht sich alles zusammen, ein Schmerz, eine Leere in meiner Mitte, die sich bis zu meinen Eingeweiden und meiner Brust ausbreitet.

Tom ist umsonst gestorben, eine schreckliche Verschwendung, denn die Leute, die das getan haben, dumme Tyrannen, die andere unterdrücken, gewinnen. Ich seufze, hatte mir eingebildet, ich könnte endlich etwas bewirken, etwas richtig machen, Tom zeigen, dass ich gelernt habe, das Korrekte zu tun. Die Decke über mir verschwimmt.

»Es tut mir leid«, murmle ich.

Mir wird klar, dass ich dachte, wenn ich Toms Mörder finde, würde ich mich weniger schuldig fühlen. Schuldig, weil ich Tom in der Höhle im Stich ließ, weil ich nicht an ihn glaubte. Wenn ich nur zu ihm gestanden hätte, stark gewesen wäre, wäre er vielleicht noch da.

Ich sehne mich nach seiner Vergebung, die nie kommen wird, drehe mich auf die Seite und ziehe meine Knie an die Brust. Innerlich bin ich wie tot.

Der einzige Lichtblick in meinem Leben ist Maddie. Plötzlich verspüre ich den Drang, sie zu sehen. Er ist so stark, dass Beine und Arme kribbeln und ich aus dem Bett springen und in die Stadt rennen möchte.

Ja, genau. Was soll's, wenn ich zu ihr gehe? Ich schleiche mich nach Einbruch der Dunkelheit raus, forme mit ein paar Decken mein Bett und haue ab in die Stadt, erzähle Maddie und Eric, was ich herausgefunden habe. Vielleicht hat Eric eine Idee. Ich möchte auch über die letzten Nachrichten sprechen, die ich im Fernsehen gesehen habe. Vier Studenten der Kent State University wurden während einer Antikriegskundgebung von der Ohio National Guard erschossen.

Ich kichere wie ein Verrückter in einer Anstalt vor mich hin. Bevor Tom starb, habe ich Eric gehasst. Jetzt genieße ich seine Gesellschaft, unsere Diskussionen. Vor Tom ... nach Tom. Ich wünschte, er könnte mich jetzt sehen. Eine Träne quetscht sich durch meine Augenlider. Zu spät.

Der schrille Klang von Sirenen zerreißt die Ruhe in meinem Zimmer. Ich springe aus dem Bett. Ohne auf meine wackeligen Beine zu achten, reiße ich das Fenster auf. Mehrere Polizeiautos, deren Lichter in einem scharfen Weiß und Rot blinken, kommen die lange Auffahrt hinauf und halten vor dem Hauptgebäude. Ich recke den Hals, kann aber hinter den Hecken und Bäumen nichts erkennen. Sarge eilt den Weg hinauf und verschwindet hinter den Büschen in Richtung Verwaltungsgebäude. Mehrere Kadetten, die Besorgungen machen, halten inne und treten näher an das Gebäude heran.

Ich ziehe Hausschuhe und Bademantel an und eile nach draußen. Vor dem Verwaltungsgebäude hat sich eine Menschenmenge versammelt. Ich fühle mich unwohl in meinem

Hausmantel, ein älterer Jahrgang, der an den Armen zu kurz ist und an dessen Saum lose Fäden hängen, aber es ist so was von unwichtig, ich will wissen, was hier vor sich geht. »Olson, was machen Sie denn hier?« Mr. Brown winkt mich durch die Menge. »Gehen Sie auf der Stelle zurück ins Bett.« »Das werde ich«, sage ich. »Wissen Sie, was hier los ist?« »Das geht wohl keinen was an.« Er wirbelt mit den Armen. »Ich schlage vor, dass Sie alle weitergehen und Ihre Arbeiten erledigen. Ich will niemanden mehr sehen, wenn ich rauskomme«, ruft er der versammelten Menge zu, bevor er sich ins Gebäude verzieht.

»Vielleicht sollten wir auch reingehen«, sagt jemand. »Was wäre eine gute Ausrede?«

»Auf keinen Fall, die werden uns alle zum Strafdienst verdonnern.« Eine andere Stimme lacht.

Eine Autotür schlägt zu, und ein Polizist in Uniform erscheint hinter uns. »Ihr Jungs geht jetzt besser«, sagt er. Er erinnert mich an den Geheimdienst, der den Präsidenten beschützt: groß und grauhaarig mit einem markanten Kinn, Sonnenbrille und Ohrstöpseln. Nur dass die Ohren dieses Mannes frei von Technik sind.

Die Tür des Verwaltungsgebäudes öffnet sich, und Sarge drängt sich in die Menge, seine Brust wie ein Eisbrecher, der sich seinen Weg durch das Eis der Antarktis gräbt. Er sieht grimmig aus, seine Augen sind zu Schlitzen verengt, und sein Atem ist laut und hektisch, als ob er Probleme hätte, Luft zu bekommen. Er ignoriert alle und eilt den Weg hinunter, als er zu mir herüberschaut und mich erkennt.

»Ah, Olson, ich habe Sie gesucht. Kommen Sie mal kurz rein.« Sarge tritt näher und legt einen Arm um meine Schulter, ein eklatanter Verstoß gegen Palmers Berührungsverbot.

Ich bin zu fassungslos, um zu sprechen, und folge ihm. Um uns herum wird geflüstert. »Was hat er angestellt?«, sagt eine Stimme. »Vielleicht wird er verhaftet.«

Sarge schließt die Tür mit einem dumpfen Geräusch, das das Gemurmel draußen verstummen lässt. Mehrere Männer stehen vor der Rezeption, im Flur und vor der Bürotür des Direktors.

»Hier hinein.« Sarge klingt unwirsch, aber der Arm auf meiner Schulter klopft sanft. »Ist schon gut«, murmelt er, bevor er die Tür hinter uns schließt.

Ich befinde mich in einem Konferenzraum, erkenne den Kommandanten, der in einer Ecke steht, ein alter Mann mit grauem Haar und einer großen Nase. Direktor Lange hockt an einem Ende des langen, polierten Tisches, und mehrere Männer und eine Frau sitzen auf beiden Seiten. Am anderen Ende, gegenüber von Lange, steht ein Stuhl. Er ist leer.

»Andrew Olson?« Der grauhaarige Mann, der seine Sonnenbrille abgenommen hat, blickt mich an. »Ich bin Detective Frazer von der Polizei in Evansville. Wir haben mehrere Kollegen hier, Mrs. Tilling macht Notizen, und Sie kennen Kommandant Riker, Direktor Lange und Sergeant Russel.«

Ich nicke.

»Setzen Sie sich. Darf ich Sie Andy nennen?«

»Jawohl, Sir.«

»Wir haben einen Anruf von Sergeant Russel erhalten, in dem es um Tom Zimmer ging, der letztes Jahr hier verstorben ist. Stimmt es, dass Sie Informationen über seine Todesursache haben?«

Ich nicke erneut. Langes Blick bohrt sich von der anderen Seite des Raumes in meine Stirn.

»Ich muss Ihnen sagen, dass Sie das Recht haben, Ihre Eltern dabei zu haben. Wenn Sie deren Anwesenheit wünschen, werden wir die Anhörung verschieben. Aber Sie sind hier als Zeuge und nicht als Verdächtiger.«

Ich schüttle den Kopf. »Geht in Ordnung. Ich brauche meine Eltern nicht.«

»Jetzt erzählen Sie uns, was Sie wissen. Von Anfang an.«

Alle Augen richten sich auf mich. Ich atme tief durch und wende meine Gedanken nach innen, weg von dem eisigen Blick des Direktors. Niemand bewegt sich, es ist so still, ich höre Langes Atmen am Ende des Tisches.

Ich drücke den Rücken gegen den Stuhl, um Kraft zu sammeln.

»Um Ihnen alles zu erzählen, muss ich mit Tom beginnen, meinem

DAS GEGENTEIL VON WAHRHEIT

besten Freund«, ich schlucke, »der ermordet wurde.«

Die Männer am Tisch beugen sich vor, die Frau tippt. Etwa in der Mitte der Geschichte, als ich Krötes Versteck finde und ihn danach fragen will, geht die Tür auf. Ein Polizist in Uniform tritt ein. Er ignoriert alle anderen, geht direkt auf den Detective zu und flüstert ihm ins Ohr.

»Lassen Sie uns einen Moment Pause machen«, sagt Frazer und verlässt den Raum.

Ich bemerke, dass Lange in seinem Stuhl zusammengesunken ist. Seine Augen glänzen wie verzinkter Stahl, als er mich ansieht.

Frazer tritt wieder ein und lässt die Tür lange genug offen, dass ich eine Bewegung im Flur sehe. Tony White und Big Mike stehen umringt von uniformierten Polizisten.

»Okay, machen wir weiter.«

Als ich die Verfolgungsjagd im Tunnel beschreibe, schnappt einer der Männer nach Luft. Ansonsten ist der Raum wie ein Mausoleum.

»Danke, Andy«, sagt Frazer, als ich fertig bin. »Ich nehme an, Sie können die gestohlenen Gegenstände vorweisen, die Sie Kadett Todd abgenommen haben?«

»Sie liegen in meinem Schreibtisch.«

»Haben Sie das Tonband, Sergeant?«

»Jawohl, Sir«, sagt Sarge. »Hier.« Er legt die mit Klebeband umwickelte Kassette auf den glänzenden Tisch und bedeckt eine Hand mit der anderen, um den fehlenden Finger zu verbergen, als wolle er ihn vor Lange schützen. Der Direktor sitzt regungslos da, sein Gesicht ist jetzt fast so grau wie seine Augen.

Einer der Polizisten steht auf und platziert das Band in einer Tasche.

»Ich schicke einen Beamten mit Ihnen auf Ihr Zimmer, Andy. Bitte geben Sie ihm die Beweisstücke.«

»Jawohl, Sir.« Plötzlich erschöpft erhebe ich mich und will nur noch in mein Bett.

»Das haben Sie ausgezeichnet gemacht«, flüstert Sarge, als ich an ihm vorbeigehe.

DAS GEGENTEIL VON WAHRHEIT

Ich grinse vor mich hin. Tom hätte es lustig gefunden, mich im Bademantel im Verwaltungsgebäude zu sehen. Das Gedränge vor der Schule hat sich verdichtet. Das Abendessen hat begonnen, aber es sieht so aus, als wäre das halbe Internat draußen und würde auf Neuigkeiten warten.

»Schau, er wird verhaftet«, sagt eine hohe Stimme. »Der Polizist nimmt ihn jetzt mit.«

Ich lächle. Ich bin berühmt.

Eine Sirene ertönt, kein lang gezogenes Heulen, sondern kurze Töne, die die Horde der Kadetten auseinandertreiben sollen. Ich drehe mich um, um über meine Schulter zu schauen, und erkenne Kröte, der in Jeans und einem roten Hemd, das eher wie ein Zelt aussieht, aus dem Auto steigt. Ohne seine Uniform sieht er aus wie ein fremder Besucher.

»Sie kommen besser mit mir zurück«, sagt der Polizist, nachdem er Krötes Schatz aus meinem Schreibtisch eingesackt hat.

Am Verwaltungsgebäude haben sich noch mehr Leute versammelt. Eine Gasse bildet sich, als wir uns nähern, und die Kadetten gehen auseinander, um Platz für mich zu machen. Zu meiner Enttäuschung sind weder Kröte noch Tony oder Big Mike im Inneren zu sehen. Ich sacke auf die nächste Bank, auf einmal unglaublich hungrig. Mein Magen knurrt, eine Erinnerung daran, dass ich seit dem Frühstück nichts mehr gegessen habe. Der Flur ist bis auf ein paar Polizisten in Zivil, die vor geschlossenen Türen stehen, menschenleer. Ich frage mich, was hinter den Mauern vor sich geht, ob sie Tony und Big Mike nach Tom befragen.

Das Telefon klingelt. Einmal. Zweimal. Der schrille Ton hallt durch den Raum, aber niemand nimmt ab. Die Sekretärin, die auch als Empfangsdame fungiert, eine ältere Frau, die mit dem Direktor verwandt ist, ist nicht da. Auch die Kadetten, die Bürodienst haben, fehlen.

Das Telefon verstummt und hinterlässt eine unnatürliche Stille. Ich frage mich, warum ich nichts höre, und überlege, ob ich an den Türen vorbeigehen soll, um zu lauschen. Die Männer auf dem Flur werden das sicher nicht zulassen.

DAS GEGENTEIL VON WAHRHEIT

Ich sehe mich im Raum um und erinnere mich an meinen ersten Besuch hier. Wie viel Angst ich vor Lange und diesem Ort hatte, vor der Strenge und den drohenden Strafen, davor, meine Eltern zu enttäuschen. Ich hatte das Gefühl, die Kontrolle zu verlieren, und dachte, mein Leben sei vorbei.

Es interessiert mich nicht mehr, was Lange denkt oder ob ich zurechtkomme. Ich übernehme wieder die Kontrolle und mache die Dinge auf meine Art. Meine Eltern haben ihr Leben, ich habe meins. Ich beschließe, ihnen zu verzeihen, und breche zu meiner eigenen Überraschung in ein Lächeln aus.

Es ist fast sieben, als sich die Tür zum Büro des Direktors öffnet. Langes Stimme klingt wütend und schrill, während er ins Telefon brüllt.

»Sie müssen mit der Polizei über Ihren Sohn sprechen. Nein, ich darf nicht darüber reden ... die Auswirkungen, ja, ich bin mir dessen bewusst ... es liegt nicht in meiner Macht –«

»Andy?«

Sarge überragt mich. Zum ersten Mal, seit ich die Schule betreten habe, spricht er mich mit meinem Vornamen an. Die Bank gibt unter seinem Gewicht nach, als er sich neben mich setzt.

»Sie haben sich heute gut geschlagen«, sagt er. »Endlich kommt die Wahrheit ans Licht.« Er seufzt. »So etwas hätte ich mir an dieser Akademie nie vorstellen können. Ich verließ das Schlachtfeld, nur um im Mittleren Westen Blutvergießen zu finden.«

»Sir, was ist passiert? Sie sagten, Sie hätten Befehle zu befolgen. Sie sagten, Direktor Lange würde ...«

Sarge schwenkt den Arm. »Ich habe die Polizei gerufen. Es war falsch von mir –«

»*Sie* waren das?«

Sarge nickt. Er sieht plötzlich alt aus. »Sie hatten recht. Es ging um Gehorsam oder Wahrheit. Ich bin vielleicht meinen Job los, weil ich Befehle missachtet habe, aber es war das Richtige.« Er lehnt sich an die Wand und wischt sich mit dem Ärmel über die Stirn. »Sie haben auch das Richtige getan. Es hätte Sie fast das Leben gekostet.«

»Tom hätte es auch so gemacht. Wenn ich ihm beigestanden

DAS GEGENTEIL VON WAHRHEIT

hätte ...« Ich schüttle den Kopf, meine Kehle ist zu rau zum Weiterreden.
»Hören Sie zu, mein Sohn.« Sarge tätschelt mein Knie. »Versprechen Sie mir, dass Sie sich vergeben. Es war nicht Ihre Schuld. Nichts von alledem war Ihre Schuld.« Seine Stimme senkt sich zu einem Flüstern. »Viele Jahre lang habe ich mich wegen meines Fingers schuldig gefühlt. Ich dachte, ich hätte etwas getan, um ihn zu verdienen. Ich habe lange gebraucht, um zu erkennen, dass ich nicht derjenige war, der das Messer geschwungen hat.«

Ich nicke wie betäubt. Mit Schmerz stelle ich fest, dass ich die ganze Zeit Angst hatte, jemanden zu beleidigen. Denn als ich das in meiner Kindheit tat, schickte mich meine Familie fort. Sie lehrten mich, keine Meinung zu haben, den Mund zu halten. Ich wollte Akzeptanz, sogar Liebe von Typen wie Tony und Muller. Indem ich mitspielte, habe ich sie nur unterstützt und mich selbst herabgesetzt. Typen wie sie geben nichts, sie nehmen. Tom hatte das von Anfang an gewusst. Genauso wie Tom den Krieg und das Unrecht, das der Krieg den Menschen, Zivilisten und Soldaten antut, verstanden hat.

Tom kannte die Wahrheit. Tom, mein klugscheißender bester Freund.

Ein Glucksen entweicht mir, und plötzlich kann ich nicht mehr aufhören. Ich lache so sehr, dass meine Kiefermuskeln schmerzen. Sarge schaut mich neugierig an. Dann lächelt er. Ich lache immer noch, bis mir die Tränen die Sicht vernebeln. Sarges Schultern beben, als er mit einstimmt. Mir wird klar, dass ich ihn noch nie zuvor lachen gehört habe. Und zum ersten Mal seit Monaten habe ich das Gefühl, dass alles gut wird.

Hinter einer der Türen heult jemand, als ob er gefoltert würde. Zuerst denke ich, es ist Kröte, aber dann erkenne ich Big Mikes Stimme, nur dass sie nach einer anderen Person klingt, nicht nach dem gemeinen und herrschsüchtigen Kerl, der die jungen Kadetten quält. Eher wie ein gefangenes Tier, das um sein Leben fürchtet.

Mehrere Türen öffnen sich gleichzeitig, Menschen strömen in den Korridor. Mitten unter ihnen läuft Big Mike, seine Wangen sind rot angelaufen und nass verschmiert, Tränen tropfen auf seine

DAS GEGENTEIL VON WAHRHEIT

massive Brust. Seine Arme sind auf dem Rücken in Handschellen. Hinter ihm folgt Tony, dessen Gesicht blass und undurchdringlich wirkt. Auch er ist mit Handschellen gefesselt. Dann kommt Kröte. Er sieht erleichtert aus, sein Blick ist entspannt, als ob er geschlafen hätte.

Die Türen schlagen hinter ihnen zu.

Detective Frazer bleibt vor mir stehen. »Wir haben im Moment nichts weiter für Sie, aber Sie werden vor Gericht aussagen müssen. Wahrscheinlich aber erst im Herbst. Geben Sie unbedingt Ihre Adresse an.«

Ich nicke und erkenne, dass ab sofort mein neues Leben beginnt.

»Sie haben Toms Mörder gefunden«, kommentiert Sarge, während wir dabei zusehen, wie Frazer Direktor Lange zu seinem Wagen begleitet. »Es wird ihn nicht zurückbringen, aber er wäre stolz auf Sie. Sie sollten sich besser fühlen.«

Irgendwie ist mir jetzt alles klar. Ich habe mir den Kopf zerbrochen, um die richtige Entscheidung zu treffen. Aber sie liegt auf der Hand und ist gar nicht so schwer. Ich, und nur ich allein, werde meinen Weg bestimmen. Nicht meine Eltern, nicht meine Klassenkameraden, nicht Sarge oder die Akademie.

Nur ich. Das zu wissen, fühlt sich gut an. »Das tue ich.« Ich lächle.

»Was werden Sie anfangen? Ich meine, wenn das Semester zu Ende ist. Keine militärische Karriere, nehme ich an?«

»Nein, Sir.«

KAPITEL FÜNFUNDDREISSIG

»Ist das zu fassen?« Maddie faltet die Zeitung zusammen. »Direktor Lange wurde aufgefordert, zurückzutreten.«

»Ich frage mich, ob er jemals wieder eine Stelle findet«, sagt Eric.

»Er hätte ins Gefängnis gehen sollen wie Tony und Big Mike.« Mein Mund schmeckt bitter. »Selbst Kröte ist in U-Haft, wenn auch nicht lange. Der Prozess findet im Dezember statt. In gewisser Weise ist Lange schlimmer – er hat versucht, den Mord an Tom zu vertuschen.«

Wir hocken vor der Eistheke im Laden. Eric sitzt dahinter, sein Haar ist viel kürzer, sein Bart ist gestutzt, sodass seine Wangenknochen gut zur Geltung kommen. Seine Augen sind klar, während er die Marmeladengläser in den unteren Regalen sortiert.

»Ich bin froh, dass es vorbei ist«, sage ich. »Toms Vater war hier.«

»Der gemeine?«, fragt Eric.

»Er war okay. Sie haben ihn angerufen, um den Fall zu besprechen, ihm von dem Mord zu erzählen und ihm Toms Uhr zu geben. Wisst ihr, was er getan hat?« Ich halte inne.

»Nun sag schon«, rufen Maddie und Eric gleichzeitig.

»Er hat *mir* die Uhr geschenkt.« Ich ziehe sie aus der Tasche. »Er meinte, Tom hätte gewollt, dass ich sie bekomme. Er hat nur das Foto der Mutter behalten.«

DAS GEGENTEIL VON WAHRHEIT

»Tom hat das Beste in uns zum Vorschein gebracht«, sagt Eric mit ernstem Blick. »Manchmal war er unbequem, aber was für ein Typ. Ich vermisse ihn.«

Ich schlucke den Kloß in meinem Hals hinunter. Es vergeht kein Tag, an dem ich nicht an Tom denke. »Am Anfang wusste ich kaum, wie es weitergehen sollte, aber dann war ich so damit beschäftigt, den Mörder zu finden.« Ich reibe mit dem Zeigefinger über die Uhr und räuspere mich. »Ich habe mich entschieden, was ich tun werde«, sage ich leise. »Nach der Schule.«

Maddie schaut auf. »Was?«

»Ich habe mich an der University of Evansville beworben und bin ziemlich zuversichtlich, dass ich dort angenommen werde. Es ist keine sehr gefragte Schule, und sie sind an Footballspielern interessiert. Nachdem ich Palmer abgeschlossen habe, wird das keine große Sache sein. Ich werde im Studentenwohnheim wohnen und an den Wochenenden hierherkommen, um zu helfen.«

Maddie fliegt vom Stuhl und in meine Arme. »Ich bin so froh. Ich hatte schon Angst, dass du mich verlässt.« Ich schlinge einen Arm um ihre Taille. »Deine Eltern werden wütend sein«, sagt Maddie. »Sie erwarten, dass du zum Militär gehst.«

»Sie müssen sich damit abfinden. Es geht um mein Leben und meine Zukunft.«

»Ich wünschte, Tom könnte dich hören«, sagt Eric. »Er wäre beeindruckt. Ich bin froh, dass du endlich zur Vernunft gekommen bist.«

Ich sehe Maddie an, die in der rosa-weißen Bluse und marineblauen Shorts umwerfend aussieht. »Sollen wir gehen?«

Maddie ergreift eine Tasche. »Ich bin fertig.«

»Warte einen Moment«, sage ich, sobald wir draußen sind. und renne wieder rein.

»Hast du was vergessen?«, fragt Eric.

Ich beuge mich über den Tresen und lege eine Schachtel mit sechs Schrotpatronen in Erics Handfläche. »Ich glaube, die brauchst du nicht mehr.«

Eric starrt einen Moment lang. Dann grinst er. »Du hast recht.

DAS GEGENTEIL VON WAHRHEIT

Danke, Mann.«

Ich nicke und eile zur Tür.

»Seid brav!«, ruft er mir hinterher, aber ich höre das Lächeln in seiner Stimme.

»Ich würde gerne ein Foto von dir in die Uhr stecken«, sage ich zu Maddie, als wir in Richtung Wald steuern. »Vielleicht können wir ja mal eins machen.«

»Wie schön. Ich würde mich auserwählt fühlen, wenn ich in Toms Obhut gegeben würde.«

Das Angelloch funkelt unter uns, als wir die Decke ausbreiten. Wir haben uns nicht die Mühe gemacht, Ruten mitzunehmen, da keiner von uns in der Stimmung ist, etwas vorzutäuschen. Die Maisonne hat echte Kraft, und es ist warm, trotz des schattigen Plätzchens und der Kühle des Wassers unter uns. Ich fahre mit meinem Zeigefinger über Maddies Wangen. »Du bist so schön. Ich weiß nicht, wie ich ohne dich überleben soll.«

»Vielleicht kannst du bei deinen Besuchen bei uns schlafen«, sagt sie grinsend. »Ich weiß nur nicht, ob Papa das erlaubt. Vielleicht im Büro hinter den Vorhängen.«

»Ich würde in der Besenkammer schlafen, um in deiner Nähe zu sein.«

Sie zieht mich an sich und öffnet ihre Lippen, unsere Atemzüge vereinen sich, werden schneller, bis das Blut durch meinen Kopf rauscht wie eine Stromschnelle. Ich ziehe sie langsam aus, ihre rosaweiße Bluse mit den winzigen Knöpfen, dazwischen Küsse auf nackter Haut, die Zentimeter für Zentimeter enthüllt wird. Maddie murmelt leise, als ich ihr das Oberteil ausziehe und einen rosa BH mit einer winzigen weißen Schleife auf dem Brustbein entblöße. Ich küsse um ihn herum, das Dekolleté darüber und den glatten weißen Bauch darunter.

Ich löse ihren BH und hebe ihn vorsichtig an. »Die Sonne fühlt sich so schön an«, flüstert Maddie. »Wie Tausend Streicheleinheiten.«

»Besser als meine Hände?«

»Mmmh, nein, die sind magisch.«

DAS GEGENTEIL VON WAHRHEIT

Ich kichere und schmiege mein Gesicht an ihre Brüste, spüre mit meiner Zunge ihre Brustwarzen auf und wirble um jede winzige Rosenknospe herum, bis sie hart sind und sie zu stöhnen beginnt. Ihre Hände haben ihren Weg unter mein Hemd gefunden, und ich reiße es ungeduldig auf. Mein Schritt drückt gegen den Stoff meiner Hose.

»Willst du weitermachen?«, frage ich, während ich mit dem Finger den Knopf ihrer Hose öffne.

»Mmmh.«

»Maddie? Ich will nicht aufhören, wenn wir uns ausziehen.«

»Du hast doch Schutz, oder?« Maddie stützt sich auf einen Ellbogen. »Ich könnte wahrscheinlich etwas im Laden besorgen, aber mein Vater wird es herausfinden.«

»Ich habe Kondome«, sage ich und ziehe eine Packung hervor, die ich bei Plozett gegen eine Schachtel Kekse meiner Mutter eingetauscht habe. Ich sehe das Mädchen an, das ich liebe. »Wir können damit warten.«

»Ich weiß, aber ich möchte es mit dir machen. Es wird etwas sein, an das ich mich im Sommer erinnern werde.«

Ich lächle. »Ich will nur sichergehen, dass du es später nicht bereust und mir die Schuld gibst.«

»Es ist meine Entscheidung. Ich bin achtzehn und ich kann Sex haben. Millionen von jungen Menschen haben jeden Tag Sex. Alle Hippies in Haight-Ashbury haben Sex. Warum nicht wir?«

»Stimmt, warum nicht.«

Ich lege mich wieder hin und knöpfe ihre Hose auf. Sie hebt ihre Hüften und rutscht heraus. Meine Hand wandert tiefer und berührt die Feuchtigkeit zwischen ihren Beinen. Ich ziehe den Slip beiseite und berühre sie. Sie stöhnt wieder und drückt sich gegen meine Hand.

Letzten Sommer habe ich mir in der Bibliothek ein Buch ausgeliehen und es monatelang studiert. Ich habe gelernt, wie die Dinge liegen, und hoffe, dass ich es richtig mache. Maddies Stöhnen wird lauter.

»Sag mir, wenn ich was falsch mache«, flüstere ich und küsse ihre geöffneten Lippen.

»Gut, es ist gut«, sagt sie, ihre Stimme ist jetzt kehlig und so sinnlich, dass ich mir die Hose runterreißen möchte. Aber ich habe so lange gewartet und warte noch ein bisschen länger. Ich berühre sie weiter, ein Finger tastet die zarte Öffnung ab. Ihr Atem geht jetzt schnell, ihre Beine sind weit gespreizt und sie hebt ihre Hüften meiner Hand entgegen.

»Nur noch ein bisschen«, haucht sie. Und ich fahre fort, federleicht, mit flatternden Fingern. Ihr Höhepunkt kommt schnell und hart, und sie erschaudert.

»Mmmh«, sagt sie und sieht mich an. »Du bist dran.«

Ich bin kurz davor, meine Hose aufzureißen, als ich ihre Hand an meinem Reißverschluss spüre, die ihn langsam herunterzieht.

»Entspann dich«, sagt sie und entlässt mich in die Luft des sonnigen Nachmittags. Ich ziehe meine Hose herunter, lehne mich zurück und schließe die Augen. Es ist mir peinlich, noch nie nackt vor einem Mädchen gewesen zu sein, aber das Verlangen in meiner Mitte ist stärker und verdrängt alle Gedanken. Ihre Hand fühlt sich weich und geschmeidig an. Ich will explodieren, und dann passiert es. Ich komme heftig, die Energie der letzten Wochen entlädt sich.

»Verdammt!«

Aber Maddie lacht. »Davon habe ich schon gehört. Wir müssen es einfach wiederholen, bis du lange genug warten kannst.« Sie lehnt sich kichernd zurück und öffnet ihre Arme, um mehr Sonne einzufangen.

Ich nehme eine Socke, um mich abzuwischen, und lege mich neben sie. »Du bist gemein.« Dann grinse ich. »Es war trotzdem toll.«

Die Schatten werden länger, während wir uns gegenseitig streicheln.

»Weißt du«, sage ich und schaue in den Himmel, »wir sollten mit der echten Sache bis nach dem Sommer warten. Das ist etwas, worauf man sich freuen kann. Und es ist kostbar.« Ich drehe mich auf die Seite und sehe sie an. »Damit wäre ich völlig einverstanden.«

Maddie schirmt ihre Augen gegen die tief stehende Sonne ab, die die Luft orange färbt und scharfe Kanten an Bäumen und

Sträuchern erzeugt.

»Ich liebe dich«, sagt sie.

Und so weiß ich, dass sie glücklich ist, und lege meine Hand auf ihren Bauch. Wir starren in den Himmel. Mein Weg ist klar: College und die Nähe zu Maddie.

In ein paar Jahren werde ich sie mitnehmen – weg von dieser Stadt in die Zukunft.

Ende

EPILOG

Der Rauch von Tausenden von Joints vernebelt die Luft über den Menschen. Riesige Friedenszeichen, Banner und Fahnen schweben über den Köpfen von mehr als fünfhunderttausend Demonstranten, die sich in der Nähe des Weißen Hauses und der National Mall in Washington D.C. versammelt haben. Sie sind auf Bäume geklettert, sitzen, stehen und lümmeln auf dem Boden, um den Rednern und Musikern zuzuhören.

Peter, Paul und Mary singen *Blowing in the Wind*, ihre Stimmen werden von Mikrofonen und knisternden Lautsprechern verzerrt. Es ist bewölkt und kühl, ein typischer Frühlingstag im April 1971, aber das Publikum scheint das nicht zu stören.

In der Nähe des Spiegelteichs stehen zwei Menschen Hand in Hand. Maddie schaut den Mann neben ihr an. Andy, der jetzt eins fünfundachtzig groß ist, mustert die Menge. Er hat sich einen Bart wachsen lassen, und braune Locken bedecken seine Ohren. Maddie mag es, ihre Finger hineinzuwickeln, besonders wenn sie sich lieben.

Andy studiert an der University of Evansville, wird aber im Herbst zur Purdue University wechseln. Er mag die Freiheit, seine Tage selbst zu gestalten, zu laufen oder zu gehen, ohne aufgehalten zu werden, zu essen, wenn er Hunger hat, und zu lernen, wann er will. Nach dem harten Training bei Palmer sind seine Noten besser als erwartet.

DAS GEGENTEIL VON WAHRHEIT

Tony und Big Mike, die beide achtzehn Jahre alt waren, als sie Tom angriffen, wurden zu je zwanzig Jahren Gefängnis verurteilt. Kröte erhielt zwei Jahre auf Bewährung wegen Beihilfe. Sarge hat sich zur Ruhe gesetzt. Er hat Andy einen Brief geschrieben, in dem er ihn nach Florida einlädt, wo Sarge ein Haus gebaut hat und Angeltouren für Touristen leitet. Andy kann sich vorstellen, wie gut organisiert sein Boot ist. Palmer hat einen neuen Direktor. Wo Lange steckt, weiß keiner. Plozett besucht Harvard, ebenso wie Muller. Dank der G.I. Bill studiert Eric Politikwissenschaften an der University of Wisconsin in Fernkursen. Nebenbei hilft er im Laden aus. Er hat mit dem Trinken aufgehört und schreibt ein Buch über seine Erfahrungen in Vietnam. Er hat sogar eine Freundin und scheint viel glücklicher zu sein. Maddie wird im Herbst zu Andy nach Purdue kommen. Sie hat ein Stipendium erhalten, und jetzt, wo Eric im Laden ist, kann sie Garville verlassen.

Im letzten Jahr haben Andy und Maddie jeden Cent gespart und auf eine Gelegenheit gewartet. Jetzt sind sie endlich hier in D.C. bei der größten Antikriegsdemonstration seit zwei Jahren. Andy sieht das Mädchen neben sich an. Sie hebt ihren Arm und macht ein Friedenszeichen gegen das Transparent, das sie zwischen sich tragen.

Darauf steht FRIEDEN und darunter *Für Tom & Eric.*

Andy lächelt. Sarge hatte recht, Tom wäre stolz gewesen.

ANMERKUNGEN DER AUTORIN

Der Vietnamkrieg war ein komplexes und langjähriges Unterfangen, das sich für viele Amerikaner und das vietnamesische Volk in eine schreckliche Tragödie verwandelte. Es gab viele Seiten und Ansichten und, wie Präsident Richard Nixon meinte, der Vietnamkrieg ist weder leicht zu erklären noch zu verstehen. Im Folgenden werden nur einige Fakten genannt, die zur Diskussion anregen sollen.

Über den Vietnamkrieg

Der Vietnamkrieg dauerte von 1954 bis 1973, wobei die USA die größte militärische Präsenz hatten und zwischen 1965 und 1968 dominierten. In Vietnam ist er als »Amerikanischer Krieg« bekannt.

Die USA unterstützten die Republik Südvietnam gegen kommunistische Kräfte, zu denen südvietnamesische Guerillas, Vietcong-Einheiten (VC) und die nordvietnamesische Armee (NVA) gehörten. Da das Engagement der USA scheiterte, wurde Südvietnam 1975 vom Norden übernommen.

Mehr als 58.000 US-Soldaten und ziviles Personal starben, über 150.000 wurden verletzt. Fast 2.000 Menschen werden bis heute vermisst. Von den Gefallenen waren 61 Prozent jünger als 21 Jahre. In diesen Zahlen sind nicht die Männer enthalten, die körperliche und seelische Verletzungen erlitten, die erst später auftraten und ein Leben lang andauern, z. B. posttraumatische Belastungsstörungen und lebensbedrohliche Erkrankungen durch Agent Orange. In Südvietnam war die Zahl der militärischen und zivilen Opfer wesentlich höher.

2.709.918 Amerikaner dienten in Vietnam in Uniform. Vietnam-Veteranen machten 9,7 Prozent dieser Generation aus.

Agent Orange

Agent Orange war ein Pflanzenschutzmittel, das in Vietnam zur Entlaubung eingesetzt wurde. Dabei handelte es sich um eine hochgiftige Mischung, die Dioxin enthielt. Kontakt mit Dioxin verursacht Krebs, Diabetes, Geburtsfehler und andere Gebrechen. Millionen Südvietnamesen und Amerikaner leiden bis heute unter den Effekten von Agent Orange, der in hoch potenzierten Konzentrationen über mehr als zwei Millionen Hektar Land abgeworfen wurde. Agent Orange wurde 1971 vom Markt genommen und bis 1978 komplett zerstört.

Zur Antikriegsbewegung

Die Antikriegsbewegung, die auch als Friedensbewegung bekannt ist, begann mit kleinen Gruppen von linksgerichteten Studenten auf den Campussen der amerikanischen Hochschulen.

1967, als die Zahl der amerikanischen Truppen 500.000 erreichte, mit 15.000 Toten und fast 110.000 verwundeten US-Soldaten, waren immer mehr Durchschnittsbürger desillusioniert. Jeden Monat wurden mehr als 40.000 junge Männer zum Wehrdienst eingezogen, was das Feuer der Antikriegsbewegung weiter anheizte.

Mit der zunehmenden Unzufriedenheit der Bevölkerung wuchsen auch die Demonstrationen, an denen Menschen aus allen Lebensbereichen teilnahmen: Hausfrauen, Studenten, Männer und Frauen gleichermaßen.

Parallel zu den Demonstrationen kam es zu Konfrontationen zwischen Demonstranten und der Polizei, die zu Verhaftungen und Tötungen führten, sogar auf den Campussen von Universitäten.

Der Bürgerrechtsführer Martin Luther King Jr. sprach öffentlich über seine Ablehnung.

1968 verurteilten fünfzig Prozent der Bevölkerung Präsident Johnsons Vorgehen im Krieg. Auch Vietnam-Veteranen begannen sich Antikriegsdemonstrationen anzuschließen.

Der im November 1968 neu gewählte Präsident Nixon versprach, die Proteste und Unruhen zu unterdrücken, da die »schweigende« Mehrheit der Bürger für den Krieg sei. Daraufhin führte er im Dezember 1969 die Wehrdienst-Lotterie ein. Die

Spannungen eskalierten, Männer flohen nach Kanada und das Land spaltete sich weiter.

Massendemonstrationen mit Hunderttausenden wurden zur Regel, ebenso wie die Gewalt gegen Demonstranten.

1971 kamen durch die *Pentagon Papers*, ein 7.000 Seiten umfassendes Kompendium historischer Analysen und Originaldokumente der Regierung, Einzelheiten über die Beteiligung der USA am Krieg und ihr Fehlverhalten ans Licht, was noch mehr Menschen dazu veranlasste, die Regierung und das militärische Establishment zu hinterfragen.

Unter dem Druck der Kriegsgegner verkündete Nixon schließlich im Januar 1973 das Ende des amerikanischen Engagements in Vietnam.

Mobbing

Machthungrige Mobber unterdrücken ihre Opfer durch absichtliche, gezielte und regelmäßige Angriffe, mit dem Ziel, sie sozial auszugrenzen und zu isolieren. Mobbing kommt nicht nur in Schulen, sondern auch am Arbeitsplatz, in Vereinen, Heimen, Kirchen und im Internet vor.

Aber gerade an Schulen trifft Mobbing junge Menschen, die, weniger sozial gefestigt, kategorisch isoliert werden und oft wehrlos sind. Die Folgen sind u.a. gesundheitliche Störungen, Krankheiten, Nervosität, Angstzustände, Misstrauen und sozialer Rückzug aus der Gesellschaft.

Durch Mobbing verursachte Krankheitsbilder bewirken in unserer Volkswirtschaft Schäden im zweistelligen Milliardenbereich. Laut dem Schulforscher Wolfgang Melzer wird Mobbing an Schulen vom Schulklima verursacht und nicht von Täter- und Opferpersönlichkeiten.

ÜBER DIE AUTORIN

Vielleicht ist Annette Oppenlander deshalb Autorin historischer Romane geworden, weil sie gerne in der Vergangenheit wühlt. Es begann damit, dass sie ihre Eltern nach ihren Erlebnissen als Kriegskinder befragte. Über viele Jahre hinweg entstand aus diesen emotionalen Erinnerungen der biografische Roman "Überleben im Vaterland". Diese Geschichte wurde nicht nur mit zahlreichen Preisen ausgezeichnet, sondern diente auch als Sprungbrett für eine erfolgreiche Schriftstellerkarriere.

Frau Oppenlander beleuchtet gerne schwierige Themen wie den Zweiten Weltkrieg aus der Perspektive des zivilen Deutschlands, begleitet einfache Menschen im amerikanischen Bürgerkrieg oder im Mittelalter. Um eine authentische historische Welt zu schaffen, verwendet sie oft biografische Informationen, befragt Zeitzeugen und stößt in Archiven auf wenig bekannte Fakten.

Nach ihrem Studium der Betriebswirtschaftslehre an der Universität Köln verbrachte Frau Oppenlander 30 Jahre in verschiedenen Teilen der Vereinigten Staaten. Sie schreibt ihre Romane auf Deutsch und Englisch und gibt ihr Wissen in Form von Schreibworkshops, unterhaltsamen Vorträgen und

DAS GEGENTEIL VON WAHRHEIT

Autorenbesuchen an Universitäten und Schulen, Bibliotheken, Altenheimen und literaturbegeisterten Organisationen weiter - auf Deutsch und Englisch. Sie lebt heute mit ihrem amerikanischen Ehemann und ihrem Hund Zelda im schönen Münsterland in Deutschland.

»Fast jeder Ort birgt ein Geheimnis, etwas, das die Geschichte lebendig werden lässt. Wenn wir Menschen und Orte genau unter die Lupe nehmen, ist Geschichte nicht mehr nur ein Datum oder eine Zahl, sondern wird zu einer Geschichte«

Von der Autorin
Vielen Dank dass Sie Das Gegenteil von Wahrheit gelesen haben. Ich hoffe aufrichtig, dass Sie bei der Lektüre dieser Geschichte genauso viel Spaß hatten wie ich bei der Recherche und Erstellung. Wenn Sie ein paar Minuten Zeit haben, können Sie das Buch auf Ihrer bevorzugten Online-Seite für Feedback (Amazon, Apple iTunes Store, Goodreads, etc.) bewerten. Wenn Sie sich über frühere oder kommende Bücher informieren möchten, besuchen Sie bitte meine Website, um Informationen zu erhalten und sich für E-News anzumelden: http://www.annetteoppenlander.com.
Mit freundlichen Grüßen, Annette

Kontakt
Website: annetteoppenlander.com
Facebook: www.facebook.com/annetteoppenlanderauthor
E-Mail: hello@annetteoppenlander.com
Instagram: @annette.oppenlander
Twitter: @aoppenlander
Pinterest: @annoppenlander

LESEPROBE

Wenn Sie sich für amerikanische Geschichte interessieren, dann gefällt Ihnen vielleicht der historische Roman über Adam und seinen Freund Tip, einen Sklaven, die Anfang der 1860er Jahre in den amerikanischen Bürgerkrieg geraten.

Tennessee, 1861: Der fünfzehnjährige Bauernjunge Adam Brown würde alles tun, um seinen Freund Tip, einen Sklaven auf der benachbarten Plantage, zu beschützen – auch wenn es bedeutet, sich mit Nathan Billings, dem Sohn des reichsten Landbesitzers in Tennessee, anzulegen. Aber als es so aussieht, als hätte Adam Nathan im Streit getötet, gerät er in Panik und tritt unter falschem Namen der Unionsarmee bei. Zusammen mit Wes, einem geschwätzigen Jungen, der selbst Geheimnisse hütet, beginnt Adam eine traumatische Odyssee durch den vom Bürgerkrieg heimgesuchten Mittleren Westen. Während sich seine Seele durch die Gräueltaten des Krieges verdunkelt, will er nur noch nach Hause. Aber um dorthin zurückkehren zu können, muss er sich – wenn er denn überlebt – seiner Vergangenheit stellen.

Ohne Adams Wissen wird der sechzehnjährige Tip an einen Bauern verkauft, der im Alkoholrausch Freude daran hat, seine

Sklaven zu foltern. Tip begreift, dass er weglaufen muss, wenn er überleben will. Doch um in die rettenden Nordstaaten zu gelangen, in dem Schwarze als freie Menschen leben können, muss er hunderte Kilometer unbekannten Landes durchqueren, das von Sklavenbesitzern, Händlern, Hunger und Kälte befallen ist. Und so beginnt eine Odyssee der Flucht und Wiederergreifung, brutaler Angriffe und unerwarteter Freundlichkeit. Als eine Rettung durch die Underground Railroad – ein Netzwerk, das flüchtenden Sklaven hilft – fehlschlägt und Tip sich um eine schwangere Ausreißerin kümmern muss, scheint seine Reise zu Ende zu sein. Es ist nur eine Frage der Zeit, bis umherstreifende Sklavenhändler sie erwischen – dann wird er seine Mutter und seinen besten Freund niemals wiedersehen. Wird es ihm gelingen, allen Gefahren zu trotzen?

KAPITEL EINS

5. August 1861
Die Wanderdrossel in Adams Hand bebte, ihr linker Flügel strich zitternd und kraftlos über seine Handfläche.
»Ist schon gut«, murmelte er mit leiser Stimme. »Halt still.«
Mas Stimme drang in die Scheune. »Die Kühe müssen gemolken werden. Und vergiss die Eier nicht.«
»Ich komm ja schon.« Adams Zeigefinger glitt über den Humerus des Vogels, das Äquivalent zum Oberarm des Menschen. Ein Zittern durchlief den gefiederten Körper, während die Wanderdrossel einen schwachen Versuch unternahm, zu flüchten.
Unbeirrt fertigte Adam aus einem Holzspan eine Schiene, richtete den Flügel, band ein paar Knoten und setzte den Vogel in einen hölzernen Käfig, der außerhalb der Reichweite der Katze an einem Sparren baumelte. Adam hatte zuvor bereits Patienten verloren und wollte das nicht noch einmal zulassen. Zu guter Letzt fing er eine Grille und verfütterte sie an den Vogel.
Er nickte den schwarzen Knopfaugen zu, die ihn aufmerksam beobachteten. »Gleich hole ich dir noch Würmer.« Er spürte, dass die Tiere ihn irgendwie verstanden.
»Adam, hast du mich gehört?« Seine Mutter klang ebenso müde wie gereizt.
»Hier bin ich doch, Ma.« Adam eilte aus der Scheune. »Habe

eine verletzte Wanderdrossel gefunden und ihren Flügel geschient. Jetzt gehe ich zu den Kühen.«

»Du und deine Tiere«, sagte Ma, aber er merkte, dass sie sich darüber freute, weil ihr Blick mit einem Mal weicher wurde.

Mit einem Achselzucken ging er melken, fütterte anschließend die Kühe, reinigte den Hühnerstall und sammelte Eier ein.

Die Sonne stand hoch und versprach einen weiteren heißen Tag, als Adam das Haus betrat. Es war nicht mehr als ein quadratischer Raum mit einer winzigen Nische im hinteren Teil, in der er schlief. Pa hatte es vor zehn Jahren gebaut, jedes Brett gesägt und gekerbt, jede Lücke mit einer Mischung aus Stroh und Schlamm verfüllt. Die Fertigstellung des Feldsteinschornsteins hatte Monate gedauert.

Adams Magen knurrte vor Hunger, während er dreizehn Eier und einen vollen Milcheimer auf den Tisch stellte.

»Wasch dich.« Seine Mutter trug Brot und ein kleines Stück Butter auf. »Ich mache dir ein Ei.«

Es bedurfte seiner ganzen Willenskraft, sich nicht das Brot zu greifen und es hinunterzuschlingen. Ma würde wütend werden. Nicht einmal jetzt, da sein Vater fort war, traute er sich das.

Adam schluckte den Speichel, der ihm in den Mund geströmt war, hinunter und eilte stöhnend nach draußen. Die Pumpe stand im Vorgarten – wenn man ihn denn einen Garten nennen konnte. Mit Ausnahme des grobgehauenen Zauns war er nicht mehr als ein Flecken Grünland, so wie der Rest des sanften Gebirgsausläufers mit den Appalachen im Hintergrund. Im gleißenden Sonnenlicht hielt Adam seine Lider halb geschlossen. Trotz der sengenden Hitze zögerte er und versuchte, die Beklemmung, die sich in seiner Mitte breit machte, zu ignorieren. Es war, als würde seine Energie vom Wind weggetragen. Zu seiner Linken schwankte der Mais, seine Blätter waren so braun und trocken, dass sie im Wind raschelten. Grillen zirpten, ungerührt von der heißen Luft.

Mit einem Seufzer tauchte Adam seine Hände in den Eimer und kühlte seine brennende Stirn. Es war Anfang August und er würde bald braten wie eines der Hühner, die Ma gelegentlich in einem Tontopf über dem Feuer röstete.

Als er sich endlich zum Essen hinsetzte, fühlte er sich benommen. Seine Schwester Sara, ein Jahr jünger als er und schon am Tisch, grinste und deutete mit dem Zeigefinger auf seine Wange.

»Du hast eine Stelle vergessen.«

Adam ignorierte sie und füllte eine Schüssel mit in Milch

gekochtem Hafer, als er einen warnenden Blick von seiner Mutter auffing. Mit einem Seufzer senkte er den Kopf. Während seine Mutter betete, wanderten seine Gedanken zu seiner Schwester.

Die meiste Zeit war Sara in Ordnung, aber seit ihrem vierzehnten Geburtstag benahm sie sich allzu sonderbar, wusch sich zwischen allen Arbeiten Hände und Gesicht, selbst nach der Wäsche, und schlich sich zum winzigen Spiegel, der über der Spüle hing. Ganz zu schweigen davon, dass sie ihre Haare auf seltsame Weise aufrollte, als wäre sie eine der schicken Damen in der Stadt.

»Amen.«

Mas Stimme riss ihn in die Gegenwart zurück und er begann, das Essen in sich hineinzuschaufeln.

»Es tut mir leid, dass ihr beide so viel arbeiten müsst.« Seine Mutter klemmte sich eine Strähne ihres blonden Haares hinters Ohr und versuchte ein Lächeln. »Pa glaubt, dass der Krieg schnell vorbei sein wird. Seine Rekrutierung ist ja nur für drei Monate. Er wird also bald heimkehren.« Sie seufzte. »Er hat es mir versprochen.«

Sara tätschelte den Arm ihrer Mutter. »Mach dir keine Sorgen. Wenn Pa erst wieder hier ist, haben wir endlich Zeit, neue Kleider zu nähen.«

Adam nickte zwischen einem Bissen Brot und einem Bissen Ei. Es war nicht Mas Schuld. Obwohl Pa erst im April fortgegangen war, kam es ihm vor, als wäre ein Jahr vergangen, da die meisten der zusätzlichen Arbeit ihm zugefallen waren.

Die Soldaten der Nordstaaten erhielten dreizehn Dollar im Monat. Zwei Jahre hintereinander war die Ernte knapp gewesen, Adams Familie hatte das zusätzliche Geld gebraucht. Adam verstand die anderen Gründe nicht, die seinen Vater veranlasst hatten, der Union beizutreten. Nicht so ganz, jedenfalls. Pa hatte gemeint, dass es das Richtige sei und dass Präsident Lincoln wisse, was gut für das Land sei.

Wenn er ehrlich war, pfiff er auf Pas Motive. Hauptsache, Pa kehrte heim, damit er, Adam, zu einem halbwegs normalen Leben zurückfinden konnte. Zumindest zu einem, das ihm ein wenig Zeit ließ, seinen Freund Tip auf der benachbarten Plantage zu besuchen.

Tip lebte drei Kilometer die Landstraße hinunter auf dem Billings-Anwesen, das tausendmal so groß war wie das Gehöft von Adams Familie, und teilte sich mit seiner Mutter Mama Rose eine der Hütten im Sklavenviertel. Die Billings waren berühmt für ihre Obstgärten und hochwertigen Tabakpflanzen, die sie auf Hunderten von gepflegten Morgen Land anbauten.

Adam hatte Tip vor einigen Jahren auf dem Greeneville-Markt kennengelernt, wohin dieser seine Mutter, die Hauptköchin der Billings, begleitet hatte. Tips braune Augen waren Adams grünen begegnet, als Adam wie üblich hinter dem provisorischen Tisch stand und Eier und hausgemachte Butter verkaufte. Ein Grübchen war auf Tips rechter Wange erschienen und er hatte breit gelächelt und seine weißen Zähne gezeigt. In Tips Ausdruck stand etwas Merkwürdiges – etwas, das sagte: »Hallo, ich bin hier, um die Welt zu entdecken!« –, das Adam noch nie bei Menschen gesehen hatte, geschweige denn bei Sklaven.

Es entwickelte sich eine lockere Freundschaft und sie besuchten sich gegenseitig so häufig, wie es nur ging. In Wahrheit war es meistens Adam, der Tip besuchte, da Tip die Plantage selten verlassen durfte. Eines Tages, wenn keiner von ihnen arbeiten musste, würden sie den ganzen Tag angeln oder Eichhörnchen jagen. Adam hatte Tip beigebracht, wie man mit einem Gewehr schießt, ein Geheimnis, das sie vor ihren beiden Familien geheim hielten.

Adam schluckte den letzten Bissen Ei hinunter und richtete sich auf.

»Ich geh jetzt aufs Feld«, meinte er und wandte sich widerstrebend vom frischen Brot ab, das auf dem Regal abkühlte.

Sie bauten Mais, Weizen und ein wenig Tabak an. Zusätzlich gab es einen Gemüsegarten, den seine Mutter pflegte. Sie hatten auch eine Handvoll Apfelbäume, die jetzt mit unreifen Früchten beladen waren. Im Geist schmeckte Adam schon die Kuchen, die Ma im Herbst und Winter backen würde.

Er seufzte erneut und blinzelte, als er in die pralle Sonne trat, die viel zu heiß für diese frühe Tageszeit erschien. Die trockene Luft, erfüllt vom Duft des Sommerflieders und der Hecke aus Geißblatt, die seine Mutter entlang des Gartenzauns gesetzt hatte, schwirrte, der Himmel verschwamm in der Nähe der Bergspitzen.

Als seine Mutter zum Abendessen rief, schmerzte Adams Körper, sein Rücken war völlig verspannt und sein Nacken glühte vor Sonnenbrand. Er hatte einen Abschnitt Wiese gepflügt, Holz gehackt und einen Teil des Holzzauns, der den Gemüsegarten einfasste, repariert. Trotzdem gab es noch hundert weitere Dinge zu tun. In der Scheune zog er eine Handvoll Regenwürmer aus der Tasche und fütterte damit die Drossel, die sie ganz verschluckte.

»Ich werde Tip nach dem Abendessen besuchen«, verkündete er zwischen zwei Bissen Mais und Kartoffeln, als er ein Pferd herangaloppieren hörte. Sie hatten nie Gäste – Tip war immer leise und barfuß, es sei denn, Schnee bedeckte den Boden, und ihre Nachbarn waren zu beschäftigt und abgespannt, um die Wanderung zu machen.

Sara und Ma hatten es auch gehört und sprangen auf. Adam war schneller. Er riss die Tür auf und erwartete, seinen Vater zu sehen, auf dessen Gesicht sich ein seltenes Lächeln abzeichnen würde.

Der Mann auf dem Pferd trug eine Uniform, aber er war nicht Pa. Er kam Adam irgendwie bekannt vor, vielleicht stammte er aus Greeneville und hatte sich freiwillig für den Krieg gemeldet, wie Pa. Nur, dass dieser Mann den breitkrempigen Hut eines Kavallerieoffiziers trug.

Er riss am Zügel des Pferdes, kam in einer Staubwolke zum Stillstand und schrie: »Mrs Brown.«

»Mr Pritchard.« Ma war inzwischen an der Tür. Ihre Stimme zitterte leicht. »Was bringt Sie hier heraus?«

Pritchards Gesicht wirkte bekümmert, als er abstieg und in seiner Jacke herumfummelte.

»Es tut mir leid, Mrs Brown. Ich wollte dies hier abgeben … nach allem … ich meine, ich kenne Vincent seit langer Zeit … und mit dem Urlaub, ich dachte …« Mit einem Räuspern hielt er ihr einen verknitterten Brief hin. »Ich war sowieso auf dem Weg nach Hause.«

Adam starrte auf die schwarze Schrift und das Wort KRIEGSMINISTERIUM auf dem Briefkopf. Sein Herz wusste bereits, was sein Verstand nicht wahrhaben wollte.

»Es ging so schnell«, meinte Pritchard mit gerunzelter Stirn. »In einem Moment ging es Vincent noch gut, im nächsten war er … Wir wurden in der Schlacht von Bull Run vom Rest der Truppe abgeschnitten, es war ein totales Gemetzel. Eine schreckliche Verschwendung …« Pritchards Stimme stockte.

Irgendwo in einer Nische von Adams Bewusstsein hörte er seine Schwester wimmern, aber sein Blick lag auf seiner Mutter, die das Papier an sich genommen hatte. Ihre blauen Augen waren weit wie Seen.

»Ma?« Adam versuchte, einen Blick auf das Schreiben zu werfen. Aber Ma schien ihn nicht zu hören. Ihr Arm mit dem zerknitterten Brief sank kraftlos hinunter und sie stand schwankend da. Kein Ton war zu hören. Die Stille dröhnte in Adams Ohren wie

ein Schrei.
»Mrs Brown, wenn ich irgendetwas tun kann ...« Pritchard warf einen Blick auf sein Pferd. Er wünschte sich eindeutig, woanders zu sein.
Endlich fand seine Mutter ihre Stimme wieder. »Das ist sehr nett. Wir ... werden schon zurechtkommen.« Ihre Hand krampfte sich um Adams Unterarm, als ob sie Kraft aus seinem Körper ziehen wollte.
Pritchard steckte einen Fuß in den Steigbügel und schien mit einem Mal in Eile.
»Mr Pritchard«, rief Adams Mutter mit dünner Stimme, »wo ist er ...«
»In der Nähe von Manassas, Virginia. Wir haben dafür gesorgt, dass er ordentlich begraben wurde.« Pritchard legte die Hand an den Hut und gab seinem Pferd die Sporen.
»Was macht er in Manassas?«, murmelte Adams Mutter. Dann glitten ihre Finger von seinem Arm und sie sackte zu Boden.
»Ma?«, fragte Adam noch einmal mit leiser Stimme, die fremd in seinen Ohren klang. Er zerrte an Mas Arm, doch sie blieb im Staub sitzen und starrte auf die fernen Berge. Ihre Augen waren glasig, in ihnen schimmerten unvergossene Tränen.
»Komm, bitte, Ma, ich bringe dich rein«, schluchzte Sara.
Als ihre Mutter langsam aufstand, nahm Adam den Brief aus ihrer Hand. Dann rasten seine Augen über die gekritzelten Zeilen ... zum Unvermeidlichen.
»... *Wir bedauern, Ihnen mitteilen zu müssen, dass Ihr Mann Vincent Addison Brown im Kampf getötet wurde. Er ist als Held gestorben* ...«
Pa war tot.
Er hatte bestimmt schrecklich gelitten, Schmerzen ausgestanden, die sich Adam nicht ausmalen wollte. Und Ma war nichts als ein Häufchen Elend. Wie sollten sie nur weitermachen?
Und was war mit ihm? Er hatte die Schule fortsetzen wollen, hatte davon geträumt, Tierarzt zu werden. Doch das war nun vorbei. Nicht, dass die Chancen zuvor groß gewesen wären, aber jetzt waren sie gestorben. Wie sein Vater.
Er wollte zusammenbrechen – den Kopf in der Erde vergraben, seine Augen und Ohren mit dem fruchtbaren Boden verstopfen, den Pa so geliebt hatte, aufhören, zu denken und zu fühlen.
Aber er konnte es nicht. Er stand wie angewurzelt und stumm da, wie die schwarze Eiche, die das Haus beschattete, während

DAS GEGENTEIL VON WAHRHEIT

unsichtbare Seile seine Kehle zusammenschnürten.

KAPITEL ZWEI

»Tut mir sehr leid wegen deinem Pa.« Tip lehnte an einem Strohballen in Adams Scheune, seine Wangen glänzten feucht von Schweiß. Er schüttelte immer wieder den Kopf. Die Nachricht über Mr Browns Tod hatte sich schnell herumgesprochen. Gleich am nächsten Abend war er zu Adams Haus geeilt, besorgt, was er vorfinden würde – voller Mitgefühl für Adam, seinen einzigen Freund.

Adam blieb stumm, seine Augen schienen an dem Ledergeschirr zu kleben, das er reparierte.

»Sollte eigentlich an Master Billings' neuer Veranda arbeiten.« Tips Augen schmerzten vor Staub und der Anstrengung, nicht zu weinen. »Aber das hier ist wichtiger. Mama Rose sendet Beileidswünsche.«

Heute Abend wirkte Adam eher wie ein Kind, klein und zart wie Mrs Billings, deren zerbrechlich wirkende Taille Tip an die einer Wespe erinnerte. Er tätschelte Adam ungeschickt den Rücken und sah sich nach etwas um, das er tun oder sagen könnte. Nichts fiel ihm ein, während Adam weiter vor sich hinstarrte.

»Alles in Ordnung mit dir? Kann ich was für dich tun?«, fragte Tip nach einer Weile, wobei er den Kloß in seinem eigenen Hals wegschluckte. Die Traurigkeit seines Freundes lastete wie ein schweres schwarzes Tuch auf ihm und drückte seine Schultern nach vorn. Er hatte immer gewusst, wann Menschen sich glücklich oder schlecht fühlten, spürte ihre Stimmung, lange bevor sie den Mund öffneten.

Adam erinnerte ihn an die Trauer seiner eigenen Mutter. Vor Tips Geburt war sein Vater von einem Sklavenhändler in Afrika zu Tode geprügelt worden. In Mama Roses Augen lag noch heute dieselbe Dunkelheit wie in Adams. Und wie bei ihr fühlte er sich machtlos, zu helfen. Erleichterung durchfuhr ihn, gefolgt von Scham. Erleichterung, weil er dieses Gefühl nicht kannte, Scham, weil er sich darüber freute.

Er erschlug eine Fliege, die auf seinem Oberschenkel gelandet war, und fütterte damit die Wanderdrossel, begrüßte den stechenden Schmerz in seinen Fingerspitzen. »Was wirst du nun tun?«

Adam zuckte die Achseln. »Ma helfen, wie immer. Was bleibt mir sonst übrig?«

»Wie willst du den Hof ohne deinen Vater versorgen?«

Adam musterte seine Handflächen, wo Schwielen und Blasen miteinander konkurrierten. »Härter und länger arbeiten.«

Tip sah sich in der bescheidenen Scheune um. Die Luft war stickig und fast zu schwer zum Atmen. Er würde sich freuen, einen solchen Ort zu besitzen. Im Vergleich zu der Plantage der Billings, auf der er aufgewachsen war, war Adams Anwesen winzig, aber es gehörte Adams Familie. Er selbst besaß nichts, nicht einmal die Lumpen, die er trug, gehörten ihm. Nein, er war nichts als Eigentum, etwas, das er lange nicht verstanden hatte.

Er räusperte sich und meinte: »Ich helfe dir, wenn ich frei habe.«

»Ha«, fauchte Adam. »Die Billings werden dich niemals gehen lassen. Sie *besitzen* dich.«

Adam hatte recht. Jack Billings würde ihm und Mama Rose niemals freigeben. Er seufzte und zermarterte sein Gehirn, um etwas Positives zu sagen, etwas, das Adam ablenkte. »Master Billings sagt, dass der Krieg noch schlimmer wird.«

Es war allgemein bekannt, dass die Billings überzeugte Befürworter der Konföderierten waren. Seit April, als Tennessee sich den Südstaaten angeschlossen hatte, lobte Jack Billings den neuen Präsidenten, Jefferson Davis. Jede Nacht war das Wohnzimmer der Billings mit Gästen gefüllt, die darüber sprachen, wie der Süden Lincoln zweifellos besiegen würde.

»Der alte Billings lässt dich nicht mitmachen?« Adam wirbelte mit seinem Stiefel Staub auf.

Tip kicherte. »Schwarze dürfen keine Soldaten werden. Will ich sowieso nicht. Ich habe eines Tages meinen eigenen Hof.«

»Wo ich deine Pferde versorge«, sagte Adam tonlos.

DAS GEGENTEIL VON WAHRHEIT

»Genau.« Tip richtete sich auf, seine Brust wölbte sich unter der verblichenen Latzhose. Er fantasierte gern darüber, eines Tages frei zu sein, auch wenn Mama Rose meinte, es sei dumm und er solle keinen Ärger machen. »Ich gehe besser, bevor mein Master es herausfindet und mich bestraft.« Tip unterdrückte ein Schaudern und ging zum Scheunentor. »Komm bald vorbei. Mama Rose macht dir Hühnersuppe. Sie sagt, es richtet die Dinge im Herzen.«

Adam nickte, aber Tip merkte, dass er nicht richtig zugehört hatte.

Tip fiel in einen leichten Lauf ... über die Wiese und durch den Wald zum Billings-Anwesen. Er war hier, kurz nachdem seine Mutter nach Amerika gekommen war, geboren worden. Und obwohl die Sklavenunterkünfte bestenfalls Hütten mit zugigen Wänden und baufälligen Betten waren, war dies sein Zuhause.

Mama Rose hatte ihm von ihrem Dorf in Afrika erzählt. Sie war ein junges Mädchen von zwanzig Jahren gewesen, frisch verheiratet und schwanger, als sie sie weggebracht hatten.

Was nutzt es, über Freiheit nachzudenken? Es wird sowieso niemals passieren, schossen ihm ihre Worte durch den Kopf. Die meisten Sklaven, die er auf der Plantage kannte, schienen ihr Schicksal zu akzeptieren, warum konnte er nicht aufhören, an ein anderes Leben zu glauben? Er war wie sie als Sklave geboren worden, kannte nur die Plantage, und doch war er unzufrieden. Wenn er ehrlich war, verstand er nicht, wie Mama Rose so resigniert sein konnte. Sie war in Afrika frei und glücklich gewesen.

An ihrer Stelle wäre er stinkwütend. Eigentlich war er wütend. Wenn schon nicht wegen seiner eigenen Situation, dann wegen ihres Schicksals. Er verzog das Gesicht. Vielleicht würde er eines Tages ein Haus besitzen, in dem seine Mutter in Frieden leben konnte.

Seine Aufmerksamkeit kehrte zu dem Pfad zurück, der sich durch das Waldstück schlängelte. Genau wie Adam liebte er die Ruhe, das Zwitschern der Vögel, die huschenden Eichhörnchen und die Kühle der Bäume. Die Schatten waren bereits lang und er wusste, dass er spät dran war – später, als es ihm lieb war. Sein Magen krampfte sich vor Sorge zusammen, während er seine Beine schneller vorantrieb. Er hatte das Abendessen ausfallen lassen, um mit seinem Freund zusammen zu sein und damit weniger auffiel, dass er gegangen war. Normalerweise musste er um Erlaubnis bitten, wenn er die Plantage verlassen wollte, aber als Mama Rose mit den Neuigkeiten über Adams Vater in den Gemüsegarten gerannt gekommen war, hatte er nicht zweimal darüber nachgedacht. Endlich wurde er langsamer. In der Dämmerung erinnerte ihn das sanft glühende Licht in der Küche, das er durchs Fenster sehen konnte, daran, dass er nicht gegessen hatte. Dies war die Domäne seiner Mutter, in der sie regierte und ihre berühmten Gerichte kreierte. Er war stolz auf das, was sie erreicht hatte, und wollte es genauso gut machen.

Nein, besser. Er presste die Lippen zusammen. Er musste ruhig bleiben. Es hatte keinen Sinn, mit seiner Mutter darüber zu sprechen, und es war geradezu gefährlich, es irgendwo anders zu erwähnen.

»Wo bist du gewesen, Junge?«

Tip erstarrte. Master Billings hatte eine unangenehme und geradezu gespenstische Art, aus dem Nichts aufzutauchen. Trotz seines massigen Körpers bewegte er sich leise und sein Gang erinnerte Tip an den einer schleichenden Katze, die bereit war, sich auf ihn zu stürzen und ihn zu verschlingen.

Billings Senior fuchtelte mit seinen Stock, als wolle er sich bereit machen, Tip damit aufzuspießen. »Ich habe dich eben gesucht. Wegen der Veranda ...«

»Jawohl«, sagte Tip und verbeugte sich tief. »Habe Adam besucht, nur kurz. Er hat seinen Pa im Krieg verloren und ...«

»Du bist ohne Erlaubnis verschwunden? Wilkes sagte, er wisse nicht, wo du bist.«

»Jawohl. Tut mir leid, Master«, stammelte Tip. »Ich wollte fragen, aber dann ... Adam ist mein Freund und ...« Er wusste, was als Nächstes kommen würde.

»Und obwohl du die Plantage nicht verlassen darfst, bist du trotzdem zu ihm gegangen?« Billings blieb neben Tip stehen. »Bück dich.«

Tips Blick fiel auf das Küchenfenster. Er beugte sich nach vorn und beeilte sich, den Kopf mit seinen Armen zu decken. Während Billings' Gehstock auf seine Schulterblätter krachte, hoffte er inbrünstig, dass seine Mutter nicht gerade jetzt nach draußen schaute.

Ende Leseprobe

Printed in Poland
by Amazon Fulfillment
Poland Sp. z o.o., Wrocław